사기 열전 1

史記列傳

세계문학전집 407

사기 열전 1

史記列傳

사마천

김원중 옮김

민음사

일러두기

1 이 책은 베이징 중화서국中華書局에서 간행한 사마천의 『사기』 전 10권, 2013 수정판 중에서 권61 「백이 열전」부터 권130 「태사공 자서」에 이르는 열전 70편을 완역한 것으로 총 4권으로 나누었다.

2 번역의 원칙은 원문에 충실한 직역을 위주로 했다. 역자가 독자의 이해를 돕기 위해 부가한 말과 원문과 역어가 다른 말은 〔 〕 안에 넣었다.

3 각 편의 소제목과 해제는 독자의 이해를 돕기 위해 역자가 붙인 것이다.

4 맞춤법과 띄어쓰기는 한글 맞춤법과 외래어 표기법을 따르되 널리 통용되는 용어는 일부 예외를 두었다.

차례

역자 서문 15

1. 백이 열전 21

왜 유가 경전에는 허유와 무광 등의 사적이 없을까? 25
백이와 숙제는 정말 원망하는 마음이 없었을까? 27
착한 이가 곤경에 빠지는 것이 하늘의 도인가? 30
천리마의 꼬리에 붙어야 1000리 길을 갈 수 있다 32

2. 관 안 열전 35

나를 알아준 이는 포숙이다 39
창고가 가득 차야 예절을 안다 41
군자는 자신을 알아주는 이에게 뜻을 드러낸다 43

3. 노자 한비 열전 49

훌륭한 상인은 물건을 깊숙이 숨겨 둔다 53
관리가 되느니 더러운 시궁창에서 놀리라 56
형명지학의 대가 신불해 58
용의 비늘을 건드리지 말라 59

4. 사마양저 열전 69

약속은 생명과도 같다 71
병사들을 감동시킨 용병술 74

5. 손자 오기 열전 77

군령을 따르지 않는 병사에게는 죽음뿐이다 81
급소를 치고 빈틈을 노려라 84
아내를 죽여 장수가 되다 89
병사를 위해 고름을 빨다 90
남보다 윗자리에 있는 이유 93
주군의 시체 위에 엎드리다 95

6. 오자서 열전 99

소인배의 참언을 믿고 친자식을 내치다 101
억울한 죽음을 가슴에 안고 떠나다 103
어찌 100금의 칼이 문제이겠는가 105
때가 아니니 기다리십시오 108
해는 저물고 갈 길은 멀다 111
악의 씨가 자라지 못하게 하라 113
성공하면 충신이고 실패하면 역적이다 118

7. 중니 제자 열전 123

공자의 제자들과 공자가 존경한 사람들 127
밥 한 그릇과 물 한 바가지로 즐거워하는 안회 128
효성스러운 민자건 129
덕행은 훌륭하나 몹쓸 병에 걸린 염경 130
얼룩소의 새끼라도 털이 붉고 뿔이 곧으면 제물로 쓸 수 있다 131
사람의 성격에 따라 조언도 달라야 한다 131
좋은 말을 듣고 실행하지 못했는데 또 좋은 말을 들을까 두렵다 133

군자는 죽더라도 갓을 벗지 않는다 136
자식은 태어난 지 3년이 지나야 부모 품을 벗어난다 138
썩은 나무로는 조각할 수 없다 139
종묘의 제사 그릇 같은 자공 140
한 번 움직여 세상의 판도를 새로 짠다 142
닭 잡는 데 어찌 소 잡는 칼을 쓰랴 151
흰 바탕이 있은 뒤에 색을 칠할 수 있다 152
지나친 것은 미치지 못하는 것과 같다 153
많이 듣고 삼가면 실수가 적다 154
명망과 달(達)의 차이 155
『효경』을 지은 증삼 156
사람은 말과 생김새로만 평가하면 안 된다 156
재능은 빼어난데 몸담고 있는 곳이 작다 157
배우고도 실행하지 않으면 부끄러운 일이다 158
공자의 사위가 된 자장 159
공자의 조카사위가 된 남궁괄 159
지조를 지킨 공석애와 낭만주의자 증점 160
자식을 위하는 마음은 똑같다 161
『역』의 전수는 끊이지 않았다 162
말만 잘하는 자를 미워한다 162
겸손한 칠조개 163
모든 일은 천명에 의해 결정된다 164
어진 사람은 말을 함부로 하지 않는다 164
예와 의를 좋아하면 사람들이 몰려든다 165
얼굴이 닮았다고 하여 공자가 될 수는 없다 166
군자는 가난한 사람만 돕는다 168
신하는 임금의 잘못을 다른 사람에게 말하지 않는다 169

8. 상군 열전 173

등용하지 않으려면 죽이십시오 177
상대방의 마음을 알아야 성공적인 유세를 할 수 있다 179
옛것을 따르는 것만이 능사는 아니다 181
새로 만든 법은 믿음 속에서 꽃필 수 있다 183
법은 위에서부터 지켜야 한다 185
배 속에 있는 질병을 없애라 186
사람의 마음을 잃는 자는 망한다 188

9. 소진 열전 197

새도 깃털이 자라지 않으면 높이 날 수 없다 199
1000리 밖의 근심을 버리고 100리 안의 근심부터 해결하라 201
어찌 어두운 곳에서 큰일을 결정하랴 204
닭 부리가 될지언정 쇠꼬리가 되지 말라 211
싹이 돋아날 때 베지 않으면 결국 도끼를 써야 한다 213
과장된 몸짓 속에 가려진 진실을 보라 216
우환이 닥친 뒤에는 걱정해도 소용없다 219
부귀하면 우러러보고 가난하면 업신여긴다 222
원수를 버리고 든든한 친구를 얻어라 224
충신만이 죄를 짓는가? 226
사람을 속여 원수를 갚는다 229
소진이 남긴 사업을 이은 소대와 소려 230
자주색 비단이 흰색 비단보다 열 배 비싸다 235
정의로운 행동만이 사람의 마음을 얻을 수 있다 240

10. 장의 열전 247

작은 이익을 탐내면 큰 뜻을 이루지 못한다 249
싸울 때는 명분과 실속을 모두 얻어야 한다 253
깃털도 쌓으면 배를 가라앉힐 수 있다 257
6리인가 600리인가 261
양 떼 편인가 호랑이 편인가 267
달콤한 말이 나라를 망친다 272
한때의 이익에 끌려 백대의 이익을 돌아보지 않는다 274
오른팔을 잘리면 싸울 수 없다 276
허우대는 어른, 생각은 어린아이 279
무왕과 틈이 벌어진 장의 281
좋은 노비는 팔리기 마련이다 284
할 일 없이 술만 마신 서수 286
호랑이 두 마리를 잡는 법 287
자기보다 나은 자를 밟고 일어선다 290

11. 저리자 감무 열전 293

지혜주머니라고 불린 저리자 295
아들이 살인했다는 말을 듣고 북을 내던진 어머니 299
짐승도 궁지에 몰리면 수레를 뒤엎는다 303
남는 빛을 나누어도 밝음은 줄지 않는다 307
너무 현명해도 재상이 못 된다 309
지혜는 나이와 관계없다 311

12. 양후 열전 317

외척의 정치 참여 319
천명은 정해져 있지 않다 320

잃는 게 없는 싸움을 하라 325
결국 내쫓기는 신세 328

13. 백기 왕전 열전 331

마음을 잘 바꾸는 자는 난을 일으킨다 333
하늘에 죄를 지으면 죽음만이 있을 뿐이다 338
3대에 걸쳐 장군이 된 자는 싸움에서 진다 342

14. 맹자 순경 열전 349

사욕은 혼란의 시작이다 351
시대 흐름에 들어맞지 않는 주장은 쓰이지 못한다 352
추씨 성을 가진 세 학자 353
양나라 혜왕이 순우곤을 만나 한마디도 듣지
못한 까닭 357
순경과 그의 제자 이사 359

15. 맹상군 열전 363

사람의 운명은 어디로부터 받는가? 365
닭 울음소리와 개 짖는 소리로 위기를 벗어나다 370
모든 일에는 보답이 따른다 373
맹상군의 결백을 위해 목숨을 바친 사람 375
군주가 이익에 눈멀면 백성은 떠난다 379
가난하고 지위가 낮으면 벗이 적어진다 383

16. 평원군 우경 열전 389

애첩 때문에 선비가 떠난다 391

주머니 속의 송곳 393
나라가 망하면 포로가 될 수밖에 없다 398
강한 자는 공격을 잘하고 약한 자는 지키지 못한다 401

17. 위 공자 열전 413

어진 사람을 얻으려면 정성을 다하라 415
숨어 사는 선비 후영과 주해 417
굶주린 호랑이에게 고기를 던져 주지 말라 419
잊으면 안 되는 일과 잊어야 할 일 425
노름꾼과 술 파는 자라도 어질면 찾아가라 426
비방 한마디가 인재를 죽음으로 몰아넣는다 429

18. 춘신군 열전 433

호랑이 두 마리가 싸우다 지치면 개도 못 이긴다 435
군주를 위해 목숨을 바쳐 재상이 되다 442
진나라와 초나라가 싸울 수밖에 없는 이유 445
정확한 결단만이 몸을 보존할 수 있다 447
복과 불행은 뜻하지 않게 찾아온다 450

2권 19. 범저 채택 열전
20. 악의 열전
21. 염파 인상여 열전
22. 전단 열전
23. 노중련 추양 열전
24. 굴원 가생 열전
25. 여불위 열전
26. 자객 열전
27. 이사 열전
28. 몽염 열전
29. 장이 진여 열전
30. 위표 팽월 열전
31. 경포 열전
32. 회음후 열전
33. 한신 노관 열전
34. 전담 열전
35. 번 역 등 관 열전
36. 장 승상 열전

3권 37. 역생 육가 열전
38. 부 근 괴성 열전
39. 유경 숙손통 열전
40. 계포 난포 열전
41. 원앙 조조 열전
42. 장석지 풍당 열전
43. 만석 장숙 열전
44. 전숙 열전
45. 편작 창공 열전
46. 오왕 비 열전

47. 위기 무안후 열전
48. 한장유 열전
49. 이 장군 열전
50. 흉노 열전
51. 위 장군 표기 열전
52. 평진후 주보 열전
53. 남월 열전
54. 동월 열전
55. 조선 열전
56. 서남이 열전

4권 57. 사마상여 열전
58. 회남 형산 열전
59. 순리 열전
60. 급 정 열전
61. 유림 열전
62. 혹리 열전
63. 대원 열전
64. 유협 열전
65. 영행 열전
66. 골계 열전
67. 일자 열전
68. 귀책 열전
69. 화식 열전
70. 태사공 자서

작품 해설
작가 연보
참고 문헌

역자 서문

중국 정사의 효시 『사기』는 사마천이 궁형의 치욕을 견디면서 사관이었던 아버지의 유언을 계승하여 쓴 책으로, 춘추필법에 충실하면서도 정형화된 틀보다는 격변하는 사회의 정황을 직시하면서 독창적인 역사 기술에 중점을 둔 작품이다. 즉 사마천은 시대의 흐름에 따라 시각이 변하는 것이야말로 역사의 기본이며, 그런 변화하는 양상을 능동적으로 독자들에게 보여 주는 것이 역사가 본연의 자세임을 염두에 두고 자신이 중요하다고 생각하는 사건이나 인물들에 집중하는 서술 방식을 택했다. 그중에서도 특히 70편으로 이루어진 열전은 시공을 초월한 인간학의 보고인 동시에 문학과 역사의 일체를 보여 주어, 저명한 문학사가 루쉰(魯迅)은 "역사가의 빼어난 노래요, 운율이 없는 「이소」〔史家之絶唱, 無韻之離騷〕"라는 말로 역사서로서의 면모도 뛰어나면서 서정 문학의 효시 격인 「이소」에 버금가는 문학작품으로 평가했다.

『사기』에서 사마천은 일관된 서술 체계를 구축하면서도 곳곳에서 독창적인 관점을 보여 준다. 특히 인간에 대한 탁월한 성찰이 드러나는 사마천의 시각은 '열전'에서 두드러지는데, 파격적인 서술 방식이 주목할 만하다. 유가적 인물이 주류였던 방식을 버리고 유가와 도가와 병가, 법가, 종횡가 등을 앞편에 두루 다루면서 서술 대상의 의외성을 보여 준다. 심지어 정통 역사에서 택하지 않는 자객, 유협, 골계가, 점술가, 의사, 돈 버는 이야기 등 세상을 둘러싼 거의 모든 인물과 소재를 다루는 점이 이 책의 문학성을 돋보이게 하는 원동력이다.

전체의 서문 격인 「백이 열전」에서 사마천은 하늘의 도가 옳은지 그른지에 주목하는데, 사마천은 세상의 공정성이 결코 담보되지 않는다는 현실론을 직시하면서도 자신이 사가로서 일가(一家)를 이루겠다는 생각을 견지하며 불명예를 딛고 일어서서 세상의 주류로 자리매김하겠다는 강력한 메시지를 던지고 있다. 900자도 채 못 되는 짧은 편이지만 사마천 자신의 삶과 역사적 인물의 삶을 자연스럽게 연계시키면서, 반문투의 문장을 다양하게 구사해 독자와 작가가 함께 호흡하게 한다.

「노자 한비 열전」에서 공자가 노자를 만나 예를 묻는 장면을 설정한 것은 그 역사의 단면이면서도 작가의 상상력을 무한하게 발휘한 대목으로 기록될 만하기에 충분하며, 그 대화 내용 또한 문학의 테두리를 두르기에 손색이 없다. 「관 안 열전」에서 관중과 포숙의 '관포지교', 재상 안영과 마부 이야기에 나타나는 작가의 상상력은 가히 일품이고, 「손자 오기 열전」에서 손자가 궁녀를 지휘하는 장면이나 성공과 나락 사이를 오가는 오기의 질긴 인생 역정을 통해 독자들은 당시의 상황과 인물의 행동에 몰입하게 된다. 「소진 열전」이나 「장의 열전」 등에서 보이는 발분과 절치부심의 에피소드는 읽는 이에게 감동을 선사한다. 「굴원 가생 열전」에 수록된 굴원의 비극적 삶과 그의 작품에 투영된 자기 치유적 면모는 사마천의 발분의 글쓰기를 떠올리게 하면서 묘한 심적 울림을 주기에 부족하지 않다. 「오자서 열전」의 서두에서 아버지와 형의 죽음을 계기로 복수의 칼을 가는 주인공 오자서의 울분과, 그가 한을 품고 자살하면서 자신의 눈을 오나라 동문에 매달아 두라고 저주하는 장면은 사마천의 상상력의 극한을 보여 주기에 충분하여 그 어떤 문학작품보다도 감동을 자아내기에 부족함이 없다.

「이사 열전」 첫머리에 등장하는 이사는 쥐를 보고 자신의 삶의 방향을 전환하는데, 자신을 쫓아내려는 기득권 세력에 맞서 지연을 배제한 인재 개방론을 주창한 '간축객서'는 의론문의 정수를 보여 줌과 동시에 치밀한 논리 전개가 본받을 만하다. 「여불위 열전」에 보이는 진시황의 출생 관련 이야기는 소설적 허구와 역사적 사실의 경계선에 걸쳐 있어 왜 열전을 문학서의 범주에 넣어도 되는지 보여 주는 대목이다. 「회음후 열전」은 수모와 조롱, 치욕 등을 겪으면서도 마침내 대장군에 오르고 왕이 되었다가 다시 모반을 시도해 삼족이 멸해

진 한신(韓信)을 다룬 내용이다. 열전의 앞부분에 밥을 얻어먹다가 절교한 일, 무명 빨래를 하던 한 아낙네에게 밥을 얻어먹은 일, 동네 불량배의 조롱 속에 가랑이 사이를 기어간 일 등 짧은 사례 셋을 소개하면서 독자들의 관심을 한껏 끌어들인다. 또 한신이 자신을 알아주지 않는 한고조의 무시를 견디지 못해 달아났다가 소하(蕭何)의 추천으로 결국 대장군으로 제수되는 과정도 흥미진진하고, 제후가 되었으면서도 결국 모반할지 말지를 두고 책사 괴통(蒯通)과 나누는 은밀한 대화 역시 문학적 필치가 탁월하다. 결국 음모가 발각되어 한신은 목이 베였지만, 공모자 괴통이 붙잡혀 삶겨 죽을 뻔하다가 "개는 자기 주인이 아닌 사람을 보면 짖게 마련입니다. 당시 신은 한신만 알았을 뿐 폐하는 알지 못했습니다."라는 아부성 발언으로 결국 풀려나고 죄도 용서 받는 장면 등을 보면 왜 이 편이 130편 중에 10대 명편이고 루쉰이 왜 문학성에 찬탄했는지 알게 된다. 「사마상여 열전」에 수록된 사마상여와 탁문군의 로맨스는 만면에 미소를 띠게 만들고, 완정한 상태로 이 편에 수록된 사마상여의 부(賦) 작품들은 당시 미려한 사부 문학의 백미를 감상하는 호사를 누리게 한다.

마무리 격인 「화식 열전」에서는 부와 권력의 문제를 정면으로 다루면서 사농공상의 서열을 정면으로 비판하고 돈이 갖는 권력의 속성을 치밀한 논조로 파헤치는데, 장편임에도 불구하고 『사기』의 10대 명편으로 불릴 만큼 읽는 재미가 쏠쏠하다. 열전의 마지막 편명인 「태사공 자서」에서는 사마천이 『사기』를 집필하게 된 동기를 말하면서 자신이 당한 궁형의 서러움을 "이것이 내 죄인가, 이것이 내 죄인가? 몸이 망가져 쓸모가 없구나!"라는 자조와 한탄을 내뱉을 때 독자들을 무한 감동과 몰입의 경지로 끌어들이기에 충분한 필력을 보여 주고 있다.

이렇듯 열전의 어떤 편명을 읽어 보아도 문학과 역사의 경계를 넘나들면서 개별 인물에 대한 섬세한 심리 묘사, 답사 여행을 통한 현장성 가미 등 다양한 글쓰기 장치를 구축하고 있어 단순한 문헌이나 사료에 국한된 딱딱한 역사책이 아니라 살아 숨 쉬며 꿈틀거리는 문학서로서의 진면목을 두루 살필 수 있다. 그러기에 독자들은 『사기 열전』의 총서 격인 「백이 열전」을 비롯한 70편의 열전들을 통해 작자와 함께 호흡하면서 그가 세상에 던진 질문을 탐색하고 인간과 권력을 둘러싸고 벌어지는 다양한 양상을 생생하게 체험할 것으로 확신한다.

이번에 세계문학전집에 편제된 『사기 열전』은 읽으면 읽을수록 묘미를 느끼게 되는 명작이며, 위대한 동양 고전 『사기』의 정수가 집약적으로 담긴 만큼 고전으로서의 가치 또한 영원할 것이다.

2022년 5월

김원중

1
◎
백이 열전
伯夷列傳

이 편은 70편의 열전 중 첫 번째 편으로 고죽국 군주의 두 아들인 백이(伯夷)와 숙제(叔齊)의 고매한 인품을 허유(許由), 무광(務光)에 견주면서 그려 나간다. 사마천은 백이와 숙제가 굶어 죽은 데 대한 공자의 관점에 의문을 제기하면서 그들이 세상에 대한 원망이 있었을 것이라고 주장한다. 그러나 그들이 세상에 알려진 것은 공자의 칭찬 덕이었음을 언급하면서 70 열전의 인물이 자신의 붓끝을 빌려 세상에 이름을 떨치게 됨을 암시하고 있다.

조선 중기 시인 백곡 김득신이 1억 2만 8000번이나 외웠다는 이 편은 불과 800자도 못 되지만 10여 명이나 되는 역사 인물을 다룬다. 즉 '백이 열전'이지만 백이에 대한 기록은 겨우 215자에 그칠 뿐이고 나머지 4분의 3은 저자 자신의 논설이다. 그의 관점은 이렇게 요약된다.

사마천은 천도(天道)에 대한 의문을 표시하면서 인간사의 불공정한 여러 형태에 대해 회의를 품는다. 천도의 기본은 권선징악이지만 사회 현실은 오히려 그 반대인 경우가 적지 않아 착한 사람이 재앙을 입고 나쁜 사람이 복을 누리는 게 세상의 이치[世道]라는 것이다. 따라서 사마천은 공자가 백이와 숙제 두 사람에 대해 "인(仁)을 구하여 그것을 얻었다."라고 한 칭찬을 의문시한다. 백이와 숙제가 남긴 「채미가(采薇歌)」의 내용이나, 이 두 사람이 주나라 곡식을 먹지 않고 죽은 것으로 볼 때 원망으로 가득 차 있지 않느냐는 것이다.

아울러 겸양의 미덕을 강조하고 다툼을 꾸짖는데 이는 「오태백 세가(吳太

伯世家)」에서도 잘 드러나는 바이다. 의리와 명분을 내걸고 꿋꿋한 삶을 살아간 백이와 숙제가 부귀영화를 마치 뜬구름에 비유하면서 목숨을 아까워하지 않는 모습을 그려 내면서 사마천은 그들의 삶은 원망으로 차 있을 수 있다는 가능성을 열어 둠으로써 이 「백이 열전」을 사기 열전 70편 중에서 가장 논쟁적인 편으로 각인시켰다.

사마천이 이 편을 쓴 의도는 단순히 수양산에서 굶어 죽은 백이와 숙제의 행적을 기록하려 했다기보다는 도도히 흐르는 역사 속에서 어찌할 수 없는 인간의 운명에 궁형(宮刑)을 당한 자신을 빗대어 쓴 것이다. 특히 하늘의 도〔天道〕에 대해 옳고 그름〔是非〕의 의문을 던지면서 세상은 꼭 착한 사람의 편에서 있지 않다는 세상 이치의 냉엄함에도 주목하고 있다.

수양산에서 고사리를 캐어 먹고 살다가 굶어 죽은 백이와 숙제.

왜 유가 경전에는 허유와 무광 등의 사적이 없을까?

대체로 학자들이 기록한 서적은 매우 광범위하나 믿을 만한 것은 오히려 육예(六藝)즉 육경(六經), 『시경』, 『서경』, 『예기』, 『악경』, 『역경』, 『춘추』에서 찾을 수 있다. 『시(詩)시경』와 『서(書)서경』에도 없어진 곳이 있기는 하나,[1] 우(虞)나라와 하(夏)나라 때의 글로 알 수 있다.

---

1) 『서경』은 본래 3000여 편이었는데 공자가 100편으로 정리하였고 진나라의 분서갱유가 있은 뒤 28편만 남았다고 한다. 또한 공자는 『시경』을 305편으로 정리하기도 했다.

요(堯)[2]는 우순(虞舜)[3]에게 제위를 물려주었고, 〔순은 우(禹)[4]에게 물려주었는데〕 순과 우 사이에 사악(四嶽)요순 때 사방 제후들의 우두머리과 12주의 목(牧)각 주의 행정 장관들이 다 함께 〔우를〕 추천하였으므로[5] 시험 삼아 자리를 주고 수십 년 동안 정치를 맡겨 공적이 이루어진 다음에 제위를 넘겨주었다. 〔이러한 절차를 밟는 까닭은〕 천하는 소중한 그릇이고 왕은 위대한 통치자이므로 천하를 전해 주는 일이 이처럼 어려움을 보여 주기 위해서이다. 그러나 말하는 자들[6]은 말한다.

"요가 허유(許由)에게 천하를 물려주려고 하자, 허유는 받지 않고 〔그러한 말을 들은 것을〕 부끄러워하며 달아나 숨어 버렸다. 하나라 때에는 변수(卞隨)와 무광(務光)[7] 같은 인물이 있었다. 이러한 사람들은 무엇 때문에 칭송을 받을까?"

태사공은 말한다.[8]

---

2) 전설 속 도당씨(陶唐氏) 부락의 우두머리로서 덕으로 나라를 다스린 성군으로 손꼽힌다.

3) 전설 속 우씨(虞氏) 부락의 우두머리인 순이란 의미다. 요임금과 함께 이상적인 군주의 모범으로 일컬어진다.

4) 하후씨(夏后氏) 부락의 우두머리이며 하나라 창시자이다. 그는 홍수를 다스려 민심을 얻었으며, 중국 역사상 최초의 통치자가 되었다. 그는 농사 시기에 주의하여 최상의 이익을 얻으려고 했다. 그 당시 이미 군대, 형벌, 관리, 감옥 등이 있어 중국 초기 국가의 탄생으로 여겨진다.

5) 이것은 원시 민주 정치의 전형으로 공자가 주장한 '천하위공(天下爲公)'의 이상적인 형태이다.

6) 여기서는 전국 시대 도가 학파의 인물로서 장자(莊子)를 지칭하는데 다음 문장은 『장자』 「양왕(讓王)」 편에 나온다.

7) 변수와 무광은 모두 하나라 걸왕 때의 겸손한 인물로 추앙받는다.

8) 원문의 "태사공왈(太史公曰)"을 번역한 것인데 대체로 각 편의 끝에 총평

"내가 기산(箕山)에 올랐을 때, 그 위에 아마도 허유의 무덤이 있을 것이라고들 했다. 공자는 옛 인자(仁者), 성인(聖人), 현인(賢人)들을 차례로 열거하면서 오태백(吳太伯),[9] 백이 같은 무리들을 자세히 언급하고 있다. 나는 허유와 무광이 의리가 지극히 고결하다고 들었다. 그러나 (『시』와 『서』의) 문장에는 (그들에 관한) 대략적인 기록조차 보이지 않으니 무슨 까닭인가?"

백이와 숙제는 정말 원망하는 마음이 없었을까?

공자는 "백이와 숙제는 지나간 원한무왕(武王)이 주왕(紂王)을 정벌할 때 말고삐를 부여잡고 간언한 것을 듣지 않은 일을 생각하지 않았으므로 원망하는 마음이 이 때문에 거의 없었다."라고 했고, "(그들은) 인(仁)[10]을 구하여 인을 얻었는데 또 무엇을 원

형식으로 쓰여 있으나 이 편에서는 중간에 두었다. 「맹자 순경 열전」에서처럼 편의 맨 앞에 둔 경우도 있다.

9) 주나라 태왕(太王)의 맏아들로, 왕위를 셋째 아들에게 물려주려는 아버지의 뜻에 따르고 오나라로 갔기 때문에 오태백이라고 부른다. 자세한 이야기는 「오태백 세가」를 참고하라.

10) '인(仁)'은 공자에 의해 최고 원리로 제기된 이래 유가 사상의 중심 개념이 되었다. '인' 개념은 물론 공자 전에도 쓰였고, 『논어』에서도 똑같은 뜻으로만 쓰인 것은 아니다. 그렇지만 공자는 "인이란 사람다움이다.", "자신을 이기고 예를 회복하는 것이 '인'이다. 단 하루라도 자신을 이기고 예를 회

망하였겠는가?"라고 했다. 〔그러나〕 나는 백이의 심경이 슬펐으니 일시(軼詩)『시경』에 실려 있지 않은 시를 보매 〔공자의 말과는〕 다른 데가 있어서이다. 전해 오는 것은 이러하다.

백이와 숙제는 고죽국(孤竹國)[11] 군주의 두 아들인데, 그들의 아버지는 아우인 숙제에게 뒤를 잇게 할 작정이었다. 그러나 아버지가 죽자 숙제는 〔왕위를〕 형 백이에게 양보하려고 했다. 〔그러자〕 백이는 '아버지의 명령'이라면서 달아나 버렸고 숙제도 〔왕위에〕 오르려 하지 않고 달아나 버렸다. 고죽국 사람들은 〔할 수 없이〕 중간의 아들백이의 동생이며 숙제의 형을 왕으로 세웠다. 이때 백이와 숙제는 서백창(西伯昌)[12]이 노인을 잘 모신다는 소문을 듣고 〔그를〕 찾아가서 몸을 의탁하려고 했다. 〔그런데 그들이 주나라에〕 이르렀을 때 서백창은 죽었고, 〔그의 아들〕 무왕(武王)은 나무로 만든 아버지의 위패를 수레에 싣고 동쪽으로 〔선왕의〕 시호를 문왕(文王)이라고 일컬으며 주왕(紂王)[13]을 치려

복한다면 온 세상 사람이 그를 어진 사람이라고 할 것이다."라고 했다. 이로부터 보면 '인'은 인간의 본질을 가리키는 개념임을 알 수 있다. 공자는 '인'의 실천 방법으로 '효(孝)', '제(悌)', '충(忠)', '서(恕)', '예(禮)', '악(樂)'을 제시했다.

11) 탕(湯)임금이 봉한 나라이다. 고죽국 군주의 성은 묵태(墨胎)이고 이름은 초(初)이며 자는 조(朝)이다. 그는 청렴하고 고상한 지조를 지킨 백이와 숙제의 아버지로 알려져 있으나 확실하지는 않다.

12) 주나라 문왕(文王)을 말한다. 그는 은나라 말기에 서쪽 제후의 우두머리였기 때문에 서백(西伯)으로 불린다. '백(伯)'은 '패(覇)'의 의미다.

13) 은나라 마지막 임금으로, 포악하고 잔인하여 하나라 걸왕(桀王)과 함께 폭군의 대명사로 일컬어진다. 무왕이 그를 죽이고 은나라를 멸망시켰다.

했다. 백이와 숙제는 〔무왕의〕 말고삐를 붙잡고 간언했다.

"아버지가 돌아가셨는데 장례도 치르지 않고 바로 전쟁을 일으키는 것을 효(孝)라고 할 수 있습니까? 신하 신분으로 군주를 죽이는 것을 인(仁)이라고 할 수 있습니까?"

〔그러자 무왕〕 곁에 있던 신하들이 무기로 베려고 했다. 〔이때〕 태공(太公)제나라의 시조인 여상(呂尙)이 〔그들을 두둔하여〕 말했다.

"이들은 의로운 사람들이다."

〔이에 그들을〕 일으켜서 가게 했다. 〔그 뒤〕 무왕이 은나라의 어지러움을 평정하자 천하는 주나라를 종주(宗主)로 삼았다. 그러나 백이와 숙제는 이를 부끄럽게 여기고 의롭게 주나라 곡식을 먹지 않고, 수양산(首陽山)으로 들어가 고사리를 뜯어 먹었다. 〔그들은〕 굶주려서 죽을 지경에 이르러 노래를 지었는데, 그 가사는 이렇다.

저 서산(西山)에 올라
고사리[14]를 캤네.
폭력으로 폭력을 바꾸었건만
그 잘못을 모르는구나.
신농(神農),[15] 우, 하나라 때는 홀연히 사라졌으니

14) 원문의 '미(薇)'를 번역한 것으로 '고사리'라는 역어가 널리 알려져 있어 관용상 그대로 두었다. '고비나물' 혹은 '고비'라는 의미도 맞는데 중국에서는 이 글자를 콩과 식물의 한 가지로 보아 '야생 완두(野豌豆)'로 파악하고 있다는 점이 흥미롭다.
15) 전설 속의 제왕으로 농사짓는 법을 가르쳤다는 인물이다.

우리는 앞으로 어디로 돌아가야 하나?

아아! 〔이제는〕 죽음뿐,

운명도 다했구나!

마침내 수양산에서 굶어 죽었다.

이 가사로 본다면 원망한 것인가? 〔원망하지〕 않은 것인가?[16)]

착한 이가 곤경에 빠지는 것이 하늘의 도인가?

어떤 사람노자(老子)은 말했다.

"하늘의 도는 사사로움이 없어 늘 착한 사람과 함께한다."[17)]

백이와 숙제는 착한 사람이라고 할 수 있으니 그렇지 않은가? 〔그러나 그들은〕 이처럼 인을 쌓고 행실을 깨끗하게 했어도 굶어 죽었다.

또한 〔제자〕 일흔 명 중에서 공자는 안연(顔淵)만이 학문을 좋아한다고 〔노(魯)나라 제후에게〕 추천하였으나 안연은 〔밥 그릇이〕 자주 텅 비었고 술지게미와 쌀겨 같은 거친 음식조차

---

16) 원문의 "원야비야(怨邪非邪)"를 번역한 것으로 선택의문형으로 되어 있지만 실제로는 원망한 것이라는 의미가 전제로 깔려 있다. 여기서 '야(邪)'는 '야(耶)'와 같다.

17) 『노자』 79장에서 인용한 것이다.

배불리 먹지 못하고 끝내 젊은 나이에 죽고 말았다.[18] 하늘이 착한 사람에게 보답으로 베풀어 준다면 어찌 이런 일이 있을 수 있는가? 도척(盜跖)[19]은 날마다 죄 없는 사람을 죽이고 그들의 고기를 잘게 썰어 〔육포로〕 먹었다. 잔인한 짓을 하며 수천 명의 무리를 모아 제멋대로 천하를 돌아다녔지만 끝내 하늘에서 내려 준 자신의 수명을 다 누리고 죽었다. 이는 어떠한 덕을 따르는 것인가? 이러한 것들은 그러한 사례 중에서도 가장 두드러진다.

요즘 시대에 들어서면서 하는 행동은 규범을 따르지 않고 오로지 법령이 금지하는 일만 일삼으면서도 한평생을 편안하게 즐거워하며 대대로 부귀가 이어지는 사람이 있다. 그런가 하면 걸음 한 번 내딛는 데도 땅을 가려서 딛고, 말을 할 때도 알맞은 때를 기다려 하며, 길을 갈 때는 작은 길로 가지 않고, 공평하고 바른 일이 아니면 떨쳐 일어나서 하지 않는데도 재앙을 만나는 사람은 그 수를 헤아릴 수 없을 만큼 많다. 나는 매우 당혹스럽다. 만일 〔이러한 것이〕 하늘의 도라면 옳은가? 그른가?

---

18) 「중니 제자 열전」에 보면 안회가 나이 스물아홉에 머리가 백발이 되어 죽었다는 기록이 있다.

19) 춘추 시대 노(魯)나라 사람으로 이름이 척(跖)이며 현인 유하혜(柳下惠)의 아우다. 9000명의 무리를 거느리고 악행을 저지르며 제후들조차 공격하여 역대 통치자들은 그를 대도(大盜)라고 헐뜯었고, 역사에서는 도척이라고 했다. 『장자』 「도척(盜跖)」 편에 그 내용이 보인다.

천리마의 꼬리에 붙어야 1000리 길을 갈 수 있다

공자가 말한 "길이 같지 않으면 서로 도모하지 않는다."라는 것은 또한 저마다 자기의 뜻을 좇는다는 말이다. 그래서 〔공자는 또한〕 말했다.

"부귀가 찾아서 얻을 수 있는 것이라면 말채찍을 잡는 천한 일자리라도 나는 하겠다. 또 만일 찾아서 얻을 수 없다면 나는 내가 좋아하는 것을 좇겠다."

"추운 계절이 되고 나서야 비로소 소나무와 잣나무가 나중에 시든다는 것을 안다."

온 세상이 혼탁하면 청빈한 선비가 비로소 드러난다. 어찌하여 그 무겁기가 저백이와 숙제가 양보한 것와 같고, 그 가볍기가 이수양산에서 굶어 죽은 것와 같은 것인가?

공자는 말했다.

"군자(君子)[20]는 죽고 나서도 이름이 일컬어지지 않는 것을 싫어한다."[21]

가의(賈誼)한나라 문제 때의 정치가이자 문인는 말했다.

"탐욕스러운 자는 재물을 구하고, 열사는 이름을 추구하며, 뽐내기 좋아하는 사람은 권세 때문에 죽고, 뭇 서민은 〔그날그

---

20) 군자는 본래 통치자(君)의 아들(子)이라는 뜻으로 귀족과 비슷한 의미로 쓰였으나, 공자 이래로 사회적 위상보다는 도덕적 품성이 높고 인격을 갖추어 존경받는 사람을 가리킨다.

21) 『논어』 「위령공(衛靈公)」 편에 나오는 말이다.

날의) 생계에 매달린다."[22]

"같은 종류의 빛은 서로 비추어 주고, 같은 부류들은 서로 어울린다."

"구름은 용을 따라 생기고 바람은 범을 따라 일어난다. 성인이 나타나야[23] 만물도 다 뚜렷해진다."

백이와 숙제가 비록 어질기는 했지만 공자의 칭찬이 있고 나서부터 그 명성이 더욱더 드러나게 되었다. 안연이 학문을 돈독히 했지만 천리마공자를 비유함의 꼬리에 붙었기에 행적이 더욱 두드러지게 되었다. 바위나 동굴 속에 (숨어 사는) 선비들은 때를 보아 나아가고 물러나지만 이와 같은 훌륭한 명성이 묻혀 거론되지 않는 것이 슬프구나! 시골에 묻혀 사는 사람 중에 덕행을 닦아 명성을 세우고자 하는 사람이라도 지고한 선비를 만나지 못한다면 어떻게 후세에 (이름을) 남길 수 있겠는가?

---

22) 가의(賈誼)의 「복조부(鵩鳥賦)」에 나오는 구절로 모든 사람은 자기가 추구하는 바대로 삶을 산다는 말이다.

23) 주공(周公)이 세상을 떠난 지 500년이 되어 공자가 나타났고, 공자가 세상을 떠난 지 500년 만에 사마천 자신이 나타났으니, 이 『사기』를 지어 성인의 뜻을 이어받겠다는 의지의 표출이다. 사마천은 자신의 『사기』 저술 작업이 갖는 의미를 이렇게 강조한 것이다.

2
◎
관 안 열전
管晏列傳

이 편은 춘추 시대 제(齊)나라의 명재상으로 이름을 떨친 관중(管仲)과 안영(晏嬰)의 이야기를 다루고 있다. 시대적으로 100여 년이나 차이가 나는 두 사람을 한 열전에 실은 것은 명군(明君)과 현신(賢臣)의 절묘한 만남의 의미 때문이다.

기원전 785년 제나라 양공(襄公)이 피살되자 소백(小白)과 규(糾)는 서로 군주가 되기 위해 다투었다. 그때 포숙(鮑叔)은 소백을 보좌하고 관중은 규를 보좌했다. 규는 관중에게 군대를 인솔하여 소백을 막도록 했다. 관중은 활을 쏘아 소백의 허리띠를 맞혔다. 그 뒤 소백은 먼저 제나라로 가서 군주가 되었는데 바로 환공(桓公)이다. 환공이 즉위한 뒤 포숙은 관중을 추천하여 경(卿)이 되도록 했다. 환공은 옛 원수인 관중을 재상으로 삼았다. 관중은 40여 년 동안 재상 자리에 있으면서 정치, 경제, 군사 등 모든 방면에 대대적인 개혁을 단행했고 환공이 춘추 시대의 첫 번째 패자가 되는 데 크게 기여하여 춘추 시대 최고의 군사(軍師)로 꼽힌다.

공자에게 그릇이 작다고 폄하된 관중은 관이오(管夷吾) 혹은 관경중(管敬中)이라고도 부른다. 출신이 보잘것없던 그가 재능을 펼치고 제나라의 뛰어난 재상이 된 것은 전적으로 포숙의 추천 덕분이다. 따라서 사마천은 사람을 알아보는 포숙의 능력을 부각시키고 있다.

안영은 춘추 시대 제나라의 영공(靈公), 장공(莊公), 경공(景公) 등 3대에 걸쳐 재상을 지내며 30여 년 동안 자리에 있으면서 제나라를 중흥시켜 제후들 사이에 이름을 떨쳤다. 그는 2인자 행동 미학의 귀감을 보여 적절한 자존심을 갖추어 보였으며 결단력과 슬기와 해학이 넘쳤다. 때때로 군주에게 간언을 서슴지 않았던 명재상으로서 내치에도 뛰어났다. 그는 평생 동안 절제된 삶을 유지하였다고 하며 30년 동안 옷 한 벌로 생활할 만큼 검소했다.

이 편이 말하고자 하는 또 다른 핵심은 제 환공의 포용력으로 인재를 발탁하는 능력과 나라를 위해 기꺼이 현명한 사람을 추천하는 포숙의 대범함에 있다. 또한 안영이 월석보라는 인물을 알아보는 능력을 부각시키면서 주군에 대한 안영의 충성심을 함께 보여 주고 있다.

포숙의 추천으로 옥에서 풀려나 제나라 재상이 된 관중.

나를 알아준 이는 포숙이다

관중(管仲) 이오(夷吾)는 영수(穎水) 근처 사람이다. 젊을 때는 포숙아(鮑叔牙)와 사귀었는데, 포숙은 그의 현명함을 알아주었다. 관중은 빈곤하여 언제나 포숙을 속였지만 포숙은 끝까지 그를 잘 대해 주고 속인 일을 따지지 않았다.

시간이 지난 뒤 포숙은 제(齊)나라 공자(公子)제후의 아들 소백(小白)[1]을 섬기고 관중은 공자 규(糾)를 섬겼다. 소백이 왕위

---

1) 소백은 제나라 환공의 이름이다. 양공이 타당한 이유 없이 사람을 무수히 죽이자, 소백과 규를 비롯한 그의 동생들은 두려움에 떨며 다른 나라로 도망쳤다. 소백의 형인 규는 노나라로 가고 소백은 고(高)로 달아났다. 얼마

에 올라 환공(桓公)이 되고 〔이에 맞서던〕 공자 규는 〔싸움에서져〕 죽었다. 관중은 옥에 갇히는 몸이 되었으나 포숙은 〔환공에게〕 관중을 마침내 추천하였다.[2] 관중이 등용되고 제나라에서 정치를 맡게 되자 제나라 환공은 천하의 우두머리가 되어 제후들을 아홉 차례나 모아 천하를 바르게 이끌었다. 모두 관중의 지모에 따른 것이었다.

관중은 말했다.

"내가 가난하게 살 때 일찍이 포숙과 장사를 한 적이 있었는데 이익을 나눌 때마다 내가 더 많은 몫을 차지하곤 했지만, 포숙이 나를 욕심쟁이라고 말하지 않았던 것은 내가 가난하다는 것을 알았기 때문이다. 내가 일찍이 포숙을 대신해서 어떤 일을 도모하다가 그를 더욱 어렵게 만들었지만 포숙이 나를 어리석다고 하지 않았던 것은 유리할 때와 불리할 때가 있음을 알았기 때문이다. 내가 일찍이 세 번이나 벼슬길에 나갔다가 세 번 다 군주에게 내쫓겼지만 포숙이 나를 모자란 사람이라고 여기지 않았던 것은 내가 때를 만나지 못한 것을 알았기 때문이다. 내가 일찍이 세 번 싸움에 나갔다가 세 번 모두 달아났지만 포숙이 나를 겁쟁이라고 하지 않았던 것은 내

뒤 양공이 다른 사람에게 피살되었다는 소식을 듣고 소백이 먼저 돌아와 임금 자리에 올랐다. 「제 태공 세가」 참고.

2) 이때 포숙은 관중을 추천하면서 이렇게 말했다고 한다. "주군께서 장차 제나라만을 다스리고자 하면 고혜(高傒)와 저 포숙아면 충분할 것입니다만 주군께서 패왕이 되려고 하신다면 장차 관이오가 아니면 불가능합니다. 관이오가 그 나라에 머물면 그 나라는 강성해질 것이니, 놓치면 안 됩니다." 「제 태공 세가」 참고.

가 늙은 어머니를 모시고 있다는 사실을 알았기 때문이다. 공자 규가 〔임금 자리를 놓고 벌인 싸움에서〕 졌을 때, 〔나와 함께 곁에서 규를 도운〕 소홀(召忽)은 스스로 목숨을 끊었고 나는 붙잡혀 굴욕스러운 몸이 되었으나 포숙이 나를 부끄러움도 모르는 사람이라고 여기지 않았던 것은 내가 자그마한 절개를 부끄러워하지 않고 천하에 이름을 날리지 못하는 것을 부끄러워함을 알았기 때문이다. 나를 낳아 준 이는 부모이지만 나를 알아준 이는 포자(鮑子)포숙이다."

포숙은 관중을 추천하고 자신은 그의 아랫자리에 있었다. 〔포숙의〕 자손들은 대대로 제나라의 봉록을 받으며 봉읍지를 10여 대 동안 가졌으며 늘 이름 있는 대부가 되었다. 세상 사람들은 관중의 현명함을 칭송하기보다는 사람을 알아보는 눈을 가진 포숙을 더 찬미하였다.

창고가 가득 차야 예절을 안다

관중은 제나라 재상이 되어 정치를 맡자 보잘것없는 제나라가 바닷가에 있는 이점을 살려 교역을 통해 재물을 쌓아 나라를 부유하게 하고 군대를 튼튼하게 만들었으며 백성과 더불어 좋고 나쁜 것을 나누었다. 그는 〔이렇게〕 말했다.

"창고에 물자가 풍부해야 예절을 알며, 먹고 입는 것이 풍족해야 명예와 치욕을 알게 된다. 임금이 법도를 실천하면 육친

(六親)아버지, 어머니, 형, 동생, 아내, 자식이 굳게 결속하고, 사유(四維)나라를 다스리는 네 가지 강령, 즉 예(禮), 의(義), 염(廉), 치(恥)가 펼쳐지지 못하면 나라는 멸망한다. 수원(水源)에서 물이 흘러가듯이 명령을 내리면 그 명령은 민심에 순응하게 된다."

〔나라에서〕 의논한 정책은 낮은 수준이어서 실천하기 쉬웠다. 백성이 바라는 것은 그대로 들어주고 백성이 싫어하는 것은 그들의 바람대로 없애 주었다.

관중은 정치를 하면서 재앙이 될 수 있는 일도 복이 되게 하고, 실패할 일도 돌이켜 성공으로 이끌었다. 그는 〔물가의〕 높고 낮음을 귀하게 여기고 득실을 재는 데 신중히 하였다. 〔예를 들면〕 제나라 환공은 실제로는 부인 소희(少姬)의 행동[3]으로 인하여 화가 나서 남쪽으로 채(蔡)나라를 친 일이 있었다. 그때 관중은 초나라를 함께 쳐서 주나라 왕실에 포모(包茅)참억새로 만든 제사 용품으로 술을 거르는 데 씀를 바치지 않은 것을 나무랐다. 〔또〕 환공이 북쪽으로 산융(山戎)을 치려 하자, 관중은 이 기회에 연나라를 쳐서 〔그들의 조상인〕 소공(召公)의 〔어진〕 정치를 다시 수행하도록 했다. 가(柯)에서 〔제후들을〕 만나 맹약할 때에도 환공이 〔노나라에서 빼앗은 땅을 돌려주기로 한 노나라 장수〕 조말(曹沫)과의 약속을 어기려고 하자, 관중은 〔이 약속을 지켜〕 신의를 세우도록 했다. 제후들은 이 일로 해서 제나라로 귀의하게 되었다. 그래서 "주는 것이 곧 얻는 것

---

3) 소희와 환공이 뱃놀이하는 가운데 소희가 배를 흔들어 뱃멀미 때문에 환공이 놀라자, 그녀를 고국으로 내쳤으나 채나라에서 그녀를 다시 시집보낸 일을 말한다.

임을 아는 게 정치의 보배이다."[4]라는 말이 생겨났다.

관중의 재산은 공실(公室)제후 집안의 재산에 버금가고 삼귀(三歸)[5]와 반점(反坫)[6]을 갖고 있었으나 제나라 사람들은 사치스럽다고 생각하지 않았다. 관중이 세상을 떠난 뒤에도 제나라에서는 그의 정책을 그대로 써서 늘 다른 제후국보다 강했다. 〔관중이 죽은 뒤〕 100여 년이 지나 안영이 등장했다.[7]

군자는 자신을 알아주는 이에게 뜻을 드러낸다

안평중(晏平仲) 영(嬰)은 내(萊)나라 이유(夷維) 사람으로 제나라 영공, 장공, 경공을 섬겼으며 절약과 검소함을 힘써 실행하여 제나라에서 중용되었다.

〔안영은〕 제나라 재상이 된 뒤에도 밥상에 고기반찬을 두

---

4) 『관자』「목민(牧民)」 편에 나오는데 노자의 말, "그것을 빼앗으려고 하면 반드시 그것을 주어야 한다.〔將欲奪之, 必固與之〕"와 맥락이 같다.

5) 성이 각기 다른 세 여자를 세 집에서 아내로 거느리는 것 또는 누각이나 창고 이름이라고도 한다.

6) 제후들이 만나 맹세할 때 술을 바치는 의식을 치른 뒤 빈 술잔을 엎어 두는 흙으로 된 받침대이다. 관중은 제후가 아니므로 이것이 있어서는 안 되기에 공자(孔子) 등 세상 사람들의 입에 오르내린 것이다.

7) 「제 태공 세가」에 의하면 관중은 환공 41년기원전 645년에 죽었고, 안영은 영공 26년기원전 556년에 그 아버지가 맡았던 제나라의 경(卿)을 이어 받았다.

가지 이상 놓지 못하게 하고 첩에게는 비단옷을 입지 못하게 하였다. 그는 조정에 나아가서는 임금이 물으면 바른말로 대답하고, 묻지 않을 때에는 곧은 몸가짐을 하였다. 나라에 도가 있으면 명령을 따랐지만 도가 없으면 그 명령만을 따르지는 않았다.[8] 그래서 3대영공, 장공, 경공에 걸쳐 제후에게 이름을 떨칠 수 있었다.

월석보(越石父)가 어질었으나 포승줄로 묶인 몸이 되었다. 안자는 밖에 나갔다가 길에서 우연히 그와 마주쳤다.[9] 〔안자는〕 자기 마차의 왼쪽 말을 풀어 속죄금으로 내주고 〔월석보를〕 마차에 태워 함께 집으로 돌아왔다. 〔집에 이른 안자는〕 인사말도 없이 내실로 들어가 버렸다. 〔안자가 내실에서〕 한참 머물자 월석보는 절교하자고 청했다. 안자는 화들짝 놀라 옷과 모자를 바로하고 사과하며 말했다.

"저 안영이 어질지는 못하지만 당신이 어려울 때 구해 드렸는데 어찌 당신은 이토록 빨리 인연을 끊으려 하십니까?"

석보가 말했다.

"그렇지 않습니다. 제가 듣건대 군자는 자기를 알아주지 않는 자에게는 〔자신의 뜻을〕 굽히지만 자기를 알아주는 자에게

8) 나라에 도가 있는 경우와 그렇지 않은 경우에 안영의 처세 방식의 차이를 설명하고 있다. 그중 뒤의 '명령만을 따르지는 않았다'는 구절의 원문인 '횡명(橫命)'은 군주의 명령이라고 해도 형세를 헤아려 적절한 조치를 해 나갔다는 의미를 함축하고 있다. 다시 말해 '역명(逆命)'의 의미보다는 약한 표현이지만 군주에게 과감한 직언도 서슴지 않았다는 의미이다.

9) 가벼운 죄를 지은 죄수는 노역에 종사하거나 외출할 수도 있지만 저녁이 되면 반드시 감옥으로 돌아가야 했다.

는 〔자신의 뜻을〕 펼친다고 합니다. 제가 죄인의 몸일 때 저 옥리들은 저에 대해 모르고 있었습니다. 그러나 당신은 깨달은 바가 있어서 속죄금을 내어 저를 구해 주었으니 이는 저를 알아준 것입니다. 저를 알아주면서도 예의를 갖추지 않는다면 진실로 죄인의 몸으로 있는 편이 낫습니다."

그러자 안자는 〔월석보를〕 안으로 들여 상객(上客)존귀한 빈객으로 대우하였다.

안자가 제나라 재상이 되어 밖으로 나가려 할 때 그 마부의 아내가 문틈으로 자기 남편을 엿보았다. 그녀의 남편은 재상의 마부인데 〔마차의〕 큰 차양을 받쳐 들고 말 네 필에 채찍질을 하면서 의기양양하며 자못 만족스러운 표정이었다. 시간이 지나 〔마부가〕 돌아오자 그 아내는 헤어지자고 요구했다. 남편이 그 까닭을 묻자 아내가 대답했다.

"안자라는 분은 키가 여섯 자도 채 못 되는데 제나라 재상이 되어 제후들 사이에서 이름을 떨치고 있습니다. 오늘 제가 그분이 외출하는 모습을 살펴보니 품은 뜻이 깊고 늘 자신을 낮추는 겸손한 태도가 있었습니다. 그런데 지금 당신은 키는 여덟 자나 되건만 겨우 남의 마부 노릇을 하면서도 아주 의기양양해하고 있습니다. 이것이 소첩이 헤어지자고 하는 까닭입니다."

이 일이 있은 뒤 마부는 겸손해졌다. 안자가 이상한 생각이 들어 물어보자 마부는 있는 그대로 대답했다. 안자는 그를 추천하여 대부(大夫)[10]로 삼았다.

---

10) 대부는 경(卿)보다 낮은 관직으로 상, 중, 하 세 등급이 있다. 안자가 마

태사공은 말한다.

"내가 관씨(管氏)관중가 쓴 책 『관자(管子)』의 「목민(牧民)」, 「산고(山高)」, 「승마(乘馬)」, 「경중(輕重)」, 「구부(九府)」 편과 〔안자가 쓴〕 『안자춘추(晏子春秋)』를 읽어 보니 그 내용이 꽤 자세하였다. 그 책들을 읽고 그들이 살아온 자취를 살펴보고자 하여 차례대로 전기를 쓰기로 하였다. 그들의 책은 세상에 많이 나와 있으므로 여기서는 말하지 않기로 하고 세상에 알려지지 않은 일만을 말하였다.

세상 사람들은 관중을 어진 신하라고들 하지만 공자는 그를 하찮게 여겼다. 어찌 주나라의 도(道)가 쇠미해진 상황에서 어진 환공을 도와 왕도(王道)로 천하를 다스리는 군자가 되게 하지 않고 천하의 우두머리[11]로서만 이름을 떨치게 하려고 했겠는가? 전하는 말에 〔군주가〕 '잘한 점은 좇아 더 잘하게 하고 그 잘못된 점은 바로잡아 주어야만 군주와 신하가 서로 친해질 수 있다.'라고 하였는데, 이것이 어찌 관중을 두고 하는 말이겠는가?

안자는 제나라 장공이 〔대부 최저(崔杼)의 반역으로〕 죽었을 때, 그 시신 앞에 엎드려 소리 높여 울고 군신의 예를 다하고

부를 대부로 삼은 이야기는 『안자춘추』 「내편 잡 상(內篇雜上)」에 보이며, 여기 소개된 자구와 같다.

11) '천하의 우두머리'란 '패자(霸者)'를 우리말로 풀이한 것이다. 본래 패자는 패도(霸道)로 제후들의 우두머리가 된 자를 가리킨다. 여기서 패도란 인(仁)과 의(義)를 가볍게 보고 권모술수와 무력을 숭상하는 것으로서 왕도(王道)와 상반되는 뜻이다. 춘추 전국 시대에 여러 제후국 간에 전쟁이 끊이지 않은 것도 제후들이 대부분 패도를 숭상했기 때문이다.

떠났다. 이것을 어찌 '의로움을 보고도 실천하지 않은 것은 용기가 없는 것이다.'라고 할 수 있겠는가? 그러나 왕에게 간언할 때는 왕의 얼굴빛을 거슬렀으니, 이것은 '조정에서는 충성을 다할 것을 생각하고 물러나서는 허물을 보충할 것을 생각한다.'라는 마음가짐이었으리라! 오늘날 안자가 살아 있다면 나는 그를 위해 채찍을 드는 마부가 되어도 좋을 만큼 흠모한다."

3

◎

노자 한비 열전
老子韓非列傳

이 편은 도가와 법가의 학술 원류를 다루고 있다. 한(漢)나라 초기를 지배하던 사상은 겉은 도가요 안은 법가였으며 『사기』 집필 당시의 제왕인 무제도 겉은 유가요 안은 법가였으니, 실상 법가를 숭상한 진(秦)나라의 사상적 맥락이 크게 바뀌지는 않았다.

노자와 장자의 사상을 흔히 도가 사상 또는 노장 사상이라고 한다. 도가 사상은 끊임없는 전쟁으로 인한 불안정과 권력의 지위 다툼으로부터 벗어나 은둔과 도피를 일삼는 철학이다. 그래서 도가 사상은 군주 권력의 전제 정치에 대한 보통 사람들의 저항을 나타낸 것이라고도 한다.

노장에 관한 사마천의 관점은 이러하다. 노자는 공자와 동시대인으로 나이가 공자보다 많고 '예(禮)'에 밝아 공자에게 가르침을 주었고 공자에 의해 극찬을 받았다는 것이다. 그리하여 사마천은 장자(莊子)의 우언을 당시 유가와 묵가를 공격하는 탁월한 무기로 본다.

한편 사마천은 법가 인물에 대해 비우호적이었으므로 오기(吳起)나 상군(商君) 등에 대해서도 각박하다고 하면서 그들의 공적 뒤에 가려진 지나친 성과주의를 비판했다. 그러나 이 편에서 한비는 그의 비참한 최후가 사마천의 감개 있는 필치로 그려지고 있다. 법치를 내세운 한비는 전국 시대 한(韓)나라 명문 귀족의 후예로서 눌변이지만 논리력을 필요로 하는 글에는 뛰어난 재능을 보였다. 한나라는 전국 칠웅 가운데 가장 작고 약했다. 전란이 계속되는 불안한 상황 속에서 약소국의 비애와 고통, 모욕과 굴욕, 굶주림 등은 한비에게 가혹한 고통이었다. 그래서 한비는 한나라 왕에게 해결책을 자주 간언하였으나 불행히도 받아들여지지 않았다.

「노 장 신 한 열전(老莊申韓列傳)」이라고도 하는 이 편은 사마천이 법가와 도가가 하나의 뿌리에 근거하고 있음을 밝힌 것으로 신불해와 한비 두 사상을 황로(黃老) 사상과 연계하려 한 점과 소통과 융회의 관점에서 이해해야 한다. 이런 면모는 이 편 외에 「맹자 순경 열전」, 「유림 열전」에서도 비슷하게 나타나는데 제목으로 보면 유가만을 다룬 듯하지만 황로 사상을 부각시키는 서술 방식을 지향하고 있다.

공자가 예를 묻자 대답하는 노자.

훌륭한 상인은 물건을 깊숙이 숨겨 둔다

노자(老子)는 초나라 고현(苦縣) 여향(厲鄕) 곡인리(曲仁里) 사람으로 성은 이씨(李氏), 이름은 이(耳), 자는 담(聃)이다. 〔그는〕 주나라의 장서실을 지키는 사관이었다.

공자가 주나라에 가 머무를 때 노자에게 예(禮)를 묻자 노자는 대답했다.

"당신이 말하는 사람들은 그 육신과 뼈가 모두 이미 썩어 없어지고 오직 그들의 말만이 남아 있을 뿐이오. 또 군자는 때를 만나면 달려가지만, 때를 만나지 못하면 쑥처럼 이리저리 떠도는 모습이 되오. 내가 듣건대 훌륭한 상인은 〔물건을〕

깊숙이 숨겨 두어 텅 빈 것처럼 보이게 하고, 군자는 아름다운 덕을 지니고 있지만 모양새는 어리석은 것처럼 보인다고 하였소. 그대의 교만과 지나친 욕망, 위선적인 모습과 지나친 야심을 버리시오. 이러한 것들은 그대 자신에게 아무런 도움도 되지 않소. 내가 그대에게 알려 주는 까닭은 이와 같기 때문이오."

공자는 돌아와서 제자들에게 일러 말했다.

"새가 잘 난다는 것을 나는 알고, 물고기가 헤엄을 잘 친다는 것을 나는 알며, 짐승이 잘 달린다는 것을 나는 안다. 달리는 것은 그물을 쳐서 잡을 수 있고, 헤엄치는 것은 낚시질로 잡을 수 있으며, 나는 것은 화살을 쏘아 잡을 수 있다. 〔그러나〕 용이라면 그것이 어떻게 바람과 구름을 타고 하늘로 올라가는지 나는 알 수 없다. 내가 오늘 만났던 노자는 아마도 용 같은 존재였구나!"

노자는 도(道)와 덕(德)을 닦고 그는 학문을 스스로 숨겨 명성을 없애는 데 힘썼다. 오랫동안 주나라에서 살다가 주나라가 쇠락해 가는 것을 보고는 그곳을 떠났다. 〔그가〕 함곡관(函谷關)에 이르자, 관령(關令) 윤희(尹喜)[1]가 말했다.

---

1) 윤희는 주나라 대부로 별자리 보는 법도 익혔고 인덕도 있었으나 세상 사람들에게 알려져 있지 않았다. 그는 노자가 온다는 것을 만물의 기운을 보고 미리 알아차렸으며 그가 서쪽으로 오는 행적을 추적하여 노자를 만났다. 노자 또한 윤희를 범상치 않은 인물로 보아 책을 지어 주고는 함께 서쪽으로 갔다고 전해진다. 책은 모두 아홉 편으로 구성되어 있으며 『관령자(關令子)』라고 이름했다고 한다. 이렇게 보면 윤희가 간직한 책은 『노자』와는 다른 책임을 유추할 수 있다.

"선생께서는 앞으로 은둔하려 하시니 〔저에게〕 억지로라도 책을 지어 주십시오."

그리하여 노자는 책 상·하편을 지어 '도'와 '덕'의 의미를 5000여 자로 말하고 떠나가 버려 그가 어떻게 여생을 살았는지는 아무도 모른다.

어떤 사람에 의하면 노래자(老萊子)춘추 시대의 은자[2]도 초나라 사람으로 책 열다섯 편을 지어 도가의 쓰임을 말하였는데, 공자와 같은 시대 사람이라고 한다.

대체로 노자는 160여 세 또는 200여 세를 살았다고 하는데, 그가 도를 닦아 수명을 연장하였기 때문이라고 한다.

공자가 죽은 지 129년 되던 해 사서(史書)의 기록에 의하면, 주나라 태사(太史)역사책이나 역법을 관장하던 직책 담(儋)이 진(秦)나라 헌공(獻公)을 만나 말했다.

"처음에 진나라는 주나라와 합쳤다가 500년이 지나면 나뉘고, 나뉜 날로부터 70년이 지나면 패왕(覇王)이 나올 것이다."

어떤 사람은 담이 바로 노자라고 하고, 어떤 사람은 그렇지 않다고 한다. 이 세상에는 그것의 옳고 그름을 아는 이가 없다. 노자는 숨어 사는 군자였다.

노자의 아들은 이름이 종(宗)인데, 종은 위(魏)나라 장군이 되어 단간(段干)을 봉토로 받았다. 종의 아들은 주(注)이고, 주

---

2) 사마천은 노자와 노래자가 같은 사람일 것이라는 의심이 들어 여기에 기록했다. 『열선전(列仙傳)』에 의하면 노래자는 초나라 사람으로 당시 세상이 혼란스러워 몽산(蒙山) 북쪽에서 농사를 지으며 숨어 살았는데, 초나라 왕이 몸소 찾아가 그를 맞이했다고 한다.

의 아들은 궁(宮)이며, 궁의 현손은 가(假)인데 가는 한(漢)나라 효문제(孝文帝) 때에 벼슬했다. 가의 아들 해(解)는 교서왕(膠西王) 앙(卬)의 태부(太傅)가 되어 제나라의 한 지역을 다스렸다.

세상에서 노자의 학문을 배우는 이들은 유가 학문을 내치고, 유가 학문을 배우는 이들은 역시 노자를 내쳤다. "길이 다르면 서로 도모하지 않는다."라는 말은 아마도 이러한 것을 두고 한 말일 것이다. 이이(李耳)노자는 하지 않는 것(無爲)으로써 저절로 교화되게 하고, 맑고 고요하게 있으면서 저절로 올바르게 되도록 했다.

관리가 되느니 더러운 시궁창에서 놀리라

장자(莊子)는 몽현(蒙縣) 사람으로 이름은 주(周)이다. 그는 일찍이 몽현의 칠원(漆園)이라는 곳에서 벼슬아치 노릇을 했으며 양 혜왕(梁惠王), 제 선왕(齊宣王)과 같은 시대 사람이다. 그의 학문은 〔넓어〕 통하지 않은 것이 없었는데, 그 학문의 요체는 근본적으로 노자의 학설로 돌아간다.

그러므로 그가 지은 책 10여만 자는 대부분 모두 우언들이다. 〔그는〕「어부(漁父)」,「도척(盜跖)」,「거협(胠篋)」편을 지어서 공자 무리를 호되게 비판하고 노자의 가르침을 밝혔다.「외루허(畏累虛)」,「항상자(亢桑子)」같은 이야기는 모두 꾸며 낸 이야기로서 사실이 아니다. 〔그는〕 책을 지음에 빼어난 문사로 세상일을 살피고 인간의 마음에 어울리는 비유를 들어 유가와 묵가를 예리하게 공격했다. 비록 당대의 학문이 무르익은 위대한 학자들도 그의 공격을 벗어나지는 못했다. 그의 말은 거센 물결처럼 거침이 없이 생각대로 펼쳐졌으므로 왕공(王公)이나 대인(大人)들에게 그릇감으로 여겨지지 못했다.

초나라 위왕(威王)은 장주가 현명하다는 말을 듣고 사신을 보내 후한 예물을 주고 재상으로 맞아들이려고 했다. 〔그러나〕 장주는 웃으며 초나라 왕의 사신에게 말했다.

"천금(千金)은 막대한 이익이고 경상(卿相)이란 높은 지위지요. 그대는 어찌 교제(郊祭)고대 제왕이 해마다 동짓날에 도성의 남쪽 교외에서 하늘에 올린 제사를 지낼 때 희생물로 바쳐지는 소를 보지 못했습니까? 〔그 소는〕 여러 해 동안 잘 먹다가 화려한 비단옷을 입고 결국 종묘로 〔끌려〕 들어가게 되오. 이때 그 소가 〔몸집이〕 작은 돼지가 되겠다고 한들 어찌 그렇게 될 수 있겠소? 그대는 빨리 돌아가 나를 욕되게 하지 마시오. 나는 차라리 더러운 시궁창에서 노닐며 스스로 즐길지언정 나라를 가진 제후들에게 얽매이지는 않을 것이오. 죽을 때까지 벼슬하지 않고 내 뜻대로 즐겁게 살고 싶소."

형명지학의 대가 신불해

신불해(申不害)는 경읍(京邑) 사람으로, 본래는 정나라의 하찮은 신하였다. 〔법가의〕 학술을 배워 한(韓)나라 소후(昭侯)에게 유세하여 〔관직을〕 구하니, 소후가 등용하여 재상으로 삼았다. 그는 15년 동안 안으로는 정치와 교육을 바로 세우고 밖으로는 제후들을 상대했다. 결국 신자(申子)신불해가 자리에 있을 때 나라는 다스려지고 군대가 강하여 한나라로 쳐들어오는 자가 없었다.

신자의 학문은 황로(黃老)[3]에 근본을 두고 형명(刑名)[4]을 내세웠다. 그는 글 두 편을 썼는데 그것을 「신자(申子)」라고 한다.

---

3) 황로란 도가에서 파생된 한 분파로서 전국 시대 중기에 형성되어 한(韓), 조(趙), 제(齊)나라에서 유행했다. 황제(黃帝)의 이름을 빌려 노자 철학 중의 허정을 흡수하여 사물이 극단에 이르면 반드시 돌아온다는 사상으로 기본 틀을 삼는다.

4) 형명(刑名)이란 원래 '형체와 명칭'을 가리키는 말로 '형명(形名)'이라고도 하며 '명실(名實)'과도 같은 말이다. 선진 때 법가들은 '형명'을 '법술(法術)'과 연계시켜 '명(名)'을 명분, 법령 등의 뜻으로 써서 '순명책실(循名責實)', '신상명벌(愼賞明罰)'을 주장하였다. 후대 사람들은 이들의 주장을 형명지학(刑名之學)이라고도 하고, 줄여서 형명(刑名)이라고도 부른다.

용의 비늘을 건드리지 말라

한비(韓非)는 한(韓)나라의 여러 공자 가운데 한 사람으로 형명과 법술(法術)[5]의 학설을 좋아했으나 그의 학문은 황로 사상을 바탕으로 한다. 한비는 말을 더듬어 유세는 잘 못했으나 책을 잘 썼다. 이사(李斯)와 함께 순경(荀卿)을 〔스승으로〕 섬겼는데, 이사는 자신이 한비에 미치지 못한다고 생각하였다.

한비는 한나라 땅이 나날이 줄어들고 쇠약해져 가는 것을 보고 한나라 왕 〔한안(韓安)〕에게 여러 차례 글을 올려 간언했지만, 한나라 왕은 그를 등용할 수 없었다. 그리하여 한비는 〔한나라 왕이〕 나라를 다스리는 데 법과 제도를 닦아 바로 세우고 권세를 잡아 신하들을 부리며 나라를 부유하게 하고 병력을 튼튼하게 하며 인재를 찾아 쓰고 어진 사람을 임명하는 일에 힘쓰지 않고, 도리어 실속 없는 소인배유학자들를 등용하여 그들을 〔전투에서〕 공로와 실적이 있는 자보다 윗자리에 앉히는 것을 싫어하였다.

---

5) '법'이란 회화나 문서에 나타난 군주의 명령으로서 일종의 성문법이라고 할 수 있고, '술'은 군주의 가슴속에 있는 것으로서 나라를 잘 다스리기 위해 아랫사람의 능력을 최대한 발휘시킨다든지 잘못한 일이 있으면 꾸짖고 벌주는 등의 행동을 하는 것을 말한다. 이러한 법과 술을 더해 '법술'이라고 하는데, 이것은 특히 중앙 집권적 통치 체제하에서 높이 평가되었다. 한비자가 진시황의 마음을 사로잡은 것은 결코 우연이 아니었다.

한비는 유가는 글로 나라의 법을 혼란스럽게 하고, 협객은 힘으로 나라의 금령을 어긴다고 생각했다. 〔군주는 나라가〕 편안할 때에는 명예를 좇는 사람을 총애하고 위급할 때에는 갑옷 입고 투구 쓴 무사를 등용한다. 〔그러므로〕 지금 이 나라에서 봉록을 주어 등용하는 자는 위급할 때에는 쓸 수 없는 자이고, 위급할 때에 쓰이는 사람은 봉록을 주어 등용한 자가 아니다. 〔한비는〕 청렴하고 정직한 인물들이 사악한 신하들 때문에 받아들여지지 못하는 것을 슬퍼하고 옛날 왕들이 시행한 정치의 성공과 실패에 관한 변화를 살펴 「고분(孤憤)」, 「오두(五蠹)」, 「내저설(內儲說)」, 「외저설(外儲說)」, 「설림(說林)」, 「세난(說難)」 편 등 10여만 자의 글을 지었다.

그러나 한비는 유세의 어려움을 알고 「세난」 편을 매우 자세하게 지었음에도 결국은 진나라에서 죽어 자신은 〔위험에서〕 벗어나지 못하였다. 그는 「세난」 편에서 말하였다.

대체로 유세의 어려움은 내 지식으로 상대방을 설득시키기 어렵다는 것이 아니고, 내 말솜씨로 뜻을 분명히 밝히기 어렵다는 것도 아니며, 또 내가 감히 해야 할 말을 자유롭게 모두 하기 어렵다는 것도 아니다. 유세의 어려움은 군주라는 상대방의 마음을 잘 파악하여 내 주장을 그 마음에 꼭 들어맞게 하는 데 있다. 상대방이 높은 명성을 얻고자 하는데 큰 이익을 얻도록 설득한다면 식견이 낮은 속된 사람이라고 틀림없이 가볍게 여기며 멀리할 것이다. 〔이와 반대로〕 상대방이 큰 이익을 얻고자 하는데 높은 이름을 얻도록 설득한다면 상식이 없고 세상 이치에 어둡다고 틀림없이 받아들이지 않을 것이다. 상대방이 속으로는 큰 이익을 바라면서 겉으로는 높은 이름을 원할 때 높은 이름을 얻는 방법으로 설득한다면 겉으로는 받아들이는 척하겠지만 속으로는 멀리할 것이며, 만약 큰 이익을 얻는 방법으로 설득한다면 속으로는 의견을 받아들이면서도 겉으로는 그를 꺼릴 것이다. 〔유세자는〕 이러한 점들을 알지 않을 수 없다.

대체로 일이란 은밀히 함으로써 이루어지고 말이 새어 나가면 실패한다. 그러나 유세자가 상대방의 비밀을 들출 뜻이 없었지만 우연히 상대방의 비밀을 말한다면 유세자는 몸이 위태로워진다. 또 군주에게 허물이 있을 때 유세자가 주저 없이 분명하게 바른말을 하고 교묘한 주장을 내세워 그 잘못을 들추어 내면 그 몸은 위태로워진다. 유세자가 아직 군주에게 두터운 신임과 은혜도 입지 않았는데 자신이 알고 있는 것을 다 말해 버리면 설령 그 주장을 실행하여 공을 세우더라도 군주는 그 덕을 잊을 것이며, 그 주장을 실행하지 않아 실패하게 되면 군주에게 의심을 받을 것이다. 이런 경우에도 유세자의 몸은 위태로워질 것이다. 또 군주가 좋은 계책을 얻어 자기 공로를 세우고자 하는데 유세자가 그 내막을 알게 되면 그 몸이 위태로워진다. 군주가 겉으로는 어떤 일을 하는 것처럼 꾸미고 실제로는 다른 일을 꾸미고 있을 때 유세자가 이것을 알게 되면 역시 몸이 위태로워진다. 〔또 군주가〕 결코 하고 싶지 않은 일을 억지로 하게 하거나 그만두고 싶지 않은 일을 멈추게 하면 또한 몸이 위태로워진다. 그러므로 현명하고 어진 군주에 관해서 말하면 자기를 헐뜯는다는 오해를 받게 되고, 지위가 낮은 인물에 관해서 말하면 군주의 권세를 팔아서 자신을 돋보이려 한다는 오해를 받게 되며, 군주가 총애하는 자에 관해서 이야기하면 그들을 이용하려는 줄 알며, 군주가 미워하는 자에 관해서 논하면 자기를 떠보려는 것으로 여길 것이다. 말을 꾸미지 않고 간결하게 하면 아는 게 없다고 하찮게 여길 것이고, 장황하게 늘어놓으면 말이 많다고 할 것이며, 사실에 근거하여 이치에 맞는 의견을 말하면 소심한 겁쟁이라 말을 다 못한다고 할 것이고, 생각한 바를 거침없이 말하면 버릇없고 오만한 사람이라고 할 것이다. 이런 것들이 유세의 어려운 점이니 알지 않을 수 없다.

유세에서 중요한 것은 상대방의 장점을 아름답게 꾸미고 단점을 덮어 버릴 줄 아는 것이다. 상대방이 자신의 계책을 지혜로운 것으로 여긴다면 지나간 잘못을 꼬집어 궁지로 몰아서는 안 된다. 자신의 결정을 용감한 것이라고 여기면 구태여 반대 의견을 내세워 화나게 해서는 안 된다. 상대방이 자신의 능력을 과장하더라도 그 일의 어려움을 들어 가로막아서는 안 된다.

유세자는 군주가 꾸민 일과 같은 계책을 가진 자가 있으면 그 사람을 칭찬하고, 군주와 같은 행위를 하는 자가 있으면 그 사람을 칭찬하며, 군주와 같은 실패를 한 사람이 있으면 그것은 실패한 것이 아니라며 두둔해 주고, 군주와 같은 실수를 한 자가 있으면 그에게 잘못이 없음을 명확히 설명하고 덮어 주어야 한다. 군주가 유세자의 충성스러운 마음에 반감을 가지지 않고 주장을 내치지 않아야 비로소 유세자는 그 지혜와 언변을 마음껏 펼칠 수 있다. 이것이 바로 군주에게 신임을 얻고 의심 받지 않으며 자신이 아는 바를 다 말할 수 있는 방법이다.

이렇게 하여 오랜 시일이 지나 군주의 총애가 깊어지면 큰 계책을 올려도 의심 받지 않고 군주와 서로 다투며 말하여도 벌을 받지 않을 것이다. 그때 유세자가 국가에 이로운 점과 해로운 점을 명백히 따져 군주가 공적을 이룰 수 있게 하며, 옳고 그름을 솔직하게 지적해도 영화를 얻게 된다. 이러한 관계가 이어지면 유세는 성공한 것이다.

〔재상〕 이윤(伊尹)[6]이 요리사가 되고, 백리해(百里奚)[7]가 포로가 된 것은 모두 군주에게 등용되기 위한 수단이었다. 이 두 사람은 모두 성인이면서도 이처럼 자기 몸을 수고롭게 하고 천한 일을 겪은 뒤에 세상에 나오지 않을 수 없었다. 그러므로 재능 있는 인재라도 이러한 일을 부끄러워할 것이 없다.

송나라에 어떤 부자가 있는데 집의 담장이 비에 무너져 내렸다. 그 아들이 이렇게 말했다.

"〔담장을 다시〕 쌓지 않으면 도둑이 들 것입니다."

그 이웃집 주인도 아들과 똑같이 말하였다. 날이 저물자 정말 많은 재물을 잃었다. 부자는 자기 아들은 매우 똑똑하다고 칭찬하면서도 이웃집 주인을 의심했다.

---

6) 은나라의 유명한 재상으로 탕임금을 도와 어진 정치를 펼쳤으며 하나라의 걸왕을 멸망시켰다. 탕임금의 손자인 태갑이 포악한 정치를 하자 이를 말리다가 귀양까지 가게 되었으나 다시 돌아와 훌륭한 정치를 했다. 이윤은 본래 요리사 출신으로, 솥을 지고 가서 음식을 만들어 탕임금에게 바치고는 그에게 신임을 얻기를 바랐다는 전설이 있다.

7) 춘추 시대 오나라 대부로 진(晉)나라의 포로였는데, 진(秦)나라 목공(穆公)에게 발탁되어 천하의 우두머리가 되도록 도왔다.

예전에 정나라 무공(武公)은 호(胡)나라를 칠 계획으로 자기 딸을 호나라 군주에게 시집보내고 대신들에게 이렇게 물었다.

"내가 전쟁을 일으키려 하는데 어느 나라를 치면 되겠소?"

관기사(關其思)가 대답했다.

"호나라를 칠 만합니다."

이에 관기사를 죽이며 〔무공은〕 이렇게 말했다.

"호나라는 형제 같은 나라인데 그대는 호나라를 치라고 하니 어찌된 일이오?"

호나라 군주는 이 소식을 듣고 정나라를 친한 친구 나라로 여기고 〔공격〕에 대비하지 않았다. 〔그러자〕 정나라 군사들이 호나라를 습격하여 취하였다.

이웃집 사람과 관기사가 한 말은 모두 옳으나 심한 경우는 목숨을 잃고 가벼운 경우는 의심을 받았다. 이는 안다는 것이 어려운 일이 아니라 아는 것을 어떻게 쓰느냐가 어렵다는 뜻이다.

예전에 미자하(彌子瑕)라는 사람이 위(衛)나라 군주에게 총애를 받았다. 위나라 법에 군주의 수레를 훔쳐 타는 자는 월형(刖刑)발뒤꿈치를 자르는 형벌에 처하도록 되어 있었다. 얼마 뒤에 미자하의 어머니가 병이 나자, 〔이 소식을〕 들은 어떤 사람이 밤에 〔미자하가 있는 곳으로〕 가서 이 사실을 알렸다. 미자하는 〔군주의 명령이라고〕 속여 군주의 수레를 타고 대궐 문을 빠져나갔다. 군주는 이 일을 듣고 미자하를 어질다고 하면서 이렇게 말했다.

"효자로구나! 어머니를 위해서 발뒤꿈치가 잘리는 형벌까지 감수하다니!"

또 미자하가 군주와 과수원에 갔다가 복숭아를 먹어 보니 맛이 달았다. 미자하가 먹던 복숭아를 군주에게 바치자 군주는 또 이렇게 말했다.

"나를 아끼는구나. 제 입맛을 참고 이토록 나를 생각하다니."

그 뒤 미자하는 고운 얼굴빛이 사라져 군주의 총애를 잃고 군주에게 죄를 짓게 되었다. 그러자 군주는 이렇게 말했다.

"이자는 일찍이 나를 속이고 내 수레를 탔고, 또 나에게 먹다 남은 복숭아를 먹게 했다."

미자하의 행위는 처음이나 나중이나 다를 바가 없었지만 처음에는 현명하다고 칭찬을 받고 나중에는 죄를 입게 되었다. 〔그것은〕 군주가 그를 사랑하고 미워하는 마음을 완전히 바꾸었기 때문이다. 그러므로 군주에게 총애를 받을 때에는 지혜가 군주의 마음에 든다고 하여 더욱 친밀해지고, 군주에게 미움을 받을 때에는 죄를 짓는다고 하여 더욱더 멀어지는 것이다. 따라서 군주에게 간언하고 유세하는 자는 군주가 자기를 사랑하는지 미워하는지를 살펴본 다음에 유세해야 한다.

용이라는 벌레는 잘 길들여 가지고 놀 수도 있고 그 등에 탈 수도 있으나, 그 목덜미 아래에 거꾸로 난 한 자 길이의 비늘이 있어 이것을 건드린 사람은 〔용이〕 죽인다고 한다. 군주에게도 거꾸로 난 비늘이 있으니, 유세하는 사람이 군주의 거꾸로 난 비늘을 건드리지 않아야 〔성공한 유세에〕 가깝다고 할 수 있을 것이다.

어떤 사람이 한비의 책을 진(秦)나라로 가지고 와 전파했다. 진왕진시황은 「고분」, 「오두」 두 편의 문장을 보고 말했다.

"아! 과인이 이 〔책을 쓴〕 사람을 만나 교유할 수만 있다면 죽어도 한이 없겠다."

이사가 말했다.

"이것은 한비라는 사람이 지은 책입니다."

진나라는 이 때문에 급히 한나라를 공격했다. 한나라 왕은 처음에 한비를 등용하지 않았으나 다급해지자 즉시 한비를 진나라에 사신으로 보냈다. 진왕은 한비를 좋아하기는 하나 믿어 등용하지는 않았다. 이때 이사와 요가(姚賈)가 한비를 해치려고 그를 헐뜯어 말했다.

"한비는 한나라의 여러 공자 가운데 한 사람입니다. 지금 왕께서 제후들을 삼키려는데, 그는 끝까지 한나라를 위해 일하지 진나라를 위해 일하지 않을 테니 이것이 사람의 마음입니다. 지금 왕께서 〔그를〕 등용하지 않은 채 오랫동안 머물게 했다가 그대로 돌려보낸다면 이는 스스로 뒤탈을 남기는 일이니, 죄를 뒤집어씌워 법에 따라 죽이느니만 못합니다."

진왕은 옳다고 여기고 한비를 옥리에게 넘겨 죄를 묻도록 하였다. 이사는 사람을 보내 한비에게 독약을 전해 스스로 목숨을 끊도록 하려고 하였다. 한비는 직접 진왕을 만나 진언하려고 했지만 만날 수 없었다. 진왕이 뒤늦게 후회하고 사람을 보내 한비를 놓아주게 하였으나, 한비는 이미 죽은 뒤였다.

신자와 한자(韓子)한비는 모두 책을 지어 후세에 전했으므로 배우는 자들이 많았다. 나는 다만 한자가 「세난」 편을 짓고도 스스로는 〔재앙을〕 벗어날 수 없었던 것이 슬플 뿐이다.

태사공은 말한다.

“노자가 귀하게 생각하는 도는 허무(虛無)이고, 무위(無爲)에서 변화에 호응하는 것이다. 그러므로 그가 지은 책은 글이 미묘하여 알기 어렵다. 장자는 〔노자가 말한〕 도덕의 의미를 미루어 풀어서 자유롭게 논했는데, 〔그〕 요지 또한 자연으로 돌아가라는 것이다. 신자는 스스로 힘써 명분과 실질에 적용시켰다. 한자는 먹줄을 친 것처럼 〔법규를 만들어〕 세상의 모든 일을 결단하고 옳고 그름을 분명히 하였지만 그 극단에 치우쳐 각박하고 은혜로움이 부족했다. 〔이들 셋은〕 모두 〔노자의〕 도와 덕에 그 근원을 두고 있으니 노자의 사상이 깊고도 먼 것이다.”

4

◎

사마양저 열전
司馬穰苴列傳

이 편은 사마(司馬)군사 업무를 책임짐를 지낸 양저를 다루었다. 사마양저는 춘추 시대 말기 제나라 대부로 재상 안영의 추천을 받아 장군에 임명되었는데, 이는 자신의 신분에 비해 높은 자리를 부여받은 것이었다. 당시 제나라는 군사적으로 매우 불리했다. 사마천은 사마양저에 대한 경공의 신임과 장가(莊賈)와의 갈등 양상을 그려 나가면서 문무(文武)를 두루 겸비한 인물로 묘사하고 있다.

전쟁만큼 큰 죄악은 없다. 그러나 춘추 전국 시대에 전쟁은 필요악이었다. 법가에서는 부국강병을 주장하면서 전쟁을 통하여 전쟁을 없애는 '이전거전(以戰去戰)'『상군서(商君書)』「화책(畫策)」 이론을 제시했다. 이와 마찬가지로 병가들도 어떻게든 승리하여 적을 소멸시키고 자신을 보존하는 일에 주요 관심을 두었다.

사마천은 병가의 인물 전기를 통해 각양각색의 전례(戰例)를 기록하면서, 뛰어난 장수는 '기교(巧)'로써 전쟁을 치른다는 것을 말하고 있다. 또한 사마천은 여기서 사마양저야말로 이론과 실천 면에서 『사마법(司馬法)』을 계승 발전시키면서도 대의와 예절을 아는 유가의 풍모를 지닌 장수라고 평가하며 양저에 대한 존경을 표시하고 있다. 『한서』「예문지」에 의하면 『사마법』은 155권이었는데 다섯 권만 남았다고 한다.

苴斬監

약속을 어긴 장가를 베려는 양저.

약속은 생명과도 같다

사마양저(司馬穰苴)는 전완(田完)의 후예다. 제나라 경공 때 진(晉)나라가 아읍(阿邑)과 견읍(甄邑)을 치고 연(燕)나라가 하수(河水)황하 부근을 침략했는데, 제나라 군대가 완패하자 경공이 걱정하므로 안영은 전양저(田穰苴)를 추천하며 말했다.

"양저는 비록 전씨의 서출이지만 그의 글은 많은 사람의 마음을 사로잡고 무예는 적군을 위협할 만하니, 원컨대 군왕께서 그를 시험해 보십시오."

경공은 양저를 불러 군대의 일에 관해서 이야기를 나눠 보고는 매우 기뻐하며, 그를 장군으로 삼아 군사를 이끌고 가서 연나라와 진나라 군사를 막도록 하였다. 양저가 말했다.

"신은 본래 미천한 신분인데, 군왕께서 이러한 저를 백성 가운데서 뽑아 대부의 윗자리에 두셨습니다. 〔그러나〕 병졸들은 복종하지 않고 백성은 믿지 않으니, 저는 권세가 미미하고 보잘것없는 존재에 지나지 않습니다. 바라건대 군왕께서 총애하고 온 백성이 존경하는 신하를 감군(監軍)군대의 감찰관으로 삼으면 될 것입니다."

그리하여 경공은 양저의 부탁을 받아들여 장가(莊賈)를 보내 가도록 하였다. 양저는 떠난다는 인사를 하고 나서 장가와 이렇게 약속했다.

"내일 해가 중천에 뜨면 군문(軍門)군영의 정문에서 만납시다."

〔이튿날〕 양저는 먼저 수레를 빨리 달려 군영으로 가서 해시계와 물시계를 마련해 놓고 장가를 기다렸다. 장가는 원래 교만한 사람으로, 장군이 이미 군영에 가 있으니 감군인 자신은 그렇게 서두를 필요가 없다고 생각했다. 친척과 측근들이 그를 전송하자 머물며 술을 마셨다. 해가 중천에 떠도 장가가 오지 않았다. 양저는 해시계를 엎고 물시계를 쏟아 버리고는 〔군영으로〕 들어가 병사들을 지휘하며 약속한 사실을 선포했다. 약속한 사실이 이미 선포되고 저녁때가 되어서야 장가가 드디어 도착했다. 양저가 말했다.

"어째서 약속 시간보다 늦었습니까?"

장가가 사과하며 말했다.

"못난 저를 대부들과 친척들이 송별연을 열어 주어 지체되었소."

양저는 말했다.

"장수란 명령을 받은 그날부터 그 집을 잊고, 군영에 이르러 군령이 확정되면 그 친척들을 잊으며, 북을 치며 급히 나아가 공격할 때에는 그 자신을 잊어버려야 합니다. 지금 적국이 깊숙이 쳐들어와 나라가 들끓고 병사들은 국경에서 뜨거운 햇살과 이슬을 맞고 있으며 군왕께서는 편히 잠자리에 들지 못하고 음식을 드셔도 단맛을 모릅니다. 백성의 목숨이 모두 당신에게 달려 있거늘 무슨 송별회란 말입니까?"

그러고 나서 군정(軍正)군대의 법무관을 불러 물었다.

"군법에는 약속 시간이 되었는데 늦게 도착한 자에게는 어떻게 하도록 되어 있소?"

군정이 대답했다.

"마땅히 베어야 합니다."

장가는 두려워서 사람을 보내 급히 경공에게 이 일을 알리고 구해 달라고 요청했다. 양저는 경공에게 갔던 사람이 돌아오기도 전에 장가의 목을 베어 전군에 돌려 본보기로 삼았다. 전군의 병사는 모두 두려워 벌벌 떨었다. 한참 뒤 경공이 보낸 사자가 장가를 사면하라는 부절을 가지고 말을 달려 군영 안으로 들이닥쳤다. 그러자 양저가 말했다.

"장수가 군영에 있을 때에는 왕의 명령도 받들지 않을 수 있소."

그러고는 군정에게 물었다.

"군영 안에서 말을 달리면 군법에는 어떻게 처리하도록 되어 있소?"

군정이 말했다.

"마땅히 베어야 합니다."

사자는 몹시 두려워했다. 양저가 말했다.

"군왕의 사자이니 죽일 수는 없소."

그러고는 그의 마부를 베고 수레의 왼쪽 곁나무(駙木)를 가르고 왼쪽 곁마의 목을 쳐 전군에 본보기로 삼았다. 〔양저는〕 사자를 보내 군왕에게 다시 보고하게 하고 나서 싸움터로 나갔다.

병사들을 감동시킨 용병술

〔양저는〕 병사들이 머무는 막사와 우물, 아궁이, 먹을거리, 질병을 물어보고 약을 챙겨 주는 일도 몸소 보살폈다. 〔또한〕 장군에게 주어지는 물자와 양식을 모두 병사들에게 누리게 하였는데, 자신은 병사들 중에서도 몸이 가장 허약한 병사의 몫과 똑같이 양식을 나누었다. 이로부터 사흘 뒤에 병사들을 다시 순시하자 병든 병사들까지도 출정하기를 바라 모두 앞다투어 싸움터로 나갔다.

진나라 군사들은 이 소문을 듣고 물러가고, 연나라 군사들도 이 소문을 듣고 하수를 건너 흩어졌다. 그리하여 〔양저는〕 그들을 뒤쫓아 가 마침내 예전에 잃었던 봉국의 땅을 되찾고 병사들을 이끌고 돌아왔다.

〔양저는〕 군대가 본국에 닿기 전에 병사들의 무장을 풀고 군령을 거두어 충성을 맹세한 뒤에 도성으로 들어갔다. 경공이 대부들과 교외로 나와 군사들을 맞이하여 노고를 위로하였고 개선 의식을 마친 뒤 돌아가 잠자리에 들었다. 〔경공은〕 양저를 만나 보고는 존중하여 대사마(大司馬)로 삼았다. 전씨는 제나라에서 나날이 더욱 존경을 받게 되었다.

얼마 뒤 대부 포씨(鮑氏), 고씨(高氏), 국씨(國氏)의 무리가 양저를 해치려 경공에게 헐뜯었다. 경공이 양저를 물러나게 하자 양저는 병이 나 세상을 떠났다. 전기(田乞)와 전표(田豹)의 무리는 이 일로 인하여 고씨, 국씨 등을 원망했다. 그 후 전상(田常)[1]이 간공(簡公)을 죽였을 때 고씨, 국씨 일족을 모두 죽였다. 전상의 증손자 전화(田和)에 이르러 〔제후로〕 자립하였고, 〔그 후손이〕 제나라 위왕(威王)이 되었다. 〔제나라 위왕이〕 병사를 다루고 위엄을 보이는 일에 대부분 양저의 병법을 본받자, 제후들은 제나라에 입조(入朝)하게 되었다.

제나라 위왕은 대부들에게 고대의 『사마병법(司馬兵法)』을 정리하여 논의하도록 하였고, 그 가운데 양저의 병법을 덧붙여 『사마양저병법』이라고 일컫게 하였다.

태사공은 말한다.

---

1) 제나라 대신 전성자(田成子)로 이름은 항(恒)이다. 전상은 기원전 481년에 간공을 죽인 뒤 그 자리에 평공(平公)을 앉히고 재상이 되었다.

"내가 『사마병법』을 읽어 보니 그 개략이 넓고 크며 깊고 원대하여 설령 삼대(三代)하, 은, 주의 제왕들이 전쟁에 나서도 그 의미를 다 이해하지는 못하였을 것이다. 그 문장을 보면 과장된 점도 없지 않다. 양저는 보잘것없는 작은 나라를 위해서 군대를 움직였으니, 어느 틈에 『사마병법』에서 말하는 겸양의 예절을 지킬 수 있었겠는가? 세상에는 이미 『사마병법』이 많이 있으므로 거론하지 않고 양저의 열전만을 지었다."

5

◎

손자 오기 열전
孫子吳起列傳

춘추 시대부터 본격적으로 시작된 겸병(兼倂) 전쟁이 계속 확대됨에 따라 각 제후국들이 전쟁에 동원하는 병력 수도 늘어나 수십만에 이를 정도였다. 이와 같은 새로운 상황이 펼쳐짐에 따라서 효율적인 전쟁을 하기 위한 전략과 전술의 필요성이 날로 높아지게 되었음은 두말할 나위도 없다.

이 편은 세 명의 뛰어난 병법가 손무(孫武), 그보다 100여 년 뒤의 후손 손빈(孫臏), 오기(吳起)의 이야기에 방연(龐涓)을 덧붙인 것이다.

손무, 손빈, 오기 세 사람은 춘추 전국 시대의 저명한 군사가이자 병법가로서 그들의 저작은 후세에까지 전해진다. 조조(曹操)가 주석을 달아 유명해진 손무의 병법은 일명 『손자(孫子)』 열세 편으로서 중국에서 가장 오래된 병서일 뿐 아니라, 정교한 문체와 치밀한 구성 등으로 유명하여 세계 군사학에서 중요한 위상을 확보하고 있다. 주목할 점은 손무라는 사람과 그가 오나라 장수가 된 과정, 그리고 승리 과정 등이 『좌전』에는 언급되어 있지 않다는 것이다. 그런 점에서 손무와 관련된 부분은 희극성과 소설성이 덧붙여져 있다고 볼 수 있다. 그의 탁월한 용병술을 보이기 위해 궁녀를 지휘한 이야기는 일종의 설정일 수 있다는 말이다. 한편 손빈은 위(魏)나라 장군 방연의 간계로 발이 잘리는 형벌을 받았으나 제나라 장군 전기의 인정을 받아 그의 군사가 되어 두 차례나 위나라를 격파했다.

오기는 인간에 대한 깊은 통찰과 안목을 바탕으로 하여 용병 방법을 제시했다는 점에서 그 가치를 인정받고 있다. 그러나 사마천은 오기의 각박함에 대해 대단히 비판적이다. 이 점은 치욕을 참아 내며 발분의 세월을 보내고 성취를 이룬 손빈에 대한 긍정적 평가와는 확실히 대비된다.

이 편은 본문의 전반적인 문맥이 매끄럽지 못한 면이 적지 않아 전해지는 과정에서 빠진 곳이 있다는 설도 설득력이 없는 것은 아니다.

궁녀를 훈련시키는 손자.

군령을 따르지 않는 병사에게는 죽음뿐이다

손자, 즉 손무(孫武)는 제나라 사람인데, 병법으로 오(吳)나라 왕 합려(闔廬)를 만나게 되었다. 합려가 말했다.

"그대가 쓴 열세 편[1]을 내가 모두 읽어 보았소. 작게나마 시험 삼아 군대를 한번 지휘해 보일 수 있겠소?"

〔손자가〕 대답했다.

---

1) 열세 편이란 『손자병법』을 말한다. 『손자병법』에는 「계(計)」, 「작전(作戰)」, 「모공(謀攻)」, 「형(形)」, 「세(勢)」, 「허실(虛實)」, 「군쟁(軍爭)」, 「구변(九變)」, 「행군(行軍)」, 「지형(地形)」, 「구지(九地)」, 「화공(火攻)」, 「용간 (用間)」의 열세 편이 있다

"가능합니다."

합려가 말했다.

"부녀자로도 시험해 볼 수 있소?"

〔손자가〕 답했다.

"가능합니다."

이 제의를 받아들인 합려는 궁중의 미녀 180명을 불러냈다. 손자는 〔그들을〕 두 부대로 나누어 왕이 총애하는 후궁 두 명을 각 편의 대장으로 삼고는 모든 이에게 창을 들게 하고 명령하여 물었다.

"여러분은 〔자신들의〕 가슴과 왼손, 오른손, 등을 알고 있는가?"

부녀자들이 말했다.

"그것들을 알고 있습니다."

손자가 말했다.

"'앞으로!' 하면 가슴 쪽을 바라보고, '좌로!' 하면 왼손 쪽을 바라보며, '우로!' 하면 오른손 쪽을 바라보고, '뒤로!' 하면 등 쪽을 보도록 하라."

부녀자들은 말했다.

"알겠습니다."

약속이 공포된 뒤 〔손자는〕 즉시 부월(鈇鉞)옛날 군법으로 사람을 죽일 때 썼던 도끼을 마련해 놓고 여러 차례 명령을 내리고 자세히 설명하였다. 그런데 북을 쳐 오른쪽으로 행진하도록 했으나 부녀자들은 큰 소리로 웃기만 했다. 손자가 말했다.

"약속이 분명하지 않고 명령에 숙달되지 않은 것은 장수의 죄이다."

〔그러고는〕 다시 여러 차례 명령을 되풀이하여 설명하고 북을 쳐 왼쪽으로 행진하도록 했지만 부녀자들은 다시 큰 소리로 웃기만 했다. 손자는 말했다.

"약속이 분명하지 않고 명령에 숙달되지 않은 것은 장수의 죄이지만, 〔약속이〕 이미 분명해졌는데도 법에 따르지 않는 것은 사졸들의 죄이다."

그러고는 좌우 대장의 목을 베려고 했다. 오나라 왕은 누대 위에서 지켜보고 있다가 자신이 총애하는 희첩들의 목을 베려는 것을 보고는 몹시 놀라 급히 사신을 보내 명을 내려 말했다.

"과인은 이미 장군이 용병에 뛰어나다는 것을 알았소. 과인은 이 두 희첩이 없으면 음식을 먹어도 단맛을 모르니 바라건대 목을 베지 말아 주시오."

손자가 말했다.

"신은 이미 명을 받아 장수가 되었습니다. 장수가 군에 있을 때에는 군주의 명이라도 받들지 않는 경우가 있습니다."

〔손자는〕 결국 대장 두 사람을 베어 〔모두에게〕 보여 주었다. 그러고는 그들 다음으로 〔왕의 총애를 받는 후궁을〕 대장으로 삼고 다시 북을 쳤다. 부녀자들은 왼쪽으로, 오른쪽으로, 앞으로, 뒤로, 꿇어앉기, 일어서기 등을 모두 자로 잰 듯 먹줄을 긋듯 정확하게 하며 아무런 불평도 하지 않았다. 손자는 전령을 보내 오나라 왕에게 말했다.

"군대는 이미 잘 갖추어졌으니, 왕께서는 시험 삼아 내려오셔서 보십시오. 왕께서 그들을 쓰고자 하신다면 물불을 가리지 않고 뛰어들 것입니다.”

오나라 왕은 말했다.

“장군은 그만 관사로 돌아가 쉬도록 하시오. 과인은 내려가 보고 싶지 않소.”

손자가 말했다.

“왕께서는 한갓 이론만 좋아하실 뿐 그것을 실제로 사용할 수 없습니다.”

그러자 합려는 손자가 용병술에 능통한 것을 알고는 마침내 그를 장군으로 삼았다. 〔그 뒤 오나라가〕 서쪽으로 강력한 초나라를 무찔러 〔수도〕 영(郢)으로 진입하고, 북쪽으로 제나라와 진(晉)나라를 위협하여 제후들 사이에서 이름을 떨친 것은 손자가 〔그와〕 힘을 함께했기 때문이다.

급소를 치고 빈틈을 노려라

손무가 죽고 나서 100여 년쯤 뒤에 손빈(孫臏)이 등장했다. 손빈은 〔제나라의〕 아읍(阿邑)과 견읍(鄄邑) 사이에서 태어났으며 손무의 후손이다. 손빈은 일찍이 방연(龐涓)과 함께 병법을 배웠다. 방연은 〔공부를〕 마치고 위(魏)나라를 섬겨 혜왕(惠王)의 장군이 되었으나 스스로 능력이 손빈에 미치지 못한다고 생각하여 몰래 사람을 보내 손빈을 불렀다. 손빈이 도착하자 방연은 그가 자기보다 뛰어난 것을 두려워하고 시기하여 죄를 뒤집어씌워 손빈의 두 발을 자르고 얼굴에 글자를 새기고는 숨어 살게 하여 〔세상 사람들에게〕 나타나지 않도록 하고자 했다.

〔그 뒤〕 제나라 사자가 양(梁)나라로 갔을 때, 손빈은 형벌을 받은 몸으로 몰래 나타나 제나라 사자를 설득했다. 제나라 사자는 〔손빈이〕 대단한 사람이라고 여겨서 몰래 수레에 태워 제나라로 돌아왔다. 제나라 장군 전기(田忌)는 그의 재능을 알아보고 빈객으로 예우해 주었다.

전기는 제나라 공자들과 자주 마차 경주 내기를 하곤 했다. 손빈은 말들이 달리는 능력은 대단한 차이가 없지만 말에는 상, 중, 하 세 등급이 있음을 알았다. 그리하여 손빈은 전기에게 일러 말했다.

"당신은 단지 내기를 크게 거십시오. 신은 당신이 이길 수 있도록 해 드리겠습니다."

전기는 손빈을 믿고 〔제나라〕 왕과 여러 공자에게 1000금을 건 내기를 했다. 경기가 시작되려 할 무렵에 손빈이 말했다.

"지금 당신의 하급 말과 상대편의 상급 말을 겨루게 하고, 당신의 상급 말과 상대편의 중급 말을 겨루게 하며, 당신의 중급 말과 상대편의 하급 말을 겨루게 하십시오."

세 등급 말의 시합이 끝난 결과 전기는 첫 번째는 이기지 못하고 두 차례는 이겨 마침내 〔제나라〕 왕의 1000금을 얻었다. 따라서 전기는 손빈을 위왕(威王)에게 추천했고, 위왕은 그에게 병법을 묻고는 마침내 군사(軍師)로 삼았다.

그 뒤 위(魏)나라가 조나라를 치자 조나라는 다급하여 제나라에 구원을 요청했다. 제나라 위왕이 손빈을 장군으로 삼으려고 하자 손빈은 사양하며 말했다.

"형벌을 받은 사람은 〔장군이〕 될 수 없습니다."

그래서 〔위왕은〕 전기를 장군에 임명하고, 손빈을 군사로 삼아 휘장을 친 수레 속에 머물게 하고는 그 속에 앉아 계책을 세우도록 하였다. 전기가 병사들을 이끌고 조나라로 가려 하자 손빈이 말했다.

"어지럽게 엉킨 실을 풀려고 할 때는 주먹으로 쳐서는 안 되며, 싸우는 사람을 말리려고 할 때도 그 사이에 끼어들어 손으로 밀치려 해서는 안 됩니다. 급소를 치고 빈틈을 쳐 형세를 불리하게 만들면 저절로 해결될 것입니다. 지금 위나라와 조나라가 서로 공격하고 있으니, 날쌘 정예 병사들은 틀림없이 모두 나라 밖에서 고갈되고 늙고 병약한 자들만 나라 안에 남아 있을 것입니다. 당신께서는 병사들을 이끌고 빨리 〔위나라의 수도〕 대량(大梁)으로 쳐들어가 중요한 길목을 차지하고 막 텅 빈 곳을 치시면, 그들은 틀림없이 조나라 공격을 멈추고 자기 나라를 구할 것입니다. 이렇게 되면 우리가 한 번 움직여 조나라의 포위망을 풀어 주고 위나라를 황폐하게 할 수 있습니다."

전기가 손빈의 계책을 따르니 위나라는 과연 〔조나라의 수도〕 한단(邯鄲)에서 물러나자 제나라 군대는 계릉(桂陵)에서 위나라 군대를 크게 무찔렀다.

〔그로부터〕 13년 뒤에 위나라와 조나라가 함께 한(韓)나라

를 공격하자 한나라는 제나라에 위급함을 알렸다. 제나라에서는 전기를 장군으로 삼아 내보내자, 〔전기는〕 곧장 대량으로 달려갔다. 위나라 장군 방연은 이 소식을 듣고는 한나라 공격을 그만두고 돌아갔으나, 제나라 군사는 〔방연보다 한 발 앞서 위나라 국경을〕 넘어 서쪽으로 들어가고 있었다.

손빈은 전기에게 일러 말했다.

"저 삼진(三晉)한(韓), 위(魏), 조(趙)를 일컬음의 〔위나라〕 병사들은 원래 사납고 용감하며 제나라를 가볍게 여기고 제나라 군사들을 겁쟁이라고 부르고 있습니다. 싸움을 잘하는 사람은 그 형세를 잘 이용하여 유리하게 이끌어 나갑니다. 병법에 '승리를 좇아 100리 밖까지 급히 달려가는 군대는 상장군(上將軍)을 잃게 되고, 50리 밖까지 급히 달려가 승리를 좇는 군대는 절반만 〔목적지에〕 이른다.'라고 하였습니다. 우리 제나라 군대가 위나라 땅에 들어서면 〔첫날에는〕 아궁이 10만 개를 만들게 하고, 다음 날에는 아궁이 5만 개를 만들게 하며, 또 그 다음 날에는 아궁이 3만 개를 만들게 하십시오."

방연은 행군한 지 사흘째가 되자 몹시 기뻐하며 말했다.

"나는 일찍이 제나라 군사가 겁쟁이인 줄 알고 있었지만 우리 땅에 들어온 지 사흘 만에 달아난 병사가 절반을 넘는구나."

그러고는 그의 보병들은 따로 남겨 둔 채 날쌘 정예 부대만을 이끌고 이틀 길을 하루 만에 달려 급히 뒤좇았다. 손빈이 방연의 추격 속도를 헤아려 보니 날이 저물 무렵이면 〔위나라의〕 마릉(馬陵)에 이를 것 같았다. 마릉은 길이 좁은 데다가 길 양쪽으로 험한 산이 많아 병사들을 매복시키기에 좋았다. 손빈은 길 옆에 있던 큰 나무의 껍질을 벗겨 내고 흰 부분에 이렇게 써 놓았다.

"방연은 이 나무 아래에서 죽게 될 것이다."

그러고는 제나라 군사 중에서 활을 잘 쏘는 사람들을 골라 쇠뇌 1만 개를 준비시켜 길 양쪽에 매복시키고 기약하여 말했다.

"저물 무렵에 불이 들려지면 일제히 쏘도록 하라."

방연은 정말 밤이 되어서 껍질을 벗겨 놓은 나무 밑에 이르러 흰 부분에 씌어 있는 글씨를 발견하고는 불을 밝혀 비추어 보았다. 방연이 그 글을 미처 다 읽기도 전에 제나라 군사들은 한꺼번에 1만 개의 쇠뇌를 일제히 쏘았다. 위나라 군사들은 우왕좌왕하며 뿔뿔이 흩어졌다. 방연은 자신의 지혜가 다하고 싸움에서 진 것을 알고는 스스로 목을 찔러 죽으며 말했다.

"결국 어린애 같은 놈의 이름을 〔천하에〕 떨치게 만들었구나!"

제나라 군대는 승리의 기세를 틈타 위나라 군대를 모두 쳐부수고 위나라 태자 신(申)을 포로로 잡아 돌아왔다. 손빈은 이 일로 해서 천하에 떨쳐졌으며 세상에 그의 병법이 전해지게 되었다.[2)]

---

2) 손빈의 병법은 한나라 때 널리 퍼졌으나 육조 시대 이후 전해지지 않아 사람들의 의심을 자아내다가 1972년에 한(漢)나라 묘에서 출토되었다.

아내를 죽여 장수가 되다

오기(吳起)는 위(衛)나라 사람으로 병사 다루는 일을 좋아했다. 〔그는〕 일찍이 증자(曾子)에게 배우고 노나라 군주를 섬겼다. 제나라 사람들이 노나라를 공격하자 노나라에서는 오기를 장군으로 임명하려 했으나, 오기는 제나라 여자를 아내로 삼았으므로 노나라 사람들이 그를 의심했다. 오기는 그리하여 이름을 얻기 위해 자기 아내를 죽여 제나라 편이 아님을 분명히 했다. 노나라는 마침내 그를 장군으로 임명했다. 〔오기는〕 병사들을 이끌고 제나라를 공격하여 크게 무찔렀다.

노나라 사람 중에 누군가가 오기에 대해 악담했다.

"오기는 사람됨이 시기심이 많고 잔인하다. 그가 젊을 때 집안에는 천금이나 쌓여 있었음에도 벼슬을 구하러 유세하다가 이루지도 못하고 파산하였다. 마을 사람들이 이를 비웃자 오기는 자기를 비방한 30여 명을 죽이고는 동쪽으로 위(衛)나라 성문을 빠져나왔다. 〔오기는〕 어머니와 헤어지면서 자기 팔을 깨물며 맹세하기를 '저는 공경이나 재상이 되기 전에는 다시 위나라로 돌아오지 않을 것입니다.'라고 했다. 드디어 〔오기는〕 증자를 섬겼다. 그로부터 얼마 뒤에 그 어머니가 죽었지만 오기는 끝내 돌아가지 않았다. 증자는 오기를 야박하다고 하면서 그와 관계를 끊었다. 이에 오기는 노나라로 가서 병법을 배워 노나라 군주를 섬기게 되었다. 그런데 노나라 군주가 의심하자, 오기는 아내를 죽이면서까지 장군이 되려 하였다. 대체로 노나라는 작은 나라인데 〔큰 나라와〕 싸워 이겼다는 이름을 얻게 되면 제후들은 노나라를 도모하려고 할 것이다. 게다가 노나라와 위나라는 형제 나라인데,[3] 〔우리〕 군주가 오기를 중용한다면 이것은 위나라를 팽개치는 일이다."

〔이러한 소문을 들은〕 노나라 군주는 오기를 의심하여 내쳤다.

오기는 이에 위(魏)나라 문후(文侯)가 현명하다는 말을 듣고 그를 섬기려고 하였다. 문후는 이극(李克)이괴(李悝)에게 물었다.

"오기는 어떠한 사람이오?"

이극이 말했다.

"오기는 탐욕스럽고 여색을 밝히지만 병사를 다루는 일만은 사마양저도 능가할 수 없습니다."

이에 위나라 문후는 〔오기를〕 장군으로 삼아 진(秦)나라를 쳐서 성 다섯 개를 함락시켰다.

병사를 위해 고름을 빨다

오기는 장수가 되자 병사들 가운데 가장 낮은 자와 똑같이

---

3) 노나라의 시조 주공 단(周公旦)과 위나라의 시조 강숙 봉(康叔封)은 문왕(文王)의 아들로 친형제 사이이다. 그러므로 역사에서는 노나라와 위나라를 형제 나라라고 한다.

옷을 입고 밥을 먹었다. 누울 때에도 자리를 깔지 못하게 하고 행군할 때도 말이나 수레를 타지 않고 식량은 직접 가지고 다니면서 병사들과 함께 수고로움을 나누었다.

〔한번은〕 종기 난 병사가 있었는데 오기가 그 〔병사를 위해〕 고름을 빨아 주었다. 병사의 어머니가 그 소식을 듣고는 소리 내어 울었다. 어떤 사람이 그 까닭을 물었다.

"당신 아들은 졸병인데도 장군께서 직접 고름을 빨아 주셨는데 어찌하여 슬피 소리 내어 우시오?"

〔병사의〕 어머니가 대답했다.

"그렇지 않습니다. 예전에 오 공(吳公)오기께서 우리 애 아버지의 종기를 빨아 준 적이 있는데 그 사람은 자기 몸을 돌보지 않고 용감히 싸우다가 적진에서 죽고 말았습니다. 오 공이 지금 또 제 자식의 종기를 빨아 주었으니 소첩은 이 아이가 〔어느 때 어디서〕 죽게 될지 모릅니다. 이 때문에 소리 내어 우는 것입니다."

문후는 오기가 병사를 다루는 일에 뛰어날 뿐만 아니라 청렴하고 공평하여 병사들의 마음을 얻고 있다고 생각하고는 곧 서하(西河) 태수로 삼아 진(秦)나라와 한(韓)나라에 대항하도록 하였다.

위나라 문후가 죽고 나서 오기는 그의 아들 무후(武侯)를 섬겼다. 〔한번은〕 무후가 배를 타고 서하를 따라 내려가다가 중간 지점에 이르러서 오기를 돌아보며 이런 말을 했다.

"아름답구나, 산천의 견고함이여! 이는 위나라의 보배로구나!"

오기가 대답했다.

"〔나라의 보배는 임금의〕 덕행에 있지 〔지형의〕 험준함에 있지 않습니다. 예전에 삼묘씨(三苗氏)유묘씨(有苗氏)의 나라는 왼쪽에 동정호(洞庭湖)가 있고 오른쪽에 팽려호(彭蠡湖)가 있었지만 덕행과 의리를 닦지 않아서 〔하나라의〕 우임금에게 멸망했습니다. 하나라의 걸왕(桀王)이 살던 곳은 왼쪽은 하수와 제수(濟水)이고 오른쪽은 태산(泰山)과 화산(華山)이며 이궐(伊闕)용문산(龍門山)이 그 남쪽에 있고 양장(羊腸)이 그 북쪽에 있지만 어진 정치를 베풀지 않아 은나라의 탕(湯)임금[4]에게 내쫓겼습니다. 〔또〕 은나라 주왕의 나라는 왼쪽이 맹문산(孟門山)이고, 오른쪽이 태항산(太行山)이며 상산(常山)이 그 북쪽에 있고 대하(황하)가 그 남쪽으로 지나지만 덕망 있는 정치를 하지 않아 무왕이 그를 죽였습니다. 이렇게 보면 〔나라를 다스리는 데 중요한 것은 임금의〕 덕행에 있지 〔지형의〕 험준함에 있지 않습니다. 만일 임금께서 덕을 닦지 않으시면 배 안에 있는 사람은 모두 적국의 사람이 될 것입니다."

무후가 말했다.

"알겠소."

4) 은 왕조의 창시자로 성탕(成湯), 천을(天乙), 성당(成唐) 등으로도 불린다.

남보다 윗자리에 있는 이유

오기는 서하 태수가 되자 그 명성이 훨씬 높아졌다. 〔그런데〕 위나라에서는 재상 직책을 마련하고 전문(田文)을 그 자리에 임명했다. 오기는 기분이 언짢아져 전문에게 말했다.

"당신과 공로를 비교해 보고 싶은데 어떻소?"

전문이 말했다.

"좋습니다."

오기가 말했다.

"삼군(三軍)의 장군이 되어 병사들에게 기꺼이 목숨을 바쳐 싸우게 하고, 적국이 감히 우리를 도모하지 못하게 한 점에서 나를 당신과 비교하면 누가 더 낫습니까?"

전문이 말했다.

"당신만 못합니다."

오기가 말했다.

"모든 관리를 다스리고 온 백성을 친밀하게 하고 나라의 창고를 가득 채운 점에서는 나와 당신 중 누가 더 뛰어납니까?"

전문이 말했다.

"당신만 못합니다."

오기가 말했다.

"서하를 지켜 진나라 군사들이 감히 동쪽으로 쳐들어오지 못하게 하고, 한나라와 조나라를 복종시킨 점에서는 나와 당신 중에서 누가 낫습니까?"

전문은 말했다.

"당신만 못합니다."

오기가 말했다.

"이 세 가지 점에서 당신은 모두 나보다 못한데 나보다 윗자리에 있는 것은 무슨 까닭입니까?"

전문이 말했다.

"주군의 나이가 어려 나라가 안정되지 못하고, 대신들은 말을 들으려 하지 않으며, 백성은 믿지 못하고 있으니 바야흐로 이런 때에 재상 자리를 당신에게 맡기겠습니까, 아니면 내게 맡기겠습니까?"

오기는 한참 동안 조용히 있다가 말했다.

"당신에게 맡기겠습니다."

전문이 말했다.

"이것이 바로 내가 당신보다 윗자리에 있는 까닭입니다."

오기는 그제야 자기가 전문만 못하다는 것을 알게 되었다.

전문이 죽자 공숙(公叔)이 재상이 되었다. [공숙은] 위나라 공주를 아내로 얻어서 오기를 해치려 했는데, 공숙의 하인이 말했다.

"오기를 쉽게 제거할 수 있습니다."

공숙이 말했다.

"어떻게 하면 되느냐?"

그 하인이 말했다.

"오기는 사람됨이 지조가 있고 청렴하며 이름나는 것을 좋아합니다. 나리께서 먼저 무후께 '오기는 현명한 사람입니다.

그런데 군주의 나라는 작은 데다 강한 진나라와 국경을 맞대고 있습니다. 신이 생각하기에 오기가 머물 마음이 없을까 염려됩니다.'라고 말씀드리십시오. 무후께서 곧장 '어찌하면 좋겠소?'라고 물으시면, 나리께서는 무후께 '공주를 아내로 주겠다고 하면서 시험해 보십시오. 오기가 머무를 마음이 있으면 분명히 받아들일 것이고 머무를 마음이 없으면 반드시 사양할 것입니다. 이런 방법으로 헤아려 보십시오.'라고 말씀드리십시오. 그리고 나리께서는 오기를 초대하여 함께 〔댁으로〕 가신 뒤에 공주의 화를 돋우어 나리를 천대하는 모습을 보이십시오. 오기는 공주가 나리를 하찮게 여기는 것을 보면 반드시 〔군왕의 제안을〕 사양할 것입니다."

그리하여 오기는 공주가 위나라 재상을 천대하는 모습을 보고 과연 위나라 무후에게 사양하겠다는 뜻을 밝혔다. 〔이 일로〕 무후는 오기를 의심하고 믿지 않게 되었다. 오기는 죄를 입게 될까 두려워 마침내 〔위나라를〕 떠나 곧장 초나라로 갔다.

주군의 시체 위에 엎드리다

초나라의 도왕(悼王)은 평소 오기가 현명하다고 들어 그가 오자 초나라의 재상에 임명했다. 〔오기는〕 법령을 분명하고도 세밀하게 하고, 긴요하지 않은 관직을 없애며, 왕실과 촌수가 먼 왕족들의 봉록을 없애고 전투할 수 있는 군사를 길렀다.

그 요체는 병력을 강화시켜 합종이나 연횡을 주장하는 유세객들을 물리치는 데에 있었다.

그래서 그는 남쪽으로는 백월(百越)을 평정하고, 북쪽으로는 진(陳)과 채(蔡)를 합병하였으며, 삼진(三晉)본래는 한(韓)과 위(魏), 조(趙) 세 나라를 가리키지만 여기서는 한과 위 두 나라만을 가리킴을 물리치고, 서쪽으로는 진나라를 쳤다. 제후들은 초나라가 강성해지는 것을 두려워했다.

예전의 초나라 귀족과 친척들은 모두 오기를 해치고자 하였다. 도왕이 죽게 될 무렵에 종실의 대신들은 난을 일으켜 오기를 공격하자 오기는 도왕의 시신 위에 달려가 엎드렸다. 오기를 공격하던 무리가 화살을 쏘아 오기를 죽이고 도왕을 맞추었다. 도왕의 장례식이 끝나고 태자숙왕(肅王)가 즉위하자, 영윤(令尹)에게 오기를 죽이려고 왕의 시신에까지 맞추었던 자들을 모조리 잡아 죽이도록 하였다. 오기를 쏘아 죽인 일에 연루되어 일족이 모두 죽은 자는 70여 집안에 이르렀다.

태사공은 말한다.

"세상에서 군대를 말하는 자들은 누구나 『손자(孫子)』 열세 편과 『오기병법(吳起兵法)』[5]을 거론하는데 세상에 많이 전해지므로 논하지 않고 그들이 활동한 사적과 독창적인 계책만 논하였다. 속담에 말하기를 '실천을 잘하는 사람이 반드시

---

5) 『한서』「예문지」에 『오기병법』 마흔여덟 편이 언급되어 있는데 현존하는 것은 「도국(圖國)」, 「요적(料敵)」, 「치병(治兵)」, 「논장(論將)」, 「변화(變化)」, 「여사(勵士)」 등 여섯 편이다.

말을 잘하는 것은 아니며, 말을 잘하는 사람이 반드시 행동을 잘하는 것은 아니다.'라고 하였다. 손자손빈가 방연을 해치운 책략은 영명했으나, 일찌감치 〔다리가 잘리는〕 형벌을 당하는 재앙을 피하지는 못하였다. 오기는 무후에게 형세가 〔임금의〕 덕행만 못하다고 말했지만, 초나라에서 그의 행실이 각박하고 잔혹하며 인정이 적었으므로 그의 목숨을 잃었으니 슬프구나!"

6

◎

오자서 열전
伍子胥列傳

오자서는 본래 억울하게 죽은 아버지와 형의 원수를 갚고자 초나라를 등지고 오(吳)나라로 들어온 인물이다. 오자서는 합려를 도와 왕위에 오르게 한 뒤 오나라의 대부가 되어 막강한 권력을 휘둘렀으며, 합려의 아들 부차(夫差)에게는 월나라와 화친을 맺지 말고 정벌하여 뒤탈을 남기지 말라고 권유했다. 그러나 오나라 왕은 오자서를 헐뜯는 간사한 신하의 말만 듣고 그를 멀리하더니 결국에는 스스로 목숨을 끊도록 했다.

어찌 보면 사마천도 궁형을 받고 인고의 세월을 살았으니 오자서의 입장과 일맥상통하는 면이 있다. 그래서 사마천은 비분강개한 필치로 오자서를 위한 열전을 만들어 오자서야말로 작은 의를 버리고 큰 부끄러움을 씻었다고 칭찬했다. 그리하여 이 편에는 오자서의 안목과 직언을 마다하지 않은 강직한 성품, 죽을 때까지 자신의 소신을 굽히지 않은 비분강개한 심정 등이 간신 백비와 대비되어 잘 묘사되고 있다.

이 편의 문장은 『좌전』과 『국어(國語)』에 의거하여 구성한 흔적이 역력하며 연도 착오도 눈에 띈다. 「월왕 구천 세가」, 「초 세가」, 「오태백 세가」에 보이는 오자서에 대한 서술 방식과 비교하여 함께 읽으면 좋다.

왕이 내린 검을 받고서 자결하려는 오자서.

소인배의 참언을 믿고 친자식을 내치다

오자서(伍子胥)는 초나라 사람으로 이름은 운(員)이다. 오운의 아버지는 오사(伍奢)이고, 오운의 형은 오상(伍尙)이다. 그의 조상 가운데 오거(伍擧)라는 사람이 있었는데, 강직한 간언으로 초나라 장왕(莊王)[1]을 섬겨 이름을 드러냈으므로 그 후손들은 초나라에서 이름이 있었다.

초나라 평왕(平王)에게는 건(建)이라는 태자가 있었다. 평왕

---

1) 춘추 오패 중 한 사람으로, 백수 생활 3년을 청산하고 마침내 세상을 장악했다. 부하를 잘 다루고 덕을 행한 군주로 평가된다.

은 오사를 태부(太傅)로 삼고 비무기(費無忌)를 소부(少傅)로 삼았다. 비무기는 태자 건에게 충심을 다하지 않았다.

평왕은 비무기에게 진(秦)나라로 가서 태자를 위해 〔태자의〕 아내를 맞이해 오도록 했다. 비무기는 진나라 공주가 미인임을 알고 말을 달려 돌아와서는 평왕에게 이렇게 보고했다.

"진나라 공주는 빼어난 미인이니 왕께서 직접 왕비로 맞이하시고 태자에게는 다른 아내를 얻어 주십시오."

평왕은 마침내 스스로 진나라 공주를 아내로 삼고는 그녀를 끔찍이 사랑하고 총애하여 아들 진(軫)을 낳았다. 태자에게는 다른 아내를 맞아 주었다.

비무기는 진나라 공주의 일로 평왕의 환심을 사게 되자 태자를 버리고 평왕을 섬겼다. 〔그는〕 하루아침에 평왕이 죽고 태자가 임금이 되면 자기 목숨이 위험해질까 봐 두려운 나머지 태자 건을 헐뜯었다.

건의 어머니는 채나라 여자로 평왕에게 총애를 받지 못했다. 평왕은 건을 차츰 멀리하더니 건으로 하여금 성보읍(城父邑)을 지켜 변방을 방비하도록 하였다.

그로부터 얼마 뒤에 비무기는 또 밤낮으로 왕에게 태자의 허물을 이렇게 말하였다.

"태자는 진나라 공주의 일로 원한을 품고 있을 것이니 원하건대 왕께서는 모쪼록 어느 정도 스스로 대비하십시오. 태자는 성보읍에 머물면서 군대를 거느리고 밖으로 제후들과 교류하여 〔도성으로〕 쳐들어와 반란을 일으키려고 합니다."

평왕은 태자의 태부 오사를 불러 캐물었다. 오사는 비무기가 평왕에게 태자를 헐뜯은 것을 알고 있었으므로 말했다.

"왕께서는 어찌 참소를 일삼는 하찮은 신하 때문에 골육 같은 자식을 멀리하려고 하십니까?"

비무기가 말했다.

"왕께서 지금 그들을 제거하지 못하면 반란이 일어나 왕께서는 사로잡히게 될 것입니다."

이 말을 듣고 평왕은 노여워하며 오사를 옥에 가두고 성보읍에 사마(司馬) 분양(奮揚)을 보내 태자를 죽이게 하였다. 분양은 성보읍에 이르기 전에 미리 태자에게 사람을 보내 이렇게 말했다.

"태자께서는 급히 떠나십시오. 그러지 않으면 죽임을 당할 것입니다."

태자 건은 송나라로 달아났다.

억울한 죽음을 가슴에 안고 떠나다

비무기는 평왕에게 말했다.

"오사에게는 두 아들이 있는데 모두 현명하므로 없애지 않으면 초나라의 근심거리가 될 것입니다. 그 아버지를 인질로 잡고 그들을 불러들이지 않으면 앞으로 초나라의 화근이 될 것입니다."

왕은 사신을 보내 오사에게 말했다.

"네 두 아들을 불러들이면 살려 주겠지만 그러지 못하면 죽일 것이다."

오사가 말했다.

"오상은 사람됨이 어질어 내가 부르면 틀림없이 올 것이지만 오운은 사람됨이 고집스럽고 굴욕을 견딜 수 있어 큰일을 해낼 것입니다. 그가 오게 되면 〔아버지와 자식이〕 함께 사로잡힐 줄 알기에 틀림없이 오지 않을 형국입니다."

왕은 그의 말을 듣지 않고 사람을 보내 오사의 두 아들에게 말했다.

"〔너희가〕 오면 나는 너희 아비를 살려 주겠지만 오지 않으면 당장 죽여 버리겠다."

오상이 아버지가 있는 곳으로 가려고 하자 오운이 말했다.

"초나라에서 우리 형제를 부르는 것은 아버지를 살려 주려고 해서가 아닙니다. 도망치는 자가 있으면 뒷날의 근심거리가 될까 봐 두려워하여 아버지를 볼모로 잡고 거짓으로 우리 두 자식을 부르는 것입니다. 우리 두 자식이 그곳에 가면 아버지와 자식이 모두 죽게 됩니다. 〔그것이〕 아버지의 죽음에 무슨 보탬이 되겠습니까? 〔그곳으로〕 간다면 원수를 갚을 길조차 사라지게 됩니다. 차라리 다른 나라로 달아났다가 힘을 빌려 아버지의 치욕을 씻는 것이 낫습니다. 함께 죽는다면 할 수 있는 일이 없습니다."

오상이 말했다.

"나 역시 〔그곳으로〕 가더라도 끝내 아버지의 목숨을 구할 수 없다는 것을 안다. 그러나 아버지께서 살기 위해서 나를 부르셨는데 가지 않았다가 나중에 치욕도 씻지 못하면 끝내 천하 사람들의 웃음거리가 될 뿐이다."

〔그러고는〕 오운에게 말했다.

"달아나라. 너는 아버지를 죽인 원수를 갚을 수 있을 것이다. 나는 〔아버지가 계신 곳으로〕 가서 죽음을 맞이하겠다."

오상이 스스로 앞으로 나가 붙잡히자, 사자는 오자서마저 붙잡으려고 했다. 〔그러나〕 오자서가 활을 당겨 사자를 겨누었으므로 사자는 감히 접근하지 못했다. 오자서는 태자 건이 있는 송나라로 도망쳐 그를 섬겼다. 오사는 오자서가 달아났다는 말을 듣고 말했다.

"초나라 군주와 신하들은 머지않아 전란으로 고통을 겪을 것이다."

오상이 초나라에 도착하자 초나라에서는 오사와 오상을 모두 죽였다.

어찌 100금의 칼이 문제이겠는가

오자서가 송나라에 이르렀을 때, 송나라에는 화씨(華氏)의 난[2)]이 일어났으므로 곧 태자 건과 함께 정(鄭)나라로 달아났

---

2) 기원전 522년 송나라 대부 화해(華亥)와 상녕(向寧), 화정(華定) 등이 송나라 원공(元公)을 죽이려고 일으킨 반란이다. 그러나 이 세 사람은 실패하여 진(陳)나라와 오나라로 달아났다.

다. 정나라 사람들은 그들을 예우해 주었으나, 태자 건은 〔작은 나라는 자신에게 힘이 못 된다고 생각하고〕 다시 진(晉)나라로 갔다. 진나라 경공(頃公)이 말했다.

"태자는 정나라와 사이가 좋고, 정나라에서도 태자를 신뢰하고 있소. 태자가 나를 위하여 안에서 호응해 주고 내가 밖에서 친다면 틀림없이 정나라를 멸망시킬 수 있을 것이오. 정나라가 멸망하면 태자를 그곳 왕으로 봉하겠소."

결국 태자는 정나라로 돌아갔다. 그러나 이 계획을 행동으로 옮기기 전에 공교롭게도 태자가 사사로운 일로 자신이 데리고 있던 시종을 죽이려고 한 일이 일어났다. 시종이 그의 음모를 다 알고 이 사실을 정나라에 낱낱이 알렸다. 그러자 정나라 정공(定公)과 자산(子產)정나라 집정 대신이 태자 건을 죽였다.

건에게는 승(勝)이라는 아들이 있었다. 겁에 질린 오자서는 승과 함께 서둘러 오나라로 달아났다. 〔그들이〕 소관(昭關)초나라 관문에 이르자 소관을 지키는 병사들이 그들을 붙잡으려고 했다. 오자서는 승과 헤어져 혼자 도망치다가 뒤쫓는 자가 바짝 따라와 거의 붙잡힐 지경에 이르렀다. 〔오자서가〕 강수(江水)장강에 이르렀을 때, 마침 강수에서 배를 타고 있던 한 어부가 오자서가 위급한 상황에 놓여 있음을 알고 그를 건네주었다. 오자서는 강을 건너고 나자 갖고 있던 칼을 풀어 어부에게 주며 말했다.

"이 칼은 100금의 가치는 될 테니 이것을 당신에게 드리지요."

그러자 어부는 이렇게 말했다.

"초나라 법에 오자서 당신을 잡는 자에게는 좁쌀 5만 석(石)과 집규(執珪)작위 이름으로 봉국의 군주 격임 벼슬을 준다고 했습니다. 〔내게 욕심이 있었다면〕 어찌 한갓 100금의 칼이 문제이겠습니까?"

〔어부는〕 받지 않았다.

오자서는 오나라에 이르기도 전에 병이 나 가던 길을 멈추고 밥을 빌어먹기도 하였다.

오나라에 이르렀을 때는 오나라 왕 요(僚)가 막 정권을 잡고, 공자 광(光)이 장군이 되었으므로 오자서는 공자 광에게 오나라 왕을 만날 수 있게 해 달라고 요청했다.

오랜 시간이 지나 초나라 국경의 종리(鐘離)라는 마을과 오나라 국경의 비량지(卑梁氏)라는 마을은 모두 누에를 치며 살았는데 이 두 곳의 여자들이 뽕잎을 차지하려 다투다가 마을 간에 싸움이 일어난 것을 보고 초나라 평왕은 몹시 화를 냈고, 두 나라가 모두 병사를 일으켜 서로 공격하게 되었다. 오나라에서는 공자 광에게 초나라를 치도록 하였다. 공자 광이 초나라의 종리와 거소(居巢)를 함락시키고 돌아왔다. 오자서는 오나라 왕 요를 설득했다.

"초나라를 쳐부술 수 있으니 공자 광을 다시 보내십시오."

공자 광이 오나라 왕에게 말했다.

"저 오자서의 아버지와 형은 초나라에서 죽음을 당했습니다. 그가 왕께 초나라를 치라고 권하는 것은 자신의 원수를 갚기 위해서일 뿐입니다. 초나라를 치더라도 아직은 쳐부술

수 없습니다."

오자서는 공자 광이 오나라 왕을 죽이고 자신이 왕위에 오르려는 속셈이 있어, 아직은 〔나라〕 밖의 일을 이야기할 때가 아님을 알게 되었다. 그래서 공자 광에게 전제(專諸)라는 사람을 추천하고 물러나 태자 건의 아들 승과 함께 초야에 묻혀 밭을 갈았다.

때가 아니니 기다리십시오

〔그로부터〕 5년이 지나 초나라 평왕이 죽었다. 처음에 평왕이 태자 건에게서 가로챈 진나라 공주가 낳은 아들 진이 평왕이 죽자 후계자가 되었으니 이 사람이 바로 소왕(昭王)이다.

오나라 왕 요는 초나라의 국상을 틈타 두 공자 촉용(燭庸)과 갑여(蓋餘)를 시켜 병사를 이끌고 가서 초나라를 몰래 치도록 했다. 〔그러나〕 초나라에서는 병사를 움직여 오나라 군사의 뒤를 끊어 되돌아가지 못하게 했다. 〔한편〕 오나라에서는 도성이 텅 비게 되자, 공자 광이 전제에게 오나라 왕 요를 암살하도록 하고 스스로 왕위에 올랐으니 이 사람이 바로 오왕 합려이다. 합려는 이미 자리에 올라 뜻을 이루자 곧 오자서를 불러 행인(行人)외무 대신급으로 삼아 함께 나랏일을 꾀하였다.

초나라에서 대신 극완(郤宛)과 백주리(伯州犁)가 주살되자, 백주리의 손자 백비(伯嚭)[3]가 오나라로 망명했다. 오나라에서는 백비를 대부로 임명했다. 앞서 오나라 왕 요의 명령에 따라 병사를 이끌고 초나라를 공격하러 갔던 두 공자는 길이 끊겨 돌아올 수 없었다. 그들은 합려가 오나라 왕 요를 죽이고 스스로 왕위에 올랐다는 소식을 듣고는 병사들을 이끌고 초나라에 투항했다. 초나라에서는 그들을 서(舒) 땅에 봉하였다.

합려는 왕이 된 지 3년째 되던 해에 군사를 일으켜 오자서, 백비와 함께 초나라를 쳐서 서 땅을 빼앗고 예전에 초나라에 투항한 두 장군을 사로잡았다. 〔합려는〕 초나라의 수도 영(郢)까지 쳐들어가려고 하였으나 장군 손무(孫武)가 말했다.

"백성이 지쳐 있어 안 됩니다. 잠시 기다리십시오."

〔합려는〕 즉시 돌아왔다.

합려 4년에 오나라는 초나라를 공격하여 육(六)과 잠(灊) 땅을 차지하였다. 5년에는 월나라를 공격하여 승리하였다. 6년에는 초나라 소왕이 공자 낭와(囊瓦)에게 병사를 이끌고 가서 오나라를 공격하게 하였다. 오나라는 오자서에게 이를 맞아 싸우도록 하여 초나라 군사를 예장(豫章)에서 크게 무찌르고 초나라의 거소까지 빼앗았다.

〔합려〕 9년에 오나라 왕은 오자서와 손무에게 물었다.

"앞서 그대들은 초나라의 수도 영을 칠 때가 아니라고 하였는데 지금은 과연 어떻소?"

두 사람은 대답했다.

---

3) 백비는 오나라 대부로서 왕의 비위를 잘 맞추어 총애를 받았다. 그는 오나라가 멸망하자 월나라로 투항했는데, 일설에는 구천에 의해 죽임을 당했다고도 한다.

"초나라 장군 낭와는 탐욕스러워 〔속국인〕 당(唐)나라와 채(蔡)나라가 그에게 원한을 품고 있습니다.[4] 왕께서 반드시 초나라를 크게 치고자 한다면, 먼저 당나라와 채나라를 끌어들여야 가능합니다."

합려는 이 말을 듣고 군사를 모두 동원하여 당, 채 두 나라와 힘을 합쳐 초나라를 공격하여 초나라와 한수(漢水)를 사이에 두고 진을 쳤다. 오나라 왕의 동생 부개(夫概)는 병사를 이끌고 따라가기를 원하였으나 왕이 들어주지 않자, 자기가 거느리고 있던 병사 5000명을 이끌고 초나라 장군 자상(子常)을 공격했다. 자상은 싸움에서 패하여 달아나 정나라로 도망쳤다. 그리하여 오나라는 승기를 잡고 다섯 번 접전한 끝에 마침내 영에 이르렀다. 기묘일(己卯日)에 초나라 소왕이 달아났고, 〔그다음 날인〕 경진일(庚辰日)에 오나라 왕이 영으로 들어갔다.

소왕은 탈출하며 달아나 운몽(雲夢)까지 들어왔지만 도둑떼가 습격해 오자 소왕은 다시 운(鄖)나라로 달아났다. 운공(鄖公)의 동생 회(懷)가 말했다.

"〔초나라〕 평왕이 우리 아버지를 죽였으니 내가 그 아들을 죽인다 해도 괜찮지 않겠습니까?"

운공은 동생이 소왕을 죽일까 두려운 나머지 소왕과 함께 수(隨)나라로 달아났다. 오나라 병사들은 수나라를 에워싸고 수나라 사람들에게 말했다.

---

4) 당나라와 채나라 군주가 초나라를 방문했을 때 낭와는 이들을 붙들어 두고 재물을 요구하여 3년 뒤에나 풀어 주었다. 이 일로 두 나라는 낭와에게 원한을 품었다.

"주 왕실의 자손은 한천(漢川) 부근에 있었는데 초나라가 그들을 모두 주살했다."

수나라 사람들이 소왕을 죽이려고 했는데, 왕자 기(綦)가 소왕을 숨겨 둔 채 자신이 소왕을 대신해 죽으려고 했다. 수나라 사람들이 점을 쳐 보니 오나라에 소왕을 넘겨주는 것은 불길하다는 점괘가 나와 오나라의 요청을 거절하고 소왕을 내주지 않았다.

해는 저물고 갈 길은 멀다

처음에 오자서는 신포서(申包胥)와 친하게 지냈는데, 오자서가 달아나면서 신포서에게 말했다.

"나는 반드시 초나라를 엎고 말 것이오."

신포서는 말했다.

"나는 반드시 초나라를 지킬 것이오."

오나라 병사들이 영에 들어갔을 때, 오자서는 소왕을 잡으려고 하였으나 잡을 수 없었다. 그 대신 초나라 평왕의 무덤을 파헤쳐 그 시신을 꺼내 300번이나 채찍질한 뒤에야 그만두었다. 산속으로 달아났던 신포서는 사람을 보내 오자서에게 이런 말을 전했다.

"당신의 복수는 아마도 지나친 것 같구려! 나는 '사람이 많으면 한때 하늘도 이길 수 있지만, 일단 하늘의 뜻이 정해지면 사람을 깨뜨릴 수도 있다.'라고 들었소. 일찍이 평왕의 신하가 되어 평왕을 섬겼던 그대가 지금 죽은 사람을 욕보이니, 이 어찌 천도(天道)의 끝까지 간 것이 아니겠소?"

오자서가 말했다.

"나를 위해서 신포서에게 사과하고 '나는 해는 저물고 갈 길은 멀어 이 때문에 나는 도리어 순리에 거스르는 행동을 했소.'라고 말해 주게."

그리하여 신포서는 진(秦)나라로 달려가 〔초나라의〕 위급한 상황을 알리고 진나라에 구원을 요청하였으나 진나라는 들어주지 않았다. 〔그러자〕 신포서는 진나라의 대궐 앞뜰에서 이레 밤낮을 쉬지 않고 소리 내어 울었다. 진나라 애공(哀公)이 신포서를 가엽게 여겨 말했다.

"초나라는 비록 도리는 없으나 이토록 충성스러운 신하가 있으니 보존해야 하지 않겠는가?"

그러고는 전차 500대를 보내 초나라를 도와 오나라를 공격하여 6월에 직(稷)에서 오나라 병사를 무찔렀다.

때마침 오나라 왕 합려가 초나라에 오랫동안 머물면서 소왕을 찾고 있었는데, 합려의 동생 부개가 도망쳐 와 스스로 왕위에 올랐다. 합려는 이 소식을 듣고 초나라를 내버려 두고 〔자기 나라로〕 돌아와 부개를 공격했다. 부개는 싸움에서 져 마침내 초나라로 달아났다. 초나라 소왕은 오나라에 내란이 일어난 것을 알고는 서둘러 영으로 돌아와 부개를 당계(堂谿)에 봉하고 당계씨(堂谿氏)라고 불렀다. 초나라는 다시 오나라와 싸워 오나라를 패배시키자 오나라 왕은 〔자기 나라로〕 돌아갔다.

2년 뒤 합려는 태자 부차(夫差)에게 군사를 거느리고 가서 초나라를 치게 하여 파(番) 땅을 빼앗았다. 초나라는 오나라가 다시 대거 쳐들어올까 봐 두려워 곧 영을 버리고 약(鄀)에 도읍을 정했다. 이때 오나라는 오자서와 손무의 계책을 받아들여 서쪽으로는 강한 초나라를 깨뜨리고, 북쪽으로는 제나라와 진(晉)나라를 누르며, 남쪽으로는 월나라 사람들을 복종시켰다.

악의 씨가 자라지 못하게 하라

그로부터 4년 뒤에 공자(孔子)가 노나라의 재상이 되었다. 5년 뒤에는 〔오나라가〕 월나라를 공격하였다. 월나라 왕 구천(句踐)이 고소(姑蘇)에서 맞아 싸워 오나라를 무찌르고 합려의 손가락에 상처까지 입히자 〔오나라는〕 군사를 물렸다. 〔그 뒤〕 합려는 상처가 커져 죽음에 이르게 되자 태자 부차에게 이렇게 말했다.

"너는 구천이 네 아비를 죽인 일을 잊겠느냐?"

부차가 대답했다.

"감히 잊지 않을 것입니다."

그날 저녁 합려가 죽었다. 부차는 왕위에 올라 백비를 태재(太宰)왕실 안팎의 일을 담당함로 삼고 〔군사들에게〕 싸우는 법과 활쏘기를 가르쳤다. 그는 2년 뒤에 월나라를 공격하여 부초산(夫湫山)에서 승리를 거두었다. 월나라 왕 구천은 남은 병사 5000명을 이끌고 회계산(會稽山) 위에 머물면서 대부 문종(文種)을 시켜 오나라 태재 백비에게 많은 선물을 보내어 화해를 청하고, 월나라를 오나라에 바쳐 자신은 오나라 왕의 신하가 되겠다고 했다. 오나라 왕이 이 요청을 받아들이려고 하자 오자서가 간언했다.

"월나라 왕은 사람됨이 힘든 고통도 잘 견뎌 내는 자이니 지금 왕께서 없애지 않으면 훗날 반드시 후회할 것입니다."

그러나 오나라 왕은 듣지 않고 태재 백비의 계책에 따라 월나라와 친교를 맺었다.

그로부터 5년 뒤에 오나라 왕은 제나라 경공(景公)이 죽었으나 대신들은 권력 다툼이나 하고 〔제나라〕 새 군주도 유약하다는 말을 듣고, 곧장 군사를 일으켜 북쪽으로 제나라를 치려고 했다. 그러자 오자서는 간언했다.

"구천은 밥을 먹을 때 반찬이 하나이며 문상과 문병을 하고 있으니 장차 그들을 요긴하게 쓰려고 하기 때문입니다. 이 사람을 죽이지 않으면 반드시 오나라의 걱정거리가 될 것입니다. 지금 오나라에 월나라가 있다는 것은 사람의 배 속에 병이 생긴 것과 같습니다. 그럼에도 왕께서는 월나라를 먼저 없애려 하지 않고 제나라를 치려는 데 힘쓰고 있으니, 어찌 잘못된 일이 아니겠습니까?"

〔그러나〕 오나라 왕은 듣지 않고 제나라를 쳐서 제나라 군사를 애릉(艾陵)에서 크게 무찌르고 추(鄒)나라와 노나라 군

주까지 협박하고 돌아왔다. 〔그 뒤로 오나라 왕은〕 오자서의 계책을 더욱 멀리하였다.

4년 뒤에 오나라 왕은 〔또〕 북쪽으로 제나라를 치려고 했다. 〔이때〕 월나라 왕 구천은 〔공자의 제자인〕 자공(子貢)의 계책을 받아들여 군사를 이끌고 오나라를 도우면서 태재 백비에게는 귀중한 보물을 바쳤다. 태재 백비는 이미 월나라 왕이 주는 뇌물을 여러 차례 받았기 때문에 월나라 왕을 유달리 좋아하고 믿어 밤낮을 가리지 않고 오나라 왕에게 〔월나라 왕을〕 좋게 이야기하였다. 오나라 왕은 백비의 계책을 믿고 따랐다. 오자서가 간언했다.

"월나라는 배 속에 생긴 병인데도 지금 〔왕께서는 월나라 왕의〕 허황된 말과 황당한 거짓말을 믿고 제나라를 넘보고 있습니다. 제나라를 쳐서 빼앗는다 해도 황폐한 땅이라 아무런 쓸모가 없습니다. 또 〔『서』〕 「반경지고(盤庚之誥)」에 '옳고 그른 것을 거스르고 공손하지 않은 사람에게는 〔가볍게는〕 코를 베고 〔무겁게는〕 목을 베어 죽이고 자손도 남기지 않아서 이 땅에 악의 씨가 옮겨 가지 못하게 하라.'라고 하였습니다. 이것이 상(商)나라가 흥성하게 된 까닭입니다. 원컨대 왕께서는 제나라를 치려는 마음을 접어 두고 먼저 월나라를 처리하십시오. 만약 그렇게 하지 않으면 나중에 후회해도 소용이 없을 것입니다."

그러나 오나라 왕은 이 말을 듣지 않고 오자서를 제나라에 사신으로 보냈다. 오자서는 돌아오기에 앞서 아들에게 말했다.

"나는 왕께 여러 차례 간언했으나 왕은 내 말을 듣지 않았다. 이제 곧 오나라가 망하는 날을 보게 될 것이다. 네가 오나라와 함께 죽는 것은 덧없는 일이다."

그러고는 아들을 제나라의 포목(鮑牧)[5]에게 맡기고, 오나라로 돌아와 제나라 정세를 보고하였다.

오나라의 태재 백비는 일찍부터 오자서와 사이가 나빴으므로 오자서를 이렇게 헐뜯었다.

"오자서는 사람됨이 굳건하고 사나우며 정이 없고 시기심이 강하므로 그는 왕께 원한을 품고 있어 깊은 화근이 될까 걱정스럽습니다. 예전에 왕께서 제나라를 치려고 할 때 오자서는 불가하다고 했지만 왕께서는 결국 제나라를 쳐서 큰 공을 세우셨습니다. 오자서는 자신의 계책이 받아들여지지 않은 것을 부끄럽게 여기며 도리어 원망을 품었습니다. 지금 왕께서 다시 제나라를 치려고 하는데 오자서는 고집스럽게 간언하여 왕께서 병사를 내는 것을 막으려고 합니다. 이것은 오직 오나라가 싸움에 져서 자기 계책이 옳았다는 것이 입증되기를 원하는 것일 뿐입니다. 지금 왕께서 직접 전쟁터로 나가 나라 안의 병력을 모두 동원하여 제나라를 치려고 하는데, 오자서는 자신의 간언이 받아들여지지 않았다 하여 전쟁터로 나가지 않으려고 병을 핑계 삼아 관직에서 물러났습니다. 왕께서는 이에 대한 대비책을 세우셔야만 합니다. 그가 재앙을 일으키

---

5) 제나라 대부로서 포숙의 후손으로 알려져 있으나 이 당시 이미 피살된 지 4년이나 지났으므로 포씨(鮑氏)라고 하는 것이 옳다. 뒤에 나오는 '포씨' 라는 자가 같은 사람이다.

는 것은 별로 어려운 일이 아닙니다. 또 신이 몰래 사람을 시켜 알아보니 〔오자서는〕 제나라에 사신으로 갔을 때 자기 아들을 제나라의 포씨에게 맡겨 두었다고 합니다. 오자서는 신하가 된 몸으로 나라 안에서 뜻을 이루지 못했다고 하여 밖으로 제후들에게 기대려고 하며, 선왕의 모신(謀臣)이던 자신이 지금은 버림을 받고 있다고 생각하여 늘 원망하고 있습니다. 원컨대 왕께서는 빨리 이에 대한 대책을 세우십시오."

오나라 왕이 말했다.

"그대의 말이 아니더라도 나도 그를 의심하고 있었소."

오나라 왕은 사신을 보내 오자서에게 촉루(屬鏤)라는 칼을 내리고 이렇게 말했다.

"그대는 이 칼로 자결하라."

오자서는 하늘을 우러러보며 탄식했다.

"아! 참소를 일삼는 신하 백비가 나라를 어지럽히고 있는데 왕은 도리어 나를 죽이려 하는구나! 나는 그의 아버지를 제후의 우두머리로 만들었고, 그가 임금이 되기 전 공자들끼리 태자 자리를 놓고 다툴 때 죽음을 무릅쓰고 선왕에게 간해 그를 후계자로 정하게 했다. 그렇게 하지 않았다면 그는 태자가 될 수 없었을 것이다. 그가 왕위에 오르고 나서 내게 오나라를 나누어 주려고 하였을 때도 나는 바라지 않았다. 그런데 지금 그는 간사한 신하의 말만 듣고 나를 죽이려 하는구나."

그러고는 가신들에게 말했다.

"내 무덤 위에 가래나무를 심어 왕의 관을 짤 목재로 쓰도록 하라. 아울러 내 눈을 빼내 오나라 동문(東門)에 매달아 월나라 군사들이 쳐들어와 오나라를 멸망시키는 것을 볼 수 있도록 하라."

그런 뒤 스스로 목을 찔러 죽었다.

오나라 왕은 이 말을 듣고 몹시 화가 나서 오자서의 시체를 가져다가 말가죽으로 만든 자루에 넣어 강 속에 내던져 버렸다. 오나라 사람들은 그를 가엾게 여겨 강 언덕에 사당을 세우고 서산(胥山)이라고 불렀다.

성공하면 충신이고 실패하면 역적이다

오나라 왕은 오자서를 죽이고 나서 드디어 제나라를 공격했다. 〔이때〕 제나라 포씨가 군주인 도공(悼公)제나라 경공의 아들을 죽이고 양생(陽生)을 왕으로 세웠다. 오나라 왕은 그 역적들을 없애려고 했으나 이기지 못하고 〔자기 나라로〕 돌아왔다.

2년 뒤에 오나라 왕은 노나라 애공(哀公)과 위(衛)나라 출공(出公)을 탁고(橐皐)로 불러 맹약을 맺었다. 그 이듬해에는 북쪽의 황지(黃池)에서 제후들을 크게 모아 주나라 왕실의 이름으로 명령했다. 이 사이에 월나라 왕 구천은 오나라를 습격하여 태자를 죽이고 오나라 군사를 무찔렀다. 오나라 왕은 이 소식을 듣고 돌아와 사신을 통해 많은 선물을 보내 월나라와 화친을 맺었다.

9년 뒤에 월나라 왕 구천은 마침내 오나라를 멸망시키고 부차를 죽였으며 태재 백비도 주살했는데 자기 군주에게 충성하지 않고 다른 나라로부터 많은 뇌물을 받고 구천 자신과 내통하였다는 이유였다.

이보다 앞서 오자서와 함께 달아났던 초나라 태자 건의 아들 승은 오나라에 있었다. 오나라 왕 부차 때, 초나라 혜왕(惠王)은 승을 초나라로 불러들이려고 했다. 그때 초나라 귀족 섭공(葉公)이 간언했다.

"승은 용맹스러운 것을 즐겨 하는데, 죽음을 각오한 사람들을 은밀히 찾고 있으니 아마 음모를 꾸미고 있는 듯합니다."

그러나 혜왕은 섭공의 말을 듣지 않고 승을 불러들여 초나라 국경 지역인 언(鄢)에 살게 하고 백공(白公)이라고 불렀다. 백공이 초나라로 돌아온 지 3년째 되던 해에 오나라에서는 오자서를 죽였다.

백공 승은 초나라로 돌아온 뒤 아버지를 죽인 정나라에 원한을 품고, 남몰래 죽음을 각오하고 싸울 사람들을 길러 정나라에 원수를 갚으려고 했다. 초나라로 온 지 5년째 되던 해에 정나라 토벌을 요청했다. 초나라의 영윤(令尹)인 자서(子西)가 허락했으나 병사를 내기도 전에 진(晉)나라가 정나라를 공격했다. 정나라에서는 초나라에 도움을 요청했고, 초나라에서는 자서를 보내 돕도록 했다. 자서가 정나라와 맹약을 맺고 돌아오자 백공 승은 화를 내며 말했다.

"원수는 정나라가 아니라 자서이다."

승이 직접 칼을 갈고 있는데 어떤 사람이 물었다.

"어떻게 하려고 하십니까?"

승이 말했다.

"자서를 없애려고 한다."

이 말을 들은 자서는 웃으며 말했다.

"승은 겨우 알〔卵〕 같은 존재에 지나지 않는데 무슨 일을 할 수 있겠는가?"

4년 뒤에 백공 승은 석기(石乞)와 함께 조정으로 쳐들어가 영윤 자서와 사마 자기(子綦)를 죽였다. 석기가 말했다.

"왕을 죽이지 않으면 안 됩니다."

그러고는 초나라 혜왕을 위협하자, 왕은 고부(高府)도성 안에 있는 창고로 달아났다. 그 뒤 석기의 시종 굴고(屈固)가 혜왕을 업고 소부인(昭夫人)의 궁전으로 달아났다. 섭공은 백공이 난을 일으켰다는 소식을 듣고 자신의 병사들을 이끌고 백공을 공격했다. 백공의 무리는 싸움에서 지자 산속으로 달아나 자살했다. 〔섭공이〕 석기를 사로잡아 백공의 시체가 있는 곳을 물었으나 석기는 말하지 않았다. 말하지 않으면 삶아 죽이겠다고 하자 석기는 말했다.

"일이 성공하였다면 경(卿)이 되었겠지만 실패하였으니 삶겨 죽어야 하는 것은 정녕 그 직분이다."

〔그러고는〕 백공의 시체가 있는 곳을 끝까지 말하지 않았다. 마침내 〔섭공은〕 석기를 삶아 죽이고 혜왕을 찾아내 다시 왕으로 세웠다.

태사공은 말한다.

"원한의 해독이 사람에게 끼치는 것은 심하구나! 왕이 된 자도 신하에게 원한을 사서는 안 되거늘, 하물며 같은 지위에 있는 사람들끼리야! 일찍이 오자서가 오사를 따라 함께 죽었다면 어찌 땅강아지나 개미와 차이가 있었겠는가? 작은 의를 버리고 큰 치욕을 씻어 후세에까지 이름을 남겼으니 슬프구나! 바야흐로 오자서는 강수에서 오도 가도 못하는 상황에 놓이고, 길에서 빌어먹을 때도 마음속에 어찌 잠깐인들 〔초나라의 수도〕 영을 잊었겠는가? 그러므로 모든 것을 참고 견뎌 내어 공명을 이룰 수 있었으니 강인한 대장부가 아니면 어느 누가 이런 일을 해낼 수 있겠는가? 백공도 만일 스스로 왕이 되려고만 하지 않았던들 그 공적과 계책도 이루 다 말할 수 없으리라!"

7

◎

중니 제자 열전
仲尼弟子列傳

기원전 500년부터 250년에 이르는 기간은 제자백가의 전성시대이다. 당시 사상가들은 각국을 돌아다니며 유세를 하였고, 의기투합하여 봉건 제후의 고문이 되거나 외교관 역할을 하였다. 이들의 위대한 지적(知的) 전개와 성과는 문화적 진보를 가져왔다.

제자백가는 크게 유가(儒家), 도가(道家), 묵가(墨家), 명가(名家), 법가(法家) 등으로 구분된다. 특히 유가는 후세 중국 사상뿐 아니라 문화 전반에 걸쳐 지존의 지위를 자랑해 왔다.

공자는 주나라의 신분 사회가 무너지기 시작한 과도기에 살았는데, 오랜 세월 제자들과 함께 각국을 돌아다니면서 봉건 제후들에게 유세하며 정치적 직책을 갈망하였지만 이루지 못하고 생을 마감했다.

그는 정치가로서의 삶에는 실패했지만 무관(無冠)의 제왕으로 불릴 만큼 교사로서의 역할에서는 유례없는 성공을 거두었다. 공자는 교육의 중요성을 부르짖고, 그의 나이 서른 살을 전후로 하여 제자를 모아 수업을 했는데 그에게 가르침을 받은 핵심 제자들이 여기에 수록된 자들이다.

이 편은 공자의 제자 일흔일곱 명에 관한 내용을 실은 것으로서 「공자 세가(孔子世家)」와 자매편이라고 할 수 있으며, 여기에 인용된 말은 대부분 『논어』에 있는 것이다. 여기서 주목할 부분은 바로 후반부에 상당한 편폭으로 서술되어 있는 자공(子貢)에 관한 내용이다. 공자가 매우 아꼈던 제자는 자공이 아니라 안회(顔回)이었음에도 안회에 대한 내용은 별로 없고 자공이 남긴 업적이 상세히 묘사되어 있기 때문이다. 사마천은 「공자 세가」와 「화식 열전」에서도 자공에 대해 다루고 있는데, 공자의 이름이 후세에 알려지게 된 이유가 자공 덕분이라는 사마천 특유의 관점이 반영된 것이다.

생동감 있는 묘사 기법과 사실에 근거한 자료 수집이 돋보이며, 불분명한 내용도 그대로 전한다는 원칙을 보여 주고 있다.

청 대에 새겨진 공자 72제자 신위도(神位圖).

공자의 제자들과 공자가 존경한 사람들

공자는 "〔내 문하에서〕 학업에 힘써 〔육예에〕 통달한 사람은 일흔일곱 명이다."라고 말했는데, 〔그들은〕 모두 재능이 뛰어난 사람들이었다. 〔이 가운데〕 덕행으로는 안연(顔淵)과 민자건(閔子騫)과 염백우(冉伯牛)와 중궁(仲弓)이 있고, 정치로는 염유(冉有)와 계로(季路)가 있으며, 언변으로는 재아(宰我)와 자공(子貢)이 있고, 문학으로는 자유(子游)와 자하(子夏)가 있다.『논어』「선진」 〔그러나〕 전손사(顓孫師)는 생각이 치우친 데가 있었고, 증삼(曾參)은 노둔했으며, 고시(高柴)는 우직하고, 중유(仲由)계로=자로는 거친 데가 있었고 안회(顔回)안연는 가난했다. 단목사(端沐賜)자공는 운명을 받아들이지 않고 재물을 불려 나갔는데, 〔그가 시세를〕 예측하면 자주 적중했다.

공자가 존경한 인물로는 주나라의 노자(老子), 위(衛)나라의 거백옥(蘧伯玉), 제나라의 안평중(晏平仲), 초나라의 노래자(老萊子), 정나라의 자산(子産), 노나라의 맹공작(孟公綽)이 있다. 〔그리고〕 장문중(臧文仲), 유하혜(柳下惠), 동제백화(銅鞮伯華)진(晉)나라 대부 양설적(羊舌赤), 개산자연(介山子然)개지추(介之推)을 자주 칭찬했는데 〔이 네 사람은〕 모두 공자보다 앞 시대 사람들이어서 세대를 같이하지는 않았다.

밥 한 그릇과 물 한 바가지로 즐거워하는 안회

안회는 노나라 사람으로 자는 자연(子淵)이며 공자보다 서른 살 아래이다.

안연이 인(仁)에 대해 묻자, 공자가 말했다.

"자기의 사사로운 욕심을 이기고 바른 예(禮)로 돌아가면 세상 사람들이 인으로 돌아갈 것이다."『논어』「안연」

공자는 〔또 안회에 대해서〕 말했다.

"어질구나, 회여! 한 통의 대나무 밥과 한 표주박의 마실거리로 누추한 뒷골목에 살고 있으니 다른 사람들은 그 근심을 견뎌 내지 못할 텐데, 안회는 자기가 즐겨 하는 바를 바꾸지 않는구나!"『논어』「옹야」

"안회는 〔배울 때 듣고만 있어〕 어리석은 것 같지만 물러가 홀로 지내는 것을 살펴보면 또한 〔내가 해 준 말들을〕 충분히 발휘하고 있었다. 안회는 어리석지 않구나!"『논어』「위정」

"등용되면 나아가고 버려지면 숨는 사람은 오직 나와 너뿐이구나!"『논어』「술이」

안회는 스물아홉에 머리가 하얗게 세더니 젊은 나이에 죽었다. 공자는 제자의 죽음을 매우 슬퍼하여 소리 내어 울면서 말했다.

"내게 안회가 있은 뒤부터 제자들이 나와 더욱 친숙해졌다."

노나라 애공(哀公)이 공자에게 물었다.

"제자들 중에서 누가 배우기를 좋아합니까?"『논어』「옹야」

공자가 대답했다.

"안회라는 자가 있어 배우기를 좋아하고 노여움을 〔남에게〕 옮기지 않고, 같은 잘못을 되풀이하지 않았는데, 불행하게도 젊은 나이에 죽었습니다. 지금은 〔세상에 배우기를 좋아하는 자가〕 없습니다."『논어』「옹야」

효성스러운 민자건

민손(閔損)은 자가 자건(子騫)이며 공자보다 열다섯 살 아래이다.

공자는 〔그를 두고〕 말했다.

“효자로구나, 민자건이여! 그 부모와 형제들의 이런 말에 트집 잡을 사람이 없구나.”『논어』「선진」

〔그는〕 대부를 섬기지 않았으며, 옳지 못한 일을 한 군주의 봉록을 받지 않았다. 〔일찍이 노나라의 대부 계씨(季氏)가 그를 벼슬에 앉히려 한 적이 있는데, 그때 사자에게 말했다.〕

“만약 다시 나를 찾아온다면 〔나는〕 반드시 〔노나라를 떠나〕 문수(汶水)제나라를 지칭함 가로 가 있을 것이오.”『논어』「옹야」

덕행은 훌륭하나 몹쓸 병에 걸린 염경

염경(冉耕)은 자가 백우(伯牛)이다.

공자는 그의 덕행을 칭찬했다. 백우가 악질문둥병에 걸렸을 때 공자가 문병을 갔다가 창문 사이로 손을 잡으며 말했다.

“〔하늘의〕 운명이구나! 이 사람이 이런 병에 걸리다니, 운명이구나!”『논어』「옹야」

얼룩소의 새끼라도 털이 붉고 뿔이 곧으면 제물로 쓸 수 있다

염옹(冉雍)은 자가 중궁(仲弓)이다.

중궁이 정치하는 방법을 묻자 공자가 말했다.

"문밖을 나서서는 큰손님을 대접하듯이 하고, 백성을 부릴 때는 큰제사를 받들듯이 하라. 〔그렇게 하면〕 제후의 나라에서도 원망하는 사람이 없을 것이고, 〔경대부들의〕 집에서도 원망하는 사람이 없을 것이다."『논어』「안연」

공자는 중궁에게 덕행이 있다고 하면서 말했다.

"옹은 임금을 시킬 만하다."『논어』「옹야」

중궁의 아버지는 미천한 사람이었으나 공자가 말했다.

"얼룩소의 새끼라도 털이 붉고 뿔이 곧다면 비록 〔사람들이 그것을〕 제물로 쓰지 않으려고 하여도 산천의 신들이 어찌 내버려 두겠는가?"『논어』「옹야」

사람의 성격에 따라 조언도 달라야 한다

염구(冉求)는 자가 자유(子有)이며 공자보다 스물아홉 살 아래이다.

〔그는 노나라 대부〕 계씨(季氏)의 〔집안일을 총괄하는〕 재(宰)

가 되었다. 계강자(季康子)[1]가 공자에게 물었다.

"염구는 인(仁)한 사람입니까?"

공자가 말했다.

"1000호 되는 고을과 전차 100대를 가진 〔대부의〕 집에서 부세를 다스릴 수 있는 사람입니다. 인한 사람인지는 나는 모르겠습니다."

계강자는 또 물었다.

"자로(子路)는 인한 사람입니까?"

공자가 대답했다.

"염구와 같습니다."

〔한편〕 염구가 〔공자에게〕 물었다.

"〔의로운 일을〕 들으면 바로 행해야 합니까?"

공자가 말했다.

"행해야 한다."

자로가 물었다.

"〔의로운 일을〕 들으면 바로 행해야 합니까?"

공자가 대답했다.

"아버지와 형이 계신데 어찌 들은 것을 바로 행하겠느냐?"

자화(子華)가 이를 의아해했다.

"감히 여쭙겠습니다. 〔어째서〕 같은 질문에 달리 대답하십니까?"

---

1) 이 대화는 『논어』 「공야장」에 나온다. 그러나 『논어』에는 계강자가 아니라 맹무백(孟武伯)이 질문한 것으로 되어 있다. 뒤쪽에 계강자가 자로에 대해 질문한 부분도 마찬가지다.

공자가 말했다.

"염구는 머뭇거리는 성격이므로 앞으로 나아가게 해 준 것이고, 자로는 다른 사람을 이기려 하므로 물러나게 한 것이다."『논어』「선진」

좋은 말을 듣고 실행하지 못했는데 또 좋은 말을 들을까 두렵다

중유(仲由)는 자가 자로(子路)이고 〔노나라〕 변(卞) 지역 사람이다. 공자보다 아홉 살 아래이다.

자로는 성격이 거칠고 용맹한 힘을 좋아하며 뜻이 강하고 곧았다. 수탉의 깃으로 만든 관을 쓰고 수퇘지의 가죽으로 주머니를 만들어 허리에 차고 다녔다. 〔그는 한때〕 공자를 업신여기며 포악한 짓을 했다. 〔그러나〕 공자가 예의를 다해 자로를 조금씩 바른길로 이끌어 주자, 자로가 나중에는 유자(儒者)의 옷을 입고 예물을 올리며 공자의 문인들을 통해 제자가 되고 싶다고 했다.

자로가 정치하는 방법을 묻자 공자가 말했다.

"그들(백성)보다 앞장서고 나고, 그들(백성)을 수고롭게 하라."

〔자로가〕 좀 더 말씀해 주시기를 청하자 이렇게 말했다.

"〔처음부터 끝까지 그렇게 하고〕 게으르지 않으면 된다."『논어』

「자로」

자로가 물었다.

“군자도 용기를 숭상합니까?”

공자가 말했다.

“군자는 의(義)를 최상으로 여긴다. 군자가 용기만을 좋아하고 의가 없다면 세상을 어지럽히게 되고, 소인이 용기만을 좋아하고 의가 없다면 도적이 된다.”『논어』「양화」

자로는 〔좋은 말을〕 듣고 아직 그것을 실행하지 않았는데 또 다시 또 다른 것을 듣게 될까 봐 두려워했다.『논어』「공야장」

공자는 〔자로에 대해서〕 이렇게 말했다.

“한쪽의 말만 듣고 옥사를 판결할 수 있는 자는 아마도 자로일 것이다.”『논어』「안연」

“자로는 용기 있는 행동을 좋아하는 데 있어 나를 능가하지만 재주는 취할 것이 없다.”『논어』「공야장」

“자로와 같은 자는 제명에 죽기 어려울 것이다.”『논어』「선진」

“해진 솜두루마기를 걸치고서 여우나 담비 가죽으로 만든 옷을 입은 자와 함께 서도 부끄러워하지 않을 사람은 아마도 자로일 것이다.”『논어』「자한」

“자로는 당대청까지는 올라섰지만 실방 안까지는 들어오지 못했다.『논어』「선진」

계강자가 물었다.

“중유는 어진 사람입니까?”

공자가 대답했다.

“전차 1000대를 가진 나라에서 군사 일을 다스릴 수 있는 인물입니다. 〔그러나〕 그가 인한 사람인지는 모르겠습니다."『논어』「공야장」

자로는 공자를 따라 천하를 돌아다니기를 좋아하였다. 길을 가다가 장저(長沮), 걸닉(桀溺),[2] 삼태기를 멘 노인[3] 등을 만났다.

자로가 〔노나라〕 계씨의 재(宰)가 되었을 때 계손(季孫)이 물었다.

"자로는 대신이라고 말할 만합니까?"

공자가 말했다.

"자리만 채우는 〔보통〕 신하라고 할 수 있습니다."『논어』「선진」

자로가 〔위(衛)나라〕 포(蒲) 지방의 대부가 되어 공자에게 작별 인사를 하러 왔을 때, 공자는 이렇게 말했다.

"포 지방은 힘센 자가 많고 또한 다스리기 어려운 곳이다. 그래서 내 너에게 당부의 말을 하겠노라. 몸가짐을 겸손하게

---

2) 장저와 걸닉은 모두 숨어 살던 선비였다. 『논어』「미자」 편을 보면 하루는 공자와 그의 제자들이 이곳저곳을 떠돌다가 장저와 걸닉이 밭을 갈고 있는 곳을 지나게 되어 자로를 시켜 나루터가 있는 곳을 물었는데, 그들은 공자가 도(道)를 실행할 수 없는 세상을 돌아다니는 일을 부질없는 행동이라고 풍자했다.

3) 삼태기를 멘 노인이 누구인지 뚜렷하지는 않지만 당시 초야에 묻혀 살던 선비임은 틀림없다. 그는 공자가 위나라에서 경쇠를 치자 "마음이 담겨 있구나, 저 경쇠 소리에는."이라 하고, "세상이 알아주지 않으면 그만둘 일이다. 물이 깊으면 벗고 건너고, 얕으면 걷고 건너라고 했는데."라고 하며 공자가 세상을 돌아다니며 유세하는 것을 못마땅하게 여겼다.

하면 그 지방의 힘센 자들을 다스릴 수 있을 것이고, 너그럽고 올바르면 그곳 백성을 따르게 할 수 있을 것이며, 공손하고 바르게 정치를 하여 그곳을 안정시키면 임금의 은혜에 보답할 수 있을 것이다."

군자는 죽더라도 갓을 벗지 않는다

일찍이 위(衛)나라 영공(靈公)에게는 남자(南子)라는 총애하는 부인이 있었다. 영공의 태자 괴외(蒯聵)[4]가 남자에게 죄를 짓고 처벌이 두려워서 나라 밖으로 달아났다. 영공이 죽자 남자는 공자 영(郢)을 왕으로 세우려고 하였다. 〔그러나〕 영은 사양하며 말했다.

"달아난 태자의 아들 첩(輒)이 살아 있습니다."

이리하여 위나라에서 첩을 왕으로 세우니, 그가 바로 출공(出公)이다. 출공이 왕위에 오른 지 12년이 지나도록 아버지 괴외는 〔여전히〕 나라 밖에서 살면서 나라 안으로는 들어오지

---

4) 위나라 영공의 태자이지만 영공과의 불화로 송나라로 달아났다. 영공은 태자를 폐위시키고 손자 첩을 그 자리에 앉혔다. 그 뒤 영공이 죽고 첩이 제위에 올랐다. 괴외가 위나라로 돌아오려고 하자 첩은 경솔하게 위나라 사람들을 시켜 아버지를 제거하도록 했다. 그래서 괴외는 위나라로 돌아와 아들과 나라를 놓고 다투게 되었다. 괴외는 음모를 꾸며 위나라를 빼앗아 장공(莊公)이 되고 첩은 노나라로 달아났다.

못했다.

〔이 무렵〕 자로는 위나라 대부 공회(孔悝)의 읍재(邑宰)로 있었다. 괴외는 공회와 반란을 꾀하고, 공회의 집으로 은밀히 숨어 들어가 마침내 공회의 무리와 함께 출공을 습격하였다. 출공은 결국 노나라로 달아났고, 괴외가 임금 자리에 올라 장공(莊公)이 되었다.

공회가 난을 일으켰을 때, 나라 밖에 있던 자로는 그 소문을 듣자마자 달려갔다. 〔자로는 때마침〕 위나라 성문을 나오던 자고(子羔)와 마주쳤다. 자고가 자로에게 말했다.

"출공은 달아났고 성문은 벌써 닫혔으니 그대는 그냥 돌아가는 것이 좋겠습니다. 공연히 〔들어갔다가〕 화를 당하실 필요는 없습니다."

자로가 말했다.

"출공의 녹을 받아먹은 자로서 그가 어려움에 처한 것을 보고 어찌 피하겠습니까?"

자고는 그대로 떠났으나 〔자로는 그때 마침〕 성으로 들어가는 사자가 있어 성문이 열리자 자로가 따라 들어갔다. 괴외가 있는 곳으로 가니, 괴외는 공회와 함께 누대로 올라가고 있었다. 자로는 괴외를 향해 이렇게 소리쳤다.

"왕께선 어찌 공회를 쓰려 하십니까? 청컨대 그를 죽이도록 허락해 주십시오."

괴외가 〔자신의〕 요청을 들어주지 않자 자로는 누대에 불을 지르려고 하였다. 괴외는 두려워 석기(石乞)와 호염(壺黶)을 내려 보내 자로를 공격하게 했다. 〔그들이〕 공격하여 자로의 갓끈을 끊자, 자로는 이렇게 외쳤다.

"군자는 죽을지언정 갓을 벗지 않는다."

마침내 자로는 갓끈을 다시 맨 뒤 죽었다.

공자는 위나라에서 반란이 일어났다는 소문을 듣고 말했다.

"아아, 자로가 죽겠구나!"

그 뒤 얼마 안 되어 정말로 자로가 죽었다. 공자는 탄식했다.

"내가 자로를 제자로 삼은 뒤로 남의 험담을 듣지 않았거늘."

이때 자공은 노나라를 위하여 제나라에 사자로 갔다.

자식은 태어난 지 3년이 지나야 부모 품을 벗어난다

재여(宰予)는 자가 자아(子我)이며 말솜씨가 뛰어났다.

그는 공자에게 가르침을 받고 물었다.

"〔부모의〕 상을 3년이나 치르는 것은 너무 길지 않습니까? 군자가 3년간 예를 닦지 않는다면 예는 반드시 무너질 것이며, 3년 동안 음악을 팽개친다면 음악도 반드시 무너질 것입니다. 묵은 곡식은 다 없어지고 햇곡식이 이미 올라오며, 불씨 얻을 나무도 다시 바꾸는 데 1년이면 충분합니다."

이에 공자가 물었다.

"그렇게 하면 네 마음이 편하겠느냐?"

"예."

"너는 〔그것이〕 편하면 그렇게 해라! 군자는 상중에 있는 동안 맛있는 음식을 먹어도 달지 않고 듣기 좋은 음악을 들어도 즐겁지 않기 때문에 그렇게 하지 않는 것이다."

재여가 밖으로 나가자 공자는 이렇게 말했다.

"재여는 참으로 인하지 못하구나! 자식은 태어나서 3년이 지나야 부모 품에서 벗어난다. 〔그래서〕 삼년상이 세상에 널리 통하는 의식인 것이다."『논어』「양화」

썩은 나무로는 조각할 수 없다

〔하루는〕 재여가 낮잠을 잤다. 공자가 〔그 모습을 보고〕 말했다.

"썩은 나무는 조각할 수 없고, 더러운 흙으로 쌓은 담장은 흙손질을 할 수 없다."『논어』「공야장」

재여가 오제(五帝)[5]의 덕을 묻자 공자가 말했다.

"너는 그것을 물을 자격이 없다."

〔그 뒤〕 재여가 〔제나라 도성〕 임치(臨菑)의 대부가 되었는데, 전상(田常)과 난을 일으켜 그 일족이 모두 죽음을 당하게 되었으므로 공자는 그것을 매우 부끄러워했다.

---

5) 고대 전설 속의 다섯 제왕으로 황제(黃帝), 전욱(顓頊), 고신(高辛), 요(堯), 순(舜)을 말한다.

종묘의 제사 그릇 같은 자공

단목사(端沐賜)는 위(衛)나라 사람으로 자가 자공(子貢)이며 공자보다 서른한 살 아래이다.

자공은 말재주가 뛰어났지만 공자는 늘 이 점을 꾸짖어 경계시켰다. 한번은 공자가 물었다.

"너와 안회 가운데 누가 더 나으냐?"

자공이 대답했다.

"제가 어찌 감히 안회를 따를 수 있겠습니까? 안회는 하나를 들으면 열을 알지만, 저는 하나를 들으면 겨우 둘을 알 뿐입니다."『논어』「공야장」

자공은 가르침을 받은 뒤에 이렇게 물었다.

"저는 어떤 사람입니까?"

공자가 말했다.

"너는 그릇이다."

자공이 물었다.

"어떤 그릇입니까?"

공자가 말했다.

"호련(瑚璉)[6]이다."『논어』「공야장」

〔어느 날〕 진자금(陳子禽)[7]이 자공에게 물었다.

---

6) 종묘 제사 때 기장을 담던 귀중한 그릇으로, 하나라 때는 '호'라 부르고 은나라 때는 '련'이라 불렀다.

7) 이름은 진항(陳亢)으로, 『논어』「자장」 편에 의하면 공자의 제자가 아닌

"공자께서는 어디에서 배웠습니까?"

자공이 말했다.

"문왕(文王)과 무왕(武王)의 도가 아직 땅에 떨어지지 않고 사람에게 있으니, 현명한 자들은 그 큰 것을 알고, 현명하지 못한 자들은 그 작은 것을 압니다. 이처럼 문왕과 무왕의 도가 아닌 것이 없으니, 선생님께서는 어디서든지 배우지 않으셨겠습니까? 어찌 정해진 스승이 있었겠습니까?"

〔진자금이〕 다시 물었다.

"공자께서는 어떤 나라로 가시든 반드시 그곳의 정치에 대해서 들으시는데, 그것은 요구한 것입니까? 아니면 그들이 제공해 준 것입니까?"

자공은 말했다.

"선생님께서는 온화하고 선량하며 공경하고 검소하며 사양하는 미덕으로써 그것을 얻은 것이니 선생님께서 그것을 구한 것은 아마도 다른 사람들이 그것을 구하는 것과는 다릅니다."

『논어』「학이」

자공이 물었다.

"부유하지만 교만하지 않고 가난하지만 아첨하지 않는다면 어떻습니까?"

공자가 말했다.

"괜찮다. 그러나 가난하지만 도를 즐기고 부유하면서도 예

것 같기도 하다. 『논어』「자장」 편에는 이 질문을 진자금이 아닌 위나라 공손조가 한 것으로 나온다. 그다음의 질문은 진자금의 말이 맞다.

를 좋아하는 것만은 못하다."『논어』「학이」

한 번 움직여 세상의 판도를 새로 짠다

〔제나라 대부〕 전상은 제나라에서 반란을 일으키려고 했으나 〔제나라에서 세력이 큰〕 고씨(高氏), 국씨(國氏), 포씨(鮑氏), 안씨(晏氏)를 두려워하였으므로 그들의 군대를 합쳐 노나라를 치기로 하였다.

공자는 이 소식을 듣고 제자들에게 말했다.

"노나라는 〔조상의〕 무덤이 있는 부모의 나라이다. 나라가 이처럼 위태로운데 그대들은 어찌하여 〔나라를 구하러〕 나서지 않는가?"

〔이 말에〕 자로가 나서기를 청했지만 공자는 그를 제지하였다. 자장(子張)과 자석(子石)이 나서기를 청했지만 공자는 〔역시〕 허락하지 않았다. 자공이 나서겠다고 청하자 공자는 그를 허락하였다.

〔자공이〕 드디어 나섰는데 제나라에 이르러 전상을 설득했다.

"당신이 노나라를 치려는 것은 잘못됐습니다. 노나라는 치기 힘든 나라입니다. 그 〔나라의〕 성벽은 얇고 낮으며, 그 해자는 좁고 얕으며, 임금은 어리석고 어질지 못하며, 신하들은 위선적이고 무능하며, 병사들과 백성은 또한 전쟁을 싫어합니다.

이러한 나라는 싸울 상대가 못 되니 당신은 오나라를 치는 것이 낫습니다. 저 오나라는 성벽이 높고 두꺼우며, 해자는 넓고 깊으며, 무기는 새로 만들어 튼튼하며, 병사는 배불리 먹여 뽑았고, 정예 병사가 모두 그 성안에 있고, 또한 현명한 대부들이 그곳을 지키고 있습니다. 이런 나라는 치기 쉽습니다."

〔그러자〕 전상이 벌컥 화를 내며 불쾌한 낯빛으로 말했다.

"당신이 치기 어렵다고 하는 것은 다른 사람들이 보기에 쉬운 것이고, 당신이 쉽다고 하는 것은 다른 사람들이 보기에 어려운 것이오. 이처럼 나를 가르치는 것은 무슨 까닭이오?"

자공이 말했다.

"제가 듣기에 나라 안에 걱정거리가 있으면 강한 적을 공격하고, 나라 밖에 걱정거리가 있으면 약한 적을 공격한다고 합니다. 〔그런데〕 지금 당신의 골칫거리는 나라 안에 있습니다. 저는 당신이 세 번이나 봉해지려 했지만 세 번 모두 이뤄지지 않은 것은 대신들 가운데 반대하는 이가 있었기 때문이라고 들었습니다. 지금 당신이 노나라를 쳐서 제나라 땅을 넓히게 된다면 전쟁에서 이긴 것으로 〔제나라〕 왕은 더욱 교만해질 것이고, 나라를 무너뜨린 것으로 대신들의 위세는 더욱 높아질 것입니다. 그러면 당신은 공을 인정받지 못하고 오히려 왕과 사이가 날로 소원해질 것입니다. 이렇게 위로는 왕의 마음을 교만하게 만들고 아래로는 여러 신하들을 방자하게 만들면 당신이 뜻하는 큰일을 이루기 어려워집니다. 무릇 왕이 교만해지면 제멋대로 하고 신하들이 방자해지면 〔권력을〕 다투게 됩니다. 그러면 당신은 위로는 왕과 틈이 벌어지고, 아래로는 대신들과 〔권력을〕 다투게 될 것입니다. 여차하니 제나라에서 당신의 입지는 위태로워지겠지요. 그래서 오나라를 치는 것만 못하다고 말하는 것입니다. 오나라를 공격하여 이기지 못하면 백성은 나라 밖에서 죽고, 대신들은 나라 안에서 그 지위를 잃게 될 것입니다. 이렇게 되면 당신은 위로는 대적할 만한 강한 신하가 없어지고 아래로는 백성의 비난을 받지 않을 것이니, 왕을 고립시켜 제나라를 마음대로 할 수 있는 사람은 당신밖에 없게 됩니다."

전상이 말했다.

"좋소. 그렇지만 우리 군대는 이미 노나라를 향해 떠났소. 〔노나라를〕 버리고 오나라로 가라고 한다면 대신들이 나를 의심할 것이니 어찌하면 좋겠소?"

자공이 말했다.

"당신은 군대를 붙들어 놓고 노나라를 공격하지 마십시오. 〔그동안에〕 제가 가서 오나라 왕이 노나라를 도와 제나라를 치도록 설득하겠습니다. 그때 당신은 오나라를 맞아 싸우십시오."

전상은 이를 허락하고 자공에게 남쪽으로 가서 오나라 왕을 만나도록 하였다.

〔자공은 오나라 왕을〕 설득하여 말했다.

"신이 들으니 왕자(王者)는 〔속국의〕 후대를 끊지 않고, 패자(覇者)는 적국을 강하게 만들지 않는다고 합니다. 1000균(鈞) 1균은 30근의 무게도 1수(銖)나 1냥(兩)의 작은 무게를 더하여 움직여집니다. 지금 만승(萬乘)[8]의 제나라가 천승(千乘)의 노나라를 끌어들여 오나라와 강함을 다투려 하고 있습니다. 슬그머니 왕을 위험에 빠뜨리고 있는 것입니다. 더군다나 노나라를 구원하는 것은 명분을 살리는 일이고, 제나라를 치는 것은 큰 이익을 얻는 일입니다. 사수(泗水) 주변의 제후들을 회유하여 포악한 제나라를 벌함으로써 강한 진(晉)나라까지 굴복시킨다면 이익은 막대할 것입니다. 망해 가는 노나라를 존속시킨다는 명분을 내세우되 실제로는 강한 제나라를 곤경에 빠뜨리자는 것입니다. 지혜로운 사람이라면 이런 계책을 의심하지 않을 것입니다."

〔그러자〕 오나라 왕이 말했다.

"좋소. 그렇지만 나는 일찍이 월나라와 싸움을 벌여 〔월나라 왕을〕 회계산(會稽山)에서 지내게 한 적이 있소. 〔그 일로〕 월나라 왕은 고통을 감내하고 군사를 기르면서 나에게 보복할 마음이 있소. 〔그러니〕 내가 월나라를 칠 때까지 그대가 기다려 주면 그대의 말을 따르겠소."

이에 자공은 말했다.

"월나라의 강함은 노나라에 지나지 않고, 오나라의 강함은 제나라에 지나지 않습니다. 왕께서 제나라를 내버려 둔 채 월나라를 친다면 그동안 제나라는 노나라를 평정할 것입니다. 또한 왕께서는 바야흐로 망해 가는 나라를 존속시켜 끊어지려는 후대를 이어 주는 것을 명분으로 삼으려고 합니다. 그런

---

8) 승(乘)은 말 네 마리가 끄는 병거인데 만승은 그만큼 많은 병력을 거느린 큰 나라를 뜻한다. 고대 천자들은 만승 이상을 보유하고 있었으므로 나중에는 천자의 상징처럼 쓰이게 되었다.

데 작은 월나라를 치고 강한 제나라를 두려워하는 것은 용맹스러운 사람이 할 일이 아닙니다. 용맹스러운 사람은 어려움을 피하지 않고, 어진 사람은 곤경에 빠진 사람을 궁지로 몰아넣지 않으며, 지혜로운 사람은 때를 놓치지 않고, 왕은 〔다른 나라의〕 후대를 끊지 않음으로써 의를 세웁니다. 지금 〔왕께서는〕 월나라를 그대로 둠으로써 제후들에게 어질다는 것을 보이고, 노나라를 구하여 제나라를 정벌한 뒤, 위엄을 진(晉)나라에 미친다면 제후들은 반드시 서로 거느리고 오나라에 조회할 것이니 패업(霸業)천하의 우두머리가 되는 것을 이룰 수 있습니다. 만일 왕께서 꼭 월나라가 마음에 걸리신다면 제가 동쪽으로 가서 월나라 왕을 만나 군대를 지원하도록 설득하겠습니다. 이러면 실질적으로는 월나라를 텅 비게 만들면서 제후를 이끌고 〔제나라를〕 친다는 명분을 얻을 수 있습니다."

〔그러자〕 오나라 왕은 매우 기뻐하며 자공을 월나라로 보냈다.

월나라 왕구천은 길을 청소하고 교외까지 나와 〔자공을〕 맞이하고 몸소 수레를 몰아 〔자공을〕 숙소까지 데려다주고는 물었다.

"이곳은 오랑캐 나라인데 대부께서 어인 일로 황공스럽게도 여기까지 오셨습니까?"

이에 자공이 말했다.

"최근에 저는 오나라 왕에게 노나라를 도와 제나라를 치라고 설득했습니다. 오나라 왕은 그럴 뜻이 있으면서도 월나라가 걱정되어 '내가 월나라를 칠 때까지 기다리면 그렇게 하겠소.'라고 하였습니다. 이렇게 되면 〔오나라는〕 반드시 월나라를 공격할 것입니다. 남에게 보복할 뜻이 없으면서도 그런 의심을 받는다면 이는 어리석은 일이고, 남에게 보복할 뜻이 있는데 이것을 알아차리게 한다면 이는 위태로운 일입니다. 또 계획을 행동으로 옮기기도 전에 새어 나간다면 이는 매우 위험한 일입니다. 이 세 가지는 일을 꾀하는 데 큰 걱정거리입니다."

〔월나라 왕〕 구천은 머리를 조아려 두 번 절하고 다음과 같이 말했다.

"저는 일찍이 〔제 자신의〕 힘을 헤아리지 않고 오나라와 싸움을 벌였다가 회계산에서 곤욕을 치렀습니다. 〔그때의〕 고통이 뼛속까지 사무쳐 밤낮으로 〔복수할 생각에〕 입술은 타들어가고 혀는 마릅니다. 오나라 왕과 맞서 싸우다 죽는 것이 저의 바람입니다."

그러고는 자공에게 〔오나라에 복수할 수 있는 좋은 방법을〕 물었다. 자공이 말했다.

"오나라 왕은 사람됨이 사납고 모질어 모든 신하가 버티기 힘들 지경이고, 나라는 잦은 전쟁으로 황폐해졌으며, 군사들은 견디지 못합니다. 백성은 왕을 원망하고 대신들은 마음이 변하였습니다. 오자서는 간언하다가 죽었고, 태재 백비는 나랏일을 맡고 있으나 임금의 그릇된 명령을 그대로 따르며 안일하게 자기의 사욕만을 채우기에 급급하니 이는 나라를 위태롭게 하는 정치를 하고 있는 것입니다. 지금 왕께서 병사를 보내어 그의 뜻을 선동하고, 귀중한 보물들을 보내 환심을 사며, 〔자신을〕 낮추어 사양함으로써 그를 높여 주면 틀림없이

〔안심하고〕 제나라를 칠 것입니다. 〔그렇게 하여〕 저 오나라가 싸움에서 지면 〔그것은〕 왕의 복이고, 싸움에서 이기더라도 반드시 병력으로써 진(晉)나라를 칠 것입니다. 〔그러면〕 저는 북으로 가 진나라 임금을 만나 함께 오나라를 치도록 만들 터이니 오나라의 세력은 반드시 약해질 것입니다. 오나라의 정예병사들은 제나라에서 〔싸울 수 있는 힘을〕 다 쓰고, 튼튼한 무기를 지닌 군사는 진나라에서 〔거의〕 기진맥진할 것입니다. 왕께서 그 해진 틈을 타서 제압한다면 반드시 오나라를 멸할 수 있을 것입니다."

월나라 왕은 크게 기뻐하며 허락하였다. 〔월나라 왕은〕 자공이 떠날 때 황금 100일(鎰)1일은 20냥 혹은 24냥과 칼 한 자루, 좋은 창 두 자루를 선물하였다. 〔그러나〕 자공은 〔그것을〕 받지 않고 오나라로 갔다.

〔자공은〕 오나라 왕에게 이렇게 보고하였다.

"신이 삼가 왕의 말씀을 월나라 왕에게 전했더니, 월나라 왕은 크게 두려워하면서 '저는 불행히도 어려서 아버지를 잃고 제 자신의 분수도 모르고 오나라에 도전하는 죄를 범했습니다. 군대는 지고 자신은 모욕을 당하여 회계산에서 숨어 살며 나라를 폐허로 만들었습니다. 〔그러나〕 다행히 왕의 은혜로 다시 조상을 받들어 제사를 지낼 수 있게 되었으니 죽어도 그 은혜를 잊을 수 없습니다. 어찌 감히 〔오나라에 대한〕 음모를 꾸밀 수 있겠습니까?'라고 하였습니다."

〔그로부터〕 닷새 뒤에 월나라에서 대부 문종(文種)을 사신으로 보내 왔는데, 그는 머리를 조아리며 오나라 왕에게 다음

과 같이 말했다.

"동해(東海)동해 가까이 있던 월나라를 말함의 신하 구천의 사자인 신 문종이 삼가 왕의 신하들을 통해서 문안드립니다. 지금 은밀히 듣건대 대왕께서 아주 의로운 군사를 일으켜 강자를 징벌하고 약자를 구원하며 포악한 제나라를 곤경에 빠뜨림으로써 주나라 왕실을 편안케 하신다고 하니, 저희 나라 병사 3000명을 모두 동원하고 월나라 왕이 직접 갑옷을 입고 무기를 들고 맨 앞에 서서 〔적의〕 화살과 돌을 받고자 합니다. 월나라의 천한 신하 문종에게 선대로부터 물려받은 숨겨진 가물, 갑옷 스무 벌과 도끼, 굴로(屈盧)라는 장인이 만든 창, 차고 다니면 빛이 나는 칼을 올려 출정을 축하드리도록 했습니다."

오나라 왕은 매우 기뻐하며 자공에게 알렸다.

"월나라 왕이 몸소 과인의 제나라 정벌에 따라나서겠다고 하는데 허락해도 괜찮겠소?"

자공이 말했다.

"안 됩니다. 남의 나라를 텅 비게 하고 남의 군대를 모조리 동원시키면서 또 그 나라의 왕까지 〔싸움터로〕 나가게 하는 것은 의롭지 않습니다. 왕께서는 그가 보낸 예물을 받고 군대만 허락하시고 왕의 종군은 사양하십시오."

오나라 왕은 자공의 권고를 받아들여 월나라 왕이 이 전쟁에 참가하는 것은 사양하였다. 오나라 왕은 드디어 아홉 군의 병사들을 일으켜 제나라 정벌에 나섰다.

자공은 진(晉)나라로 가서 왕정공(定公)에게 말했다.

"신은 생각이 먼저 정해지지 않으면 돌발 사태에 잘 대처할 수 없고, 군대가 먼저 잘 갖춰지지 않으면 적을 이길 수 없다고 들었습니다. 지금 제나라와 오나라가 싸우려 하고 있는데, 〔만일〕 저 싸움에서 〔오나라가〕 지면 월나라가 오나라를 공격할 것이 틀림없고 〔오나라가〕 제나라와 싸워서 이기면 반드시 그 병력으로 진나라로 쳐들어올 것입니다."

진나라 왕은 두려워하며 말했다.

"이 일을 어찌하면 좋겠소?"

자공이 말했다.

"군대를 잘 정비하고 병사들을 쉬게 하고 기다리십시오."

진나라 왕은 〔그렇게 하기로〕 약속하였다.

자공은 〔진나라를〕 떠나서 노나라로 갔다. 오나라 왕은 과연 제나라와 애릉(艾陵)에서 싸워 제나라 군대를 크게 이기고 〔적의〕 장군 일곱 명이 이끄는 군사들을 사로잡았다. 그리고 〔오나라로〕 돌아오지 않고 과감하게 무장하여 진나라를 향해 나아가 황지(黃池)에서 진나라 군대와 마주쳤다. 오나라와 진나라는 〔서로〕 강함을 다투었으나 진나라가 공격하여 오나라 군대를 대패시켰다. 월나라 왕은 이 소식을 듣자 강을 건너 오나라를 습격하여 도성 밖 7리쯤에 주둔하였다. 오나라 왕은 이 소식을 듣고서 〔급히〕 진나라와의 싸움을 그만두고 돌아와 오호(五湖)에서 월나라와 세 차례 싸웠으나 이기지 못하고, 〔결국 월나라 군대에게〕 도성까지 내주었다. 월나라 군대는 궁궐을 에워싼 뒤 〔오나라 왕〕 부차를 죽이고, 재상 〔백비〕의 목을 베었다. 〔월나라는〕 오나라를 깨뜨린 지 3년 뒤에 동방 제후들의 우두머리가 되었다.

이처럼 자공은 한 번 나서서 노나라를 보존시키고 제나라를 어지럽게 했으며, 오나라를 멸망시키고 진(晉)나라를 강국이 되게 하였으며, 월나라를 제후들의 우두머리가 되게 하였다. 자공이 한 번 사신으로 가더니 각국의 형세에 균열이 생겨 10년 사이에 다섯 나라에 커다란 변화가 있었다.

자공은 〔또〕 싸게 사서 비싸게 파는 일을 좋아하여 때를 보아서 돈을 잘 굴렸다. 〔그는〕 남의 장점을 칭찬하기를 좋아하였으나 남의 잘못을 덮어 주지는 못하였다. 〔그는〕 일찍이 노나라와 위(衛)나라에서 재상을 지냈으며 집안에 천금을 쌓아 두기도 하였다. 〔그는〕 제나라에서 삶을 마쳤다.

닭 잡는 데 어찌 소 잡는 칼을 쓰랴

언언(言偃)은 오나라 사람으로 자가 자유(子游)이며 공자보다 마흔다섯 살 아래이다. 자유는 공자의 가르침을 받고 나서 무성(武城)의 재상이 되었다. 〔어느 날〕 공자가 〔이곳을〕 지나가다가 거문고를 타며 노래하는 소리를 들었다. 공자는 빙그레 웃으며 말했다.

"닭을 잡는 데 어찌하여 소 잡는 칼을 쓰느냐?"

자유가 말했다.

"예전에 저는 선생님으로부터 '군자가 도를 배우면 남을 사랑하고, 소인이 도를 배우면 〔사람을〕 부리기 쉽다.'라고 하신 말씀을 들었습니다."

〔이에〕 공자는 〔옆에 있던 제자들에게〕 말했다.

"제자들아, 언(자유)의 말이 옳다. 아까 한 말은 농담이었을 뿐이다."『논어』「양화」

공자는 자유가 문학에 뛰어난 재능을 보인다고 생각하였다.

흰 바탕이 있은 뒤에 색을 칠할 수 있다

복상(卜商)은 자가 자하(子夏)이고 공자보다 마흔네 살 아래이다.

자하가 물었다.

"'고운 미소에 팬 보조개, 아름다운 눈에 또렷한 눈동자, 흰 바탕에 여러 색깔을 칠했구나.'라고 하였는데, 이것은 무슨 뜻입니까?"

공자가 말했다.

"그림 그리는 일은 흰 바탕 이후의 일이다."

자하가 여쭈었다.

"예(禮)는 〔인(仁)보다〕 나중에 온다는 것입니까?"

공자가 말했다.

"비로소 너와 더불어 『시』를 이야기할 수 있게 되었구나."『논어』「팔일」

지나친 것은 미치지 못하는 것과 같다

자공이 물었다.

"사(師)자장와 상(商)자하 중 누가 더 현명합니까?"

공자가 말했다.

"사는 지나친 데가 있고, 상은 미치지 못하는 데가 있다."

"그렇다면 사가 더 낫습니까?"

공자가 말했다.

"지나친 것은 미치지 못한 것과 같다."[9)]

공자는 자하에게 말했다.

"너는 〔도에 힘쓰는〕 군자의 선비가 되어야지, 〔명성을 좇는〕 소인의 선비가 되어서는 안 된다."『논어』「옹야」

공자가 세상을 떠난 뒤, 자하는 서하(西河)에 살면서 학생들을 가르치다가 위(魏)나라 문후(文侯)의 스승이 되었다. 그는 자식이 죽자 〔너무 슬퍼하여〕 소리 높여 울다가 눈이 멀었다.

---

9) 『논어』「선진」 편에 나오는 대화다. 공자의 이런 평가는 중용의 도를 잃었다는 것에 주목한 것이다. 흔히 제자들이 생각하는 관점과 공자의 관점은 분명 온도 차가 있다.

많이 듣고 삼가면 실수가 적다

전손사(顓孫師)는 진(陳)나라 사람으로 자는 자장(子張)이며 공자보다 마흔여덟 살 아래이다.

자장이 녹벼슬을 구하는 방법을 묻자 공자는 이렇게 말했다.

"많이 듣되 의심나는 것을 버리고 그 나머지를 신중하게 말한다면 실수가 적을 것이다. 많이 보되 의심나는 것을 버리고 그 나머지를 신중히 실행하면 뉘우치는 일이 적을 것이다. 말에 실수가 적고 행동에 뉘우침이 적으면 녹은 그 가운데 있다."

훗날 자장이 공자를 따라다니다가 진(陳)나라와 채(蔡)나라 사이에서 어려움을 겪게 되었는데, 이때 세상에서 처신할 수 있는 도리를 물으니 공자가 말했다.

"말은 진실되고 미더우며, 행동은 독실하고 공경스러우면 비록 오랑캐의 나라에서도 통용될 것이다. 말에 진실과 믿음이 없고 행동에 독실함과 공손함이 없다면 비록 자기가 태어난 마을이라 하더라도 통용되겠는가? 서 있을 때는 그러한 말이 눈앞에서 보이는 듯하고, 수레를 탈 때도 그러한 말을 수레 끌채의 가로목에 새겨 놓고 보아야 한다. 그렇게 된 이후에 통용될 것이다."『논어』「위령공」

자장은 〔이 말을 잊지 않기 위하여〕 허리띠에 적어 두었다.

명망과 달(達)의 차이

자장이 공자에게 물었다.

"선비는 어떠해야 통달했다고 할 수 있습니까?"

공자가 말했다.

"무엇이냐? 네가 말하는 '통달'이라는 것이냐?"

자장이 대답했다.

"나라 안에서도 반드시 소문이 나고 가문 안에서도 반드시 소문이 나는 것입니다."

그러자 공자는 말했다.

"그것은 소문이지 통달이 아니다. 대체로 통달한 사람은 본바탕이 바르고 의를 좋아하고, 남의 말을 잘 살피고 안색을 잘 관찰하며, 깊이 생각하고 다른 사람에게 자신을 낮춘다. 〔이렇게 하면〕 나라에서나 집에서나 반드시 달하게 된다. 〔그러나〕 소문난 사람은 겉으로는 인을 취하면서 실제 행동은 어긋나는데도 〔스스로는 인하다고 믿어〕 의심하지 않는 것이다. 〔이렇게 하면〕 나라에서나 집에서나 반드시 소문이 나게 된다."『논어』「안연」

『효경』을 지은 증삼

증삼(曾參)은 남무성(南武城) 사람으로 자는 자여(子輿)이며 공자보다 마흔여섯 살 아래이다.

공자는 그가 효성이 지극하다고 여겨 가르침을 베풀어 『효경(孝經)』을 짓게 했다. 〔그는〕 노나라에서 삶을 마쳤다.

사람은 말과 생김새로만 평가하면 안 된다

담대멸명(澹臺滅明)은 무성(武城) 사람으로 자는 자우(子羽)이고 공자보다 서른아홉 살 아래이다.

〔그는〕 용모가 매우 못생겨서 그가 공자에게 가르침을 받으러 왔을 때 공자는 재능이 모자라는 사람이라고 생각하였다. 〔그러나 그는〕 가르침을 받은 뒤 물러나면 덕행을 닦는 일에 힘쓰고, 길을 갈 때는 사잇길로 가지 않으며, 공적인 일이 아니면 경대부(卿大夫)들을 만나지 않았다.

〔그가〕 남쪽으로 내려가 강수 근처에 이르렀을 때, 〔그를〕 따르는 제자가 300명이나 되었다. 〔그는 제자들에게 물건을〕 주고받는 것과 〔벼슬에〕 나아가고 물러나는 도리를 〔이치에 맞게〕 가르쳤기 때문에 제후들 사이에서도 이름이 널리 알려졌다. 공자는 이 이야기를 듣고 탄식했다.

"나는 말 잘하는 것으로 사람을 골랐다가 재여에게 실수하였고, 생김새만을 보고 사람을 가리다가 자우에게 실수하였다."

재능은 빼어난데 몸담고 있는 곳이 작다

복부제(宓不齊)는 자가 자천(子賤)이며 공자보다 서른 살 아래이다.

공자는 〔자천을〕 일컬어 이렇게 말했다.

"자천이여, 군자로구나! 〔그러나〕 노나라에 군자가 없었더라면 이 사람이 어디에서 이런 것을 갖게 되었겠는가?"『논어』「공야장」

자천은 선보읍(單父邑)의 재(宰)가 되었는데, 공자에게 돌아가 보고하였다.

"이 나라에는 저보다 어진 사람이 다섯 분이나 있습니다. 그분들이 저에게 나라를 어떻게 다스려야 하는지 가르쳐 주셨습니다."

공자는 〔이 말을 듣고〕 말했다.

"안타깝도다. 부제가 다스리는 곳이 너무 작구나! 다스리는 곳이 컸더라면 이상적인 정치를 펼칠 수 있었을 텐데."

배우고도 실행하지 않으면 부끄러운 일이다

원헌(原憲)은 자가 자사(子思)이다.

〔어느 날〕 자사가 부끄러움(恥)에 대해 묻자 공자가 말했다.

"나라에 도가 있을 때 〔자리를 차지하며〕 녹봉을 받는 것이니, 나라에 도가 없는데도 〔물러나지 않고〕 녹봉을 받는 것이 부끄러운 것이다."

자사가 공자에게 물었다.

"〔다른 사람을〕 이기려 하는 것, 〔자기가 이룬 공을〕 자랑하는 것, 〔남을〕 원망하는 것, 탐욕스러운 것, 〔이런 것들을〕 하지 않으면 인하다고 할 수 있습니까?"

공자가 대답했다.

"하기 어려운 일이라고 할 수 있겠지만, 인한지는 나도 알지 못하겠다."『논어』「헌문」

공자가 죽은 뒤 원헌은 세상을 등지고 풀이 무성한 늪가에 숨어 살았다. 〔어느 날〕 위(衛)나라 재상으로 있던 자공이 말 네 필이 끄는 마차를 타고 호위병과 함께 잡초를 헤치며 궁핍한 마을로 들어섰다. 지나가다가 원헌에게 인사했다. 원헌은 낡아 빠진 옷차림으로 그를 맞이하였다. 자공은 그의 초라한 행색을 부끄럽게 여겨 이렇게 말했다.

"어쩌다 병이 들었습니까?"

원헌이 말했다.

"내가 듣건대 재물이 없는 것을 가난(貧)이라 하고, 도를 배우고도 실행하지 못하는 것을 병들었다고 한다고 했습니다. 저 같은 사람은 가난하기는 하지만 병들지는 않았습니다."

자공은 수치스러워하며 좋지 않은 마음으로 떠났다. 〔그는〕 평생 동안 자신의 말이 지나쳤음을 부끄럽게 여겼다.

공자의 사위가 된 자장

공야장(公冶長)은 제나라 사람으로 자는 자장(子長)이다.

공자는 〔일찍이〕 말했다.

"〔딸을〕 자장에게 시집 보낼 만하다. 비록 포승줄로 묶인 채 〔감옥〕 안에 있었으나 그의 죄가 아니었다."

그러고는 자기 딸을 그에게 시집보냈다.『논어』「공야장」

공자의 조카사위가 된 남궁괄

남궁괄(南宮括)은 자가 자용(子容)이다.

〔어느 날〕 공자에게 물었다.

"예(羿)는 활쏘기에 뛰어났고 오(奡)는 배를 끌고 다닐 만큼 힘이 있었지만 모두 제 목숨대로 살지 못하고 죽었습니다. 우왕(禹王)과 후직(后稷)은 몸소 농사를 짓고 살았지만 천하를 차지했습니다."

공자는 〔아무런〕 대답도 하지 않았다. 자용이 나간 뒤에야 〔비로소〕 공자가 말했다.

"군자로구나, 이 사람이여! 덕을 숭상하는구나, 이 사람이여!"『논어』「헌문」

〔그리고 공자는 그를 다음과 같이 평가했다.〕

"〔그는〕 나라에 도가 있으면 버려지지 않을 것이고, 나라에 도가 없더라도 형벌을 면할 것이다."『논어』「공야장」

〔그가 『시』를 보다가〕 "흰 옥의 티〔白珪之玷〕"라는 구를 세 번 되풀이하여 읽자, 〔공자가〕 형의 딸을 그에게 시집보냈다.

지조를 지킨 공석애와 낭만주의자 증점

공석애(公晳哀)는 자가 계차(季次)이다.

공자는 말했다.

"천하가 〔도리를〕 실천하지 않고 대부분 〔대부의〕 가신이 되어 도성에서 관리가 되었으나, 계차만은 〔남에게〕 벼슬한 적이 없다."

증점(曾蒧)은 자가 석(晳)이다.

공자를 〔가까이〕 모시고 있을 때 공자가 말했다.

"네 뜻을 말해 보아라."

증점은 말했다.

"봄옷이 완성되고 나면 관을 쓴 사람어른을 가리킴 대여섯 명과 동자 예닐곱과 함께 기수(沂水)에서 목욕하고, 무우(舞雩)기우제를 지내던 누대에서 바람을 쐬며 〔노랫가락을〕 읊조리다가 돌아오는 것입니다."

공자는 이 말을 한숨을 쉬며 감탄했다.

"나는 점과 함께하겠다."『논어』「선진」

자식을 위하는 마음은 똑같다

안무요(顔無繇)는 자가 로(路)이며 안회의 아버지이다. 아버지와 아들이 일찍이 각각 때를 달리하여 공자를 섬겼다.

안회가 죽었을 때, 안로는 집이 가난하니 공자의 수레를 팔아서 제사 지낼 수 있게 해 달라고 청하였다. 〔그러자〕 공자는 이렇게 말했다.

"재주가 있든 없든 역시 저마다 자기 자식을 염려하는 말을 하기 마련이다. 리(鯉)공자의 아들로 공자 나이 마흔아홉에 죽음가 죽었을 때 〔내〕관만 있었고 덧관은 없었다. 내가 걸어다니고 그를 위해 덧관을 만들어 주면 될 터인데 그러지 않은 것은, 나도 대부의 뒤를 따르는 사람이어서 걸어서 다닐 수는 없었기 때문이다."『논어』「선진」

『역』의 전수는 끊이지 않았다

상구(商瞿)는 노나라 사람으로 자는 자목(子木)이고 공자보다 스물아홉 살 아래이다.

공자는 『역』을 상구에게 전수하였고, 상구는 〔그것을〕 초나라 사람 한비자홍(馯臂子弘)에게 전수하였으며, 한비자홍은 강동(江東) 사람 교자용자(矯子庸疵)에게 전수하였고, 교자용자는 연나라 사람 주자가수(周子家豎)에게 전수하였으며, 주자가수는 순우(淳于) 사람 광자승우(光子乘羽)에게 전수하였고, 광자승우는 제나라 사람 전자장하(田子莊何)에게 전수하였으며, 전자장하는 동무(東武) 사람 왕자중동(王子中同)에게 전수하였고, 왕자중동은 치천(菑川) 사람 양하(楊何)에게 전수하였다. 양하는 〔한(漢)나라 무제(武帝)〕 원삭(元朔) 연간에 『역』에 능통하다 하여 한나라의 중대부(中大夫)[10]에 임명되었다.

말만 잘하는 자를 미워한다

고시(高柴)는 자가 자고(子羔)이고 공자보다 서른 살 아래

10) 대부의 벼슬을 상, 중, 하 세 등급으로 나누었으니 중대부는 그중 가운데 등급에 해당된다.

이다.

자고는 키가 다섯 자도 채 못 되었다. 공자에게 가르침을 받을 때 공자는 그를 어리석은 사람이라고 생각하였다. 자로가 자고를 비읍(費邑)의 읍재로 추천하자, 공자가 말했다.

"남의 자식을 해치려 하는구나!"

〔이 말에〕 자로가 말했다.

"백성이 있고 사직이 있는데, 어찌 꼭 책을 읽은 뒤라야 배우는 것이라 할 수 있겠습니까?"

그러자 공자가 말했다.

"이 때문에 〔내가〕 말재주 있는 사람을 미워하는 것이다."『논어』「선진」

겸손한 칠조개

칠조개(漆彫開)는 자가 자개(子開)이다.

공자가 칠조개에게 벼슬에 나가도록 하자, 칠조개가 대답했다.

"제가 아직 그것에 대해 확신할 수 없습니다."

공자는 〔그가 도에 뜻을 두고 있음을 알고〕 기뻐하였다.『논어』「공야장」

모든 일은 천명에 의해 결정된다

공백료(公伯繚)는 자가 자주(子周)이다.

자주가 계손(季孫)에게 자로를 헐뜯었다. 자복경백(子服景伯)이 그 사실을 〔공자에게〕 알려 말했다.

"저 사람계손은 진실로 공백료에게 미혹되었습니다. 제 능력이면 오히려 공백료를 죽여 그 시체를 저잣거리나 조정에 내걸 수 있습니다."

이에 공자는 다음과 같이 말했다.

"도가 장차 행해지는 것도 천명이고, 도가 장차 없어지는 것도 천명이다. 공백료 그자가 천명과 같은 것을 어찌하겠느냐?"『논어』「헌문」

어진 사람은 말을 함부로 하지 않는다

사마경(司馬耕)은 자가 자우(子牛)이다.

자우는 말이 많고 성질이 조급하였다. 〔한번은〕 공자에게 인(仁)이란 어떤 것인가를 물었는데 공자는 이렇게 말했다.

"인한 사람은 자신의 말을 어렵게 여겨야 한다."

〔그러자 자우가〕 말했다.

"자신의 말을 어렵게 여긴다면, 이 사람을 곧 인하다고 할 수 있습니까?"

공자가 말했다.

"그렇게 하는 것이 어려운데, 말을 하면서 어렵게 여기지 않을 수 있겠느냐?"

〔또 자우가〕 군자란 어떤 사람인지 묻자 공자가 말했다.

"군자는 근심하지 않고 두려워하지 않는다."

자우가 말했다.

"근심하지 않고 두려워하지 않는다면, 이 사람을 군자라고 할 수 있습니까?"

공자가 말했다.

"안으로 반성하여 꺼림칙하지 않다면 무엇을 근심하고 무엇을 두려워하겠느냐?"『논어』「안연」

예와 의를 좋아하면 사람들이 몰려든다

번수(樊須)는 자가 자지(子遲)이며 공자보다 서른여섯 살 아래이다.

번수가 곡물 심는 법을 배우고 싶다고 청하자 공자가 말했다.

"나는 늙은 농사꾼만 못하다."

채소 심는 법을 배우고 싶다고 청하자 공자는 말했다.

"나는 채소를 심는 늙은이만 못하다."

번수가 나가자 공자가 말했다.

"소인이로다, 번수여! 윗사람이 예를 좋아하면 백성은 감히 공경하지 않을 수 없고, 윗사람이 의를 좋아하면 백성은 감히 복종하지 않을 수 없으며, 윗사람이 신의를 좋아하면 백성은 감히 진정으로 행하지 않을 수 없다. 이렇게만 한다면 사방의 백성이 그들의 자식을 포대기에 싸서 업고 찾아올 텐데 농사짓는 법을 배워 어디에 쓰겠는가?"『논어』「자로」

번수가 인(仁)이란 어떤 것인가를 묻자 공자는 이렇게 말했다.

"사람을 사랑하는 것이다."

또 지혜로움이 어떤 것인가를 묻자 공자는 말했다.

"사람을 아는 것이다."『논어』「안연」

얼굴이 닮았다고 하여 공자가 될 수는 없다

유약(有若)은 공자보다 마흔세 살 아래이다.

유약은 이런 말들을 했다.

"예는 쓰임에 있어 조화를 귀하게 여긴다. 선왕의 도에서도 이것을 아름답게 여겨서 작은 일이든 큰일이든 이것에 따르게 했다. 〔그러나 조화만으로는〕 잘 행해지지 않는 경우도 있으니, 조화를 알아 조화스러울 뿐이니 예로써 그것을 절제하지 않는다면 또한 행해질 수 없는 것이다."

"믿음이 의로움에 가깝다면 그 말을 실행할 수 있고, 공손함이 예에 가깝다면 치욕을 멀리할 수 있다. 친한 관계라도 하더라도 그 친밀함을 잃어버리지 않는다면 또한 으뜸으로 삼을 수 있다."『논어』「학이」

공자가 세상을 떠났어도 〔그를〕 우러러보는 제자들의 마음은 그치지 않았다. 유약의 얼굴이 공자와 닮았다고 하여 제자들은 그를 스승으로 추대하고 공자를 모시듯이 섬겼다.

어느 날 한 제자가 나아가서 다음과 같이 물었다.

"예전에 공자께서는 밖에 나갈 때에 제게 우산을 준비시켰는데 얼마 지나지 않아서 정말 비가 내렸습니다. 제가 '선생님께서는 비가 올 줄을 어떻게 아셨습니까?'라고 물으니, 선생님께서는 '『시』에서 「달이 필(畢)이라는 별(황소자리)에 걸려 있으면 큰비가 내린다.」라고 하지 않았느냐? 어제 저문 달이 필이라는 별에 없더냐?'라고 말씀하셨습니다. 〔그래서 제가 유심히 살펴보았는데〕 다른 날 달이 필에 걸려 있는데도 비가 내리지 않았습니다. 〔또〕 상구(商瞿)가 나이가 많도록 자식이 없으므로 그 어머니가 〔두 번째〕 아내를 얻게 하려고 하였습니다. 〔그런데〕 공자께서 그를 제나라로 심부름을 보내려고 하셨습니다. 〔그래서〕 상구의 어머니는 뒤로 미뤄 달라고 부탁하였습니다. 〔이에〕 공자께서는 '걱정하지 마십시오. 상구는 마흔이 넘으면 반드시 다섯 아들을 두게 될 것입니다.'라고 말씀하셨습니다. 〔그런데〕 그 뒤 정말로 그렇게 되었습니다. 감히 묻습니다. 선생님께서는 어떻게 이것을 알 수 있었을까요?"

유약은 대답할 수 없어 잠자코 앉아 있기만 하였다. 〔그러자〕 어떤 제자가 일어나서 말했다.

"유자(有子)는 그 자리에서 물러나 주시오. 그곳은 당신이 앉아 있을 자리가 아니오."

군자는 가난한 사람만 돕는다

공서적(公西赤)은 자가 자화(子華)이며 공자보다 마흔두 살 아래이다.

자화가 제나라에 사신으로 가게 되었을 때, 염유(冉有)는 〔자화가 없는 동안에〕 그 어머니에게 줄 양식을 청하였다. 이에 공자가 말했다.

"그에게 1부(釜)여섯 말 넉 되를 주어라."

더 달라고 요청하자 공자는 말했다.

"1유(庾)열여섯 말를 주어라."

〔그런데〕 염유는 자화의 어머니에게 5병(秉)800말을 주었다. 〔이에〕 공자가 이렇게 말했다.

"자화는 제나라로 갈 때 살찐 말을 타고 가벼운 갖옷을 입고 있었다. 나는 군자는 다급한 사람을 도와주지만, 부자에게는 보태 주지 않는다고 들었다."『논어』「옹야」

신하는 임금의 잘못을 다른 사람에게 말하지 않는다

무마시(巫馬施)는 자가 자기(子旗)이며 공자보다 서른 살 아래이다.

진(陳)나라 사패(司敗)법을 관장하는 벼슬로 알려져 있음가 공자에게 물었다.

"노나라 소공(昭公)은 예를 압니까?"

공자가 말했다.

"예를 압니다."

공자가 물러나시자, 무마시에게 읍하게 하고서 말했다.

"제가 듣기로 군자는 편을 들지 않는다고 하던데 군자도 편을 가릅니까? 노나라 임금은 오나라 여자를 아내로 맞아들여 맹자(孟子)라고 불렀습니다. 그것은 맹자의 원래 성이 희(姬)이므로 같은 성을 꺼려 맹자라고 부른 것입니다. 그러니 노나라 임금이 예를 안다고 한다면 천하에 누가 예를 모른다고 할 수 있겠습니까?"

무마시가 〔이 말을〕 공자에게 전하니 공자가 말했다.

"나는 운이 있구나. 만약 내가 허물이 있어도 다른 사람들이 반드시 알려 준다. 〔그러나〕 신하는 임금의 잘못을 〔다른 사람에게〕 말하지 않는다. 그것을 숨기는 것이 예이다."『논어』「술이」

양전(梁鱣)은 자가 숙어(叔魚)이고 공자보다 스물아홉 살 아래이다.

안행(顔幸)은 자가 자류(子柳)이고 공자보다 마흔여섯 살 아래이다.

염유(冉孺)는 자가 자로(子魯)이고 공자보다 쉰 살 아래이다.

조휼(曹卹)은 자가 자순(子循)이고 공자보다 쉰 살 아래이다.

백건(伯虔)은 자가 자석(子析)이고 공자보다 쉰 살 아래이다.

공손룡(公孫龍)은 자가 자석(子石)이고 공자보다 쉰세 살 아래이다.

이상의 자석까지 서른다섯 명은 나이와 성과 이름이 분명하고, 공자에게 가르침을 받고 또 묻고 대답한 것이 글로 전해지고 있다. 그러나 그 밖의 마흔두 명은 나이도 분명하지 않고 글로 전해지는 것도 볼 수 없어 다음과 같이 기록한다.

염계(冉季)는 자가 자산(子産)이다.

공조구자(公祖句玆)는 자가 자지(子之)이다.

진조(秦祖)는 자가 자남(子南)이다.

칠조차(漆雕哆)는 자가 자렴(子斂)이다.

안고(顔高)는 자가 자교(子驕)이다.

칠조도보(漆雕徒父).

양사적(壤駟赤)은 자가 자도(子徒)이다.

상택(商澤).

석작촉(石作蜀)은 자가 자명(子明)이다.

임부제(任不齊)는 자가 선(選)이다.

공량유(公良孺)는 자가 자정(子正)이다.

후처(后處)는 자가 자리(子里)이다.

진염(秦冉)은 자가 개(開)이다.

공하수(公夏首)는 자가 승(乘)이다.

해용잠(奚容箴)은 자가 자석(子晳)이다.

공견정(公肩定)은 자가 자중(子中)이다.

안조(顔祖)는 자가 양(襄)이다.

교선(鄡單)은 자가 자가(子家)이다.

구정강(句井疆).

한보흑(罕父黑)은 자가 자색(子索)이다.

진상(秦商)은 자가 자비(子丕)이다.

신당(申黨)은 자가 주(周)이다.

안지복(顔之僕)은 자가 숙(叔)이다.

영기(榮旂)는 자가 자기(子祈)이다.

현성(縣成)은 자가 자기(子祺)이다.

좌인영(左人郢)은 자가 행(行)이다.

연급(燕伋)은 자가 사(思)이다.

정국(鄭國)은 자가 자도(子徒)이다.

진비(秦非)는 자가 자지(子之)이다.

시지상(施之常)은 자가 자항(子恒)이다.

안쾌(顔噲)는 자가 자성(子聲)이다.

보숙승(步叔乘)은 자가 자거(子車)이다.

원항적(原亢籍).

악해(樂欬)는 자가 자성(子聲)이다.

염결(廉絜)은 자가 용(庸)이다.

숙중회(叔仲會)는 자가 자기(子期)이다.

안하(顔何)는 자가 염(冉)이다.

적흑(狄黑)은 자가 석(晳)이다.

방손(邦巽)은 자가 자렴(子斂)이다.

공충(孔忠).

공서여여(公西輿如)는 자가 자상(子上)이다.

공서침(公西蒧)은 자가 자상(子上)이다.

태사공은 말한다.

"학자들 중에 공자의 70여 제자에 대해 말하는 사람이 많다. 〔그러나〕 기리는 사람 가운데에는 실제보다 지나친 사람도 있고, 헐뜯는 사람 중에는 진실보다 덜한 이들도 있다. 이를 가른 것은 용모를 본 것이 아니라 공자 제자들의 서적들에서 논한 말로, 〔이는〕 공씨의 〔벽 가운데서〕 나온 고문(古文)에 근거한 것이다. 나는 제자들의 이름과 글을 모두 『논어』에 있는 공자 제자들의 문답에 의거하여 함께 엮어서 만들었으며 의심나는 것은 싣지 않았다."

8

◎

상군 열전
商君列傳

상군은 법가를 대표하는 정치가 상앙(商鞅)을 말한다. 상앙은 전국 시대 중기 위(衛)나라의 공자로서 공손앙(公孫鞅) 또는 위앙(魏鞅)이라고도 하며, 진(秦)나라에서 변법을 성공적으로 단행하여 상군에 봉해짐에 따라 역사적으로는 상앙으로 불린다.

상앙은 법가의 선구자라고 할 수 있는 이괴(李悝)의 영향을 깊이 받아서 개혁적인 성향이 강했으나 위나라에서는 중용되지 못하였다. 그는 진나라 효공이 기원전 361년에 현명한 선비를 구한다는 말을 듣고 진나라로 들어가 효공을 도와 변법을 만들었다.

상앙은 사회 개혁법을 통하여 봉건적인 옛 제도를 철저히 없애고 군주의 절대 권력 확립에 필요한 혁신적인 조치를 강구하였다. 그는 특히 귀족들의 세습적 특권을 박탈하고자 했을 뿐 아니라, 절대 군주의 존재를 위험시하는 지식인들의 자율적이고 비판적인 사상 논의를 엄금하도록 요청하였다. 이러한 일련의 강압적이고 전제주의적 조처로써 상앙은 진나라를 정치적, 경제적, 사회적으로 부강하게 만들고 뒷날 천하를 통일할 수 있는 기초를 다졌다.

법가 사상 자체가 지식인을 탄압하는 전제주의적 성격을 지녔기 때문에 상앙의 사상은 지식인과 관료를 중심으로 하는 전통적 유교 사회에서는 거의 부정적인 평가를 받았고, 사마천도 그의 인물됨에 대해서는 혹평을 했다. 그러나 사마천이 「태사공 자서」에서도 밝혔듯 효공을 강대한 패자로 만들고 훗날 통일 진나라의 기초를 다진 것은 무시할 수 없는 공적이다.

이 편은 상앙이 변법을 주장하게 된 과정과 성과를 체계적으로 서술하여, 후세 사람들이 상앙을 보다 정확하게 평가하도록 귀중한 자료를 제공한다.

나무를 옮긴 사람을 바라보는 상앙.

등용하지 않으려면 죽이십시오

상군(商君)은 위(衛)나라 왕의 여러 첩이 낳은 공자로서 이름은 앙(鞅)이고 성은 공손씨(公孫氏)이며 그 조상은 성이 희(姬)였다. 공손앙은 젊어서부터 형명(刑名)의 학문을 좋아하고 위(魏)나라 재상인 공숙좌(公叔座)를 섬겨 중서자(中庶子)대부의 집안일을 맡아봄가 되었다.

공숙좌는 상앙이 현명한 줄을 알았지만 〔위나라 왕에게〕 추천할 기회를 얻지 못했다. 마침 공숙좌가 병에 걸리자 위나라 혜왕(惠王)이 직접 찾아와 병문안을 하며 말했다.

"만일 공숙의 병이 낫지 않는다면 앞으로 사직을 어찌하면 좋겠소?"

공숙좌는 말했다.

"제 중서자로 있는 공손앙은 나이는 비록 어리지만 재능이 빼어납니다. 원컨대 왕께서는 나랏일을 그에게 맡기고 다스리는 이치를 들으십시오."

왕은 아무 말도 하지 않았다. 왕이 가려고 하자, 공숙좌는 주위 사람들을 물러나게 하고 말했다.

"왕께서 공손앙을 등용하지 않으시려거든 반드시 그를 죽여 국경을 넘지 못하게 하십시오."

왕은 그렇게 하기로 하고 돌아갔다.

공숙좌는 공손앙을 불러 사과했다.

"오늘 왕께서 재상이 될 만한 인물을 묻기에 나는 당신을 추천하였으나 왕의 낯빛을 보니 내 말을 받아들이지 않을 것 같았소. 나는 군주가 먼저이고 신하가 나중이어야 한다고 생각하므로 왕께서 당신을 기용하지 않으시려면 죽여야 한다고 하였소. 왕은 나에게 그렇게 하시겠다고 하였소. 그대는 빨리 떠나시오. 〔그러지 않으면〕 곧 붙잡힐 것이오."

공손앙이 말했다.

"저 왕께서는 당신 말을 듣고도 저를 임용하지 않는데, 또 어찌 당신 말을 들어 저를 죽이겠습니까?"

끝내 떠나지 않았다.

혜왕은 돌아와서 주위 신하들에게 말했다.

"공숙좌의 병이 깊어 슬프오. 과인더러 공손앙에게 듣고 나라를 다스리라고 하니 어찌 황당하지 않겠소!"

상대방의 마음을 알아야
성공적인 유세를 할 수 있다

공숙좌가 세상을 떠난 뒤 공손앙은 진(秦)나라 효공(孝公)이 전국에 어진 이를 찾는다는 포고령을 내리고 목공(穆公)의 패업을 이어 잃었던 동쪽 땅을 되찾으려 한다는 말을 듣고, 서쪽 진나라로 들어가 효공이 아끼는 신하 경감(景監)경(景)씨 성을 가진 태감(太監)을 통해 효공을 만났다.

효공은 위앙을 만나 나랏일에 대해 매우 오랫동안 이야기를 나누었으나 효공은 때때로 졸며 듣지 않았다. 위앙이 물러나오자 효공은 경감에게 화를 내며 말했다.

"당신의 빈객은 과대망상에 빠진 사람인데 어떻게 임용할 수 있겠는가!"

경감이 위앙을 꾸짖자 위앙은 말했다.

"제가 효공에게 제도(帝道)전설 속의 오제가 나라를 다스린 이치와 계책를 말씀드렸는데 그 뜻을 깨닫지 못하신 모양이군요."

닷새 뒤에 한 번 더 효공을 뵐 수 있도록 청하였다. 위앙은 다시 효공을 만나 〔첫 번째 만났을 때보다〕 더 열심히 말씀드렸지만 마음을 얻지는 못했다. 〔위앙이〕 물러나오자 효공은 또 경감을 꾸짖었고, 경감도 위앙을 나무랐다. 위앙이 말했다.

"제가 공에게 왕도(王道)우왕, 탕왕, 문왕, 무왕이 천하를 통일시킨 이론과 방법를 설명하였는데 마음에 들지 않는 모양이군요. 한 번 더 효공을 만나게 해 주십시오."

위앙은 또다시 효공을 만났다. 효공은 〔그를〕 잘 대했으나 등용하지는 않았다. 〔위앙이〕 물러나가자 효공은 경감에게 말했다.

"그대의 빈객은 괜찮은 사람이니, 〔그와〕 더불어 이야기할 만하오."

〔이 말을 경감에게 전해 들은〕 위앙은 말했다.

"제가 공에게 오패(五霸)일반적으로 춘추 시대 제나라 환공, 진(晉)나라 문공(文公), 진(秦)나라 목공, 초나라 장왕, 송나라 양왕(襄王)을 말함가 나라를 다스린 방법을 설명드렸는데 이것을 쓸 만하다고 생각하셨군요. 진실로 저를 다시 만나게 해 주시면 제가 알려 드리겠습니다."

위앙은 다시 효공을 만났다. 효공은 더불어 이야기하는데, 〔위앙의 말을 들으면 들을수록 흥미가 생겨〕 무릎이 〔위앙〕 자리 앞으로 나오는 것도 알지 못하였다. 〔효공은〕 여러 날 말을 주고받아도 싫증이 나지 않았다. 경감이 물었다.

"그대는 어떤 방법으로 우리 주군의 마음을 사로잡았소? 우리 주군께서 매우 기뻐하고 있으니 말이오."

위앙이 말했다.

"저는 공에게 삼황오제의 도를 실행하면 삼대에 견줄 만한 태평성대를 누릴 것이라고 말씀드렸습니다. 그러자 주군께서는 '너무나 길고 멀어서 나는 기다릴 수 없소. 그리고 어진 군주는 자기가 자리에 있을 때 세상에 이름을 나타내는데 어찌 속을 태우며 수십 년 또는 수백 년 뒤에 제왕의 사업을 이루기를 기다릴 수 있겠소?'라고 하셨습니다. 그래서 제가 강한

나라를 만드는 방법을 주군께 말씀드렸더니 주군께서 기뻐하신 것뿐입니다. 하지만 은, 주 시대 임금의 덕행에 견주기는 어렵습니다."

옛것을 따르는 것만이 능사는 아니다

효공은 위앙을 등용했지만, 위앙이 법을 바꾸려고 하자 세상 사람들이 자기를 비방할까 두려웠다. 위앙이 말했다.

"의심스러워하면서 행동하면 공명이 따르지 않고, 의심스러워하면서 일을 하면 공도 세울 수 없습니다. 또 다른 사람들보다 고상한 행동을 하는 자는 정녕 세상 사람들에게 비난받기 마련이며, 혼자만 아는 지혜를 가진 자는 반드시 사람들에게 오만하다는 말을 듣게 마련입니다. 어리석은 자는 이미 이루어진 일도 모르지만 지혜로운 자는 움트기도 전에 압니다. 백성은 일을 시작할 때에는 더불어 상의할 수 없으나 일이 성공하면 함께 즐길 수 있습니다. 가장 높은 덕을 논의하는 자는 세속과 타협하지 않으며, 큰 공을 이루는 자는 뭇사람과 상의하지 않습니다. 그러므로 성인은 나라를 강하게 할 수 있으면 구태여 옛것을 본뜨지 않고, 백성을 이롭게 할 수 있으면 옛날의 예악 제도를 좇지 않았습니다."

효공이 대답했다.

"옳은 말이오."

감룡(甘龍)은 말했다.

"그렇지 않습니다. 성인은 백성의 풍속을 바꾸지 않고 교화시키며, 지혜로운 자는 법을 바꾸지 않고 다스립니다. 백성의 풍속에 따라서 교화시키면 힘들이지 않고도 공을 이룰 수 있고, 〔있는〕 법에 따라 다스리면 관리도 익숙하고 백성도 편안할 것입니다."

위앙이 말했다.

"감룡이 말하는 것은 세속에서 하는 말입니다. 평범한 사람들은 옛 풍속에 안주하고 학자들은 자기가 들은 것에만 빠져듭니다. 이 두 부류의 사람은 관직에 있으면서 법을 지키게 할 수는 있지만 법 이외의 문제변법를 더불어 논의할 수는 없습니다. 삼대는 예악을 달리하고도 〔천하에서〕 왕 노릇을 하였고 오백(五伯)춘추 오패은 법제를 달리하고도 〔천하의〕 우두머리가 되었습니다. 지혜로운 자는 법을 만들고 어리석은 자는 통제를 받으며, 현명한 자는 예법을 고치고, 평범한 자는 얽매입니다."

두지(杜摯)가 말했다.

"이로움이 백 배가 되지 못하면 법을 바꿀 수 없고, 효과가 열 배가 되지 못하면 기물을 바꿔서는 안 됩니다. 옛것을 본받으면 허물이 없고 예법을 따르면 사악함이 없게 됩니다."

위앙이 말했다.

"세상을 다스리는 데는 한 가지 길만 있는 것이 아니므로 그 나라에 편하면 옛날 법을 본받을 필요가 없습니다. 그러므로 탕왕과 무왕은 옛 법을 따르지 않았지만 왕 노릇을 하였고, 하나라 걸왕과 은나라 주왕은 예법을 바꾸지 않았지만 멸망했습니다. 옛날 법을 반대한다고 해서 비난할 것도 아니고 예법을 따른다고 하여 칭찬할 것도 못 됩니다."

효공이 말했다.

"좋소."

〔효공은〕 위앙을 좌서장(左庶長)으로 삼고 마침내 법을 바꾸라는 명을 확정하였다.

새로 만든 법은 믿음 속에서 꽃필 수 있다

법령에 따르면 백성을 열 집 또는 다섯 집을 한 조로 묶어 서로 잘못을 감시하도록 하고, 〔한 집이〕 죄를 지으면 〔그 조가〕 똑같이 벌을 받는다. 죄 지은 것을 알리지 않는 사람은 허리를 자르는 벌로 다스리고, 또 그것을 알린 사람에게는 적의 머리를 벤 것과 같은 상을 주며, 죄를 숨기는 사람은 적에게 항복한 사람과 똑같은 벌을 준다. 백성 가운데 〔한 집에〕 남자가 두 명 이상인데 세대가 분리되어 있지 않으면 부세를 두 배로 한다. 군대에서 공을 세운 사람은 각각 그 공의 크고 작음에 따라 벼슬을 올려 주고, 사사로이 싸움을 일삼는 자는 각각 가볍고 무거움에 따라 크고 작은 형벌을 받는다. 본업에 힘써 밭을 갈고 길쌈을 하여 곡식이나 비단을 많이 바치는 사람에게는 부역과 부세를 면제한다. 상공업에 종사하여 이익만을 추구하는 자와 게을러서 가난한 자는 모두 체포하여 관청의 노비로 삼는다.[1] 군주의 친척이나 종족이라도 싸워 공을 세우지 못하면 심사를 거쳐 족보에 소속되지 않도록 한다. 〔신분상의〕 존비(尊卑), 작위와 봉록의 등급을 분명히 하여 각자 차등을 두고 토지와 집, 신첩(臣妾), 의복의 등급을 그 집안의 작위에 따라서 차등을 둔다. 〔군대에서〕 공을 세운 사람은 영예를 누리지만 공을 세우지 못한 사람은 부유해도 존경받을 수 없다.

〔이와 같은〕 법령이 이미 갖추어졌으나 널리 알리기 전이라 백성이 믿지 않을까 염려되었다. 그래서 세 길이나 되는 나무를 도성 저잣거리의 남쪽 문에 세우고 백성을 불러 모아 〔이 나무를〕 북쪽 문으로 옮겨 놓는 자에게는 10금을 주겠다고 하였다.

백성은 그것을 이상히 여겨 아무도 옮기지 않았다. 다시 말했다.

"〔그것을〕 옮기는 자에게는 50금을 주겠다."

어떤 사람이 그것을 옮겨 놓자 즉시 50금을 주어 속이지 않는다는 점을 분명히 했다. 마침내 새 법령을 널리 알렸다.

---

1) 상공업에 종사하는 사람들은 일정한 거주지를 중심으로 생활하는 농민과는 달리 유동적인 삶을 살아가므로 전쟁 같은 위기 상황이 생기면 그 집이나 마을을 지킬 수 없으므로 이렇게 한 것이다.

법은 위에서부터 지켜야 한다

법령이 백성에게 시행된 지 1년 만에 진나라 백성 가운데 도성까지 올라와 새 법령이 불편하다고 호소하는 자가 1000명을 헤아릴 정도였다. 바로 그 무렵 태자가 법을 어기자 위앙은 이렇게 말했다.

"법이 시행되지 못하는 것은 위에서부터 그것을 어기기 때문이다."

법에 따라 태자를 처벌하려고 했다. 〔그러나〕 태자는 군주의 뒤를 이을 사람이니 형벌을 가할 수도 없어서 태자의 태부(太傅)로 있던 공자건(公子虔)을 처벌하고 태사(太師)임금을 보좌하는 관직 공손가(公孫賈)의 이마에 글자를 새기는 형벌을 내렸다. 그다음 날부터 진나라 백성은 모두 새로운 법령을 지켰다.

〔법령이〕 시행된 지 10년이 되자 진나라 백성은 크게 기뻐하면서 만족스러워하고, 길에 물건이 떨어져 있어도 주워 가지 않으며, 산에는 도적이 없고, 집집마다 풍족하며, 사람마다 마음이 넉넉했다. 백성은 공적인 전투에는 용감하고 사사로운 싸움에는 두려워하였으며 시골이나 고을이 잘 다스려졌다. 진나라 백성 가운데 예전에는 법령이 불편했으나 이제 와서는 편하다고 말하는 자가 있었다. 위앙은 말했다.

"이들은 모두 교화를 어지럽히는 백성들이다."

그러고는 그들을 전부 변방 지역으로 쫓아 버렸다. 그 뒤로는 감히 새로운 법에 대해서 논의하는 자가 없었다.

이에 〔왕은〕 위앙을 대량조(大良造)로 삼았다. 〔위앙은〕 병사를 이끌고 위(魏)나라 수도 안읍(安邑)을 에워싸 항복시켰다. 3년 뒤에는 함양(咸陽)에 궁궐과 궁정을 짓고 진나라는 도읍을 옹(雍)에서 함양으로 옮겼다. 그리고 백성은 아버지와 자식 또는 형제가 한집에 사는 것을 금지한다는 명령을 내렸다. 또 작은 고을과 읍(邑)을 모아 현(縣)을 만들고 현령(縣令)이나 현승(縣丞)을 두니 모두 서른한 현이 있었다. 농지를 정리하여 경지 간의 가로와 세로 경계를 터 농사를 짓게 하고 부세를 공평히 하였으며 도량형도 통일하였다.

〔이러한 일을〕 실시한 지 4년이 지난 어느 날 공자건이 또 법령을 어겨 의형(劓刑)코를 베는 형벌을 받았다. 5년이 지나자 진나라 백성은 생활이 넉넉해지고 병력이 강해졌다. 〔주나라〕 천자가 조상의 제사에 쓴 고기를 효공에게 보내니 제후가 모두 축하해 주었다.

배 속에 있는 질병을 없애라

그 이듬해에 제나라는 위(魏)나라 군사를 〔위나라 읍인〕 마릉(馬陵)에서 물리쳐 위나라 태자 신(申)을 사로잡고 장군 방연(龐涓)을 죽였다. 그다음 해에 위앙은 효공에게 유세하여 말했다.

"진나라와 위(魏)나라의 관계는 마치 사람의 배 속에 속병이 난 것과 같아 위나라가 진나라를 합병하지 못하면 진나라가 위나라를 합병할 것입니다. 무엇 때문이겠습니까? 위나라는 험준한 산맥 서쪽에 자리잡고 안읍을 도읍으로 삼고 있으며, 진나라와는 하수를 경계로 하여 효산(崤山) 동쪽의 이익을 모두 차지하고 있기 때문입니다. 그래서 유리할 때는 서쪽으로 향하여 진나라를 치고, 지치면 동쪽으로 땅을 넓힙니다. 지금 군주의 현명함과 성스러운 덕에 힘입어, 나라는 강하고 넉넉해졌습니다. 그러나 위나라는 지난해에 제나라에게 크게 지자 제후들이 모반하였으니, 이 틈을 타 위나라를 정벌할 수 있습니다. 위나라가 진나라의 공격을 견디지 못하면 반드시 동쪽으로 옮겨 갈 것입니다. 〔위나라가〕 동쪽으로 옮겨 가면 진나라는 하수와 효산의 견고함에 의지하여 동쪽의 제후들을 제압할 수 있으니 이것이 바로 제왕의 대업입니다."

효공도 옳다고 생각하고 위앙을 장군으로 삼아 위나라를 치게 하였다. 위나라는 공자 앙(卬)을 장수로 삼아 진나라를 맞아 싸우게 하였다. 〔양쪽〕 군사가 대치하고 있을 때 위앙은 위나라 장군 공자 앙에게 편지를 보내 말했다.

> 저는 본래 공자와 가까운 사이였습니다. 〔비록〕 지금은 모두 두 나라의 장수가 되었지만 차마 서로 공격할 수 없으니 공자와 직접 만나 서로 마주 보며 맹약을 맺은 뒤 즐겁게 마시고 병력을 거두어 진나라와 위나라를 평안하게 합시다.

위나라 공자 앙도 〔그 말이〕 옳다고 생각하였다. 만나 맹약을 맺고 나서 술을 마셨다. 〔그러나 그때〕 위앙은 미리 숨겨 두었던 무장한 병사들에게 위나라 공자 앙을 습격하게 하여 사로잡고 위나라 군대를 쳐서 모조리 깨뜨리고 진나라로 돌아왔다. 위나라 혜왕은 자신의 군대가 제나라와 진나라에게 여러 차례 져 나라 안이 텅 비고 나날이 땅이 줄어드는 것을 두려워해, 사자를 보내 하수 서쪽 땅을 나누어 진나라에게 바치고 강화를 맺었다. 그리고 위나라는 결국 안읍을 떠나 대량으로 도읍을 옮겼다. 위나라 혜왕은 말했다.

"과인이 공숙좌의 말을 듣지 않은 것이 한스럽구나."

위앙이 위나라 군대를 쳐부수고 돌아오자, 진나라에서는 앙을 오(於)와 상(商)의 열다섯 읍에 봉하고 봉호를 상군(商君)이라 했다.

사람의 마음을 잃는 자는 망한다

상군이 진나라 재상이 된 지 10년이 흐르자, 군주의 종실이나 외척 중에는 〔그를〕 원망하는 자가 많아졌다. 조량(趙良)이 상군을 만나러 오자 상군이 말했다.

"내가 〔당신을〕 만날 수 있게 된 것은 맹난고(孟蘭皐)의 소개가 있었기 때문입니다. 지금 나는 당신과 사귀고 싶은데 어떻습니까?"

조량이 말했다.

"저는 감히 바라지 못했던 것입니다. 공자는 '어진 이를 추천하여 받드는 자는 번영하고, 어리석은 자를 불러 모아 왕 노릇을 하는 자는 몰락한다.'라고 말하였습니다. 저는 어리석기 때문에 감히 당신의 명을 들을 수 없습니다. 〔또〕 제가 듣건대 '그 자리가 아닌데 그곳에 머무는 것을 자리를 탐한다고 하고, 그 이름이 아닌데 그 이름을 누리는 것을 이름을 탐한다고 한다.'라고 하였습니다. 제가 당신의 뜻을 받아들인다면 자리를 탐하고 이름을 탐하는 사람이 될까 두렵습니다. 그러므로 감히 명을 들을 수 없습니다."

상군이 말했다.

"그대는 내가 진나라를 다스리는 방식이 내키지 않습니까?"

조량이 말했다.

"돌이켜 귀 기울이는 것을 총(聰)이라 하고, 마음속으로 볼 수 있는 것을 명(明)이라고 하며, 자신을 이기는 것을 강(彊)이라고 합니다. 순임금도 '스스로 자신을 낮추면 더욱더 높아진다.'라고 말하였습니다. 당신이 순임금의 도를 따르는 것이 더 나으며, 제 의견 따위는 물을 필요도 없습니다."

상앙이 말했다.

"처음에 진나라는 융적(戎翟)오랑캐의 풍습을 받아들여 아버지와 아들이 구별 없이 한방에서 살았습니다. 지금 내가 그런 풍습을 고쳐서 남자와 여자의 구별이 있게 하였고, 큰 궁궐 문을 세워 노나라나 위(衛)나라처럼 경영하였습니다. 당신은 내가 진나라를 다스리는 것을 오고대부(五羖大夫)[2]와 비교해 볼 때 누가 더 현명하다고 생각합니까?"

조량이 말했다.

"1000마리의 양가죽은 여우 한 마리의 겨드랑이 가죽만 못합니다. 1000사람의 아부는 한 선비의 올바른 직언만 못합니다. 주나라 무왕은 신하들의 올바른 직언으로 창성했고, 은나라 주왕은 신하들이 입을 다물어서 망하였습니다. 당신이 만일 무왕을 나무라지 않는다면 제가 온종일 바른말을 하여도 죽이지 않으시는 것이 가능하겠습니까?"

상군이 말했다.

"이런 말이 있습니다. '겉치레 말은 허황되고 속에 있는 말은 진실되며, 괴로운 말은 약이 되고 달콤한 말은 독이 된다.' 선생께서 진정으로 온종일 바른말을 해 주신다면 나에게 약이 될 것입니다. 나는 선생을 〔스승으로〕 섬기려 하는데 선생께서는 또 어찌하여 사양하려 하십니까?"

조량이 말했다.

"저 오고대부는 형(荊)초(楚) 땅의 보잘것없는 사람이었습니다. 〔그는〕 진(秦)나라 목공이 현명하다는 소문을 듣고 만나보고 싶었지만 찾아갈 여비가 없자 자신을 진나라로 가는 식객에게 팔아 남루한 홑옷을 입고 소를 치며 따라갔습니다. 그로부터 1년이 지나서야 목공은 그를 알아보고 소의 여물이나 먹이던 미천한 그를 천거하여 백성의 윗자리에 두었는데, 진

2) 백리해를 말한다. 노예로 진(秦)나라에 보내졌던 백리해의 사람됨을 알아본 목공이 양가죽 다섯 장을 주고 사 와 대부로 삼은 데서 붙여진 이름이다.

나라에서는 〔이 일에〕 감히 원망하는 자가 아무도 없었습니다. 〔그가〕 진나라 재상이 된 지 6~7년이 지나자 동쪽으로 정(鄭)나라를 치고, 진(晉)나라의 임금을 세 번이나 세우며,[3] 형나라의 재앙을 〔한 차례〕 구해 주었습니다.[4] 나라 안 사람들을 가르치니 〔진나라 남쪽에 있는〕 파(巴) 땅 사람까지 공물을 바치고, 은덕을 제후들에게 베푸니 〔진나라 서쪽에 있는〕 여덟 곳의 오랑캐까지 와서 복종했습니다. 유여(由余)[5]도 이 소문을 듣고 관문을 두드리며 만나기를 청하였습니다. 오고대부는 진나라 재상이 된 이래 피곤해도 수레에 걸터앉지 않으며 더워도 수레에 햇빛 가리개를 치지 않았습니다. 나라 안을 순시할 때

---

3) 진(晉)나라 헌공(獻公)이 죽은 뒤, 진(秦)나라 목공은 앞뒤로 하여 진(晉)나라의 세 군주를 세웠다. 즉 기원전 651년에 공자 이오(夷吾)를 진(晉)나라로 돌려보내 혜공(惠公)이 되도록 했고, 기원전 637년에는 진(晉)나라 공자 어(圉)가 들어가 회공(懷公)이 되었으며, 같은 해에 진(晉)나라 공자 중이(重耳)를 보내 문공(文公)이 되도록 했다.

4) 기원전 631년에 진(秦)나라의 목공은 진(晉)나라의 문공이 초나라를 정벌하려고 전쟁을 일으켰을 때 구해 주었다. 이 싸움이 유명한 성복지전(城濮之戰)이다.

5) 진(晉)나라 사람으로 서융(西戎)으로 달아났다. 융왕은 그를 진(秦)나라로 보내 그곳의 상황을 살펴보도록 했다. 진(秦)나라 목공은 유여에게 진나라의 화려한 궁궐과 쌓아 놓은 재물을 보여 주어 국력을 과시하려고 했다. 그러나 유여는 오히려 이렇게 비웃었다. "만일 이것을 귀신이 만든 것이라면 귀신을 수고롭게 한 것이고, 사람들을 써서 만든 것이라면 백성을 해롭게 했을 것입니다." 그러자 진나라 목공은 유여의 재능을 알아보고 머물러 있게 한 뒤, 융왕에게 여자와 가무단을 보내 유여와 관계를 끊도록 했다. 유여는 서융으로 돌아온 뒤 여러 차례 간언했지만 융왕은 받아들이지 않았다. 그래서 유여는 진나라로 투항하여 목공을 도와 서융을 쳤다.

에도 호위하는 수레를 거느리지 않고 무장한 호위병도 없었습니다. 〔그의〕 공로와 명예는 관부의 창고 안에 보존되고 덕행은 후세에까지 베풀어지고 있습니다. 오고대부가 세상을 뜨자 진나라 사람들은 남자 여자 할 것 없이 눈물을 흘리고, 아이들은 노래를 부르지 않으며, 절구질을 할 때도 방아타령을 부르지 않았습니다. 이것은 오고대부의 덕정(德政) 때문입니다.

〔그러나〕 당신은 당시 총애받고 있던 신하 경감의 소개를 통해 진나라 왕을 만났습니다. 이것은 명예로운 행위라고 할 수 없습니다. 진나라 재상이 되어서는 백성의 이익을 중요한 일로 삼지 않고 큰 궁궐을 세웠으니 그것은 공적이라 할 수 없습니다. 태자의 태사와 태부에게 형벌을 가하고 이마에 먹물을 들이며 무서운 형벌로 백성을 상하게 한 것은 원한을 사고 재앙을 쌓아 놓은 일입니다. 〔당신은〕 왕의 명령보다도 깊게 백성을 교화시키고 백성은 왕이 명령하는 것보다도 빠르게 당신이 하는 일을 본받습니다. 지금 당신이 또 혁신하여 세운 제도는 도리를 등지고 당신이 고친 국법은 이치에 어긋나니 이것을 교화라고 할 수 있는 것이 못 됩니다. 당신은 또한 〔임금처럼〕 남쪽을 향하여 앉아 과인(寡人)[6]이라 일컬으며 날마다 진나라의 공자들을 핍박하고 있습니다.

『시』에서는 '쥐한테도 체면이 있는데 사람으로서 예의가 없구나. 사람으로서 예의가 없으면 어찌 빨리 죽지 않을까?'라고

---

6) 상앙이 상군(商君)으로 봉해진 것을 말한다. 춘추 전국 시대에는 군(君)으로 봉해지면 모두 '과인(寡人)'이라고 할 수 있었다.

하였습니다. 이 시로 보더라도 〔당신은〕 하늘에서 내려 준 목숨을 다 누릴 수 없는 행동을 했습니다. 공자건은 〔코 베인 것을 부끄럽게 여겨〕 문을 닫고 밖으로 나오지 않은 지 8년이나 되었습니다. 당신은 또 축환(祝懽)을 죽이고 공손가를 경형으로 다스렸습니다. 『시』에서는 '사람을 얻는 자는 흥하고 사람을 잃는 자는 망한다.'라고 했습니다. 이러한 몇 가지 일은 사람을 얻을 만한 행위가 못 됩니다. 당신이 밖으로 나갈 때에는 뒤따르는 수레가 수십 대이고, 수레에는 무장한 병사들이 뒤따릅니다. 〔수레에는〕 힘세고 신체 건강한 장사가 옆에 타서 수행하며, 창을 가진 병사가 양쪽 옆에서 수레와 함께 달립니다. 이러한 것들 중에서 한 가지라도 갖추어지지 않으면 당신은 정녕 외출하지 못합니다. 『서』에서는 '덕을 믿는 자는 창성하고 힘을 믿는 자는 멸망한다.'라고 하였습니다. 당신은 위태롭기가 아침 이슬과 같은데 아직 목숨을 연장하여 더 오래 살기를 바라십니까?

그렇다면 어찌하여 〔상과 오의〕 성 열다섯 개를 돌려주고, 전원으로 물러나와 꽃과 풀에 물을 주며 살지 않습니까? 동굴 속에 숨어 사는 현명한 사람을 세상에 나오도록 하여 진나라 왕에게 추천하고, 노인을 받들어 모시고 고아를 보살피며 부모와 형을 공경하고, 공을 세운 자에게 그에 걸맞은 지위를 주고 덕 있는 자를 존중한다면 조금은 편해질 수 있을 것입니다.

〔그런데〕 당신은 아직까지 상과 오의 넉넉함을 탐내고 진나라의 정치를 마음대로 주무르는 것을 영예로 여겨 백성의 원

한을 축적하고 있으니 진나라 왕이 하루아침에 세상을 떠나 조정에 서지 못하게 되면 어찌 진나라에서 당신을 제거하려는 명분이 없다고 하겠습니까? 〔당신의〕 파멸은 한 발을 들고 넘어지기를 기다리는 것처럼 다가올 것입니다."

그러나 상군은 그 말을 따르지 않았다.

다섯 달 뒤에 진나라 효공이 죽자 태자가 그 자리를 이었다. 〔그러자〕 공자건과 그를 따르는 자들이 상군이 반란을 일으키려 한다고 밀고하자 〔왕은〕 관리를 보내 상군을 잡아 오게 했다. 상군은 변방 부근까지 달아나 여관에 머물려 했으나, 여관 주인은 그가 상앙임을 모르고 말했다.

"상군의 법에 의하면 여행증이 없는 손님을 묵게 하면 그 손님과 연좌되어 처벌을 받습니다."

상군은 한숨을 쉬며 말했다.

"아! 법을 만든 폐해가 〔결국〕 이 지경까지 이르렀구나."

〔상군은〕 그곳을 떠나 위(魏)나라로 갔다. 〔그러나〕 위나라 사람들은 상앙이 공자 앙을 속여 위나라 군대를 친 것을 원망하고 있으므로 받아 주지 않았다. 상군이 다른 나라로 가려고 할 때 위나라 사람이 말했다.

"상군은 진나라의 적이다. 진나라는 강성한 나라로 그 나라의 적이 위나라로 들어왔으니 돌려보내지 않으면 안 된다."

〔위나라는 상군을〕 진나라로 마침내 돌려보냈다. 상군은 다시 진나라로 들어가게 되자, 상읍(商邑)으로 가서 따르는 무리와 봉읍의 병사를 동원하여 북쪽으로 정나라를 쳤다. 진나라에서는 군사를 내어 상군을 치고 정나라의 맹지(黽池)에서 그

를 죽였다. 진나라 혜왕은 상군을 거열형(車裂刑)[7]에 처해 본보기를 보이고는 말했다.

"상앙처럼 모반하는 자가 되지 말라!"

마침내 상군의 집안을 모두 죽였다.

태사공은 말한다.

"상군은 그 타고난 성품이 각박한 사람이다. 그가 효공에게 벼슬을 얻고자 제왕의 도로 유세한 것을 보면 내용이 없고 화려한 말을 늘어놓은 것이지 마음속으로 하려던 말을 한 것이 아니었다. 게다가 군주의 총애를 받고 있던 신하를 이용하고, 자리에 오른 뒤에는 공자건에게 형벌을 가하고, 위나라 장군 앙을 속이고, 조량의 충언을 따르지 않은 것도 상군이 은혜가 적은 것을 밝히기에 충분하다. 나는 일찍이 상군이 지은 『상군서(商君書)』에서 「개색(開塞)」, 「경전(耕戰)」[8] 편을 읽었는데 〔그 내용도〕 그가 행동한 궤적과 비슷하였다. 결국 상군이 진나라에서 좋지 않은 평판을 얻게 된 데는 까닭이 있구나!"

---

7) 사람의 머리와 사지를 다섯 수레에 나누어 묶고 말 다섯 필로 끌어당겨 찢어 죽이는 잔혹한 형벌이다.

8) 상앙이 죽은 뒤 법가 학자들이 그의 변법 이론을 묶어 『상군서』를 만들었는데, 『한서』 「예문지」에 스물아홉 편이 실려 있었다고 하나 현존하는 것은 스물여섯 편뿐이다. 그중 세 번째 편이 「농전(農戰)」이고, 일곱 번째 편이 「개색」이다. 여기서 「경전」이라고 한 것은 「농전」을 말한다.

9

◎

소진 열전

蘇秦列傳

『전국책(戰國策)』에서 자료를 취한 이 편은 소진과 그의 두 동생 소대(蘇代), 소려(蘇厲)의 열전을 묶은 것이다. 내용상 이 편은 소진이 합종(合縱)에 성공하여 잠시나마 여섯 나라의 재상이 되어서 혁혁한 사적을 세우는 부분과, 소대와 소려가 연나라를 위해 모사를 꾸며 제나라를 깨뜨리는 사적을 기록한 부분으로 나누어 볼 수 있다. 앞부분은 소진이 계속 유세에 실패하여 실의에 빠진 모습과 뒷날 유세에 성공하여 득의한 모습을 생동감 있게 대비시킴으로써 문학적 색채를 더했다. 세상에서는 소진을 나라를 팔아먹은 반역의 신하로 일컫지만, 합종에 성공하여 진(秦)나라 병사가 15년 동안 동쪽으로 나오지 못하게 하는 데 크게 공헌한 점은 부인할 수 없다.

소진의 뒤를 이어 소대와 소려가 잇달아 연나라를 위해 세운 계책도 높이 평가받아야 한다. 이 때문에 사마천도 소씨 형제들이 지혜와 역량 면에서 다른 사람을 능가했음을 인정하고 이 열전을 만든 것으로 보인다. 다음의 「장의 열전」에서 보이듯 장의에 대한 사마천의 평가가 비판적이라는 점을 고려하면 더욱 그러하다.

소진과 장의는 함께 거론된다. 『사기』의 「진 본기(秦本紀)」, 「연 세가(燕世家)」, 「위 세가(魏世家)」, 「육국 연표(六國年表)」에 두 사람이 활동한 연대가 기록되어 있는데 소진은 기원전 334년부터 기원전 320년까지, 장의는 기원전 328년부터 기원전 309년까지 활동했다. 두 사람은 귀곡 선생을 함께 섬겼고 나이도 서로 비슷하다. 소진이 장의보다 조금 더 일찍 세상에 나왔으나 비명횡사하여 약 11년 먼저 세상을 떠났다.

여섯 나라의 재상을 지내고 금의환향한 소진.

새도 깃털이 자라지 않으면 높이 날 수 없다

소진(蘇秦)은 동주(東周) 낙양(雒陽) 사람으로 스승을 찾아 동쪽의 제나라로 가서 귀곡 선생(鬼谷先生)[1]에게 배웠다.

소진은 〔동주를 떠나〕 여러 해 동안 유세하러 다녔지만 큰 어려움을 겪고 집으로 돌아왔다. 이때 형제, 형수, 누이, 아내, 첩이 모두 은근히 비웃으며 말했다.

"주나라 사람들의 풍속에 따르면 농사를 주로 하고 물건을

1) 전국 시대에 활동한 종횡가 중 한 사람이다. 그가 귀곡(鬼谷)에서 살았기 때문에 귀곡 선생 또는 귀곡자(鬼谷子)라고 불렀다.

만들고 장사에 힘써서 10분의 2의 이익을 추구하는 것이 임무인데 지금 당신은 본업을 버리고 입과 혀끝만을 놀리고 있으니 곤궁한 것이 당연하지 않습니까!"

소진은 이 말을 듣고 부끄럽고 절로 슬퍼졌다. 그는 그길로 문을 걸어 잠그고 방에 틀어박혀 책을 꺼내 두루 훑어보다가 말했다.

"대체로 선비가 머리를 숙여 가며 배우고도 높은 벼슬과 영화를 얻을 수 없다면 〔책을〕 많이 읽은들 무슨 쓸모가 있겠는가?"

그리하여 주나라 책 『음부(陰符)』[2]를 찾아내어 머리를 파묻고 읽었다. 1년쯤 되어서야 〔유세할〕 상대방의 심리를 알아내어 설득하는 방법을 터득하고는 말했다.

"이 방법만 있으면 이 시대의 군주들에게 유세할 수 있을 것이다."

〔그는〕 주나라 현왕(顯王)을 찾아가 설득하려고 했다. 〔그러나〕 현왕의 주위 사람들은 본디 소진을 알고 있기에 모두 무시하고 믿지 않았다.

그래서 소진은 서쪽 진(秦)나라로 갔다. 〔때마침〕 진나라 효공이 세상을 떠나서 〔그 아들〕 혜왕(惠王)에게 유세하여 말했다.

---

2) 주나라의 『음부』는 병가에 속하고 황제(皇帝) 『음부』는 도가에 속한다. 지금 전해 오는 『음부경(陰符經)』은 황제 『음부』로 384자 총 한 권이며 태공(太公), 범려, 귀곡자, 장량(張良), 제갈량(諸葛亮), 이전(李筌)이 주를 달았다.

"진나라는 사방이 요새로 이루어진 나라입니다. 산으로 둘러싸여 있으며 위수(渭水)를 끼고 있으며 동쪽으로는 함곡관과 하수가 있고, 서쪽으로는 한중(漢中)이 있으며, 남쪽으로는 파군(巴郡)과 촉군(蜀郡)이 있고, 북쪽으로는 대군(代郡)과 마읍(馬邑)이 있으니 이곳은 하늘이 만들어 준 지역이라고 할 수 있습니다. 진나라 선비와 백성에게 병법을 가르친다면 천하를 삼켜서 제왕이라고 일컬으며 다스릴 수 있을 것입니다."

진나라 왕이 말했다.

"새도 깃털이 자라지 않으면 높이 날 수 없소. 〔우리 나라는〕 다스리는 이치가 밝혀지지 않았으니 천하를 통일할 수 없소."[3)]

당시 〔진나라는〕 상앙을 죽인 뒤라서 변론하는 선비들을 싫어하여 〔소진을〕 등용하지 않았다.

1000리 밖의 근심을 버리고 100리 안의 근심부터 해결하라

〔소진은〕 다시 동쪽의 조나라로 갔다. 조나라 숙후(肅侯)는 그 동생 조성(趙成)을 재상으로 삼아 봉양군(奉陽君)이라 불렀

3) 이것은 진나라 혜왕이 무력을 빌려 천하를 합병하려는 소진의 계책에 반대한 말이다. 혜왕은 무력보다는 문리(文理)가 더 중요하다고 본 것이다.

는데, 봉양군은 소진을 탐탁하게 여기지 않았다.

〔소진은〕 연나라로 가서 유세하게 되었는데, 1년쯤 지나서야 〔연나라 문후(文侯)를〕 만날 수 있었다. 그는 연나라 문후에게 유세하여 말했다.

“연나라 동쪽에는 조선과 요동이 있고, 북쪽에는 임호(林胡)와 누번(樓煩)이 있으며, 서쪽에는 운중(雲中)과 구원(九原)이 있고, 남쪽에는 호타하(嘑沱河)와 역수(易水)가 있습니다. 땅은 사방 2000여 리가 되고, 무장한 병력이 수십만 명이며, 수레 600대에 기마 6000필이 있고, 식량은 몇 년을 견딜 수 있습니다. 남쪽에는 갈석(碣石)이나 안문(雁門) 같은 풍요로운 땅이 있고,[4] 북쪽에는 대추와 밤에서 얻는 이익이 있어 백성은 밭을 갈지 않아도 대추와 곡식을 넉넉하게 거둘 수 있습니다. 이것은 이른바 하늘이 만들어 준 지역이라고 할 수 있습니다.

대체로 편안하고 별다른 일이 없어 싸움에 지고 장수를 죽이는 일이 없는 곳은 연나라에 지나지 않습니다. 왕께서는 이렇게 된 까닭을 아십니까? 연나라가 무장한 외적의 침입을 받지 않고 피해를 입지 않은 까닭은 조나라가 연나라의 남쪽을 가리고 있기 때문입니다. 진나라와 조나라는 다섯 번 싸워 진나라가 두 번 이기고 조나라가 세 번 이겼습니다. 〔그러나 그 때문에〕 진나라와 조나라는 서로 지치게 되었고, 왕께서는 연나

4) 갈석은 하북성 창려현(昌黎縣) 일대로 이곳을 통해 바다에서 얻을 수 있는 온갖 재화가 들어가고, 안문은 산서성 대현(代縣)에 있던 곳으로 이곳을 통해 사막의 물건들이 유입되었다.

라를 온전하게 하면서 그 배후를 누를 수 있었으니, 이것이 연나라가 적의 침입을 받지 않은 까닭입니다.

또한 진나라가 연나라를 치려면 운중과 구원을 넘어 대(代)와 상곡(上谷)을 거쳐 수천 리를 지나 와야 합니다. 설령 진나라가 연나라의 성을 얻는다고 하더라도 진나라의 모든 계책을 다 써도 지킬 수 없습니다. 진나라가 연나라를 해칠 수 없는 것 또한 명백합니다. 지금 조나라가 연나라를 친다면 호령(號令)을 내린 지 열흘도 못 되어 군사 수십만 명이 동원(東垣)에 진을 칠 것입니다. 또 호타하와 역수를 건넌 지 나흘이나 닷새도 못 되어 연나라 수도에 다다를 수 있습니다. 따라서 진나라가 연나라를 치면 1000리 밖에서 싸우게 되고, 조나라가 연나라를 치면 100리 안에서 싸우게 되는 것입니다. 100리 안의 근심거리를 걱정하지 않고 1000리 밖을 중시한다면 이보다 더 잘못된 계책은 없을 것입니다. 이런 까닭 때문에 왕께서 조나라와 합종하시기를 바라는 것입니다. 천하가 하나로 통일되면 연나라에는 반드시 걱정거리가 없을 것입니다."

문후가 말했다.

"그대 말이 옳소. 그러나 우리 나라는 작아서 서쪽에서는 강대한 조나라가 핍박하고, 남쪽으로는 제나라에 가까이 있소. 제나라와 조나라는 강한 나라요. 그대가 반드시 합종을 통하여 연나라를 편안하게 할 수 있다면 과인은 온 나라를 들어 따르겠소."

어찌 어두운 곳에서 큰일을 결정하랴

그리하여 〔문후는〕 소진에게 수레와 말과 금과 비단을 주어 조나라로 보냈다. 그러나 봉양군이 이미 죽었으므로 〔소진은〕 직접 조나라 숙후를 설득하여 말했다.

"천하의 공경, 재상, 신하부터 벼슬하지 않은 선비에 이르기까지 모두 왕께서 의(義)를 행하는 것을 원대하고 어질다고 여겨 모두 왕 앞으로 나가서 마음속에서부터 충성스러운 의견을 올릴 수 있기를 바란 지 오래되었습니다. 비록 그러하더라도 봉양군은 〔어진 선비를〕 질시하여 등용하지 않고, 주군께서는 나랏일을 맡지 않으시므로 빈객이나 유세하는 선비들이 감히 직접 왕 앞으로 나아와 자신들의 생각을 말하지 못했습니다. 지금은 봉양군이 세상을 떠났으니 주군께서는 이제야 다시 선비와 백성과 서로 친할 수 있게 되었으므로 신은 감히 어리석은 생각을 말씀드리고자 합니다.

〔제가〕 가만히 생각하기에 주군을 위한 계책으로는 백성이 편안하고 나라에 일이 없는 것이 가장 좋습니다. 그러니 새로운 일을 만들어 백성을 수고롭게 해서는 안 됩니다. 백성을 편안히 하는 근본적인 계책은 교류할 만한 나라를 고르는 데 있습니다. 교류할 만한 나라를 알맞게 고르면 백성은 편안할 수 있고, 교류할 만한 나라를 잘못 고르면 백성은 죽을 때까지 편안할 수 없게 됩니다. 〔우선〕 나라 밖의 걱정거리를 말씀드리겠습니다.

〔만일〕 제나라와 진나라가 둘 다 〔조나라의〕 적국이 된다면 백성은 편안할 수 없을 것이고, 진나라에 기대어 제나라를 쳐도 백성은 편안할 수 없을 것이며, 제나라에 의지해 진나라를 쳐도 백성은 편안할 수 없을 것입니다. 그러므로 다른 나라의 군주를 회유하여 다른 나라를 치려 하면 늘 비밀이 새 나가 다른 나라와의 외교 관계를 드러내 놓고 끊는 고통을 겪어야 합니다. 신은 주군께서 신중히 하여 이와 같은 마음을 드러내지 않기를 바랍니다. 그러면 〔조나라의 이로움과 해로움을〕 검정색과 흰색, 음과 양의 차이처럼 명확하게 구분하여 말씀드리겠습니다.

주군께서 진실로 신의 말을 받아들인다면 연나라는 모직물과 갖옷과 개와 말 등이 생산되는 땅을 바칠 것이고, 제나라는 물고기와 소금이 생산되는 바다를 바칠 것이며, 초나라는 귤과 유자가 생산되는 전원을 바칠 것이고, 한(韓)과 위(魏)와 중산(中山) 등의 나라는 모두 주군과 후비들에게 부세를 거두는 사읍(私邑)을 바칠 것이니 주군이 존경하고 귀하게 여기는 친척과 부형도 모두 제후에 봉해질 수 있을 것입니다. 대체로 땅을 빼앗고 그 나라의 이익을 차지하는 것은 오패(五霸)가 다른 나라의 군대를 쳐서 깨뜨리고 장수를 사로잡아 구했던 것이고, 자기 친척을 제후로 봉하는 것은 은나라 탕왕이나 주나라 무왕이 나라의 임금을 내쫓거나 죽이는 방법으로 쟁취한 것입니다. 지금 주군께서 팔짱을 낀 채로 이 두 가지를 얻을 수 있도록 하는 것이 신이 주군을 위해 이루고자 하는 일입니다.

지금 대왕께서 진나라와 함께한다면 진나라는 틀림없이 한(韓)나라와 위(魏)나라를 쇠약하게 만들 것이고, 제나라와 함께한다면 제나라는 반드시 초나라와 위(魏)나라를 쇠약하게 할 것입니다. 위나라가 약해지면 황하의 남서쪽의 땅을 진나라에 떼어 줄 것이고, 한나라가 약해지면 의양(宜陽)을 진나라에 바칠 것입니다. 의양을 바치면 상당(上黨)[5]에 이르는 길이 끊어질 것이고, 황하의 남서쪽을 떼어 주면 상당으로 통하는 길이 막힐 것입니다. 초나라가 약해지면 〔조나라는〕 도움받을 곳이 없게 됩니다. 이 세 가지 대책은 깊이 생각하지 않을 수 없습니다.

저 진나라가 지도(軹道)로 쳐내려오면 남양(南陽)이 위태로울 것이고, 한(韓)나라를 위협하고 주나라 왕실을 포위하면 조나라는 스스로 무기를 들고 일어설 것이며, 위(衛)나라를 근거지로 하여 권읍(卷邑)을 빼앗으면 제나라는 반드시 진나라에 들어가 조회하게 될 것입니다. 진나라의 탐욕스러운 마음이 산동(山東)[6]에 어느 정도 채워지면 반드시 군대를 일으켜 조나라를 향할 것입니다. 진나라 군대가 하수를 건너고 장수(漳水)를 넘어 파오(番吾)를 차지하면 〔진나라와 조나라〕 군대는 반드시 〔조나라 수도〕 한단(邯鄲) 아래에서 싸울 것입니다. 이것

5) 원문에는 '상군(上郡)'으로 되어 있는데 잘못이다. 한나라의 상군은 조나라 쪽에 있다.

6) 전국 시대에는 일반적으로 효산(崤山) 또는 화산(華山) 동쪽을 산동이라고 불렀는데, 어떤 때는 진나라를 제외한 여섯 나라의 영토를 가리키기도 했다.

이 신이 주군을 위해 걱정하는 점입니다.

지금 산동에 세워진 나라 가운데 조나라보다 강한 나라는 없습니다. 조나라 땅은 사방 2000여 리가 넘고, 무장한 군사는 수십만 명이며, 수레는 1000대나 되고, 기마는 만 필에 이르며, 식량은 몇 년을 견딜 만합니다. 서쪽에는 상산(常山)이 있고, 남쪽에는 하수와 장수가 있으며, 동쪽에는 청하(淸河)가 있고, 북쪽에는 연나라가 있습니다. 연나라는 본래 약소국이니 두려워할 만한 존재가 못 됩니다. 진나라가 천하에서 방해 거리로 여기는 나라로는 조나라만 한 나라가 없습니다. 그러나 진나라가 감히 병사를 출동시켜 조나라를 치지 못하는 까닭이 무엇이겠습니까? 한나라와 위(魏)나라가 그 후방을 교란시킬까 봐 두려워하기 때문입니다. 그러므로 한나라와 위나라는 조나라에게 남쪽 장벽인 셈입니다. 진나라가 한나라와 위나라를 치는 데는 큰 산이나 깊은 강 같은 장애가 없기 때문에 누에가 뽕잎을 갉아먹듯이 〔야금야금〕 수도까지 이르러서야 멈출 것입니다. 한나라와 위나라는 진나라에 저항할 수 없게 되어 반드시 진나라의 신하로 들어올 것입니다. 진나라에게 한나라와 위나라가 후방을 교란할 염려가 없어진다면 그 화는 반드시 조나라로 모일 것입니다. 이것이 신이 주군을 위해서 걱정하는 점입니다.

신이 듣건대 요임금은 300이랑의 땅도 없고, 순임금은 손바닥만 한 땅조차 없었지만 천하를 소유하였으며, 우임금은 100명이 모여 사는 마을도 없지만 제후들의 왕이 되었고, 탕왕과 무왕의 선비는 3000명에 지나지 않고 수레는 300대를 넘지 않으며 병사는 겨우 3만 명이었지만 천자로 세워졌다고 합니다. 이것은 진실로 그들이 천하를 얻는 이치를 터득했기 때문입니다. 이 때문에 현명한 군주는 밖으로는 적의 강함과 약함을 헤아리고 안으로는 병사의 자질이 뛰어난지 모자란지를 헤아려, 두 군대가 서로 싸울 때를 기다리지 않아도 이기고 지는 것과 죽고 사는 관건이 이미 가슴속에 생기게 됩니다. 어찌 평범한 사람들의 말에 가려 어두컴컴한 곳에서 큰일을 결정하겠습니까!

신이 은밀히 천하의 지도를 놓고 살펴보니 제후들의 땅덩어리가 진나라보다 다섯 배나 크고, 제후들의 병사를 헤아려 보니 진나라보다 열 배나 많습니다. 여섯 나라가 하나가 되어 힘을 합쳐 서쪽으로 진나라를 치면 진나라는 반드시 무너질 것입니다. 그러나 지금 〔왕께서〕 서쪽으로 진나라를 섬기면 진나라의 신하 노릇을 하는 것이 됩니다. 대체로 다른 사람을 깨뜨리는 것과 다른 사람에게 깨지는 것, 다른 사람에게 신하라고 하는 것과 다른 사람을 신하로 거느리는 것을 어떻게 한날에 얘기할 수 있겠습니까!

연횡을 주장하는 사람들은 모두 각 제후들의 땅을 나누어 진나라에게 바치려고 합니다. 진나라가 〔천하의 우두머리가 되는 사업을〕 이루면 누대와 정자를 더욱 높이 세우고 궁실을 아름답게 꾸미고, 생황과 거문고의 소리를 들으며, 앞에는 누대와 궁궐과 큰 수레가 있고 뒤에는 애교 넘치는 미녀들이 있게 할 텐데 각 나라는 진나라에게 재난을 입을지라도 그 근심을 나누려 하지 않습니다. 이 때문에 연횡을 주장하는 자들은 밤낮으로 힘써 진나라의 힘에 기대어 제후를 위협하여 땅을 떼어 달라고 요구할 것이니 대왕께서는 이 문제를 깊이 생각하시기 바랍니다.

신이 듣건대 현명한 군주는 의심을 끊고 비방을 버리고 떠도는 말의 흔적을 사라지게 하며 붕당의 문을 막는 데 뛰어나다고 합니다. 그러므로 주군을 존경하고 땅을 넓히고 군사력을 강하게 만드는 계책을 신하가 〔왕〕 앞에서 충심으로 말할 수 있습니다. 그러므로 잠시 대왕을 위해서 계책을 세워 보면 한, 위, 제, 초, 연, 조나라가 하나가 되어 합종하여 함께 진나라에 대항하는 것이 더 낫습니다. 천하의 장수와 재상들로 하여금 원수(洹水) 근처로 모이도록 하여 인질을 맞바꾸고 백마를 죽여 맹세하고 이렇게 약속해야 합니다.

'진나라가 〔만일〕 초나라를 친다면 제나라와 위나라는 각기 날랜 군대를 보내 초나라를 돕고, 한나라는 진나라가 식량 옮기는 길을 막으며, 조나라는 하수와 장수를 건너고, 연나라는 상산 북쪽을 지킨다. 진나라가 한나라나 위나라를 치면 초나라는 진나라의 뒷길을 끊어 버리고, 제나라는 정예 부대를 보내 두 나라를 돕고, 조나라는 하수와 장수를 건너고, 연나라는 운중(雲中)을 지킨다. 진나라가 제나라를 치면 초나라는 진나라의 뒷길을 끊고, 한나라는 성고(城皐)를 지키며, 위나라는 진나라가 제나라를 치는 길을 막으며, 조나라는 하수와 장수를 지나와 박관(博關)을 건너고, 연나라는 정예 부대를 보내 제나라를 돕는다. 진나라가 연나라를 친다면 조나라는 상산을 지키고, 초나라는 무관(武關)에 군대를 머물게 하며, 제나라는 발해를 건너고, 한나라와 위나라는 모두 정예 부대를 보내 연나라를 돕는다. 진나라가 조나라를 친다면 한나라는 의양에 군대를 머물게 하고, 초나라는 무관에 군대를 머물게 하며, 위나라는 황하 남서쪽에 군대를 머물게 하고, 제나라는 청하(淸河)를 건너며, 연나라는 정예 부대를 보내 조나라를 돕는다. 제후 중에 이 약속을 따르지 않는 자가 있으면 다섯 나라의 군대가 함께 그 나라를 정벌한다.'

여섯 나라가 합종하여 함께 진나라에 맞서면 진나라 군대는 틀림없이 감히 함곡관으로 나와 산동을 해하려 하지 못할 것입니다. 이와 같이 하면 천하의 우두머리가 되는 사업이 이루어질 것입니다."

조나라 왕이 말했다.

"과인은 나이가 젊고 나라를 다스린 지도 얼마 되지 않아 일찍이 국가를 잘 다스리는 장구한 계책을 들어 본 적이 없었소. 지금 그대가 천하를 보존하고 제후들을 안정시킬 뜻을 갖고 있으니, 과인은 삼가 나라를 당신 말에 따라 이끌어 가겠소."

그러고는 〔소진에게〕 치장한 수레 100대와 황금 1000일, 백옥 100쌍, 비단 1000필을 갖추어 주고 각 제후들과의 맹약을 추진하게 했다.

닭 부리가 될지언정 쇠꼬리가 되지 말라

이 무렵 주나라 천자가 문왕과 무왕의 제사에 올렸던 고기를 진나라 혜왕(惠王)에게 보냈다. 혜왕은 서수(犀首)손연(孫衍)를 시켜 위(魏)나라를 쳐 장수 용가(龍賈)를 사로잡고 위나라의 조음(雕陰)을 빼앗았으며, 또 병사를 일으켜 동쪽으로 나아가려고 했다. 소진은 진나라 군대가 조나라로 쳐들어올까 걱정되어 곧바로 장의(張儀)의 화를 돋우어서 진나라로 들어가도록 했다. 그리고 소진은 한(韓)나라 선왕(宣王)을 설득하여 말했다.

"한나라는 북쪽에 공읍(鞏邑)과 성고 같은 튼튼한 고을이 있고, 서쪽에는 의양과 상판(商阪) 같은 요새가 있으며, 동쪽에는 완읍(宛邑)과 양읍(穰邑)과 유수(洧水)가 있고, 남쪽에는 형산(陘山)이 있으며, 땅은 사방 900여 리이고, 무장한 병력은 수십만 명이며, 천하의 강한 활과 모진 쇠뇌는 모두 한나라에서 나옵니다. 계자(谿子)에서 만들어지는 쇠뇌, 소부(少府)에서 만들어지는 시력(時力)이나 거래(距來) 같은 훌륭한 활은 모두 600보 밖까지 쏠 수 있습니다. 한나라 병사들이 발로 쇠뇌를 밟고 〔양손으로 기계를 잡아당겨 쏘면〕 100발이 쉼 없이 잇달아 발사됩니다. 멀리서 맞은 것도 화살 끝이 보이지 않을 정도로 가슴에 박히고, 가까운 데서 맞으면 화살 끝이 가슴속 깊이 파고 들어갑니다.

한나라 병사들의 칼과 갈라진 창은 모두 명산(冥山), 당계

(棠谿), 묵양(墨陽), 합부(合膊), 등사(鄧師), 완풍(宛馮), 용연(龍淵), 태아(太阿) 등에서 나오며, 모든 땅에서는 소나 말을 벨 수 있으며 물에서는 고니나 기러기를 베고 적과 싸울 때에는 튼튼한 갑옷이나 쇠방패를 쪼갤 수 있습니다. 〔이처럼〕 가죽 깍지나 방패의 끈 등 갖추지 않은 것이 없습니다. 한나라 군사들이 용감함에 기대어 튼튼한 갑옷을 입고 강한 쇠뇌를 밟고 날카로운 칼을 차면 한 사람이 〔적〕 100명을 당해 낼 수 있으니 이것은 과장된 말이 아닙니다. 이런 한나라가 강대한 병력과 대왕 같은 현명함으로 서쪽으로 진나라를 섬겨 팔을 맞잡고 복종한다면 〔그것은〕 사직을 부끄럽게 만들고 천하 사람들의 비웃음거리가 되는 일이니 이보다 더 큰 일은 없을 것입니다. 이런 까닭으로 대왕께서는 이 점을 깊이 생각하시기 바랍니다.

대왕께서 진나라를 섬긴다면 진나라는 의양과 성고 땅을 요구할 것입니다. 지금 그 땅을 바치면 내년에는 또다시 다른 땅을 떼어 달라고 요구할 것입니다. 〔그 요구대로 땅을 떼어〕 주면 결국에는 더 이상 줄 땅이 없게 될 테고, 주지 않으면 전에 땅을 바친 공은 버려지고 뒤탈만 안겨질 것입니다. 또한 대왕의 땅은 다함이 있지만 진나라의 요구는 끝이 없어, 다함이 있는 땅을 가지고 끝이 없는 요구를 맞이해야 하니, 이것은 이른바 원한을 사고 불행을 불러오는 격입니다. 싸워 보지도 못하고 땅은 박탈되어 버리게 됩니다. 신이 듣건대 항간의 속담에 '차라리 닭 부리가 될지언정 쇠꼬리가 되지 말라.'라는 말이 있습니다. 지금 〔대왕께서〕 서쪽으로 팔을 모아 복종해 신하로서 진나라를 섬긴다면 쇠꼬리가 되는 것과 무엇이 다르겠습니까? 무릇 대왕의 현명함과 강한 한나라 군대를 가지고도 오히려 쇠꼬리라는 오명을 얻게 된다면 신이 생각하기에 대왕을 위해서는 부끄러울 뿐입니다."

그리하여 한나라 왕은 얼굴빛이 바뀌더니 팔을 걷어붙이고 눈을 부릅뜨고 칼을 어루만지며 고개를 쳐들어 하늘을 우러러보고 긴 한숨을 쉬면서 말했다.

"과인이 비록 어리석지만 절대로 진나라를 섬길 수는 없소. 지금 당신은 조나라 왕의 가르침을 알려 나를 깨우쳤으니 공손히 내 사직을 받들어 〔당신 계책에〕 따르겠소."

싹이 돋아날 때 베지 않으면 결국 도끼를 써야 한다

〔소진은〕 또 위(魏)나라 양왕(襄王)을 설득했다.

"대왕의 땅은 남쪽으로는 홍구(鴻溝)와 진(陳)과 여남(汝南)과 허(許)와 언(郾)과 곤양(昆陽)과 소릉(召陵)과 무양(舞陽)과 신도(新都)와 신처(新郪)가 있고, 동쪽에는 회수(淮水)와 영수(潁水)와 자조(煮棗)와 무서(無胥)가 있으며, 서쪽으로는 장성(長城)을 경계로 하고, 북쪽으로는 황하의 남서쪽과 권(卷)과 연(衍)과 산조(酸棗)가 있으며 땅은 사방 1000리에 이릅니다. 땅이 비록 작다고는 하나 집이나 농지가 너무 많아 일찍이 꼴을 베고 가축을 풀어 기를 만한 곳이 없을 정도였습니다. 백성들은 많고 수레와 말도 많아서 밤낮을 가리지 않고 끊임없이 오가며, 그 지나는 소리는 삼군(三軍)의 군사가 행진하는 것처럼 요란합니다. 신이 가만히 헤아려 보니 대왕의 국력은 초나라에 뒤지지 않습니다.

그러나 연횡을 내세우는 사람들은 왕을 위협하여 강한 호랑이나 이리 같은 진나라와 친교를 맺어 진나라가 천하를 침략하여 차지하도록 하려 합니다. (그들은) 갑자기 진나라가 왕의 나라로 (쳐들어오는) 근심거리가 있는데도 그 재앙을 돌아보지 않습니다. 무릇 강대한 진나라의 세력에 의지하여 안으로 다른 나라의 군주를 위협하니 이보다 큰 죄가 어디 있겠습니까?

위나라는 천하의 강대한 나라이고 왕께서는 천하의 현명한 왕입니다. 지금 (왕께서는) 서쪽으로 진나라를 섬기며 스스로 (진나라의) 동쪽 속국이라 일컫고 (진나라를 위해서) 제왕의 궁전을 짓고 (진나라의) 복식 제도를 받아들이며, 봄가을로 (진나라에) 제사를 올리려는 뜻을 가지고 있으니 신이 생각하기에 대왕을 위하여 이것을 부끄럽게 여깁니다.

신이 듣건대 월나라 왕 구천은 싸움에 지친 병사 3000명으로 (오나라 왕) 부차를 간수(干遂)에서 사로잡았고, (주나라) 무왕은 병사 3000명과 전차 300대로 목야(牧野)에서 (은나라) 주왕을 정복했다고 합니다. 어찌 그들의 병사가 많아서 이긴 것이겠습니까? (그들은) 진실로 자신들의 위세를 충분히 펼쳤을 뿐입니다.

지금 신이 가만히 듣건대 왕의 군사는 정예 병사가 20만이고, 파란 두건을 쓴 병졸이 20만이며, 용감한 병사가 20만, 뒤에서 부대를 위하여 일하는 사람이 10만, 전차 600대, 군마 5000필이 있다고 합니다. 이것은 월나라 왕 구천과 〔주나라〕 무왕의 병력에 비하면 훨씬 많습니다. 〔그런데〕 지금 왕께서는 신하들의 말만 듣고 진나라를 신하 입장에서 섬기려 하고 있습니다. 만일 진나라를 섬기게 되면 반드시 땅을 떼어 바쳐 성의를 보여야 할 것이므로 군사를 쓰기도 전에 나라가 무너져 버리는 일입니다.

대체로 신하 가운데 진나라를 섬기라고 말하는 자들은 모두 간사한 신하이지 충성스러운 신하가 아닙니다. 대체로 신하 된 자로서 자기 군주에게 땅을 떼어 주고 다른 나라와 우의를 맺도록 요구하여 한때의 성공만을 구하려 들 뿐 그 뒤의 결과는 돌아보지 않는 자들이며, 나라를 무너뜨려 개인적인 이득을 취하고, 밖으로 강대한 진나라의 세력에 기대 안으로 자기 군주를 위협하여 토지를 나누어 주도록 요구하고 있습니다. 왕께서는 이 점을 깊이 살펴보시기 바랍니다.

『주서(周書)』에서는 '〔초목이〕 실처럼 끊어지지 않다가 무성해지면 어떻게 하나? 터럭같이 작을 때 치지 않으면 장차 도끼를 써야 한다.'라고 하였습니다. 미리 깊이 생각하고 결정하지 않으면 나중에 큰 재앙이 이르게 되는데 앞으로 어떻게 하시겠습니까? 왕께서 만일 신의 의견을 받아들여 여섯 나라가 합종으로 친교를 맺고 힘을 합쳐 뜻을 하나로 한다면 강력한 진나라를 근심할 필요가 없을 것입니다. 그러므로 저희 조나라 왕께서 신을 보내 어리석은 계책을 제시하여 분명하게 약속을 얻도록 하였습니다. 대왕의 조칙이 있으면 그것으로써 보좌하겠습니다."

위나라 왕은 대답했다.

"과인은 어리석어 일찍이 훌륭한 가르침을 들은 적이 없었소. 지금 당신은 조나라 왕의 조칙을 가지고 나를 깨우쳐 주었으니 삼가 나라를 받들어 〔당신 의견을〕 따르겠소."

과장된 몸짓 속에 가려진 진실을 보라

소진은 이어 동쪽으로 가서 제나라 선왕(宣王)을 설득했다.

"제나라는 남쪽으로는 태산(泰山)이 있고, 동쪽에는 낭야산(琅邪山)이 있으며, 서쪽에는 청하가 있고, 북쪽에는 발해가 있으니 이것은 이른바 사방이 〔천연의〕 요새로 이루어진 나라입니다. 제나라 땅은 사방 2000여 리이고, 무장한 병사는 수십만 명이며, 식량은 산더미처럼 쌓여 있습니다. 삼군의 정예부대와 오가(五家)다섯 명이 한 조가 되는 민병대의 일종으로 관중이 만든 제도의 병사들이 공격할 때에는 날카로운 칼이나 좋은 활을 쏘는 것 같고, 싸움을 할 때에는 우레처럼 빠르고 힘이 있으며, 물러날 때에는 비바람처럼 흩어집니다. 설사 병사들을 불러 모으는 일이 있더라도 태산을 넘고 청하를 건너거나 발해를 건너서까지 징집한 일은 없습니다. 〔제나라의 수도〕 임치(臨菑)에만 7만 호가 있습니다. 제가 가만히 헤아려 보니 집집

마다 남자가 세 명씩 있다고 치면 7만 호에 21만 명이나 됩니다. 먼 현으로부터 병사들을 모을 필요 없이 임치의 병사만 징발해도 21만 명이나 되는 것입니다. 임치는 매우 풍족하고 견고합니다. 그곳 백성은 큰 생황을 불고 비파를 뜯고 거문고를 타고 아쟁을 켜며, 닭싸움을 하고 개 경주를 즐기며 윷놀이와 공차기를 즐기지 않는 이가 없습니다. 임치의 길은 수레바퀴가 서로 부딪치고 사람들의 어깨가 서로 부딪칠 만큼 복잡합니다. 옷자락이 서로 이어져서 휘장을 이루고 옷소매를 들면 장막을 이루며, 사람들이 땀을 뿌리면 비가 오는 것 같습니다. 집이 많고 사람들은 풍족하며, 모두 높고 먼 곳에 뜻을 두고 기운이 넘칩니다. 왕의 현명함과 제나라의 강대함은 천하에서 그 누구도 당해 낼 자가 없습니다. 〔그런데〕 지금 왕께서는 서쪽으로 향하여 진나라를 섬기려고 합니다. 신은 가만히 왕을 위하여 그것을 부끄럽게 여깁니다.

하물며 한나라와 위(魏)나라가 진나라를 몹시 두려워하는 까닭은 그들이 진나라의 변방과 맞닿아 있기 때문입니다. 〔두 나라의〕 군대가 한 번 움직여 서로 맞서 싸우게 되면 열흘을 넘기지 못하고 이기고 지는 것과 국가 존망의 기틀이 정해질 것입니다. 〔설령〕 한나라와 위나라가 진나라를 이긴다 하더라도 병력의 절반을 잃게 될 테니 사방의 국경을 안전하게 지킬 수는 없을 것입니다. 싸워 이길 수 없다면 나라는 위태로워지고 멸망이 뒤따를 것입니다. 이것이 바로 한나라와 위나라가 진나라와 싸우는 것을 매우 어렵게 여기고 진나라의 신하가 되는 것을 가볍게 여기는 이유입니다.

〔그러나〕 지금 진나라가 제나라를 친다면 〔이와는〕 사정이 다릅니다. 진나라는 한나라와 위(魏)나라의 땅을 등지고 위(衛)나라 양진(陽晉)의 길을 거쳐 항보(亢父)의 험한 땅을 지나야만 합니다. 그곳은 수레 두 대가 나란히 지나갈 수 없고 기마가 나란히 갈 수 없습니다. 100명이 험난한 곳을 지키면 1000명으로도 감히 지나가지 못합니다. 진나라는 비록 깊숙이 쳐들어가려고 하면서도 이리처럼 뒤를 돌아보며 한나라와 위(魏)나라가 후방을 칠까 봐 염려하고 있습니다. 그러므로 〔진나라는〕 다른 나라에게 허세를 부리며 과장되게 큰소리치고 교만하며 제멋대로 굴면서도 두려워하고 의심하며 감히 앞으로 나가지 못합니다. 그러고 보면 진나라가 제나라를 해칠 수 없는 것도 분명합니다.

진나라가 제나라를 칠 수 없음을 깊이 생각해 보지도 않고 서쪽을 향하여 진나라를 섬기려고 하니 이는 신하들의 생각이 잘못된 것입니다. 지금 신하가 되어 진나라를 섬긴다면 아무런 명분이 없고 나라를 튼튼하게 하는 실제적인 이익도 없으므로 신은 대왕께서 이 문제를 마음에 두어 헤아리시기를 바랍니다."

제나라 왕이 말했다.

"과인은 영민하지 못한 사람이고, 〔제나라는〕 멀리 치우쳐 외진 곳에서 바다에 의지하고 있으며, 길이 끊긴 동쪽 변두리 나라이기 때문에 여태까지 다른 가르침을 듣지 못하였소. 그런데 지금 당신이 조나라 왕의 조칙을 가지고 와서 나를 깨우쳐 주었으니 삼가 나라를 들어 〔당신 의견을〕 따르겠소."

우환이 닥친 뒤에는 걱정해도 소용없다

곧 〔소진은〕 서남쪽으로 가서 초나라 위왕(威王)에게 설득하며 말했다.

"초나라는 천하에서 강한 나라이고 왕은 천하에서 현명한 왕이십니다. 〔초나라는〕 서쪽에 검중(黔中)과 무군(巫郡)이 있고, 동쪽에는 하주(夏州)와 해양(海陽)이 있으며, 남쪽에는 동정호(洞庭湖)와 창오(蒼梧)가 있고, 북쪽에는 형새(陘塞)와 순양(郇陽)이 있으며, 땅은 사방 5000여 리나 되고, 무장한 군대는 100만이며, 전쟁용 수레는 1000대이고, 기마는 1만 필이며, 식량은 10년을 버틸 수 있으니 이것은 패왕(霸王)이 될 수 있는 바탕입니다. 초나라의 강성함과 왕의 현명함에 기대 떨쳐 일어나면 천하에서 당해 낼 나라가 없을 것입니다. 그런데 지금 왕께서 서쪽을 향하여 진나라를 섬긴다면 천하의 제후들 가운데 서쪽을 향하여 진나라의 장대(章臺) 아래에서 조회(朝會)하지 않을 자가 없을 것입니다.

진나라는 초나라를 가장 방해되는 나라로 여기고 있습니다. 초나라가 강해지면 진나라는 약해질 것이고, 진나라가 강해지면 초나라가 약해질 것이니 그 형세는 함께 설 수 없습니다. 그러므로 신은 왕을 위해서 계책을 마련했으니 〔여섯 나라가〕 서로 합종하여 화친을 맺어 진나라를 고립시키는 것보다 더 좋은 계책이 없습니다. 대왕께서 합종하여 화친을 맺지 않으시면 진나라는 반드시 군대를 두 곳에서 일으켜 한쪽 군대는 무관(武關)으로 나가게 하고, 다른 한쪽 군대는 검중으로 내려 보낼 것입니다. 그러면 〔초나라 중심부인〕 언(鄢), 영(郢) 일대가 동요할 것입니다.

신이 듣건대 〔모든 일은〕 혼란스러워지기 전에 다스리고 〔해로운 일은〕 일어나기 전에 대책을 세워 막아야 한다고 합니다. 우환이 닥친 뒤에 걱정하면 미칠 수 없습니다. 그러므로 왕께서는 이 점을 빨리 깊이 생각하시기 바랍니다.

대왕께서 진실로 신의 의견을 들으신다면 신은 산동의 나라들이 왕께 사계절의 예물을 바치고 왕의 밝은 가르침을 받들도록 하며, 그 사직을 〔대왕에게〕 맡기고 종묘를 받들게 하고 병사를 훈련시키고 무기를 만들어 대왕이 그것을 쓰시는 바대로 있겠습니다. 대왕께서 진실로 신의 우매한 계책을 쓰실 수 있다면 한, 위(魏), 제, 연, 조, 위(衛)나라의 절묘한 음악과 미녀가 반드시 왕의 후궁에 가득 차고 연과 대(代)에서 생산되는 낙타와 훌륭한 말이 반드시 왕의 마구간에 채워질 것입니다. 그러므로 합종이 이루어지면 초나라가 왕 노릇을 하게 되고, 연횡이 이루어지면 진나라가 제왕이 될 것입니다. 〔그런데〕 지금 왕께서 패왕의 사업을 버리고 다른 사람을 섬긴다는 〔부끄러운〕 이름을 있게 하려 하시니 신이 생각하건대 대왕을 위하여 그렇게 취할 수 없습니다.

대체로 진나라는 호랑이나 이리 같은 나라로서 천하를 집어삼킬 야심을 갖고 있으니 진나라는 천하의 원수라 할 것입니다. 연횡을 내세우는 사람은 모두 제후들의 땅을 떼어 진나라를 섬기려고 하는데, 이는 원수를 기르고 원수를 받드는 것입니다. 대체로 신하된 자로서 자기 군주의 땅을 떼어 밖에 있는 강한 호랑이나 이리 같은 진나라와 사귀어 천하를 침략하게 하고, 마침내 진나라 때문에 걱정거리가 생겨도 그 재앙을 돌아보지 않으며, 밖으로 강대한 진나라의 위세를 끼고 안으로 자기 군주를 위협하여 토지를 나누어 주도록 요구하는 것은 나라를 등지고 충성하지 않는 일이니 이보다 더한 것은 없습니다. 그러므로 만일 합종을 하여 화친을 맺게 되면 제후들은 땅을 떼어 주어 초나라를 섬길 것이고, 연횡이 이루어져 합치면 초나라는 땅을 떼어 진나라를 섬겨야 할 것입니다. 이 두 계책은 서로 크게 차이가 나는데 대왕께서는 둘 가운데 어느 쪽을 선택하시겠습니까? 그런 까닭에 저희 조나라 왕께서 신을 보내 어리석은 계책을 말씀드려 명확한 공약을 받들도록 하셨으니 대왕의 조서에 그것이 달려 있습니다."

초나라 왕이 말했다.

"과인의 나라는 서쪽으로 진나라와 경계를 접하고 있는데 진나라는 파(巴)와 촉(蜀)을 빼앗고 한중(漢中)을 자기 나라로 만들려는 야심을 품고 있소. 진나라는 호랑이나 이리 같은 나라이니 친할 수 없소. 한(韓)나라와 위(魏)나라는 진나라에게 침략의 위협을 받고 있으므로 그들과는 깊이 있는 일을 깊이 꾀할 수 없소. 만일 그들과 큰일을 깊이 꾀한다면 우리의 계책에 반대하는 사람이 진나라에 알리게 될까 두렵소. 그렇게 되면 꾀한 일을 시작도 하기 전에 나라가 위태로워질 것이오. 과인이 스스로 생각해 볼 때 초나라가 진나라에 맞서는 것은 승산이 없소. 조정에서 신하들과 상의해도 믿을 만한 대책이 없소. 그래서 과인은 자리에 누워도 편하지 않고 음식을 먹어도 단맛을 알지 못하며, 마음은 달아 놓은 깃발처럼 흔들려 의지할 곳이 없었소. 지금 당신이 천하를 하나로 하고 제후들의 힘을 모아 위태로운 나라를 구하고자 한다면 나는 삼가 사직을 들어 〔당신 의견을〕 따르겠소."

부귀하면 우러러보고 가난하면 업신여긴다

이렇게 하여 여섯 나라는 합종하여 힘을 합치게 되었다. 소진은 합종 맹약의 우두머리가 되고 아울러 여섯 나라의 재상을 겸하였다.

〔소진은〕 북쪽으로 조나라 왕에게 〔일의 경과를〕 보고하러 가는 길에 낙양을 지나게 되었다. 기마와 짐을 실은 수레를 비롯하여 제후들마다 〔소진을 모실〕 사자를 보내 주어 전송하는 자가 매우 많아 왕의 행차에 견줄 만하였다. 주나라 현왕(顯王)은 이런 소문을 듣고 두려워 〔소진이 지나가는〕 길을 쓸도록 하고 교외까지 사람을 보내 위로하게 하였다. 소진의 형제와 아내와 형수가 곁눈으로 볼 뿐 감히 고개를 들어 바라보지 못하고 고개를 숙인 채 식사를 하였다. 소진이 웃으면서 그의 형수에게 말했다.

"어찌하여 전에는 오만하더니 지금은 공손합니까?"

형수는 몸을 굽혀 기어와서 얼굴을 땅에 대고 사죄하며 말했다.

"계자(季子)소진의 지위가 높고 재물이 매우 많은 것을 보았기 때문입니다."

소진은 길게 탄식하며 말했다.

"이 한 몸도 부귀해지자 친척들이 두려워하고 가난하고 천하면 업신여기는데, 하물며 뭇사람들임에랴! 만일 나에게 낙양성 주변에 밭이 두 이랑만 있었던들 어찌 여섯 나라 재상의 인수(印綬)를 찰 수 있었을까?"

그리하여 〔소진은〕 천금을 풀어 종족과 친구들에게 나누어 주었다.

처음에 소진은 연나라로 갈 때 다른 사람에게 100전(錢)을 빌려 노자로 삼은 일이 있었는데 부귀해지자 100금으로 갚았으며, 전날 은덕을 입은 모든 사람에게 골고루 보답하였다. 그 하인 가운데 유독 한 사람만 보답을 받지 못하였는데, 그가 소진 앞으로 나와 스스로 그 사실을 말하니 소진은 대답했다.

"나는 결코 너를 잊지 않았다. 너는 나를 따라 연나라로 갔을 때 역수(易水) 가에서 여러 차례 나를 버리고 떠나려 하였다. 그때 나는 매우 곤란한 처지라서 너를 깊이 원망했다. 그래서 너에 대한 보답을 맨 뒤로 미루었을 뿐이다. 너에게도 이제 보답하겠다."

소진이 여섯 나라와 합종의 약속을 맺고 조나라로 돌아오자 조나라 숙후는 그를 무안군(武安君)으로 봉하고 곧 합종 약속 문서를 진나라로 보냈다. 〔그로부터〕 진나라 군대는 15년 동안 감히 함곡관 밖을 넘보지 못했다.

원수를 버리고 든든한 친구를 얻어라

그 뒤 진나라는 서수를 시켜서 제나라와 위(魏)나라를 속여 함께 조나라를 치게 하여 합종 약속을 깨뜨리려고 하였다.

제나라와 위나라가 조나라를 치니 조나라 왕이 소진을 꾸짖었다. 소진은 두려워서 연나라에 사신으로 가서 〔연나라 왕을 설득하여 연나라와 함께 제나라를 공격하여〕 반드시 제나라의 배신행위에 보복하겠다고 청했다. 이렇게 하여 소진이 조나라를 떠나자 합종 약속은 완전히 깨져 버렸다.

진나라 혜왕은 그 딸을 연나라 태자의 아내가 되도록 하였다. 이해에 연나라 문후(文侯)가 죽고 태자가 왕위를 이었으니, 그가 역왕(易王)이다. 역왕이 막 왕위에 올랐을 때, 제나라 선왕은 연나라의 국상을 틈타서 연나라를 쳐 성 열 개를 빼앗았다. 역왕이 소진에게 말했다.

"지난날 선생께서 우리 연나라에 왔을 때 선왕께서는 선생을 도와 조나라 왕을 만나게 하였고, 그 결과 여섯 나라가 합종을 맺게 되었소. 그런데 지금 제나라가 먼저 조나라를 치고, 이어서 또 연나라를 치니 〔연나라는〕 선생 때문에 천하의 웃음거리가 되고 말았소. 선생은 연나라를 위해서 제나라에 빼앗긴 땅을 되찾아 줄 수 있소?"

소진은 몹시 부끄러워하면서 말했다.

"왕을 위해서 빼앗긴 땅을 되찾아오겠습니다."

소진은 제나라 왕을 만나 두 번 절하고 엎드려 축하하고는 고개를 들어 조의를 표하였다. 제나라 왕이 물었다.

"축하하자마자 조의를 표하는 것은 무엇 때문이오?"

소진이 말했다.

"신이 듣건대 굶주린 사람이 굶주리면서도 오훼(烏喙)라는 독초를 먹지 않는 까닭은 그것으로 배를 채울 수는 있지만 굶어 죽는 것과 똑같은 해독이 있기 때문이라고 합니다. 지금 연나라는 비록 힘이 약하고 작지만 연나라 왕은 진나라 왕의 사위입니다. 왕께서는 연나라의 성 열 개를 얻었으나 강대한 진나라와는 길이 원수가 되었습니다. 지금 힘이 약한 연나라가 기러기 행렬처럼 앞장서고 강대한 진나라가 연나라의 뒤를 봐주며 쳐들어온다면 천하의 정예 병사를 불러들이는 격이니 그것은 오훼를 먹는 것과 같습니다."

제나라 왕은 걱정스러워 얼굴빛이 바뀌어 말했다.

"그렇다면 어떻게 하면 좋겠소?"

소진이 대답했다.

"신이 듣건대 옛날에 일을 잘 처리하는 사람들은 화를 복으로 바꾸고 실패를 기회로 삼아 성공했다고 합니다. 왕께서 진실로 신의 계책을 들으려 한다면 즉시 연나라의 성 열 개를 돌려주십시오. 연나라는 이유 없이 성 열 개를 돌려받게 되면 틀림없이 기뻐할 테고, 진나라 왕도 자기 때문에 연나라의 성 열 개가 되돌려졌음을 알면 또한 틀림없이 좋아할 것입니다. 이것이 이른바 원수를 없애고 돌처럼 단단한 친구를 얻는 길입니다. 연나라와 진나라가 모두 제나라를 한편으로 여긴다면 이 세상에서 감히 왕의 호령을 따르지 않을 자가 없을 것입니다. 이것은 빈말로 진나라를 따르게 하고 성 열 개로 천하를 얻는 것이니 이것은 패왕의 사업이라 하겠습니다."

제나라 왕은 말했다.

"좋소."

그러고는 연나라의 성 열 개를 돌려주었다.

충신만이 죄를 짓는가?

〔그러나〕 소진을 헐뜯는 사람이 이렇게 말했다.

"〔소진은〕 여기저기에 나라를 팔아먹고 다니면서 이랬다저랬다 하는 신하이니 앞으로 반란을 일으킬 것입니다."

소진은 누명을 쓸까 봐 두려워 제나라에서 돌아왔지만 연나라 왕은 그가 지난날 가지고 있던 벼슬을 다시 주지 않았다. 소진은 연나라 왕을 만나서 말했다.

"신은 동주의 비천한 사람입니다. 공을 조금도 세우지 못했지만 선왕께서는 친히 종묘에서 신에게 관직을 주셨고, 조정에서 예로써 대하셨습니다. 지금 신은 왕을 위해서 제나라 군대를 물리치고 성 열 개를 돌려받았으니 마땅히 신을 더욱 아껴 주셔야만 합니다. 지금 신이 연나라로 돌아왔지만 왕께서 신에게 벼슬을 주시지 않는 것은 틀림없이 어떤 사람이 왕에게 신을 신실하지 못한 자라고 모함했기 때문일 것입니다. 그러나 신이 신실하지 않은 것은 왕의 복입니다. 신이 듣건대 충성스럽고 신실한 사람은 모두 자기를 위해서 행동하고, 나아가 이루는 사람은 모두 다른 사람을 위해서 행동한다고 합니다. 또 신이 제나라 왕을 설득한 것은 결코 그를 속인 것이 아닙니다. 신이 늙은 어머니를 동주에 버려두고 이 나라에 온 것은 본래 자기를 위해 행동하기를 버리고 〔다른 사람을 위해〕 나아가 이루기 위해서였습니다. 만일 지금 증삼 같은 효자, 백이 같은 청렴한 인물, 미생(尾生) 같은 신의 있는 인물이 있다고 합시다. 이 세 사람을 찾아 왕을 섬기도록 하면 어떻겠습니까?"

왕이 대답했다.

"만족하겠소."

소진이 말했다.

"증삼처럼 효성을 다하는 자는 도리상 자기 부모 곁을 떠나 밖에서 하룻밤도 자지 않을 것입니다. 왕께서는 또한 어떻게 그에게 1000리 밖으로 와서 약소한 연나라의 위기에 빠진 국왕을 섬기도록 하실 수 있겠습니까? 백이처럼 청렴한 자는 의리를 지켜 고죽군의 후사가 되지 않았고, 무왕의 신하가 되는 것도 기꺼워하지 않아 봉읍을 받아 제후가 되지 않고 수양산 아래에서 굶어 죽었습니다. 이와 같이 청렴한 사람이 있다면 왕께서는 또 어떻게 이러한 사람을 1000리 밖 제나라로 보내어 〔연나라 왕을 위한 일을〕 추진하게 할 수 있겠습니까? 또한 미생처럼 신의 있는 자는 다리 밑에서 여인과 만나기로 약속하였으나 그 여인이 오지 않자 물이 불어도 떠나지 않은 채 다리 기둥을 껴안고 죽었습니다. 이와 같이 신의 있는 자를 왕께서는 또 어떻게 1000리 밖으로 보내 제나라의 강한 병사를 물리치게 할 수 있겠습니까? 신은 이른바 충성스럽고 신실하기 때문에 왕께 죄를 지은 것입니다."

연나라 왕은 말했다.

"그대는 충성스럽고 신실하지 않았을 뿐, 어찌 충성스럽고 신실하면서 죄를 지을 수 있겠소?"

소진이 대답했다.

"그렇지 않습니다. 신은 이런 이야기를 들었습니다. 어떤 사람이 관리가 되어 멀리 떠나갔는데, 그 아내가 다른 사람과 사사로이 정을 통했다고 합니다. 남편이 돌아올 때가 되어 정부(情夫)가 걱정을 하자, 아내는 '걱정하지 마십시오. 나는 이미 독약 탄 술을 만들어 놓고 그를 기다리고 있습니다.'라고 말했습니다. 사흘이 지나 남편이 돌아오자 아내는 첩에게 독이 든 술을 가져다가 그에게 권하도록 하였습니다. 첩은 술에 독이 들어 있다는 말을 하고 싶지만 그러면 주모(主母)가 내쫓길까 두렵고 말을 안 하자니 주인을 죽이게 될까 두려웠습니다. 그래서 일부러 넘어져 술을 엎질렀습니다. 주인은 몹시 화를 내며 그녀에게 채찍을 50대나 쳤습니다. 첩은 일부러 넘어져 술을 엎어서 위로는 주인을 살리고 아래로는 주모를 쫓겨나지 않게 했습니다. 그러나 그녀는 매 맞는 것만은 피하지 못했습니다. 어찌 충성스럽고 신실하다고 해서 죄가 없다고 할 수 있겠습니까? 대체로 신의 허물은 불행하게도 이러한 것과 비슷합니다."

연나라 왕이 말했다.

"선생은 다시 예전 벼슬에 오르시오."

그리고 그를 더욱더 예우했다.

사람을 속여 원수를 갚는다

〔연나라〕 역왕의 어머니는 〔연나라〕 문후의 아내인데 소진과 사사로이 정을 통하였다. 연나라 역왕은 이 사실을 알았지만 소진을 더욱 잘 대우했다. 소진은 죽게 될까 두려워 연나라 왕을 설득했다.

"신이 연나라에 있으면 연나라의 지위를 높일 수 없지만 제나라로 가면 연나라를 반드시 비중 있는 나라로 만들 것입니다."

연나라 왕이 말했다.

"모든 것은 선생이 하고 싶은 대로 하시오."

그래서 소진은 연나라에서 죄를 지은 것처럼 거짓으로 꾸며 제나라로 망명했다. 제나라 선왕은 그를 객경(客卿)다른 나라에서 벼슬살이하는 사람으로 삼았다.

제나라 선왕이 죽고 민왕(湣王)이 왕위에 오르자, 소진은 민왕을 설득하여 선왕의 장례를 성대하게 치러 효심을 밝히고 궁실을 높게 짓고 정원을 넓혀 그 자신이 뜻한 바를 얻게 되었음을 밝히게 했다. 사실 이것은 연나라를 위해서 제나라를 황폐하게 만들려는 계책이었다.

〔연나라에서는〕 역왕이 죽고 쾌(噲)가 자리에 올라 왕이 되었다.

그 뒤 제나라 대부 중에는 소진과 왕의 총애를 다투는 자가 많았는데, 그중 한 사람이 사람을 시켜 소진을 죽이려고 했지만 죽이지는 못하고 깊은 상처를 입히고 달아났다. 제나라 왕은 사람을 보내서 소진을 찌른 자를 찾도록 했으나 찾아내지 못하였다. 소진은 죽음을 눈앞에 두었을 때 제나라 왕에게 말했다.

"신이 죽으면 신을 거열형으로 다스려 시장 사람들에게 돌려 보이시고 '소진이 연나라를 위해 제나라에서 반란을 일으켰다.'라고 하십시오. 이와 같이 하면 신을 죽이려던 자를 반드시 잡을 수 있을 것입니다."

제나라 왕이 그 말대로 했더니 소진을 죽이려 한 자가 정말 자수해 왔으므로 제나라 왕은 그를 잡아 죽였다. 연나라에서는 이 소식을 듣고 말했다.

"심하구나, 제나라가 소진 선생을 위해 원수 갚는 방법이여!"

소진이 남긴 사업을 이은 소대와 소려

소진이 죽은 뒤 〔소진이 은밀히 제나라를 황폐하게 만들려고 한〕 사실이 드러났다. 뒤에 제나라가 그 사실을 알고 연나라를

원망하고 노여워하니 연나라는 매우 두려워했다.

소진의 동생은 소대(蘇代)이고, 소대의 동생은 소려(蘇厲)이다. 이 두 사람은 형의 성공을 보고 모두 학문에 정진하였다. 소진이 죽자, 소대는 연나라 왕을 만나 소진이 예전에 하던 일을 이어서 하고 싶다며 말했다.

"신은 동주에서 태어난 미천한 사람입니다. 신은 사사로이 왕의 의기가 매우 높다는 말을 듣고 천하고 어리석지만 호미와 괭이를 버리고 왕을 섬기러 왔습니다. 신은 〔처음에〕 한단으로 갔지만 그곳에서 본 것은 동주에서 들은 것과는 거리가 멀어 신은 조용히 그 뜻을 접었습니다. 이제 연나라 조정에 와 왕의 신하들과 하급 관리들을 보니 왕께서는 이 세상의 현명한 왕이십니다."

연나라 왕이 물었다.

"그대가 말하는 현명한 왕이란 어떤 사람이오?"

〔소대가〕 대답했다.

"신이 듣건대 현명한 왕은 자기 허물을 듣는 데 힘쓰고 자신의 뛰어난 점에 관한 칭찬을 듣기는 좋아하지 않는다고 합니다. 신이 왕의 허물을 말씀드리도록 허락해 주십시오. 저 제나라와 조나라는 연나라의 원수이고 초나라와 위(魏)나라는 연나라의 동맹국입니다. 지금 왕께서는 원수 나라를 끼고 동맹국을 치고 있으니 이것은 연나라를 이롭게 하는 행동이 아닙니다. 왕께서 스스로 잘 생각해 보십시오. 이것은 잘못된 계책입니다. 그런데도 이러한 허물을 왕께 말하지 않는 사람은 충신이 아닙니다."

〔연나라〕 왕이 말했다.

"저 제나라는 본디 과인의 원수로 깨뜨려야 하지만 나라가 황폐하여 힘이 모자람을 걱정할 뿐이오. 당신이 지금의 연나라로 제나라를 칠 수 있다면 나는 이 나라를 당신에게 맡기겠소."

소대가 대답했다.

"이 세상에서 싸울 만한 나라는 일곱 나라가 있는데, 그중에서 연나라는 약소국의 입장이므로 혼자 힘으로 싸울 수는 없습니다. 그러나 만일 기댈 곳이 있다면 그 나라는 반드시 비중 있는 나라가 될 것입니다. 남쪽으로 초나라에 기대면 초나라가 커질 것이고, 서쪽으로 진나라에 기대면 진나라가 커질 것이며, 중원의 한나라와 위(魏)나라에 기대면 한나라와 위나라가 커질 것입니다. 또한 연나라가 의지하는 나라가 비중 있는 나라가 되면 반드시 왕께서도 비중 있는 존재가 될 것입니다. 지금 저 제나라는 나이 많은 군주가 모든 일을 혼자 결정합니다. 남쪽으로는 초나라를 5년 동안 쳐서[7] 쌓아 놓은 군량과 재물이 다 없어졌고, 서쪽으로는 진나라를 3년 동안 포위하여[8] 병사들이 견딜 수 없을 정도로 지쳐 있으며, 북쪽으로

---

7) 주나라 난왕(赧王) 12년기원전 303년에 제나라와 한나라와 위나라는 초나라가 합종을 어겼다는 이유로 진(秦)나라와 함께 초나라를 공격하였고, 그로부터 2년 뒤에 이 네 나라는 또 초나라를 대거 공격하여 초나라 장수 당말(唐昧)을 죽였다. 제나라가 초나라를 친 것은 앞뒤로 5년 동안이었다.

8) 주나라 난왕 17년기원전 298년에 제, 한, 위 세 나라가 함곡관에서 진나라를 무너뜨렸다. 이 일은 동쪽의 여섯 나라가 두 번째로 합종하여 진나라를 공격한 것으로 3년 걸렸다.

는 연나라와 싸워 연나라의 모든 군대를 쳐부수고 장수 두 명을 사로잡았습니다. 그러나 그런 뒤에도 남은 병력으로 남쪽을 향하여 전차 5000대를 가진 큰 송나라를 깨뜨리고, 제후 열두 명을 모두 아우르려고 합니다. 이것은 군주의 욕망을 채우기 위해서 백성의 힘을 다 없애는 일입니다. 어찌 이것을 받아들일 만하겠습니까! 또 신은 자주 싸우면 백성이 피로해지고 오래 싸우면 병사들이 지친다고 들었습니다."

연나라 왕이 말했다.

"내가 들은 바로 제나라에는 청제(淸濟)제수(濟水)와 탁하(濁河)황하가 있어서 요새가 될 수 있고, 장성(長城)과 거방(鉅防)이 있어서 요새[9]로 삼기에 충분하다고 하는데 정말 그렇소?"

소대가 대답했다.

"하늘의 시운이 그 나라를 돕지 않으면 비록 청제와 탁하가 있다 한들 어찌 그것으로 튼튼하게 지킬 수 있겠습니까! 백성의 힘이 없어지면 장성과 거방이 있다 한들 어찌 그것을 요새로 삼기에 충분하다고 할 수 있겠습니까! 또 전날 제나라가 제수 서쪽 지역에서 군사를 불러 모으지 않은 것은 조나라에 대비하기 위함이고, 하수 북쪽 지역에서 군사를 불러 모으지 않은 것은 연나라에 대비하기 위해서였습니다. 그런데 이제 제수 서쪽과 하수 북쪽 일대에서 군사를 불러 모아 온 나라가 다 황폐해 있습니다. 대체로 교만한 군주는 반드시 이익을 좋

---

9) 장성은 태산 남쪽에 위치하여 오나라와 초나라의 침입을 막았고 거방은 청제 위쪽을 막았다.

아하고 멸망하는 나라의 신하는 반드시 재물을 탐한다고 합니다. 왕께서 진실로 아끼는 아들과 어머니와 동생을 제나라에 인질로 보내고 진주와 보옥과 비단으로 제나라 왕의 좌우 신하들을 섬기는 것을 부끄럽게 여기지 않을 수 있다면, 제나라는 연나라를 덕이 있다고 여겨 〔안심하고〕 경솔하게 송나라를 멸망시키려고 할 것입니다. 그렇게 하면 제나라를 멸망시킬 수 있을 것입니다."

연나라 왕은 말했다.

"나는 마침내 당신 때문에 하늘의 명을 받게 되었소."

연나라는 공자 한 명을 제나라에 볼모로 보냈다. 소려는 연나라에서 보낸 인질을 통해서 제나라 왕을 뵙기를 청했다. 제나라 왕은 소진에 대한 원망으로 소려를 가두려고 했으나 연나라에서 볼모로 온 공자가 소려를 위해 사과하였다. 이에 드디어 〔소려는〕 인질을 맡겨 제나라의 신하가 되었다.

연나라 재상 자지(子之)는 소대와 인척 관계를 맺고 연나라의 실제적인 권력을 쥐려고 생각하여 소대를 제나라에 보내 볼모가 된 공자를 모시도록 했다. 제나라에서는 소대를 연나라로 보내 보고하도록 했다. 이때 연나라 왕 쾌는 소대에게 이렇게 물었다.

"제나라 왕은 천하의 우두머리가 될 수 있소?"

소대가 대답했다.

"될 수 없습니다."

연나라 왕이 말했다.

"무엇 때문이오?"

〔소대는〕 대답했다.

"〔제나라 왕은〕 자기 신하를 믿지 않습니다."

연나라 왕이 나라의 정치를 자지에게 맡기고 오래지 않아 왕위까지도 그에게 주므로 연나라는 크게 혼란스러워졌다. 제나라는 연나라를 치고 연나라 왕 쾌와 자지를 죽였다. 연나라에서는 소왕(昭王)을 세웠다. 이로부터 소대와 소려는 다시는 연나라로 들어가지 않고 제나라로 망명했다. 제나라에서는 그들을 잘 대우하였다.

자주색 비단이 흰색 비단보다 열 배 비싸다

소대가 위(魏)나라를 지날 때, 위나라는 연나라를 위해서 소대를 잡아 두었다. 제나라에서는 사람을 보내 위나라 왕에게 말했다.

"제나라가 송나라 땅을 경양군(涇陽君)의 봉읍지로 바치려 해도 진나라는 결코 받지 않을 것입니다. 진나라가 제나라와 가깝게 지내 송나라 땅을 얻는 것을 이익으로 여기지 않아서가 아니라 제나라 왕과 소 선생을 믿지 않기 때문입니다. 지금 제나라와 위나라가 이처럼 불화가 심하면 제나라는 진나라를 속이지 않을 것입니다. 진나라가 제나라를 믿으면 제나라와 진나라가 합칠 것이고, 경양군은 송나라 땅을 얻을 것입니다. 이것은 위나라에 이로운 일이 아닙니다. 그러니 왕께서는 소 선생을 동쪽 제나라로 돌려보내 진나라가 반드시 제나라를 의심하고 소 선생을 믿지 않게 하는 것이 낫습니다. 제나라와 진나라가 합치지 않으면 천하의 형세에는 큰 변화가 없어 제나라를 칠 기회가 올 것입니다."

이에 위나라는 소대를 풀어 주었다. 소대가 송나라에 도착하자, 송나라에서는 그를 잘 대접했다.

제나라가 송나라를 쳐서 송나라가 위급해지자, 소대는 곧바로 연나라 소왕에게 다음과 같은 편지를 써 보냈다.

다 같이 만승의 지위에 있으면서 제나라에 볼모를 보낸 것은 이름을 떨어뜨리고 권력을 가벼이 여길 일입니다. 만승의 신분으로 제나라를 도와 송나라를 치면 백성이 지치고 나라의 재물은 다 없어질 것입니다. 제나라를 도와 송나라를 깨뜨리고 초나라의 회수 북쪽 지역을 쳐서 쇠약하게 하여 강대한 제나라를 이롭게 하는 것은 적을 강대하게 하고 자기 나라를 해치는 일입니다. 이 세 가지 계책은 모두 연나라에서 모두 크게 실패하였습니다. 그런데 왕께서 또 이와 같은 일을 계속하려는 것은 제나라의 신임을 얻기 위해서입니다. 그러나 제나라는 오히려 왕께서 신의를 지키지 않았다며 연나라를 더욱더 꺼릴 테니, 이는 왕의 계책이 잘못된 것입니다. 저 송나라를 〔초나라의〕 회수 북쪽 지역과 합친다면 〔그것만으로도〕 강한 만승의 나라가 될 텐데, 제나라가 그것을 아울러 가진다면 이는 또 하나의 제나라를 보태는 결과가 될 것입니다. 북이(北夷)의 땅은 사방 700리인데 여기에 노나라와 위(衛)나라를 더하면 강대한 만승의 나라가 될 테고, 제나라가 그것을 아울러 가진다면 제나라 두 개를 더 보태는 결과가 될 것입니다. 무릇 제나라 하나의 강대함에도 연나라는 이리처럼 두려워하여 뒤돌아보면서 버텨 나가기 어려운데, 앞으로 제나라 세 개의 힘이 연나라를 짓누르게 된다면 틀림없이 그 피해가 클 것입니다.

비록 이와 같을지라도 지혜로운 자는 일을 처리할 때 화를 복으로 만들고 실패를 성공으로 바꿉니다. 제나라 사람들의 자주색 비단은 질이 나쁜 흰색 비단을 물들인 것이지만 그 값은 열 배나 비싸고, 월나라 왕 구천은 일찍이 회계산으로 쫓겨났지만 오히려 강대한 오나라를 멸망시키고 천하를 제패하였습니다. 이러한 것은 모두 화를 복으로 만들고 실패를 성공으로 바꾼 일입니다.

이제라도 왕께서 화를 복으로 만들고 실패를 성공으로 바꾸려 하신다면, 제나라를 꼬드겨 천하의 우두머리로 만들어 떠받들어 높이는 것보다 더 좋은 방법은 없습니다. 그러자면 주나라 왕실로 사자를 보내 〔제나라를 맹주로 받들기로〕 맹세하게 하고, 진나라와의 서약서를 불태워 버리고 이렇게 말하십시오.

"가장 좋은 계책은 진나라를 쳐부수는 것이고, 그다음 계책은 반드시 진나라를 영원히 배척하는 것입니다."

진나라가 배척을 당해 파멸을 기다린다면 진나라 왕은 반드시 이 일을 걱정할 것입니다. 진나라는 5대 이래로 제후들을 공격해 왔지만 지금은 제나라 밑에 있습니다. 진나라 왕의 마음은 진실로 제나라를 궁지로 몰아넣을 수만 있다면 진나라의 힘이 기우는 것도 꺼리지 않고 성과를 거두려고 할 것입니다. 그런데도 왕께서는 어째서 유세객을 보내어 다음과 같은 말로 진나라 왕을 설득하지 않으십니까?

"연나라와 조나라가 송나라를 깨뜨려 제나라를 살찌우고 제나라를 높여 스스로 그 밑에 있는 것은, 연나라와 조나라가 결코 자기 나라에 유리하다고 여겨서가 아닙니다. 연나라와 조나라가 자기 나라에 이롭지도 않은데 이러한 형세가 된 것은 진나라 왕을 믿지 않기 때문입니다. 그런데 왕께서는 어째서 믿을 만한 사람을 보내 연나라와 조나라를 한편으로 끌어들이지 않고 먼저 경양군과 고릉군(高陵君)을 연나라와 조나라로 보내셨습니까? 진나라에 변화가 있으면 인질로 삼게 하십시오. 이와 같이 하면 연나라와 조나라는 진나라를 믿게 될 것입니다. 〔그리하여〕 진나라는 서제(西帝)가 되고 연나라는 북제(北帝)가 되고 조나라는 중제(中帝)가 되어 삼제(三帝)가 서면 천하를 호령할 수 있습니다. 한나라와 위(魏)나라가 그 호령을 따르지 않으면 진나라가 그들을 치고, 제나라가 그 호령을 따르지 않으면 연나라와 조나라가 그들을 치면 천하의 누가 감히 따르지 않겠습니까? 천하가 복종하여 명령을 듣게 되면 한나라와 위나라를 시켜 제나라를 치게 하고, '반드시 송나라 땅을 돌려주고 초나라의 회수 북쪽 지역을 돌려주시오.'라고 하십시오. 〔제나라가〕 송나라 땅을 돌려주고 초나라 회수 북쪽 지역을 돌려주는 것은 연나라와 조나라에 모두 이익이 되는 일입니다. 그리고 삼제가 나란히 서는 것 또한 연나라와 조나라가 바라는 바입니다.

실제적인 이익을 얻고 마음속으로 바라던 지위에 이른다면 연나라와 조나라는 헌 짚신을 벗어던지듯이 제나라를 버릴 것입니다. 만일 왕이 연나라와 조나라를 한편으로 끌어들이지 못한다면 제나라가 천하의 우두머리가 될 것입니다. 제후들이 한편이 되어 제나라를 돕는데 왕만이 복종하지 않으면 이 나라는 〔제후들의〕 공격을 대신 받게 될 것입니다. 제후들이 제나라를 돕고 왕도 그 나라를 따른다면 스스로 명성을 떨어뜨리게 됩니다. 만일 진나라가 연나라와 조나라를 한편으로 거두어들이면 왕의 나라는 편안하고 이름이 높이 올라가겠지만, 연나라와 조나라를 한편으로 거두어들이지 못하면 왕의 나라는 위험해지고 이름은 떨어질 것입니다. 대체로 높고 편안한 것을 버리고 위험하고 낮은 것을 선택하는 것은 총명한 사람이 할 일이 아닙니다."

진나라 왕은 이런 말을 들으면 틀림없이 심장을 찔린 듯한 충격을 받을 것입니다. 그런데 왕께서는 어째서 유세객에게 이러한 말로 진나라를 설득하도록 하지 않으십니까? 진나라 왕은 틀림없이 받아들일 테고 제나라는 반드시 정벌될 것입니다.

대체로 진나라와 한편이 되는 것은 중요한 외교이고, 제나라를 치는 것은 정당한 이익입니다. 중요한 외교 사무를 진지하게 처리하고 정당한 이익에 힘쓰는 것은 성왕(聖王)의 사업입니다.

연나라 소왕은 이 편지를 읽고 말했다.

"선왕께서 일찍이 소진에게 은덕을 베풀었으나 자지의 난으로 소씨 형제는 연나라를 떠났다. 연나라가 제나라에 원수를 갚으려면 역시 소씨 형제가 아니고는 할 수 없다."

그러고는 곧장 소대를 불러들여 다시 잘 대우하고 제나라를 칠 일을 상의하여 마침내 제나라를 깨뜨리니 민왕은 달아났다.

정의로운 행동만이 사람의 마음을 얻을 수 있다

〔그 뒤〕 오랜 시간이 지나 진나라에서 연나라 왕을 초대하여 연나라 왕이 가려고 하자 소대가 연나라 왕을 말리며 말했다.

"초나라는 지(枳) 땅을 얻고서 나라가 멸망했고, 제나라는 송 땅을 얻고서 나라가 멸망하였습니다. 초나라와 제나라가 지 땅과 송 땅을 차지하였으나 진나라를 섬기지 않은 것은 무엇 때문입니까? 〔싸워서〕 공을 세운 나라는 〔어느 나라든〕 진나라와 큰 원수가 되기 때문입니다. 진나라는 천하를 얻는 데 정의를 따르지 않고 폭력을 썼습니다. 진나라는 폭력을 행사하면서 천하에 정면으로 경고했습니다.

〔예를 들면〕 초나라에게도 경고했습니다.

'촉 땅의 군대가 배를 타고 문강(汶江)사천성에 있는 강으로 문수(汶水) 또는 민강(岷江)이라고도 함에 떠서 여름에 물이 불었을 때를 틈타 강수로 내려오면 닷새 만에 〔수도인〕 영(郢)에 이를 수 있소. 한중의 군대가 배를 타고 파강(巴江)을 나와 여름에 물이 불었을 때를 틈타 한수로 내려오면 나흘 만에 오저(五渚)에 이를 수 있소. 내가 직접 완(宛)에서 군대를 모아 수읍(隨

邑)을 향하여 내려가면 현명한 사람이라도 계략을 세울 겨를이 없고, 용감한 사람이라도 성내며 맞서 싸울 겨를이 없으므로 나는 매를 쏘는 것처럼 당신들을 재빠르게 칠 것이오. 그런데 왕은 천하의 요새인 함곡관을 치러 오기를 기다리려 하니 그것은 아주 아득한 일이지 않소?'

초나라 왕은 이 때문에 17년간 진나라를 섬겼습니다.

또 진나라는 한(韓)나라에 정면으로 경고했습니다.

'우리 군대가 소곡(少曲)에서 일어나면 하루 만에 태항산으로 지나는 길을 끊을 수 있소. 우리 군대가 의양에서 떠나 평양(平陽)에 이르면 이틀 안에 당신 나라는 전 영토가 흔들릴 것이오. 우리 군대가 동주와 서주를 지나 정(鄭)에 이르면 닷새 안에 당신 나라는 점령되고 말 것이오.'

한나라는 그렇다고 여겼으므로 진나라를 섬겼습니다.

또 진나라는 위(魏)나라에 정면으로 경고했습니다.

'우리 군대가 안읍(安邑)을 치고 여극(女戟)을 에워싸면 한나라의 태원(太原)을 점령할 것이오. 우리 군대가 직접 지(軹)로 내려가 남양(南陽)과 봉릉(封陵)과 기읍(冀邑)을 지나 동주와 서주를 에워싸고 여름에 물이 불어난 틈을 타 가벼운 배를 띄워 강력한 쇠뇌를 앞세우고 예리한 창을 뒤에서 따르게 하여 형택(滎澤)의 물목[10]을 터놓으면 위나라의 대량은 없어지고 말 것이오. 백마(白馬)의 물목을 터놓으면 위나라의 외황(外

10) 형택의 물목은 변수(汴水)의 물목과 통하는 부분이 있어 꽤 깊었다. 그래서 위나라 서울인 대량에 물을 댈 수 있었다. 실제로 진시황은 위나라를 공격할 때 변수의 물을 끌어다 대량을 채워 성을 무너뜨렸다고 한다.

黃)과 제양(濟陽)이 없어지고, 숙서(宿胥)의 물목을 터놓으면 위나라의 허(虛)와 돈구(頓丘)가 없어질 것이오. 육지로 공격하면 하내(河內)를 치고 물길로 치면 대량을 멸망시킬 것이오.'

위나라는 그렇다고 여겼으므로 진나라를 섬겼습니다.

진나라는 위나라의 안읍을 치려고 하였으나, 제나라가 구원하러 올까 봐 두려워서 제나라에게 송나라를 처리해 달라고 부탁하며 말했습니다.

'송나라 왕은 무도하여 과인의 모습과 똑같은 나무 인형을 만들어 놓고 그 얼굴에 화살을 쏜다고 합니다. 과인의 땅은 송나라와는 멀리 떨어져 있어 군대를 보내도 멀어서 〔직접〕 나아가 칠 수 없습니다. 왕께서 만일 송나라를 깨뜨릴 수 있다면 과인은 스스로 얻은 것처럼 기쁠 것입니다.'

그러나 뒤에 진나라는 안읍을 빼앗고 여극을 에워싼 다음, 송나라를 쳐 깨뜨린 것을 오히려 제나라의 죄라고 했습니다.

또 진나라가 한(韓)나라를 치려고 할 때는 천하의 제후들이 구원하러 올까 봐 두려워 천하의 제후들에게 제나라를 맡기며 이렇게 말했습니다.

'제나라 왕은 네 번이나 과인과 약속했지만 네 번 모두 과인을 속였으며, 천하의 제후들을 이끌고 우리 나라를 치려고 결심한 것이 앞뒤로 세 차례나 됩니다. 제나라가 있으면 진나라가 망하고, 진나라가 있으면 제나라가 망할 것입니다. 반드시 제나라를 쳐 멸망시켜야 합니다.'

그러나 뒤에 진나라는 의양과 소곡을 빼앗고 인읍(藺邑)과 이석(離石)을 차지하자, 또 제나라를 친 죄를 제후들에게 덮어

씌웠습니다.

진나라가 위(魏)나라를 치려고 할 때는 먼저 초나라를 존중하여 한나라의 옛 땅 남양(南陽)을 초나라에 주고 이렇게 말했습니다.

'과인은 본래 한나라와 교제를 끊으려고 하였습니다. 만일 초나라가 균릉(均陵)을 빼앗고 맹액(鄳阨)의 요새를 막아서 〔한나라를 빼앗는 것이〕 초나라에 유리하다면, 과인은 스스로 그곳을 점령한 것처럼 기쁠 것입니다.'

〔그러나 뒤에〕 위나라가 동맹국을 저버리고 진나라와 연합하자, 진나라는 또 맹액의 요새를 막은 것을 초나라 탓으로 돌렸습니다.

진나라 군대가 〔위나라를 치다가〕 임중(林中)에서 위험해졌을 때 연나라와 조나라가 〔위나라와 연합할까 봐 염려하여〕 교동(膠東)을 연나라에 주고, 제수 서쪽 지역을 조나라에 주었습니다. 그런데 뒤에 〔진나라가〕 위나라와 화해하자 위나라의 공자 연(延)을 볼모로 잡고, 위나라 장수 서수에게 군대를 조직하여 조나라를 치게 하였습니다.

진나라 군대가 초석(譙石)에서 〔조나라와 싸우다가〕 깨지고 양마(陽馬)에서 지자, 위(魏)나라가 염려되어 섭(葉)과 채(蔡)를 위나라에 맡겼습니다. 그런데 뒤에 진나라가 조나라와 화해하자 위나라를 위협하고 위나라에 땅을 떼어 주지 않았습니다. 싸움에서 져 궁지에 몰리면 태후의 동생 양후(穰侯)를 시켜 화친을 맺도록 하고, 이기면 외삼촌 양후와 어머니를 겸하여 속였습니다.

연나라를 꾸짖을 때는 교의 동쪽을 빼앗은 것을 구실로 삼고, 조나라를 꾸짖을 때는 제수 서쪽 지역을 빼앗은 것을 구실로 삼으며, 위나라를 꾸짖을 때는 섭과 채를 빼앗은 것을 구실로 삼고, 초나라를 꾸짖을 때는 맹액의 요새를 막은 것을 구실로 삼으며, 제나라를 꾸짖을 때는 송나라를 깨뜨린 것을 구실로 삼았습니다. 이와 같이 진나라 왕의 외교 사령은 둥근 고리처럼 돌고 돌며, 군사를 움직이는 것은 나는 새처럼 재빠르므로 태후도 막을 수 없고 양후도 말릴 수 없었습니다.

〔위(魏)나라 장수〕 용가(龍賈)와의 싸움, 한나라 안문(岸門)에서의 싸움, 위(魏)나라 봉릉(封陵)에서의 싸움, 고상(高商) 싸움, 조장(趙莊)과의 싸움 등에서 진나라가 죽인 삼진 지역의 백성은 수백만 명이나 되고 지금 살아 있는 자는 모두 진나라가 죽인 자들의 고아입니다. 서하(西河) 외에도 상락(上雒)의 땅, 삼천(三川)동주 때는 하수와 이수(伊水)와 낙수(洛水)를 말함 일대, 진국의 재앙, 삼진의 땅 중에서 〔진나라에 침략된 땅이〕 그 절반이나 됩니다. 진나라가 만든 재앙은 이렇게 큽니다. 그런데도 진나라에 갔던 연나라와 조나라의 유세가는 모두 다투어 자기 나라의 군주에게 진나라를 섬겨야 한다며 설득합니다. 이것이야말로 신이 가장 걱정하는 바입니다."

연나라 소왕은 〔진나라로〕 가지 않고, 소대는 다시 연나라에서 중용되었다.

연나라는 소진이 활동하던 때처럼 제후들과 합종의 약속을 맺으려고 하였다. 제후 중에는 합종하는 자도 있고 하지 않는 자도 있지만 천하는 이 일로 인하여 소대의 합종책을 믿고 받들게 되었다. 소대와 소려는 모두 타고난 수명을 누리고 죽었으며, 제후들 사이에 이름을 드날렸다.

태사공은 말한다.

"소진의 형제 세 사람[11]은 모두 제후들에게 유세하여 이름을 드날렸으며, 그들의 술수종횡책는 권모와 변화에 뛰어난 것이었다. 소진이 〔제나라에서〕 반간(反間)첩자를 이용하여 적의 내부를 이간시켜 자기 쪽이 승리하게 하는 것의 혐의를 받고 죽으니 천하 사람은 모두 그를 비웃고 그 술수 배우기를 꺼려했다. 그러나 세상에 퍼진 소진의 사적에 대해서는 서로 다른 주장이 많은데, 그것은 시대를 달리하는 사적이 〔소진의〕 부류에 있는 것은 모두 소진에게 〔끌어다〕 덧붙였기 때문일 것이다. 소진이 보통 사람의 집에서 일어나 여섯 나라를 연합시켜 합종을 맺게 한 것은 그 지혜가 보통 사람보다 뛰어났다는 사실을 뜻한다. 그래서 나는 그의 경력과 사적을 늘어놓으매, 그 시간의 차례로 엮어서 유독 그만이 나쁜 평가를 듣지 않도록 하였다."

---

11) 『사기색은(史記索隱)』에 의하면 소씨 형제는 다섯 명이다. 즉 소진, 소대, 소려, 소벽(蘇辟), 소곡(蘇鵠)이다. 여기서는 소진, 소대, 소려 세 명만을 싣고 있다.

10

◎

장의 열전
張儀列傳

이 편은 연횡가들의 전기로서 장의, 진진(陳軫), 서수(犀首) 세 사람의 사적을 수록하고 있다. 합종파의 대표 인물이 소진이라면 장의는 연횡파의 대표 인물이므로, 합종파와 연횡파의 인물들을 합쳐 각각의 열전을 만들면서 두 사람으로 대표성을 갖게 한 것이다. 또한 이 두 파의 인물들이 서로 날카롭게 대립된다는 점을 인정하고 상대적으로 두었기 때문에 「장의 열전」과 「소진 열전」은 구성이 매우 비슷하다.

전국 시대 중기 진나라는 상앙의 변법에 의거하여 국력을 증강시키는 데 힘썼고, 제나라도 강국으로서 두각을 나타내고 있었다. 진나라에 대항하기 위해 나머지 여섯 나라가 합종으로 맞서자 진나라의 장의는 각 나라와 개별적으로 동맹을 맺어 합종을 깨뜨리고, 제나라와 초나라를 이간시키는 방법을 써서 진나라가 천하를 통일하는 데 결정적으로 이바지했다. 특히 장의가 그 아내와 이야기할 때 혀가 붙어 있는지 물어본 것은, 혀가 없는 장의는 생각할 수 없으며 세 치밖에 안 되는 혀를 무기 삼아 여러 나라를 돌아다니며 부귀를 좇던 당시 유세가들의 모습을 부각시키려 한 것으로 볼 수 있다. 다른 역사가들에게는 관심의 대상일 수 없는 일화들을 기록함으로써 역사의 흐름에 대한 사마천의 통찰력을 엿볼 수 있게 하는 대목이다.

「소진 열전」과 마찬가지로 자료는 주로 『전국책』에서 취했는데, 문헌학적으로 조금 차이가 있는 것도 흥미롭다.

초나라 왕에게 600리의 땅을 주기로 거짓 약속하고는 수레에서 일부러 떨어져 시간을 끈 장의.

작은 이익을 탐내면 큰 뜻을 이루지 못한다

장의(張儀)는 위(魏)나라 사람이다. 처음에는 일찍이 소진과 함께 귀곡 선생을 스승으로 모시고 종횡술을 배웠는데, 소진은 스스로 장의에 미치지 못한다고 생각했다.

장의는 학업을 마치자 유세하러 제후들을 찾아갔다. 〔장의는〕 일찍이 초나라 재상과 함께 술을 마신 적이 있는데, 얼마 후 초나라 재상이 구슬을 잃어버렸다. 〔재상의〕 문하 사람들이 장의를 의심하고 이렇게 말했다.

"장의는 가난하고 행실이 좋지 않습니다. 틀림없이 이자가 재상의 구슬을 훔쳤을 것입니다."

그러고는 모두 함께 장의를 붙들어 수백 번 매질을 했으나, 장의가 구슬을 훔쳤다고 말하지 않으므로 풀어 주었다.

장의의 아내가 말했다.

"아! 당신이 글을 읽어 유세하지 않았던들 어찌 이런 수모를 겪었겠습니까?"

그러자 장의는 자기 아내에게 말했다.

"내 혀가 아직 붙어 있는지 아닌지 보시오."

장의의 아내가 웃으면서 말했다.

"혀는 남아 있네요."

장의가 말했다.

"그럼 됐소."

이 무렵 소진은 이미 조나라 임금을 설득하여 합종을 약속받았지만 진나라가 제후들을 공격하여 합종 약속이 깨어져서 서로 등을 돌리지나 않을까 두려웠다. 소진은 아무리 생각해 보아도 진나라에 힘을 쓸 만한 사람이 떠오르지 않았다. 그래서 장의에게 사람을 보내 은밀히 권유하도록 했다.

"선생께서는 처음에 소진과 사이가 좋았습니다. 지금 소진은 이미 요직을 맡고 있는데, 선생은 어째서 그를 찾아가 바라는 바가 이루어질 수 있도록 부탁하지 않으십니까?"

장의는 곧바로 조나라로 가서 이름을 말하고 소진에게 만나 주기를 청했다. 소진은 문지기에게 그를 들여보내지도 말고 돌아가지도 못하게 하라고 하였다. 그렇게 한 지 며칠이 지나서야 장의는 소진을 만날 수 있었다. 소진은 장의를 마루 아래에 앉게 하고 하인이나 첩이 먹는 형편없는 음식을 내주었다.

그러고는 그의 잘못을 하나하나 끄집어내면서 꾸짖었다.

"자네같이 재능을 가진 자가 이처럼 어렵고 부끄러운 처지가 되었는가? 내 어찌 자네를 〔왕에게〕 추천하여 부귀하게 만들 수 없겠는가? 〔그러나〕 자네는 거두어서 쓸 만한 인물이 아니네."

소진은 장의의 부탁을 거절하고 돌려보냈다. 장의는 이곳에 올 때에는 옛 친구에게 도움을 받을 수 있을 줄로 생각하였는데 도리어 모욕을 당하자 화가 치밀어올랐다. 장의는 제후들 가운데 섬길 만한 자는 없지만 진나라라면 조나라를 곤경에 빠뜨릴 수 있다는 생각이 들어 마침내 진나라로 들어갔다.

한편 소진은 조금 있다가 자기 사인(舍人)가신에게 말했다.

"장의는 천하에서 현명한 인물이니 나는 그를 뛰어넘을 수 없네. 지금은 운이 좋아 내가 먼저 등용되었을 뿐이지, 진나라의 실권을 잡아 휘두를 사람은 장의뿐일세. 그러나 그는 가난하여 다른 사람에게 등용되지 못했네. 나는 그가 작은 이익을 탐내어 〔큰 뜻을〕 이루지 못할까 염려스러워서 일부러 그를 불러다 모욕을 주어 그의 뜻을 북돋운 것일세. 자네는 나 대신 은밀히 그를 도와주게."

소진은 조나라 왕에게 금과 폐백과 수레와 말을 청하였다. 그러고는 사인을 시켜 장의를 몰래 뒤따라가 그와 함께 먹고 자면서 차츰 친해지면 그에게 필요한 수레와 말과 금을 주어서 돕게 하고, 장의가 쓰려고 하는 것은 무엇이든 제공해 주되 소진이 시킨 일임은 말하지 않도록 했다. 장의는 마침내 진나라 혜왕(惠王)을 만날 수 있었다. 혜왕은 그를 객경으로 삼고 함께 제후들을 칠 일을 의논했다.

소진의 사인이 장의에게 작별 인사를 하고 돌아가려 하자 장의가 물었다.

"당신의 도움을 받아 세상에 빛을 보게 되었소. 이제 그 은혜를 갚으려 하는데 무엇 때문에 떠나려 하오?"

사인이 대답했다.

"저는 선생을 모릅니다. 선생을 알아주는 분은 바로 소 군(蘇君)이십니다. 소 군께서는 진나라가 조나라를 쳐서 합종의 맹약이 깨어질까 봐 걱정하고, 선생이라면 진나라 정권을 마음대로 휘두를 수 있다고 생각하셨습니다. 그래서 선생을 몹시 화나게 만들고, 한편으로는 저를 시켜서 몰래 선생께 필요한 비용을 대 주도록 한 것입니다. 이 모두가 소 군의 계책입니다. 이제 선생께서 등용되셨으니 저는 명령대로 돌아가겠습니다."

장의가 말했다.

"아! 이것은 내가 배운 유세술에 있던 것인데 알지 못했구려! 내가 소진만 못한 것이 분명하오. 이렇게 하여 내가 등용되었는데 어찌 조나라를 칠 계책을 꾸미겠소? 나 대신 소 선생에게 '소 군이 살아 있는 한 내가 무슨 말을 할 수 있으며, 소 군이 있는 한 내가 감히 무엇을 할 수 있겠소.'라고 전해 주시오."

그 뒤 장의는 진나라 재상이 되어 격문(檄文)[1]을 써서 초나

1) 특별히 병사를 불러 모으거나 적군을 깨우치거나 꾸짖기 위하여 보내는

라 재상에게 알렸다.

예전에 내가 당신을 따라 술을 마셨을 때 나는 당신의 구슬을 훔치지 않았건만 당신은 나를 매질하였소. 당신은 나라를 잘 지킬지니, 내가 당신의 성읍을 훔칠 것이기 때문이오.

싸울 때는 명분과 실속을 모두 얻어야 한다

그 무렵 저(苴)와 촉(蜀)이 서로 공격하고는 저마다 진나라에 와서 다급함을 호소하고 도움을 청했다. 이때 진나라 혜왕은 군대를 일으켜 촉나라를 치려고 했으나 길이 험하고 좁아서 행군하기 어려울 듯이 여겨졌다. 그런데 이때 또 한나라가 진나라로 쳐들어왔다. 혜왕은 먼저 한나라를 치고 나중에 촉나라를 치자니 형세가 불리해질까 두렵고, 먼저 촉나라를 치자니 한나라가 기습하여 진나라가 패할까 염려되어 그 어느 쪽으로도 선뜻 결정을 내리지 못하고 있었다. 〔진나라 장수〕 사마조(司馬錯)와 장의는 혜왕 앞에서 이 일에 관하여 논쟁을 벌였다. 사마조는 촉나라를 치려고 했으나 장의는 이렇게 말했다.

"한나라를 치는 편이 낫습니다."

혜왕이 말했다.

편지의 일종이다. 일반적으로 두 자 길이의 짧은 글로 이루어진다.

"그 까닭을 듣고 싶소."

장의가 대답했다.

"먼저 위나라, 초나라와 모두 가깝게 지내십시오. 우리 군대를 삼천(三川)으로 내려 보내 십곡(什谷)의 어귀를 막고 둔류(屯留)의 길목을 지킵니다. 위나라에게 남양(南陽)으로 가는 길을 끊도록 하고, 초나라에게는 남정(南鄭)으로 나아가 공격하게 합니다. 그리고 우리 진나라 군대는 신성(新城)과 의양(宜陽)을 치고 동주와 서주의 교외로 진격하여 주나라 왕의 죄를 꾸짖고, 다시 초나라와 위나라 땅을 침략합니다. 그러면 주나라 왕은 외부의 도움을 받을 수 없음을 스스로 깨닫고 틀림없이 〔나라를 상징하는〕 보배로운 기물인 구정(九鼎)[2]을 내놓고 항복할 것입니다. 구정의 권위에 의지하여 전국의 토지와 호적을 조사하고, 천자를 끼고서 천하 제후들에게 호령한다면 천하에서 감히 따르지 않는 자가 없을 것입니다. 이는 왕업(王業)을 이루는 것입니다. 지금 저 촉나라는 서쪽으로 멀리 떨어져 있는 나라로 오랑캐 무리와 다를 바 없습니다. 〔따라서 촉나라를 치는 것은〕 군사를 지치게 하고 백성을 고달프게 할 뿐 명분을 얻기에는 부족합니다. 설령 땅을 손에 넣는다 하더라도 실질적인 이익이 되기에는 부족합니다. 신이 듣건대 명분을

---

2) 구정은 우임금이 만든 것으로 구주(九州)를 상징하여 대대로 보물로 받들었다. 탕임금은 하나라를 멸망시키고 그것을 상읍(商邑)으로 옮겼고, 주나라 무왕은 상나라를 멸망시키고 낙읍(洛邑)으로 옮겼다. 진나라는 서주를 멸망시키고 구정을 취하였는데, 하나는 사수(泗水)에 빠뜨리고 나머지 여덟 개는 소재가 분명하지 않다.

다투는 자는 조정에서 다투고, 이익을 다투는 자는 저잣거리에서 다툰다고 합니다. 지금 삼천과 주나라 왕실은 천하의 조정이며 저잣거리와 같은 곳입니다. 그런데 왕께서 이것을 상대로 다투지 않고 도리어 오랑캐 땅을 다툰다면 이는 왕업과는 거리가 먼 일입니다."

이에 사마조가 말했다.

"그렇지 않습니다. 신은 나라를 잘살게 만들고자 하는 사람은 자신의 땅을 넓히는 일에 힘쓰고, 군대를 강하게 만들고자 하는 사람은 자기 백성을 부유하게 만드는 일에 힘쓰며, 왕업을 이루고자 하는 사람은 덕정(德政)을 널리 펼치는 일에 힘쓴다고 들었습니다. 이 세 가지 조건만 갖추어지면 왕업은 자연스럽게 이루어집니다.

지금 왕의 땅은 좁고 백성은 가난합니다. 그러므로 신이 바라건대 상대하기 쉬운 나라부터 시작하십시오. 저 촉나라는 서쪽으로 멀리 떨어져 있는 나라로 오랑캐의 우두머리이며 걸(桀)이나 주(紂)처럼 난폭한 행동을 합니다. 진나라가 이를 치기란 마치 이리나 승냥이가 양 떼를 쫓는 것처럼 쉬울 것입니다. 그들의 땅을 얻으면 국토는 넓어질 것이고, 그들의 재물을 손에 넣으면 백성은 부유해지며, 무기를 완벽하게 갖출 수 있습니다. 또 많은 사람을 다치지 않게 하고도 저들을 굴복시킬 수 있을 것입니다. 한 나라를 빼앗을지라도 천하가 포악하다고 하지 않으며, 서해(西海)[3]의 이익을 다 차지하더라도 천하

3) 서쪽 지역을 말한다. 고대 사람들은 중국은 사면이 바다로 둘러싸여 있

가 탐욕스럽다고 비난하지 않을 것입니다. 이는 우리가 명분과 실속을 한꺼번에 얻을 수 있는 것입니다. 또 난폭한 행동을 그치게 했다는 명분도 얻을 것입니다. 그러나 지금 한나라를 치고 주나라 천자를 위협한다면 이는 나쁜 이름만 남기게 될 뿐이고, 반드시 이익이 된다고 할 수도 없습니다. 게다가 의롭지 못한 일을 하였다는 이름이 남습니다. 천하가 공격하기를 원하지 않는 〔주나라를〕 치는 것은 위험합니다. 신이 그 까닭을 말씀드리겠습니다.

주나라는 천하의 종실이며, 제나라는 한나라와 동맹을 맺은 나라입니다. 주나라가 구정을 잃고, 한나라가 삼천을 잃게 될 일을 그들 스스로 안다면 두 나라는 힘과 지혜를 한데 모아, 제나라와 조나라를 통해서 초나라와 위나라에 구원을 요청할 것입니다. 〔주나라가〕 구정을 초나라에 넘겨주고, 국토를 위나라에 주더라도 왕께서는 그것을 막을 수 없을 것입니다. 이것이 신이 위태롭다고 하는 바입니다. 그것은 촉나라를 치는 것만큼 완전하지 못합니다."

혜왕이 말했다.

"좋소. 과인은 그대의 말을 듣겠소."

마침내 군대를 일으켜 촉나라를 쳐서 10월에 차지한 다음 촉나라 왕의 지위를 낮추어 후(侯)라 바꿔 부르고, 진장(陳莊)을 촉나라 재상으로 삼았다. 촉나라가 진나라에 예속되자, 진

다고 생각했다. 파(巴)와 촉(蜀)은 서쪽에 있기 때문에 파와 촉을 얻으면 서해의 이익을 독점할 수 있다고 말한 것이다.

나라는 더욱 강대하고 부유해졌으며 제후들을 가벼이 여겼다.

깃털도 쌓으면 배를 가라앉힐 수 있다

진나라 혜왕 10년에 공자 화(華)와 장의를 시켜 위(魏)나라 포양(蒲陽)을 에워싸서 항복시켰다. 장의는 진나라에 말하여 그 땅을 위나라에 돌려주고, 진나라 공자 요(繇)를 위나라에 볼모로 보냈다. 장의는 이렇게 일을 처리하고 위나라 왕을 설득하여 말했다.

"진나라 왕이 위나라를 매우 정성껏 예우하고 있으니, 위나라에서도 답례가 없어서는 안 됩니다."

위나라는 상군(上郡)과 소량(少梁)을 진나라에 바쳐 진나라 혜왕에게 보답했다. 진나라 혜왕은 이에 장의를 재상으로 삼고 소량을 하양(夏陽)으로 고쳐 불렀다.

장의는 진나라 재상을 지낸 지 4년 만에 〔공(公)으로 있던〕 혜왕을 세워 왕이 되게 하였다. 또 1년 뒤에 그는 진나라 장수가 되어 섬(陝) 땅을 빼앗고 상군에 요새를 쌓았다.

그로부터 2년 뒤 〔그는〕 사신이 되어 제나라와 초나라 재상을 설상(齧桑)에서 만났다. 동쪽에서 돌아와서는 진나라 재상 자리를 내놓고 위(魏)나라 재상이 되어 진나라를 위해 일을 꾀하였다. 장의는 먼저 위나라에게 진나라를 섬기도록 하여 제후들이 그것을 본받게 하려고 했으나, 위나라 왕은 장의의 의견을 따르려고 하지 않았다. 그러자 진나라 왕은 몹시 노하여 위나라를 쳐서 곡옥(曲沃)과 평주(平周)를 빼앗고는 은밀히 장의를 더욱 두텁게 대우했다. 장의는 진나라에 보고할 만한 공적이 없음을 부끄러워했다.

장의가 위나라에 머문 지 4년 만에 위나라 양왕(襄王)이 죽고 애왕(哀王)이 즉위했다. 장의는 다시 애왕을 설득했지만 애왕도 장의의 생각을 받아들이지 않았다. 이에 장의는 남몰래 진나라를 시켜 위나라를 치게 하였다. 위나라는 진나라와의 싸움에서 지고 말았다.

그 이듬해에는 또 제나라가 쳐들어와 위나라 군사를 관진(觀津)에서 깨뜨렸다. 진나라는 다시 위나라를 치기 위해 먼저 한(韓)나라 신차(申差)가 거느린 군대를 깨뜨리고 팔만 명의 목을 베었다. 그러자 천하의 제후들이 크게 두려워하였다. 이에 장의는 또다시 위나라 왕을 설득하여 말했다.

"위나라 땅은 사방 1000리가 못 되며 병사는 겨우 30만 명입니다. 국토는 평탄하여 제후들이 사방에서 마음대로 쳐들어올 수 있습니다. 이름난 산이나 큰 하천이 가로막고 있지 않으며 신정(新鄭)에서 대량까지 200여 리는 수레나 말을 몰고 사람이 달려도 쉽게 이를 수 있습니다. 위나라는 남쪽으로 초나라와 국경을 맞대고 있고, 서쪽으로는 한나라와 이웃하고 있으며, 북쪽으로는 조나라와 국경을 맞대고 있고, 동쪽으로는 제나라와 경계를 마주하고 있습니다. 사방을 지키는 병사와 변방의 보루를 지키는 자는 10만 명이 넘어야 합니다. 위나라 땅의 형세는 본래 싸움터가 되기에 알맞습니다. 위나라가 남쪽으로 초나라와 손을 잡아 제나라에 가담하지 않는다면 제나라는 위나라 동쪽을 칠 것입니다. 만일 동쪽으로 제나라와 손을 잡고 조나라 쪽에 서지 않는다면 조나라는 위나라 북쪽을 칠 것입니다. 한나라와 손을 잡지 않는다면 한나라는 위나라 서쪽을 칠 테고, 초나라와 친하게 지내지 않는다면 초나라가 위나라 남쪽을 칠 것입니다. 이것은 이른바 여러 갈래로 나누어지는 지세입니다.

또한 제후들이 합종을 하려는 것은 장차 사직을 편안하게 하고 임금을 높이며 군대를 튼튼하게 하여 이름을 드러내기 위함입니다. 이제 합종하는 자들은 천하를 하나로 통일하여 형제가 되기로 약속하고 원수(洹水) 가에서 백마를 잡아 〔피를 마시며〕 맹세하여 서로의 결속을 굳게 지키기로 하였습니다. 그러나 같은 부모에게서 난 형제끼리도 서로 재물을 다투는 일이 있는데, 간사하고 거짓을 일삼으며 이랬다 저랬다 하는 소진의 쓸데없는 술책을 믿으려고 하니 그것이 이루어질 수 없음은 또한 명백합니다.

만일 대왕께서 진나라를 섬기지 않으면 진나라가 군대를 동원하여 황하의 남서쪽을 치고 권(卷), 연(衍), 연(燕), 산조(酸棗)를 근거지로 하여 위(衛)나라를 겁박하면서 양진(陽晉)을 취할 것입니다. 그렇다면 조나라는 남쪽으로 내려와 위나라를 돕지 않을 것입니다. 조나라가 남쪽으로 내려오지 않는다면 위나라도 북쪽으로 올라가 돕지 않을 테고, 위나라가 북쪽으로 올라가지 않는다면 합종의 길은 끊어질 것입니다. 합종의 길이 끊어진다면 왕의 나라는 아무리 안전을 바라더라도 위태로울 수밖에 없습니다. 진나라가 한나라를 꺾고 위나라를 친다면 한나라는 진나라를 두려워하여 순종할 테고, 진나라와 한나라가 한편이 되면 위나라는 선 채로 단숨에 멸망으로 치달을 것입니다. 이것이 신이 왕을 위하여 걱정하는 바입니다.

대왕을 위한 계책으로는 진나라를 섬기는 것이 가장 좋습니다. 진나라를 섬기게 되면 틀림없이 초나라와 한나라는 감히 움직이지 못할 것입니다. 초나라와 한나라의 근심이 없다면 대왕께서는 베개를 높이 하고 편히 주무실 수 있고, 나라에는 틀림없이 아무런 근심이 없을 것입니다.

또한 진나라가 약화시키려고 하는 나라는 초나라뿐이고 초나라를 약화시킬 수 있는 나라는 위나라밖에 없습니다. 초나라는 부유하고 강대한 나라로 알려져 있지만 실상은 그렇지 않습니다. 초나라 군사가 많다고는 하나 쉽게 달아나고 쉽게 패배하여 굳게 지켜 싸우는 끈기가 없습니다. 위나라 군대를 모두 동원하여 남쪽으로 초나라를 친다면 분명히 이길 것입니다. 초나라 땅을 떼어서 위나라에 보태고, 초나라 땅을 갈라 진나라에 돌려주면 재앙을 다른 나라로 돌려 위나라는 편안해질 테니 이것이 가장 좋은 방법입니다. 왕께서 만일 신의 의견을 따르지 않으신다면 진나라는 무장한 군사를 동원하여 동쪽으로 위나라를 칠 것입니다. 그렇게 되면 진나라를 섬기려고 해도 〔때가 늦어〕 섬길 수 없을 것입니다.

또 합종을 내세우는 사람들은 과장되게 큰소리만 쳐 믿을 만한 내용이 적습니다. 제후 한 사람만 설득하면 후(侯)에 봉해지기 때문에 천하의 유세하는 사람은 모두 밤낮없이 팔을 걷어붙이고 눈을 부릅뜨고 이를 갈면서 합종의 이로움을 말하여 남의 군주를 설득하려 합니다. 군주들은 그들의 교묘한 말을 현명하다고 여겨 그 유세에 속아 넘어갑니다. 어찌 현혹되지 않을 수 있겠습니까?

신이 듣건대 깃털도 많이 쌓으면 배를 가라앉히고, 가벼운 물건도 많이 실으면 수레의 축이 부러지며, 여러 사람의 입은 무쇠도 녹이고, 여러 사람의 비방이 쌓이면 뼈도 녹인다고 합니다. 그러므로 왕께서는 잘 살펴서 계책과 의논을 결정하시기 바랍니다. 그리고 신은 잠시 휴가를 얻어 위나라를 떠나 있고 싶습니다."

위나라 애왕은 그리하여 곧 합종의 맹약을 저버리고 장의를 통해 진나라에 화친을 청하였다. 장의는 〔진나라로〕 돌아가서 재상 자리를 되찾았다. 3년 만에 위나라는 다시 진나라를 등지고 합종에 가담했다. 이에 진나라는 위나라를 쳐서 곡옥을 빼앗았다. 이듬해에 위나라는 다시 진나라를 섬겼다.

6리인가 600리인가

진나라가 제나라를 치려고 하자, 제나라와 초나라는 합종을 맺었으므로 이에 장의는 초나라로 가서 상황을 살펴보려고 했다. 초나라 회왕(懷王)은 장의가 온다는 소식을 듣고 가

장 좋은 숙소를 비워 놓았다. (장의가 도착하자 회왕은) 몸소 장의를 숙소로 안내하고 이렇게 물었다.

"이곳은 외지고 누추한 나라입니다. 선생은 이 나라에 무엇을 가르쳐 주려고 하십니까?"

장의는 초나라 왕을 설득하여 말했다.

"대왕께서 진정 신의 말을 옳다고 여겨 관문(關門)을 닫아걸고 제나라와 맺은 합종의 약속을 깨신다면 신은 상과 오 일대의 땅 600리를 초나라에 바치고, 진나라 공주를 왕의 첩이 되게 하며, 진나라와 초나라는 서로 며느리를 맞아 오고 딸을 시집보내는 사이가 되어 영원히 형제 나라가 되게 하겠습니다. 이는 북쪽으로는 제나라를 약화시키고 서쪽으로는 진나라를 이롭게 하는 계책으로 이보다 더 좋은 방법은 없습니다."

초나라 왕은 매우 기뻐하며 이를 받아들였다. 신하들도 모두 축하하였지만 진진(陳軫)은 이것을 불행한 일로 보고 걱정했다. 초나라 왕은 노여워하며 말했다.

"과인이 전쟁을 일으켜 군사를 동원하는 일 없이 땅 600리를 얻게 되어 신하들이 모두 축하하거늘 유독 그대만이 걱정하는 것은 무슨 까닭이오?"

진진이 대답했다.

"그렇지 않습니다. 신이 보기에는 상과 오 일대의 땅은 얻을 수 없고 제나라와 진나라는 힘을 합칠 것이니 제나라와 진나라가 합치면 재앙이 반드시 닥칠 것입니다."

초나라 왕이 물었다.

"근거 있는 말이오?"

진진이 대답했다.

"진나라가 초나라를 중시하고 어려워하는 까닭은 제나라와 사이가 좋기 때문입니다. 이제 관문을 잠그고 제나라와 맺었던 합종 약속을 깨면 초나라는 고립될 것입니다. 진나라가 어찌 고립된 나라를 자기편으로 끌어들이기 위해 600리나 되는 상과 오 일대의 땅을 주겠습니까? 장의는 진나라로 돌아가면 분명 왕과의 약속을 저버릴 것입니다. 이는 북쪽으로는 제나라와 친교를 끊게 하고, 서쪽으로는 진나라에서 걱정거리를 불러오는 일이므로 진나라와 제나라의 군대가 함께 쳐들어올 것이 분명합니다. 왕을 위한 가장 좋은 방법은 겉으로는 제나라와 교류를 끊는 척하면서 은밀히 손을 잡고 장의에게 사람을 딸려 보내는 것입니다. 실제로 우리에게 땅을 내주면 그때 제나라와 관계를 끊어도 늦지 않습니다. 만일 우리에게 땅을 주지 않으면 당초 제나라와 은밀하게 협력하였으므로 안전할 것입니다."

초나라 왕은 말했다.

"진자(陳子)는 입을 닫아 더 이상 말하지 말고 과인이 땅을 얻는 것이나 기다리시오."

그러고는 초나라 왕은 장의에게 초나라 재상의 인수와 함께 많은 선물을 주었다. 그러고는 관문을 걸어 잠그고 제나라와의 약속을 깬 다음 장군 한 명을 장의에게 딸려 보냈다.

장의는 진나라에 도착하자 수레에 오를 때 잡는 줄을 일부러 놓쳐 수레에서 떨어져서는, 이것을 빌미로 석 달 동안이나 조정에 나아가지 않았다. 초나라 왕은 그 소식을 듣고 말했다.

"장의는 과인이 제나라와 완전히 교류를 끊지 않았다고 생각하고 있는 것인가?"

초나라 왕은 날랜 군사를 송나라로 보내 송나라 통행증을 빌려서 북쪽으로 가서 제나라 왕을 꾸짖게 하였다. 제나라 왕은 몹시 화를 내면서 초나라와 약속할 때 나눠 가진 부절을 꺾어 버리고 진나라에 화친을 청했다. 이렇게 하여 진나라는 제나라와 국교를 맺었다. 그러자 장의는 조정에 나아가 초나라 사신에게 이렇게 말했다.

"신의 봉읍 6리를 왕의 측근께 바치고 싶습니다."

초나라 사신이 말했다.

"신은 우리 왕으로부터 상과 오 일대의 땅 600리를 받아 오라는 명령을 받았습니다. 6리라는 말은 들은 적이 없습니다."

사신이 돌아가 초나라 왕에게 보고하니, 초나라 왕은 몹시 노여워하면서 군사를 일으켜 진나라를 치려고 하였다. 진진이 말했다.

"신이 입을 열어 말씀을 드려도 되겠습니까? 진나라를 치기보다는 땅을 떼어 진나라에 주는 편이 낫습니다. 진나라에 뇌물을 주고 힘을 합쳐 제나라를 친다면 우리는 땅을 진나라에 내주고 제나라에서 보상받는 셈이니 왕의 나라를 보존할 수 있습니다."

초나라 왕은 〔진진의 말을〕 듣지 않고 결국 군사를 일으켜 장군 굴개(屈丐)에게 진나라를 치도록 하였다. 진나라는 제나라와 함께 초나라를 공격하여 8만 명의 목을 베고 굴개를 죽였으며, 마침내 단양(丹陽)과 한중까지 빼앗아 갔다. 초나라는 다시 더 많은 군사를 내어 진나라를 습격했으나 남전(藍田)에서 크게 지고 말았다. 이에 초나라는 두 성을 떼어 주고 진나라와 화친을 맺었다.

진나라가 초나라 검중 땅을 얻으려고 무관(武關) 밖의 상, 오와 바꾸기를 요구하자 초나라 왕은 말했다.

"땅을 바꾸는 것을 원치 않고, 장의를 보내 준다면 검중 땅을 그냥 바치겠소."

진나라 왕은 장의를 보내고 싶지만 차마 말을 꺼내지 못했다. 장의가 스스로 앞으로 나와 가겠다고 나섰다. 혜왕이 말했다.

"초나라 왕은 그대가 상과 오 땅을 주겠다고 한 약속을 저버린 것에 화가 나 있소. 이는 그대에게 화풀이를 하려는 것이오."

장의는 말했다.

"진나라는 강하고 초나라는 약합니다. 또 신은 근상(靳尙)과 사이가 좋은데 그는 초나라 왕의 부인인 정수(鄭袖)의 신임을 받고 있습니다. 초나라 왕은 정수의 말이라면 무엇이든 들어줍니다. 게다가 신은 왕의 부절을 가지고 사신으로 가는데 초나라가 어찌 감히 함부로 죽일 수 있겠습니까? 설령 신이 죽더라도 진나라가 검중 땅을 얻을 수 있다면 그것은 신이 가장 바라는 바입니다."

그래서 장의는 결국 초나라에 사신으로 갔다. 초나라 회왕은 장의가 오자마자 곧바로 옥에 가두고 죽이려고 했다. 근상이 정수에게 말했다.

"부인께서는 왕의 총애가 식어 홀대받게 될 것을 아십니까?"

정수가 물었다.

"무슨 말씀이오?"

근상이 대답했다.

"진나라 왕은 장의를 몹시 아끼므로 틀림없이 그를 감옥에서 구하려고 할 것입니다. 그래서 진나라에서는 지금 상용(上庸)의 여섯 고을을 초나라에 뇌물로 주고, 초나라 왕에게 미인을 바치며, 궁중의 노래 잘하는 여인을 궁녀로 보내려고 합니다. 초나라 왕은 땅을 몹시 중시하고, 또 진나라를 존중하므로 진나라 여인을 귀하게 대우할 것이 분명합니다. 그렇게 되면 부인께서는 버림받기 십상입니다. 그러니 왕께 말씀을 드려서 장의를 풀어 주는 편이 낫습니다."

이에 정수는 회왕에게 밤낮으로 말했다.

"신하 된 자는 제각기 주군을 위하여 힘을 다합니다. 지금 약속한 검중 땅을 아직 진나라에 떼어 주지 않았는데도 진나라가 장의를 보내 온 것은 왕을 지극히 존중하기 때문입니다. 〔그런데〕 왕께서 진나라에 답례도 하지 않고 장의를 죽인다면 진나라는 분명 매우 화가 나 초나라를 칠 것입니다. 우리 모자가 함께 강남으로 옮겨 가 진나라에 의해 어육(魚肉)의 신세가 되는 일이 없게 해 주십시오."

회왕은 후회하고는 장의를 풀어 주고 예전처럼 정성을 다해 예우하였다.

양 떼 편인가 호랑이 편인가

장의는 〔옥에서〕 풀려나 〔초나라를〕 떠나기 전에 소진이 죽었다는 소식을 들었다.[4] 그래서 초나라 왕을 설득하여 말했다.

“진나라의 땅은 천하의 절반을 차지하고 있고, 병력은 네 나라의 병력과 맞먹습니다. 험준한 산으로 둘러싸여 있고 하수가 띠처럼 둘러쳐져 있어 사방이 막힌 천연의 요새입니다. 호랑이처럼 용맹한 군사가 100만여 명 있고, 전차가 1000승(乘)이나 되며, 기마가 1만 필이고, 식량은 산더미처럼 쌓여 있습니다. 법령이 엄격하여 병사들은 어려운 것도 편안하게 여기고 죽는 것도 마다하지 않습니다. 임금은 현명하고도 준엄하며, 장수는 지혜롭고도 용감하여 병력을 내지 않고도 상산(常山)의 요새를 석권하여 천하의 척추를 꺾을 수 있습니다. 그러므로 천하의 제후 가운데 남보다 늦게 복종하는 자는 먼저 망할 것입니다. 또 합종에 참가하는 나라들은 양 떼를 몰아 사나운 호랑이를 공격하는 꼴과 다르지 않습니다. 호랑이와 양은 서로 적수가 될 수 없음이 명백한데도 왕께서는 사나운 호랑이와 손잡지 않고 양 떼 편에 섰습니다. 신은 왕의 계책이 잘못되었다고 생각합니다.

대체로 천하의 강한 나라는 진나라가 아니면 초나라이고,

---

4) 진나라 혜왕 후원(後元) 14년, 연나라 소왕 원년(元年)은 기원전 311년이다. 이때 소진은 이미 죽은 지 10년이 지났다. 이 구절은 사마천이 잘못 기록한 것이다.

초나라가 아니면 진나라입니다. 두 나라가 서로 다툰다면 그 형세는 양립할 수 없을 것입니다. 대왕께서 진나라 편이 되지 않으면 진나라는 군대를 보내 의양(宜陽)을 칠 테고, 그렇게 되면 한나라의 상지(上地)상당군와는 길이 끊어질 것입니다. 진나라 군대가 황하의 동쪽으로 내려와 성고를 빼앗으면 한나라는 틀림없이 진나라의 신하가 될 테고, 위나라는 대세를 따라 진나라를 따르게 될 것입니다. 진나라가 초나라의 서쪽을 치고, 한나라와 위나라가 초나라의 북쪽을 치면 나라가 어찌 위태롭지 않겠습니까?

또한 합종론자들은 힘이 약하고 작은 나라만을 모아서 제일 강한 나라를 치기로 하고는 적을 헤아리지 않고 선불리 싸움을 벌이고 있습니다. 나라가 가난한데도 자주 전쟁을 일으킨다면 위험에 빠지고 망할 수밖에 없습니다. 신은 '병력이 부치면 싸워서는 안 되고, 식량이 부치면 오래 싸우지 말라.'라는 말을 들었습니다. 합종을 주장하는 자들은 말을 부풀려 꾸미고 거짓말로 임금의 절개를 높이 추어올리면서 이로운 점만 말하고 해로운 점은 말하지 않습니다. 이 때문에 결국은 진나라의 공격을 받는 재앙을 불러오더라도 어쩔 도리가 없는 것입니다. 그러므로 왕께서는 이 점을 깊이 생각해 보시기 바랍니다.

진나라는 서쪽으로는 파와 촉을 차지하고 있으므로 큰 배에 식량을 싣고 문산(汶山)민산(岷山)이라고도 함을 떠나 강을 따라 내려와 초나라에 이르기까지 3000여 리가 됩니다. 배를 두 척씩 짝지우고 배 한 쌍에 사졸 쉰 명과 석 달치 식량을 싣고 물결을 타고 내려온다면 하루에 500리는 갈 수 있습니다. 그러니 거리가 멀다고는 하지만 소나 말의 힘을 빌리지 않고도 열흘이 못 되어 간관(扞關)에 이를 것입니다. 간관이 놀라 흔들리면 국경 동쪽은 에워싸여 모두 성을 지키는 형세가 되고, 검중과 무군은 왕의 손에서 벗어날 것입니다. 진나라가 군대를 이끌고 무관을 빠져나와 남쪽으로 향한다면 초나라 북쪽 지역은 고립되고 말 것입니다. 진나라 군대가 초나라를 치면 석 달 안에 위기가 닥치는데, 초나라가 제후들의 도움을 받으려면 반년 이상 기다려야 됩니다. 이러하므로 그 세력이 필요한 때에 미치지 못합니다. 약하고 작은 나라의 도움을 기다리면서 강한 진나라의 재앙을 잊고 있는 것, 이것이 신이 왕을 위해 걱정하는 바입니다.

대왕께서는 일찍이 오나라와 싸운 일이 있는데 다섯 번 싸워서 세 번 이겼지만 싸움에 나선 병사를 모두 잃었고, 한쪽 구석의 신성(新城)을 지키느라고 백성만 고달파하고 있습니다. 신이 듣건대 공이 크면 위험에 빠지기 쉽고 백성이 고달프면 윗사람을 원망한다고 하였습니다. 위험에 빠지기 쉬운 공을 지키느라 강한 진나라의 비위를 거스르는 것은 신이 생각건대 왕께 위험한 일입니다.

진나라가 15년 동안이나 군사를 함곡관 밖으로 보내 제나라나 조나라를 치지 않은 것은 천하를 삼키려는 속내가 있기 때문입니다. 초나라는 일찍이 진나라와 부딪혀 한중에서 싸운 일이 있습니다. 초나라 사람들은 이 싸움에서 이기지 못하여 열후(列侯)나 집규(執珪)의 작위를 가진 자 가운데 죽은 자가 70여 명이나 되었으며, 결국 한중을 빼앗기고 말았습니다. 초나라 왕은 너무 화가 나서 군사를 일으켜 진나라를 습격하여 남전에서 싸웠으니, 이것이야말로 호랑이 두 마리가 서로 싸우는 격이었습니다. 결국 진나라와 초나라 모두 타격을 입고, 한나라와 위나라가 온전한 채로 있다가 그 뒤를 친다면 이보다 더 위험한 계책은 없습니다. 왕께서는 이 점을 깊이 헤아리시기 바랍니다.

진나라가 군사를 보내 위(衛)나라의 양진(陽晉)을 치면 이는 천하 제후들의 가슴을 억누르는 꼴이 됩니다.[5] 만일 왕께서 병력을 다 일으켜 송나라를 치면 몇 달 안으로 송나라를 빼앗을 수 있을 테고, 송나라를 이끌고 동쪽으로 나아가 친다면 사수 주변의 열두 제후국은 모두 왕의 차지가 될 것입니다.

무릇 천하의 제후들이 신의를 바탕으로 합종하기로 약속하여 서로를 든든하게 하자고 주장한 자가 소진입니다. 소진은 무안군에 봉해져 연나라 재상이 되자, 남몰래 연나라 왕과 짜고 제나라를 친 뒤 그 땅을 나누어 가지려고 꾀했습니다. 이 때문에 그는 연나라에 죄를 지은 것처럼 꾸며 제나라로 달아났는데, 제나라 왕은 그를 받아들여 재상으로 삼았습니다. 그로부터 2년 뒤에 그 음모가 발각되었고, 제나라 왕은 몹시 화가 나 소진을 저잣거리에서 거열형에 처하였습니다. 한낱 사

---

5) 상산을 천하의 등이라고 하면 양진은 천하의 가슴이라고 할 수 있다. 이곳은 진(秦), 진(晉), 제, 초의 교통 요충지로서 만일 진(秦)나라 병사가 양진으로 쳐들어와 차지한다면 천하의 가슴이 막히는 것과 같아 감히 다른 나라들이 난을 일으키지 못한다는 뜻이다.

기꾼인 소진이 천하를 다스려 제후들을 하나가 되게 할 수 없었다는 것은 분명합니다.

지금 진나라는 초나라와 국경을 마주하고 있으니 진실로 그 땅의 형세로 보아도 가까운 나라입니다. 왕께서 진심으로 신이 드리는 말씀을 받아들이실 수 있다면 신은 진나라 태자를 초나라에 볼모로 보내고 초나라 태자를 진나라에 볼모로 보내겠습니다. 또 진나라의 왕녀를 왕의 시첩으로 삼게 하고, 만 호(戶)의 도읍을 바쳐서 왕의 탕목읍(湯沐邑)[6]으로 삼도록 하겠습니다. 〔이렇게 되면 초나라와 진나라는〕 형제 나라가 되어 영원히 서로 치고 정벌하는 일이 없을 것입니다. 신의 생각으로는 이보다 나은 계책이 없습니다."

이에 초나라 왕은 이미 장의를 데려왔기 때문에 다시 검중 땅을 떼어 진나라에 주기가 아까워 장의의 말을 받아들이려 하였다. 〔그때〕 굴원(屈原)[7]이 말했다.

"전날 왕께서는 장의에게 속으셨습니다. 신은 장의가 오면 왕께서 그를 삶아 죽이리라고 생각하였습니다. 지금 차마 그를 죽일 수는 없다 하더라도 또다시 그의 간사한 말을 따라서는 안 됩니다."

---

6) 고대에는 제왕들이 자신이 다스리던 땅의 일부를 제후에게 하사하여 여러 가지 비용으로 쓰도록 하는 것을 가리켰는데, 시간이 흐른 뒤에는 황제, 황후, 공주 등의 개인 소유 토지를 가리키게 되었다. '탕목'은 조세 수입이 목욕이나 할 정도로 적다는 겸양의 뜻에서 비롯된 말이다.

7) 전국 시대 초나라 회왕의 대부로 시인으로도 이름이 높다. 초나라 회왕이 참언을 믿고 그를 쫓아내자 멱라강에 몸을 던져 죽었다.

회왕이 말했다.

"장의를 용서해 주고 검중을 얻는 것이 큰 이득이오. 한번 약속하고 나서 그것을 어겨서는 안 되오."

그러므로 마침내 장의를 용서하고 진나라와 친교를 맺었다.

달콤한 말이 나라를 망친다

장의는 초나라를 떠나 그 틈에 한나라로 가서 한나라 왕을 설득하여 말했다.

"한나라 땅은 험난하고 열악한 산에 거처하고 있습니다. (그 땅에서) 나는 오곡은 콩 아니면 보리 정도이고, 백성은 대부분 콩밥에 콩으로 끓인 국을 먹습니다. 단 한 해라도 농사를 그르치면 백성은 술지게미와 쌀겨조차 배불리 먹지 못합니다. 땅은 사방 900리에 지나지 않으며, 두 해를 견딜 만한 식량도 쌓아 놓고 있지 못합니다. 왕의 군대를 미루어 헤아려 보니 모두 30만 명에 지나지 않는데, 그 가운데에는 막일을 하는 병사와 물건을 져 나르는 잡부까지 포함되어 있습니다. 변방의 역참과 관문의 요새를 지키는 자를 빼고 나면 병력은 20만 명에 지나지 않을 것으로 보입니다. 반면에 진나라는 무장한 군사가 100만 명이 넘고, 전차가 1000대에 이르며, 기마는 1만 필이나 됩니다. 호랑이처럼 용맹한 병사, 맨발에 투구도 쓰지 않은 채 적진으로 뛰어드는 병사, 화살이 턱을 꿰뚫어도 창을 휘두르며 적진으로 달려가는 병사가 셀 수 없을 만큼 많습니다. 진나라 말은 훌륭하고 기병이 많으며, 앞발을 쳐들고 뒷발로 땅을 차면 단번에 세 길을 내닫는 말만도 셀 수 없을 정도입니다. 산동의 군사는 갑옷을 입고 투구를 쓰고 싸우지만, 진나라 군사들은 갑옷을 벗어던지고 맨발에 어깨를 드러낸 채 적진으로 뛰어들어 왼손으로는 적군의 머리채를 잡아끌고 오른쪽 옆구리에는 포로를 잡아 낍니다. 진나라 군사와 산동의 군사는 마치 용사 맹분(孟賁)과 겁쟁이의 대결 같습니다. 〔진나라 군사가 산동 군사를〕 무거운 힘으로 억누르는 것은 마치 〔힘센〕 오획(烏獲)이 어린아이와 싸우는 꼴입니다. 맹분이나 오획 같은 용맹스러운 무사들을 전쟁터로 보내 복종하지 않는 약소국을 치는 것은 마치 3만 근 무게를 새알 위에 내려놓는 것과 다를 바가 없어 무사할 가능성이 없습니다.

신하들과 제후들은 땅이 작은 것은 생각지 않고 합종을 주장하는 유세객의 달콤하고 아름다운 말에 빠져 한패가 되어 서로 말을 꾸며 대면서 하나같이 '우리 계책을 따르면 강성해져서 천하의 우두머리가 될 수 있다.'라고 큰소리를 칩니다. 나라의 오랜 이익을 돌아보지 않고 한순간의 달콤한 말을 듣는다면 이보다 더 남의 임금을 망치는 일은 없을 것입니다.

대왕께서 진나라를 섬기지 않으면 진나라는 군대를 내서 의양을 차지하고 한나라의 높은 곳을 끊으며, 동쪽으로 성고와 형양(滎陽)을 빼앗을 것입니다. 그러면 홍대(鴻臺)의 궁전과 상림(桑林)의 궁궐 정원은 왕의 소유가 아니게 될 것입니다. 성고를 막아 버리고 높은 곳을 고립시키면 왕의 나라는 나누어질 것입니다. 〔다른 나라보다〕 먼저 진나라를 섬기면 편안할 테고 진나라를 섬기지 않으면 위태로울 것입니다. 대체로 화를 만들어 놓고 복이 돌아오기를 바란다면 그 계책이 성글어서 〔진나라에〕 깊은 원한만 사게 됩니다. 진나라를 거스르고 초나라를 따른다면 멸망하지 않으려고 해도 안 할 수 없습니다.

그러므로 대왕을 위한 계책으로는 진나라를 섬기는 것이 가장 좋습니다. 진나라가 하려는 일은 초나라를 약화시키는 것이 최우선이고, 초나라를 약화시킬 나라로는 한나라가 적격입니다. 이는 한나라가 초나라보다 강해서가 아니라 땅의 형세가 그러하기 때문입니다. 지금 왕께서 서쪽으로 진나라를 섬기고 초나라를 친다면 진나라 왕은 틀림없이 기뻐할 것입니다. 초나라를 쳐서 그 땅을 얻고, 화를 돌려서 진나라를 기쁘게 하는 방법으로 이보다 좋은 것은 없습니다."

한나라 왕은 장의의 계책을 따르기로 했다. 장의가 〔진나라로〕 돌아가 보고하니, 진나라 혜왕은 장의를 다섯 고을에 봉하고 무신군(武信君)이라고 불렀다.

한때의 이익에 끌려
백대의 이익을 돌아보지 않는다

〔진나라 혜왕은〕 장의를 〔동쪽 제나라로〕 보내 민왕(湣王)을 설득하여 말하게 했다.

"천하의 강한 나라 가운데 제나라를 뛰어넘을 나라는 없습니다. 제나라의 대신들이나 왕족들은 그 수도 많고 부유하고 편안한 삶을 누리고 있습니다. 그러나 왕을 위하여 계책을 내는 자는 모두 한때의 이익에 끌려서 백대(百代)의 이익을 돌아보지 않고 있습니다. 합종을 내세우며 왕을 설득하는 자들은 틀림없이 '제나라 서쪽에는 강한 조나라가 있고, 남쪽에는 한나라와 위나라가 있습니다. 제나라는 바다를 등지고 있는 데다 땅은 넓고 백성이 많으며 군대는 강하고 용감하니 진나라가 100개 있더라도 제나라를 어떻게 할 수 없습니다.'라고 말할 것입니다. 대왕께서는 그 말을 현명하다고 하고 그 실제 상황을 따져 보지 않으십니다. 합종을 주장하는 사람들은 붕당을 만들어 서로 두둔하면서 합종하는 일을 옳다고 하지 않는 이가 없습니다.

신은 제나라와 노나라의 세 차례 싸움에서 노나라가 모두 이겼지만 나라가 위태로워져 곧 멸망하고 말았다고 들었습니다. 비록 전쟁에서 이겼다는 명성은 얻었지만 실제로는 나라가 망했습니다. 이것은 무엇 때문입니까? 제나라는 크고 노나라는 작았기 때문입니다. 지금 진나라와 제나라는 마치 제나라와 노나라의 관계와 같습니다. 진나라와 조나라가 하수와 장하(漳河)에서 싸운 적이 있는데, 두 차례 싸워서 조나라가 두 번 다 진나라를 깨뜨렸습니다. 조나라 파오의 성 아래에서도 두 차례 싸워서 모두 진나라를 깨뜨렸습니다. 그러나 네 차례 싸운 뒤에 조나라가 잃은 군사는 수십만 명에 이르고, 겨우 수도 한단만을 지켰을 뿐입니다. 싸움에서 이겼다는 이름은 얻었지만 나라는 이미 다 파괴되었습니다. 이것은 무엇 때문입니까? 진나라는 강하고 조나라는 약했기 때문입니다.

지금 진나라와 초나라는 딸을 보내고 며느리를 데려오는 형제의 나라가 되었습니다. 그리고 한나라는 의양을 진나라에 바치고, 위나라는 황하 남서쪽 땅을 바쳤으며, 또 조나라는 민지에 입조(入朝)하여 하간(河間) 땅을 떼어 주고 진나라를 섬기고 있습니다. 만일 왕께서 진나라를 섬기지 않는다면 한나라와 위나라를 시켜 제나라 남쪽을 칠 것이며, 조나라 군대를 다 동원하여 청하(淸河)를 건너 박관(博關)으로 쳐들어올 것입니다. 그러면 임치와 즉묵(卽墨)은 왕의 소유가 아닐 것입니다. 나라가 일단 공격을 받게 되면 진나라를 섬기려 하더라도 그렇게 할 수 없습니다. 그러므로 왕께서는 이 점을 잘 헤아리시기 바랍니다."

제나라 왕이 말했다.

"제나라는 외지고 보잘것없는 나라로서 동해 가에 숨어 있으므로 일찍이 사직에 주는 오랜 이익에 대한 말을 들은 적이 없소."

그러고는 장의의 의견을 따르기로 하였다.

오른팔을 잘리면 싸울 수 없다

장의는 〔제나라를〕 떠나 서쪽으로 가서 조나라 왕을 설득하

여 말했다.

“저희 진나라 왕께서는 신을 사자로 보내 왕께 어리석은 계책을 말씀드리도록 하였습니다. 왕께서 천하의 제후들을 거두어 진나라를 등진 뒤 진나라 군대는 15년 동안이나 함곡관을 넘어오지 못하고 있습니다. 지금 왕께서는 위엄을 산동 지역에 두루 떨치고 계십니다. 저희 진나라는 두려움에 움츠린 채 무기를 정비하고 군사를 훈련시키며, 전차를 꾸미고, 말타기와 활쏘기를 익히며, 농사에 힘을 써서 군량미를 쌓아 놓고 있습니다. 사방의 국경을 지키면서 근심과 두려움에 싸여 감히 움직일 엄두도 내지 못하였습니다. 이것은 왕께서 진나라의 허물을 깊이 꾸짖는 데에 마음을 두고 있기 때문입니다.

이제 진나라는 왕의 힘으로 파와 촉을 얻고 한중을 통일하였으며, 동주와 서주를 손에 넣어 구정을 옮기고 백마(白馬)의 나루터를 지키게 되었습니다. 진나라는 한쪽에 치우쳐 있는 먼 벽지의 나라이기는 하지만 오랜 세월 동안 분노와 원한을 품어 왔습니다. 이제 진나라는 해진 갑옷을 걸친 지치고 초라한 군대를 거느리고 민지에 주둔하고 있습니다. 하수와 장하를 건너 파오를 차지하고, 갑자일(甲子日)에 한단성 아래에서 서로 만나 싸워 은나라 주왕을 정벌한 것처럼 잘못된 일을 바로잡기를 바라고 있습니다. 삼가 신을 사자로 보내서 미리 측근에 알려 드리는 바입니다.

왕께서 합종을 신뢰하신 것은 소진을 믿었기 때문입니다. 소진은 제후들을 현혹시켜 옳은 것을 그르다 하고 그른 것을 옳다고 하였습니다. 그는 제나라를 등지려다가 저잣거리에서 거열형으로 다스려지는 결과를 자초했습니다. 〔그러니 그런 사람의 힘으로〕 천하가 하나로 묶일 수 없음은 명백한 일입니다. 지금 초나라는 진나라와 형제 나라가 되었고, 한나라와 위나라는 스스로 동쪽 울타리가 되는 신하라고 하며, 제나라는 물고기와 소금이 나는 땅을 바쳤습니다. 이것은 조나라의 오른팔을 잘라 버린 셈입니다. 정말 오른팔을 잘리고 남과 싸우려 하고, 자기 쪽의 지원군도 없이 고립되어서 위태롭지 않기를 바란다면 그것이 어찌 가능하겠습니까?

이제 진나라가 장차 세 군(軍)을 보낸다면 한 군은 오도(午道)를 막고 제나라에 알려서 군사를 일으켜 청하를 건너 한단 동쪽에 진을 치게 할 것입니다. 또 다른 한 군은 성고에 진을 쳐서 한나라와 위나라의 군대를 몰아 하수 남서쪽에 주둔하게 하고, 나머지 한 군은 민지에 주둔시킬 것입니다. 〔진, 제, 한, 위〕 네 나라가 힘을 합쳐 조나라를 치고 조나라가 항복하면 조나라 땅을 틀림없이 네 나라가 나누어 가질 것입니다. 그러므로 우리의 생각이나 상황을 숨기지 않고 먼저 왕의 측근에 알립니다. 신이 왕을 위하여 계책을 생각하건대 왕께서는 진나라 왕과 민지에서 만나 얼굴을 맞대고 직접 입으로 우호를 맺어 군대를 무마시켜 공격하는 일이 없도록 하시는 것이 제일 좋습니다. 왕께서는 계책을 정하시기 바랍니다."

조나라 왕은 말했다.

"선왕 때에는 아우 봉양군(奉陽君)이 마음대로 권세를 휘둘러 선왕의 총명함을 가려 속이고 일을 제멋대로 처리하였소. 과인은 그때 나이가 어려 스승의 가르침을 받고 있을 뿐 나라의 계책에는 관여하지 않았소. 그 뒤 선왕께서 여러 신하를 남겨 둔 채 세상을 떠나셨고 나이 어린 과인이 새로 왕위에 올라 종묘의 제사를 받들게 되었소. 〔그로부터 얼마 안 된 어느 날〕 마음속으로 어떻게 하면 좋을지 되물으니 합종하여 진나라를 섬기지 않는 것은 나라의 장구한 이익이 아니라고 생각하여 마음을 바꿔서 땅을 쪼개어 지난날의 잘못을 사과하고 진나라 섬기기를 원하였소. 마침 수레를 마련하여 서둘러 진나라로 떠나려던 참인데 이렇게 사자의 고명한 가르침을 듣게 되었소."

조나라 왕이 장의의 진언을 받아들이자, 장의는 바로 조나라를 떠났다.

허우대는 어른, 생각은 어린아이

북쪽으로 연나라에 간 장의는 연나라 소왕(昭王)을 설득하여 말했다.

"대왕께서는 조나라와 가장 가깝게 지내십니다. 지난날 조양자(趙襄子)는 일찍이 자신의 손위 누이를 대(代)나라 왕의 아내로 보내어 대나라를 자기 나라의 영토로 만들려고 하여 대나라 왕과 구주산(句注山)의 요새지에서 만나기로 약속하는 한편, 대장장이에게 사람을 칠 수 있도록 자루가 긴 금두(金斗)쇠붙이로 만든 술 그릇인데 그 모양이 마치 국자 같음를 만들게 하였습니다. 그는 대나라 왕과 술을 마실 때 몰래 요리사에게 '술자리에 한창 흥이 오르거든 뜨거운 국을 올리면서 금두를 거꾸로 쥐어 그를 쳐라.'라고 하였습니다. 이에 술자리가 한창 흥겨울 무렵, 요리사는 뜨거운 국을 올리고 술을 따르는 척하다가 금두를 돌려 잡고 대나라 왕을 쳐 죽였습니다. 결국 대나라 왕의 골이 땅바닥에 쏟아져 흩어졌습니다. 그 누이는 이 소식을 듣고 비녀를 날카롭게 갈아서 스스로 목을 찔러 죽었습니다. 이 때문에 지금까지 마계산(摩笄山)이라는 이름이 전해지고 있습니다. 대나라 왕이 죽은 이야기는 세상 사람들이 모두 들어 알고 있습니다.

조나라 왕이 승냥이와 이리처럼 포악하고 인정이 없음은 왕께서도 잘 아실 것입니다. 그런데도 조나라 왕을 가까이할 만한 사람이라고 보십니까? 일찍이 조나라는 군사를 일으켜 연나라를 쳐서 두 번이나 연나라 도읍을 에워싸고 왕을 위협하였습니다. 그때 왕께서는 성 열 개를 떼어 주고 사과하였습니다. 그런 조나라 왕이 이제는 민지에서 입조하여 하간 땅을 바치고 진나라를 섬기고 있습니다. 이제 왕께서 진나라를 섬기지 않는다면 진나라는 운중(雲中)과 구원(九原)으로 군사를 보내어 조나라 군대를 시켜 연나라를 칠 것입니다. 그렇게 된다면 역수(易水)와 장성(長城)은 왕의 손에 남지 않게 될 것입니다.

또한 지금 조나라는 진나라의 군이나 현과 같아서 함부로 군사를 일으켜 칠 수도 없습니다. 지금 왕께서 진나라를 섬기면 진나라 왕은 분명히 기뻐할 것이고 조나라는 함부로 움직이지 못할 테니, 이는 서쪽으로는 강한 진나라의 원조가 있고 남쪽으로는 제나라와 조나라의 근심이 사라지는 일입니다. 그러므로 왕께서는 이 점을 잘 헤아리시기 바랍니다."

연나라 왕이 말했다.

"과인은 오랑캐처럼 벽지에 살고 있는 탓에 허우대는 다 큰 어른이지만 생각은 어린아이나 다름없소. 게다가 올바른 계책을 얻기에는 〔주위〕 여론이 부족하였소. 이제 다행히 상객(上客)께서 가르쳐 주었으니 서쪽으로 진나라를 섬기기 바라며, 항산(恒山)의 끝에 있는 다섯 성을 바치겠소."

연나라 왕이 장의의 말에 따르기로 하여 장의는 이 일을 알리기 위해 진나라로 갔다. 그가 미처 함양에 이르기 전에 진나라에서는 혜왕이 죽고 무왕(武王)이 왕위에 올랐다.

무왕과 틈이 벌어진 장의

진나라 무왕은 태자 때부터 장의를 달가워하지 않았으므로 그가 즉위하게 되자 신하 대부분이 장의를 헐뜯어 말했다.

"〔장의는 말과 행동에〕 믿음이 없고 여기저기에 나라를 팔며 제 주장이 받아들여지기만을 구하고 있습니다. 만일 진나라가 다시 그를 등용한다면 천하의 웃음거리가 될 것입니다."

제후들은 장의와 무왕 사이에 틈이 있다는 말을 듣고는 모두 연횡 약속을 어기고 다시 합종하였다.

진나라 무왕 원년, 신하들이 밤낮으로 장의를 헐뜯는 데다 제나라에서도 사신을 보내 장의의 신의 없는 행위를 꾸짖었다. 장의는 죽게 될까 봐 두려워 진나라 무왕에게 이렇게 말하였다.

"신이 비록 어리석지만 계책을 말씀드리게 해 주십시오."

왕이 말했다.

"어떤 계책이오?"

〔장의는〕 대답했다.

"진나라 사직을 위한 계책입니다. 동쪽에 큰 정치적 변화가 있고 난 다음이라야 왕께서 제후들의 많은 땅을 얻을 수 있습니다. 지금 듣기로 제나라 왕이 신을 무척 미워한다고 하니 신이 있는 곳이면 어디든 반드시 군사를 이끌고 와서 칠 것입니다. 그러므로 신이 이 못난 몸을 이끌고 위(魏)나라로 가면 제나라는 반드시 군사를 일으켜 위나라를 칠 것입니다. 위나라와 제나라의 군대가 성 아래에서 맞붙어 싸우느라 그곳을 떠나지 못할 때 왕께서는 그 틈을 타 한나라를 쳐서 삼천으로 들어가시고, 군사를 함곡관 밖으로 내보내어 공격을 멈추고 주나라로 다가가면 주나라는 틀림없이 〔왕권을 나타내는〕 제기(祭器)를 내놓을 것입니다. 천자를 끼고 천하의 토지와 호적을 살펴서 제후들을 호령하는 것, 이것이 왕자(王者)의 사업입니다."

진나라 왕은 장의의 말을 그럴듯하게 여기고 드디어 전차 30대를 갖추어 장의를 위나라로 들여보냈다. 제나라는 정말 군사를 일으켜 위나라를 공격하였다. 위나라 애왕(哀王)이 두려워하자 장의가 말했다.

"왕께서는 염려하지 마십시오. 제나라가 싸움을 멈추도록 하겠습니다."

장의는 자기 사인인 풍희(馮喜)를 초나라로 보내, 초나라 왕의 사신이라는 이름을 빌려 제나라로 가서 제나라 왕에게 〔이렇게〕 말하도록 했다.

"왕께서는 장의를 탐탁하게 여기지 않고 계십니다. 그러면서도 왕께서는 진나라보다 더 장의에게 의지하고 계십니다."

제나라 왕이 말했다.

"과인은 장의를 미워하오. 그래서 장의가 있는 곳이면 어디든 반드시 군사를 일으켜 그를 칠 것이오. 무슨 근거로 장의에게 의지한다고 말하오?"

〔그러자〕 대답했다.

"그 점이 바로 왕께서 장의에게 의지하는 것입니다. 장의는 진나라를 떠나올 때 진나라 왕과 이렇게 약속하였다고 합니다. '왕을 위한 계책인데, 동쪽에 큰 변고가 있은 뒤라야 왕께서 제후들의 많은 땅을 얻을 수 있습니다. 지금 듣기로 제나라 왕이 신을 무척 미워한다고 하니 신이 있는 곳이면 어디든 반드시 군사를 이끌고 와서 칠 것입니다. 그러므로 신이 이 못난 몸을 이끌고 위나라로 가면 제나라는 반드시 군사를 일으켜 위나라를 칠 것입니다. 위나라와 제나라 군대가 성 아래에서 맞붙어 싸우느라 그곳을 떠나지 못할 때 왕께서는 그 틈을 타 한나라를 쳐서 삼천으로 들어가시고, 군사를 함곡관 밖으로 내보내어 공격을 멈추고 주나라로 다가가면 주나라는 틀림없이 제기를 내놓을 것입니다. 천자를 끼고 천하의 토지와 호적을 살펴서 제후들을 호령하는 것, 이것이 왕의 사업입니다.' 진나라 왕은 그럴듯하다고 여겨서 전차 30대를 갖추어 장의를 위나라로 들여보낸 것입니다. 지금 장의는 위나라로 들어갔고, 왕께서는 정말로 위나라를 쳤습니다. 이는 왕께서 안으로는 나라를 황폐하게 만들고, 밖으로는 동맹국을 쳐서 이웃 적의 땅을 넓히는 데 직접 몸담아 진나라 왕이 장의를 신임하도록 한 것입니다. 신은 이 점이 바로 왕께서 장의에게 의지하고 있는 증거라고 말씀드리는 것입니다."

제나라 임금이 말했다.

"그 말이 옳소."

그러고는 군대를 철수하게 했다.

장의는 위나라 재상이 된 지 1년 만에 위나라에서 죽었다.

좋은 노비는 팔리기 마련이다

진진(陳軫)은 유세하는 선비이다. 장의와 함께 진나라 혜왕을 섬겨 모두 중용되어 총애를 다투었다. 장의는 진나라 왕에게 진진을 헐뜯어 이렇게 말했다.

"진진이 많은 예물을 가지고 진나라와 초나라 사이에 사신으로 다니는 것은 두 나라의 교류를 위해서입니다. 지금 초나라가 진나라를 가까이하지 않으면서 진진을 극진하게 대우하는 것은 진진이 자신의 영리를 우선시하고 왕을 위하는 일을 제대로 하지 않았기 때문입니다. 또한 진진은 진나라를 떠나 초나라로 가려고 합니다. 왕께서는 어째서 〔그 이유를〕 들으려 하지 않으십니까?"

왕이 진진에게 물었다.

"내가 들으니 그대는 진나라를 떠나 초나라로 가려고 한다는데 그런 일이 있는 것이오?"

진진이 대답했다.

"그렇습니다."

왕이 말했다.

"장의의 말이 정말로 옳구나!"

진진은 대답했다.

"단지 장의만이 아는 것이 아니라 길 가는 선비도 다 압니다. 예전에 오자서는 그 임금에게 충성하였기 때문에 온 천하가 그를 자기 신하로 삼으려고 서로 다투었고, 증삼은 자기 부모에게 효도하였기 때문에 온 천하가 그를 자식으로 삼고자 하였습니다. 그러므로 노비가 그 마을을 벗어나기 전에 팔리면 좋은 노비입니다. 소박 맞고 쫓겨 온 여자가 그 마을에서 다시 결혼한다면 좋은 아내입니다. 지금 신이 자기 임금에게 충성스럽지 않다면 초나라도 어떻게 신을 충성스럽다고 여기겠습니까? 충성을 다해도 버림받으려 하는데 신이 초나라로 가지 않으면 어디로 가겠습니까?"

혜왕은 그 말을 옳다고 여기고 그 뒤부터 그를 잘 대우하였다.

할 일 없이 술만 마신 서수

진나라에 온 지 1년 만에 진나라 혜왕이 마침내 장의를 재상으로 등용하자 진진은 초나라로 달아났다. 초나라에서는 진진을 중용하기 전에 진나라에 사신으로 보냈다. 진진은 위나라에 들러 서수(犀首)를 만나려고 하였으나, 서수는 핑계를 대면서 만나 주지 않았다. 진진이 말했다.

"나는 일 때문에 왔는데 공이 나를 만나 주지 않으니 떠나야겠소. 다른 날은 기대할 수 없을 것이오."

서수가 진진을 만나자 진진이 물었다.

"공은 어째서 술만 즐겨 마시오?"

서수가 대답했다.

"일이 없기 때문이오."

〔진진이〕 말했다.

"내가 공을 일에 신물이 나도록 해 드려도 괜찮겠소?"

〔서수가〕 물었다.

"어떻게 말이오?"

〔진진은〕 대답했다.

"〔위(魏)나라 재상〕 전수(田需)가 제후들과 합종을 맺으려고 하지만 초나라 왕은 그를 의심하며 믿지 않고 있소. 공이 위나라 왕에게 '신은 연나라, 조나라 왕과 오랜 교분이 있습니다. 그런데 그들이 여러 차례 사람을 보내와서는 위나라에서 일이 없으면서 왜 만나러 오지 않느냐고 합니다. 바라건대 가서 만나도록 해 주십시오.'라고 하시오. 왕이 공에게 허락하더라도 공은 많은 수레를 요구하지 말고, 30대쯤 뜰에 늘어놓고서 연나라와 조나라에 간다고 떠벌리시오."

연나라와 조나라의 유세객들이 이 소식을 듣고는 수레를 달려 자기 왕에게 알렸다. 연나라와 조나라에서는 사람을 시켜 서수를 맞이하게 하였다. 초나라 왕은 이 소문을 듣고 크게 노여워하면서 말했다.

"전수는 과인과 약속을 했음에도 서수가 연나라와 조나라에 갔으니 과인을 속인 것이다."

〔초나라 왕은〕 노여워하며 전수의 합종설을 듣지 않았다. 제나라는 서수가 북쪽으로 간다는 말을 듣고, 사람을 시켜 그에게 제나라의 일을 맡겼다. 서수가 드디어 그 일을 하게 되니 〔제, 연, 조〕 세 나라 재상의 일을 모두 그가 결정했다. 진진은 드디어 진나라에 도착했다.

호랑이 두 마리를 잡는 법

이때 한나라와 위나라는 서로 싸운 지 1년이 지나도록 풀지 못하고 있었다. 진나라 혜왕이 화해를 주선하기 위해 주위 신하들에게 물었다. 어떤 사람은 주선하는 편이 낫다고 하고, 어떤 사람은 주선하지 않는 편이 낫다고 하였다. 혜왕이 결정을 내리지 못하고 망설이고 있는데, 마침 진진이 진나라에 도착했다. 혜왕이 〔그에게〕 말했다.

"그대는 과인을 떠나 초나라에 가서도 과인을 생각하지 않았소?"

진진이 대답했다.

"왕께서는 월나라 사람 장석(莊舄)이란 자에 관해 들어 보신 적이 있습니까?"

혜왕이 말했다.

"듣지 못했소."

〔진진이〕 말했다.

"월나라 사람 장석은 초나라를 섬겨 집규가 되었는데 얼마 뒤에 병이 났습니다. 초나라 왕은 '장석은 본래 월나라의 미천한 사람이다. 지금은 초나라를 섬겨 집규가 되어 신분이 귀해지고 잘살게 되었지만 아직도 월나라를 생각하고 있는 게 아닐까?'라고 물었습니다. 중야(中謝)시종관가 '대체로 사람이 고향을 생각하는 것은 병이 났을 때입니다. 그가 월나라를 생각한다면 월나라 말을 하고 월나라를 생각하지 않는다면 초나라 말을 할 것입니다.'라고 대답하였습니다. 사람을 시켜 가서 들어 보게 하였더니 월나라 말을 하였다고 합니다. 지금 신은 버림받고 쫓겨서 초나라로 갔지만 어찌 진나라 말을 쓰지 않을 수 있겠습니까?"

혜왕이 말했다.

"좋소. 지금 한나라와 위나라가 싸움을 벌인 지 한 해가 넘었는데 그치지 않고 있소. 어떤 사람은 과인이 그들을 화해시키는 편이 낫다고 하고, 어떤 사람은 화해시키지 않는 편이 낫다고 하오. 과인으로서는 결정을 내릴 수가 없소. 그대는 그대의 왕초나라 왕을 위하여 계책을 내는 것처럼 과인을 위하여 계책을 생각해 보시오."

그러자 진진이 대답했다.

"일찍이 왕께 변장자(卞莊子)라는 이가 호랑이를 찔러 죽인 일을 들려 드린 사람이 있었습니까? 변장자가 호랑이를 찌르려고 하자, 묵고 있던 여관의 심부름하는 아이가 말리면서 '호랑이 두 마리가 소를 잡아먹으려 합니다. 먹어 봐서 맛이 좋으면 분명히 서로 다툴 것입니다. 다투게 되면 반드시 싸울 테고, 서로 싸우게 되면 큰 놈은 상처를 입고 작은 놈은 죽을 것입니다. 상처 입은 놈을 찔러 죽이면 한꺼번에 호랑이 두 마리를 잡았다는 명성을 얻을 것입니다.'라고 하였습니다. 변장자도 그럴 것이라고 생각하고 서서 기다렸습니다. 조금 있으니 정말 두 호랑이가 싸워서 큰 놈은 상처를 입고 작은 놈은 죽었습니다. 이때 변장자가 상처 입은 놈을 찔러 죽이니 한 번에 호랑이 두 마리를 잡는 공을 세웠다고 합니다.

지금 한나라와 위나라가 싸움을 벌인 지 한 해가 넘도록 해결이 나지 않았다면 큰 나라는 타격을 입고 작은 나라는 멸망할 것입니다. 타격 입은 나라를 치면 한꺼번에 둘을 얻는 이득이 있을 것입니다. 이는 변장자가 호랑이를 찔러 죽인 것과 같은 일입니다. 신이 왕께 바치는 계책과 초나라 왕을 위해 바치는 계책에 무슨 차이가 있겠습니까?"

혜왕이 말했다.

"옳은 말이오."

끝까지 화해시키지 않았다. 큰 나라는 손상을 입었고 작은 나라가 멸망하자, 진나라는 군사를 일으켜 크게 쳐부쉈다. 이것은 진진의 계책에서 나왔다.

자기보다 나은 자를 밟고 일어선다

서수(犀首)는 위(魏)나라 음진(陰晉) 사람으로 이름은 연(衍)이고 성은 공손씨(公孫氏)인데, 장의와는 사이가 좋지 않았다.

장의가 진나라를 위하여 위나라로 가자, 위나라 왕은 장의를 재상으로 삼았다. 서수는 그것을 이롭지 않은 일이라고 여겨서 사람을 시켜 한나라 태자 공숙(公叔)에게 말했다.

"장의는 벌써 진나라와 위나라가 힘을 합치도록 하였습니다. 그는 '위나라는 〔한나라의〕 남양을 치고 진나라는 삼천을 칠 것이다.'라고 하였습니다. 위나라 임금이 장의를 아끼는 것은 한나라 땅을 얻고 싶어서입니다. 또 한나라의 남양은 이미 빼앗길 위기에 놓여 있습니다. 당신은 어찌하여 소인에게 작은 일이라도 맡겨 한나라에 공을 세우게 하지 않으십니까? 그렇게 하면 진나라와 위나라의 친밀한 관계를 끊을 수 있을 것입니다. 게다가 위나라는 분명히 진나라를 칠 생각으로 장의를 버리고 한나라와 한편이 되어 저를 재상으로 삼을 것입니다."

공숙은 그 말대로 하는 것이 이롭겠다고 생각하여 〔남양 땅을〕 서수에게 맡겨 공을 세우게 하였다. 서수는 결국 위나라 재상이 되었고, 장의는 위나라를 떠났다.

의거(義渠)서융의 한 지역의 왕이 위나라에 입조하였다. 서수는 장의가 또 진나라 재상이 되었다는 소식을 듣고 불리할 것으로 생각하여 의거의 왕에게 말했다.

"당신 나라는 먼 곳에 있어 다시 우리 위나라에 오기 어려울 테니 이곳 사정을 말씀드리겠습니다. 중원의 여러 나라가 합동하여 진나라를 치지 않으면 진나라는 분명 당신 나라를 쳐서 불사르고 짓밟을 것입니다. 그러나 중원의 여러 나라가 진나라를 치면 진나라는 서둘러 사신들 편에 많은 예물을 보내서 당신 나라를 섬길 것입니다."

그 뒤 다섯 제후국이 진나라를 공격하였다. 마침 진진이 진나라 왕에게 말했다.

"의거의 왕은 오랑캐 가운데 현명한 군주입니다. 그에게 뇌물을 보내 그 마음을 달래 놓는 것이 좋습니다."

진나라 왕이 대답했다.

"좋소."

그러고는 의거의 왕에게 채색 비단 1000필과 여인 100명을 예물로 보냈다.

의거의 왕이 신하들을 모아 놓고 의논하였다.

"이것이 바로 공손연이 말하던 것인가?"

곧 군사를 일으켜 진나라를 습격하여 진나라 군대를 이백(李伯)의 기슭에서 크게 깨뜨렸다.

장의가 죽은 뒤 서수는 진나라로 들어가 재상이 되었다. 〔그는〕 일찍이 다섯 나라 재상의 인수를 차고 맹약의 우두머리가 되었던 사람이다.

태사공은 말한다.

"삼진에는 권모술수와 임기응변에 능한 유세가가 많았다. 합종과 연횡을 주장하여 진(秦)나라를 강하게 만든 자들은 모두 삼진 사람이다. 장의가 일을 꾸민 것은 소진보다 더 심한 데가 있다. 그런데도 세상 사람들이 소진을 더욱 미워하는 까닭은 그가 먼저 죽었기 때문에 장의가 그의 단점을 부풀려 들추어내고 자신의 주장을 유리하게 하여 연횡론을 이루었기 때문이다. 요컨대 이 두 사람은 참으로 나라를 기울게 하는 위험한 인물이었다고 하겠다!"

11

◎

저리자 감무 열전
樗里子甘茂列傳

전국 시대 진나라의 대표적인 종횡가의 면모를 보인 사람으로는 저리자, 감무, 양후(穰侯), 사마조(司馬錯), 백기(白起), 왕전(王翦), 왕분(王賁) 등이 있다. 이 가운데 진시황이 여섯 나라를 통일하기까지 매우 큰 공을 세운 자로는 단연 저리자와 감무를 꼽을 수 있다. 그다음으로 공을 세운 자는 양후와 백기와 사마조이고, 그다음이 왕전이다.

이 편은 지혜주머니라고 불린 저리자를 통해 혜왕을 만나 천하의 일을 언급한 감무, 그리고 그의 손자 감라(甘羅)의 전기를 다루었다. 진나라 혜왕의 척신(戚臣)인 저리자에 대해서 호평한 것을 보면 사마천은 척신 정치를 그다지 반대하지 않았음을 알 수 있다. 역사적 맥락에서 척신 정치의 횡행이 진나라의 기강 문란과 왕실의 정치 독점을 강화했다는 점을 생각해 볼 때 이러한 사마천의 관점은 독특하다.

진나라 속담에 "힘은 임비(任鄙)요, 지혜는 저리자."라는 말이 있듯이 저리자는 동쪽의 여섯 나라 사이에 싸움을 붙여 진나라가 가만히 앉아서 그 이익을 챙기도록 하였다. 반면 책사 감무는 기지가 많고 권모술수로서 이름이 뛰어났지만 포부를 펼치지 못하고 비극적인 최후를 맞이하여 군자다운 풍모를 보여 주지는 못한 것으로 평가되었고, 이 점을 사마천도 아쉬워하고 있다.

어린 나이로 기묘한 계책을 내어 높은 지위에 오른 감라.

지혜주머니라고 불린 저리자

저리자(樗里子)의 이름은 질(疾)이고 진나라 혜왕의 배다른 동생으로, 어머니는 한(韓)나라 여자이다. 그는 우스갯소리나 행동을 잘하고 지혜도 풍부하여 진나라 사람들이 '지혜주머니〔智囊〕'라고 불렀다.

진나라 혜왕 8년에 저리자에게 우경(右更)이라는 작위를 주고 장군으로 삼아 〔위(魏)나라〕 곡옥을 치게 했다. 그는 그곳 백성을 모조리 내쫓고 성을 차지하여 진나라 영토로 만들었다.

진나라 혜왕 25년에는 다시 저리자를 장군으로 삼아 조(趙)나라를 치게 했다. 그는 조나라 장군 장표(莊豹)를 사로잡고 인(藺)을 함락시켰다. 그 이듬해에는 위장(魏章)을 도와 초나라를 쳐서 초나라 장군 굴개를 깨뜨리고 한중 지역을 차지했다. 진나라는 저리자를 봉하여 엄군(嚴君)이라고 불렀다.

진나라 혜왕이 죽고 태자 무왕이 즉위했다. 무왕은 장의와 위장을 내쫓고 저리자와 감무(甘茂)를 좌승상과 우승상으로 삼았다. 진나라는 감무를 시켜 한나라를 쳐서 의양(宜陽)을 빼앗고, 저리자를 시켜 전차 100대를 이끌고 주나라로 들어가게 했다. 주나라에서는 군사를 내보내 맞이하여 깊은 공경의 뜻을 표했다. 초나라 왕은 〔이 소문을 듣고〕 화를 내며 주나라가 진나라를 지나치게 받든다고 나무랐다. 이때 유등(游騰)이라는 유세객이 주나라를 위하여 초나라 왕을 이렇게 달랬다.

"〔옛날 진(晉)나라〕 지백(知伯)[1]은 〔오랑캐 나라인〕 구유(仇猶)를 칠 때, 그 나라에 〔큰 종을〕 폭이 넓은 큰 수레에 실어 보내고 난 뒤 군대가 〔그 길을〕 따라가게 하자 구유는 마침내 멸망했습니다.[2] 무엇 때문에 그렇게 되었겠습니까? 구유는 대비하

---

1) 춘추 시대 말기와 전국 시기 초 진(晉)나라 육경(六卿)의 하나로, 이름은 요(瑤)이고 세력이 강성하며 교만했다. 그는 한, 조, 위나라를 협박하여 성을 내놓도록 하였는데 한나라와 위나라는 성을 주었지만 조나라에서는 거절하였다. 이에 지백은 화가 나서 한, 위와 연합하여 조나라를 공격하려고 했다. 조양자가 진양(晉陽)으로 달려가자 지백은 그곳으로 물을 끌어들였다. 나중에 한, 조, 위 세 나라는 모의하여 지백을 소멸시키고 그 영토를 나눠 가졌다.

2) 『한비자』 「설림 하(說林下)」에 나오는 고사이다. 지백이 구유를 치려 했는데 도로가 좁아 공격하기에 어려움이 있자, 먼저 의중을 숨긴 채 큰 종을 만들어 구유에 선물하겠다고 알렸다. 이에 주위의 신하가 지백의 속셈을 눈치채고 길을 넓혀 주면 화근이 될 것이라고 했으나 구유의 왕은 듣지 않았

지 않았기 때문입니다. 제나라 환공(桓公)이 채나라를 칠 때도, 초나라를 친다는 핑계를 대고 실제로는 채나라를 덮쳤습니다. 지금 진나라는 호랑이나 이리 같은 나라입니다. 그러한 진나라가 저리자에게 전차 100대를 이끌고 주나라로 들어가게 했습니다. 주나라에서는 구유와 채나라의 일을 거울삼아 바라보고 있습니다. 그렇기 때문에 갈래진 긴 창을 든 병사들을 앞세우고 강한 쇠뇌를 가진 병사를 뒤에 두어 저리자를 호위한다고 했지만 실제로는 그를 가둔 것입니다. 주나라라고 하여 어찌 그 사직을 걱정하지 않겠습니까? 하루아침에 나라를 잃어버려 왕에게까지 걱정을 끼치게 될까 두려워한 것입니다."

초나라 왕은 이 말을 듣고 기뻐했다.

진나라 무왕이 죽고 소왕(昭王)이 왕위에 오르자, 저리자는 더욱 존경받는 인물이 되었다. 소왕 원년에 저리자는 장군이 되어 〔위(衛)나라의〕 포읍(蒲邑)을 치려고 했다. 포읍 태수는 겁에 질려 호연(胡衍)에게 도움을 요청했고, 호연은 포읍을 지켜주려고 저리자에게 이렇게 말했다.

"공이 포읍을 치는 것은 진나라를 위해서입니까? 위(魏)나라를 위해서입니까? 위나라를 위해서라면 좋습니다만 진나라를 위해서라면 이로울 것이 없습니다. 저 위(衛)나라가 위나라로 존립할 수 있는 것은 포읍이 있기 때문입니다. 지금 포

다. 결국 큰 종을 받을 수 있도록 길을 넓혀 주었는데 지백이 그 길을 통해 쳐들어와 구유는 멸망당하고 말았다.

읍을 친다면 포읍은 재앙을 피하기 위해 위(魏)나라에 귀속할 것입니다. 그렇게 되면 위(衛)나라는 틀림없이 사기를 잃고 위(魏)나라를 따를 것입니다. 지난날 위(魏)나라가 서하의 바깥쪽 땅을 〔진나라에게〕 빼앗기고 여태껏 되찾지 못한 것은 군사력이 약하기 때문입니다. 그런데 지금 위(衛)나라가 위(魏)나라에 합병된다면 위(魏)나라는 강해질 것이 분명합니다. 위나라가 강해지는 날에는 서하의 바깥쪽 땅은 틀림없이 위태로워질 것입니다. 또 진나라 왕이 공의 이번 군사 행동이 진나라를 위태롭게 하고 위나라를 이롭게 한 줄을 알면 반드시 공에게 벌을 내릴 것입니다."

저리자가 말했다.

"어떻게 하면 좋겠소?"

호연이 말했다.

"공께서는 포읍을 내버려 두고 치지 마십시오. 대신 제가 공을 위해 포읍으로 들어가 공의 생각을 전하고 위(衛)나라 군주께 공이 덕을 베풀었다고 말하겠습니다."

저리자가 말했다.

"좋소."

호연은 포읍으로 들어가서 태수에게 일러 말했다.

"저리자는 포읍이 약한 줄을 알고 '반드시 포읍을 함락시키겠다.'라며 벼르고 있습니다. 제가 말을 잘해서 공격하지 않도록 하겠습니다."

포읍 태수는 두려워하며 두 번이나 절하고 말했다.

"부디 그렇게 해 주십시오."

그리고 금 300근을 내주면서 말했다.

"진나라 병사가 정말 물러간다면 위(衛)나라 군주에게 말씀드려 당신이 높은 지위를 얻을 수 있도록 하겠소."

이리하여 호연은 포읍에서는 금을 받고 위(衛)나라에서는 저절로 귀한 신분이 되었다.

저리자는 포읍의 포위를 풀고 돌아가면서 〔위(魏)나라의〕 피지(皮氏)를 쳤으나 피지가 항복하지 않자 또 그대로 돌아갔다.

소왕 7년에 저리자가 죽자, 위하(渭河) 남쪽의 장대(章臺)진나라 궁궐 이름 동쪽에 장사를 지냈다. 저리자는 이런 말을 했다.

"〔내가 죽으면〕 100년 뒤에 이곳에 천자의 궁궐이 들어서서 내 무덤을 둘러쌀 것이다."

저리자 질의 집은 소왕의 무덤 서쪽, 위하(渭河) 남쪽의 음향(陰鄕) 저리에 있었다. 그래서 세상에서는 그를 저리자라고 불렀다. 한(漢)나라가 세워지자 장락궁(長樂宮)이 그의 무덤 동쪽에 서고, 미앙궁(未央宮)이 그 서쪽에 자리하고, 무기고가 무덤 바로 앞에 세워졌다. 진나라 속담에 "힘은 임비(任鄙)요, 지혜는 저리이다."라는 말이 있다.

아들이 살인했다는 말을 듣고 북을 내던진 어머니

감무(甘茂)는 하채(下蔡) 사람이다. 그는 하채의 사거(史擧) 선생을 모시면서 백가(百家)의 술책을 배우고, 그 뒤 장의와

저리자를 통해 진나라 혜왕을 만났다. 혜왕은 그를 만나 보고 기꺼이 장군으로 삼아 위장(魏章)을 도와서 한중 땅을 정벌하도록 했다.

혜왕이 죽고 무왕이 왕위에 오르자, 장의와 위장이 〔진나라를〕 떠나 동쪽의 위(魏)나라로 갔다. 촉후(蜀侯) 휘(煇)와 그 재상 진장(陳壯)이 반란을 일으키자 진나라는 감무를 시켜 촉을 평정하게 하였다. 그들이 돌아오자 감무를 좌승상으로 삼고, 저리자를 우승상으로 삼았다.

진나라 무왕 3년에 왕이 감무에게 말했다.

"과인은 삼천(三川)여기서는 한(韓)나라를 의미함까지 길을 넓혀 휘장이 쳐진 수레를 타고 가서 주나라 왕실〔이 있었던 낙읍(洛邑)〕을 보고 싶소. 그렇게만 되면 과인은 죽어도 썩지 않을 것이오."

감무가 말했다.

"청컨대 신이 위(魏)나라로 가서 약속을 맺어 한나라를 치도록 해 주시고, 상수(向壽)에게 저를 돕도록 해 주십시오."

감무는 위나라에 이르자 상수에게 말했다.

"당신은 돌아가서 왕께 '위나라는 신의 말을 들어주었습니다. 그렇지만 왕께서는 한나라를 치지 마십시오.'라고 하더라고 말씀드리시오. 이번 일이 이루어지면 모두 당신 공으로 돌리겠소."

이에 상수는 돌아가 왕에게 감무의 말을 전했다. 왕은 식양(息壤)까지 나가 감무를 맞아 한나라를 치면 안 되는 까닭을 물었다. 감무는 다음과 같이 대답했다.

"〔한나라의〕 의양은 큰 현입니다. 상당(上黨)과 남양(南陽)에서 이곳에 많은 재물과 식량을 쌓아 놓은 지 오래입니다. 현이라고는 하나 실상 군입니다. 지금 왕께서는 수많은 험준한 곳을 넘어 1000리 길을 가서 공격하려 하십니다. 이것은 어려운 일입니다.

옛날 〔효자로 유명한〕 증삼이 비읍(費邑)에 있을 때 일입니다. 노나라 사람 가운데 증삼과 이름과 성이 똑같은 자가 사람을 죽였습니다. 어떤 사람이 증삼의 어머니에게 '증삼이 사람을 죽였습니다.'라고 했지만 그 어머니는 조금도 흔들림이 없이 태연하게 베를 짰습니다. 조금 뒤 또 한 사람이 와서 '증삼이 사람을 죽였습니다.'라고 했지만 그 어머니는 역시 태연하게 베를 짰습니다. 그러나 조금 뒤 또다시 한 사람이 와서 증삼의 어머니에게 '증삼이 사람을 죽였습니다.'라고 하자 그 어머니는 베 짜던 북을 내던지고 베틀에서 내려와 담을 넘어 달아났다고 합니다. 어머니는 어진 증삼에 대한 믿음이 있었지만 세 사람이나 그를 의심하자 겁을 먹었습니다. 지금 신은 증삼처럼 어질지 못하고, 왕께서 신을 믿는 마음도 증삼의 어머니가 아들을 믿는 마음만 못한데, 신을 의심하는 자가 어디 세 사람뿐이겠습니까? 신은 왕께서 북을 내던지지는 않을까 두렵습니다.

지난날 장의가 서쪽으로는 파와 촉 땅을 병합하고 북쪽으로는 서하(西河)의 바깥쪽 땅을 개척하고 남쪽으로는 상용(上庸)을 얻었지만 세상 사람들은 장의가 위대한 공을 세웠다고 하지 않고 선왕혜왕이 현명하다고 했습니다. 〔또〕 위(魏)나라 문후(文侯) 때 악양(樂羊)은 장군이 되어 중산(中山)을 쳐서 3년 만에 빼앗았습니다. 악양이 돌아와 공적을 논할 때 문후는 악양을 헐뜯는 문서 상자를 내보였습니다. 악양은 두 번이나 무릎을 꿇어 절하고 고개를 조아리며 '이번 승리는 신의 공이 아니고 주군의 힘입니다.'라고 말했습니다.

그런데 신은 떠돌아다니며 벼슬살이하는 몸에 지나지 않습니다. 저리자와 공손석(公孫奭) 두 사람이 한나라를 지킬 생각으로 신의 계책을 이러쿵저러쿵 헐뜯으면 왕께서는 반드시 저들의 말을 듣게 될 것입니다. 그러면 왕께서는 위(魏)나라 왕을 속이게 되고, 신은 〔한나라 재상〕 공중치(公仲侈)의 원망을 사게 될 것입니다."

왕이 말했다.

"과인은 그들의 비방을 듣지 않기로 그대와 맹약하겠소."

마침내 승상 감무를 시켜 병사를 이끌고 의양을 치게 했다. 다섯 달이 지나도 빼앗지 못하자 정말 저리자와 공손석이 감무를 비난하고 나섰다. 무왕이 감무를 불러들여 군대를 물러나게 하려고 하자 감무가 말했다.

"식양이 저기에 있습니다."

무왕이 말했다.

"맹약한 것이 있소."

무왕은 크게 군사를 일으켜 감무에게 다시 공격하도록 했다. 그렇게 해서 적군 6만 명의 머리를 베고 마침내 의양을 빼앗았다.

한나라 양왕(襄王)은 공중치를 사자로 보내 용서를 구하고 진나라와 화친을 맺었다.

짐승도 궁지에 몰리면 수레를 뒤엎는다

진나라 무왕이 마침내 주나라에 이르렀으나 그곳에서 죽자, 그 동생이 왕위에 올라 소왕이 되었다. 소왕의 어머니 선태후(宣太后)는 초나라 사람이었다.

초나라 회왕(懷王)은 전날 초나라가 단양(丹陽)에서 진나라에게 졌을 때, 한나라가 도와주지 않은 것을 원망하여 병사를 일으켜 한나라 옹지(雍氏)를 에워쌌다. 한나라는 재상 공중치를 시켜 진나라에 위급한 상황을 알렸다. 그러나 진나라에서는 소왕이 새로 왕위에 오른 데다 태후가 초나라 사람이므로 한나라를 도와주려 하지 않았다. 그러자 공중치는 감무에게 매달렸다. 감무는 한나라를 위하여 진나라 소왕에게 말했다.

"공중치는 지금 진나라의 도움을 받을 수 있다고 믿기 때문에 감히 초나라와 맞섰습니다. 그런데 지금 옹지가 포위되었는데도 진나라 군사가 효(殽)로 내려가지 않으면, 공중치 또한 머리를 들고 진나라에 입조하지 않으려 할 것입니다. 〔한나라 공자〕 공숙도 나라를 들어 남쪽으로 초나라와 합칠 것입니다. 초나라와 한나라가 하나로 합치면 위(魏)나라도 그들의 말을 듣지 않을 수 없습니다. 이렇게 되면 제후들이 진나라를 치는 형세가 됩니다. 앉아서 상대가 쳐들어오기를 기다리는 것과 이쪽에서 상대를 치는 것 중 어느 쪽이 더 유리하겠습니까?"

소왕이 말했다.

"알겠소."

소왕이 군사를 효로 내려 보내 한나라를 구원하니 초나라 병사는 물러갔다.

진나라는 상수를 시켜 의양을 평정하고, 또 저리자와 감무에게 위나라의 피지를 치도록 했다. 상수는 선 태후의 외척으로 소왕과는 어려서부터 함께 자랐으므로 임용되었다. 상수가 초나라에 갔을 때, 초나라에서는 진나라가 상수를 소중히 여긴다는 말을 듣고 극진히 대접했다. 상수가 진나라를 위하여 의양을 지키고 한나라를 치려 하자, 한나라 공중치는 소대를 시켜 상수에게 이렇게 말했다.

"짐승도 궁지로 몰리면 수레를 뒤엎는다고 합니다. 공은 한나라를 깨뜨리고 공중치를 욕보이려 합니다. 공중치는 지금 한나라를 들어 다시 진나라를 섬기고 봉토를 받으려 생각하고 있습니다. 공은 지금 초나라에 해구(解口) 땅을 주고 초나라 소영윤(小令尹)을 두양(杜陽)에 봉했습니다. 이렇게 해서 진나라와 초나라가 힘을 합쳐 다시 한나라를 친다면 한나라는 반드시 멸망할 것입니다. 그러나 한나라가 멸망하면 공중치는 자신의 사병을 이끌고라도 진나라에 맞설 것입니다. 공께서는 이 점을 깊이 생각하십시오."

상수가 말했다.

"내가 진나라와 초나라의 힘을 합치려는 것은 그것으로 한나라를 치려 함이 아니오. 그대는 나를 대신해서 공중치에게 진나라와 한나라는 화합할 여지가 있다고 전해 주시오."

소대가 대답했다.

"저도 공께 말씀드리겠습니다. 세상 사람들은 '존귀하게 된 까닭을 소중하게 여기는 자가 존귀하다.'라고 말합니다. 그러나 왕께서는 공을 공손석만큼 아끼지 않고, 또 공의 지혜와 능력이 감무만 못하다고 평가하고 있습니다. 그런데도 그 두 사람이 진나라의 일에 직접 관여하지 못하고, 공 혼자만 왕과 함께 나랏일을 논의할 수 있는 까닭이 무엇이겠습니까? 그 두 사람에게는 왕의 신임을 잃을 만한 까닭이 있기 때문입니다. 공손석은 한나라와 내통하고 감무는 위(魏)나라와 내통하고 있기 때문에 왕께서 신임하지 않습니다. 지금 진나라와 초나라가 힘겨루기를 하고 있는 상황에서 공이 초나라 편을 든다면 그것은 공손석이나 감무와 같은 길을 걷는 것입니다. 공이 그들과 다른 게 무엇이겠습니까? 사람들은 모두 초나라가 곧잘 변절한다고 하는데 공만은 극구 그렇지 않다고 하십니다. 이는 공께서 스스로 책임져야 되는 것입니다. 그러니 공은 진나라 왕과 함께 초나라의 변덕스러운 태도에 대응할 만한 대책을 세우고 한나라와 친하게 지냄으로써 초나라에 대비하는 것이 낫습니다. 이렇게 하면 근심이 없을 것입니다. 한나라는 분명 처음에는 나라를 들어 공손석을 따르고, 뒤에는 감무에게 나라를 맡겼습니다. 한나라는 공의 원수라고 할 수 있습니다. 그러나 지금 공이 한나라와 친하게 지냄으로써 초나라에 대비한다면, 이것은 외부에서 사람을 추천할 때 자기 원수라도 〔쓸 만한 사람이면〕 꺼리지 않는 것과 같습니다."

상수가 말했다.

"그렇소. 나는 〔진나라와〕 한나라가 연합하기를 매우 바라오."

소대가 대답했다.

"감무는 공중치에게 〔진나라가 빼앗은 한나라의〕 무수(武遂)를 되돌려 주고, 또 의양에서 포로가 된 백성을 돌려보내기로 약속했습니다. 그런데 공의 무리로 한나라의 마음을 얻으려 하니 매우 어려운 일입니다."

상수가 말했다.

"그럼 어떻게 하면 좋겠소? 끝내 무수를 얻을 수는 없는 것이오?"

소대가 대답했다.

"공은 어찌하여 진나라의 위세를 빌려 한나라를 위해서 초나라에 영천(潁川)을 요구하지 않습니까? 영천은 본래 한나라가 의탁한 땅이었습니다. 공이 그것을 요구해서 얻게 된다면 진나라의 명령이 초나라에서 시행된 것이고, 그 땅을 되찾아 주어 한나라에 덕을 베푼 셈이 됩니다. 그러나 만약 그것을 요구해서 돌려받지 못하면 한나라와 초나라의 원한은 풀리지 않고, 두 나라 모두 서로 진나라의 환심을 사려고 달려올 것입니다. 진나라와 초나라가 서로 힘을 겨루고 있는 때에 공이 조용히 초나라의 죄를 나무라고 한나라의 마음을 얻는다면, 이것이 진나라에 유리할 것입니다."

상수가 말했다.

"어떻게 하면 좋겠소?"

소대가 대답했다

"이렇게 하는 것이 좋은 방법입니다. 감무는 위나라의 마음을 얻어 제나라를 치려 하고, 공손석은 한나라의 마음을 얻어 제나라를 치려 하고 있습니다. 지금 공은 의양을 공략하여 공을 세웠으니 초나라와 한나라의 마음을 끌어들여 안심시키고, 제나라와 위나라의 죄를 주벌하십시오. 이렇게 하면 공손석과 감무는 할 일이 없을 것입니다."[3]

감무는 마침내 진나라 소왕에게 말해서 무수를 다시 한나라에 돌려주었다. 상수와 공손석이 이것을 반대했지만 이들의 주장은 받아들여지지 않았다. 이 두 사람이 이로 인해 감무를 원망하고 헐뜯자 감무는 두려워서 위나라 포판(蒲阪)을 치는 일을 멈추고 진나라에서 도망쳤다. 저리자는 위나라와 화친을 맺고 군대를 거두었다.

남는 빛을 나누어도 밝음은 줄지 않는다

감무는 진나라에서 도망쳐 제나라로 달아났는데 우연히 소대를 만났다. 소대는 제나라를 위해 진나라에 사신으로 가려던 참이었다. 감무가 말했다.

---

3) 감무와 공손석은 위나라와 한나라를 끼고 제나라를 공격함으로써 진나라 정사에 참여하려고 했다. 만일 상수가 한나라와 초나라를 끌어들여 진나라와 화친을 맺게 하고 제나라와 위나라를 정벌할 수 있으면 그들을 배척하여 아무 일도 할 수 없도록 만들기 때문이다.

"저는 진나라에서 죄를 짓고 처벌될까 두려워서 도망쳐 나왔지만 몸을 안전하게 둘 만한 곳이 없습니다. 제가 듣건대 못사는 여자와 잘사는 여자가 함께 길쌈을 하였는데, 못사는 여자가 '나는 초를 살 돈이 없습니다. 그렇지만 다행히 당신의 촛불에는 남는 빛이 있으니 그 남는 빛을 나에게 나누어 주십시오. 당신의 밝음에 해를 끼치지 않고 나도 이익을 얻을 수 있습니다.'라고 말했습니다. 지금 저는 곤궁합니다. 그런데 당신은 바야흐로 진나라에 사신으로 가는 길입니다. 제 아내와 자식은 진나라에 있습니다. 부디 당신의 남는 빛으로 그들을 구제해 주십시오."

소대는 허락하고 드디어 진나라에 사신으로 도착했다. 얼마 있다가 소대는 이 일로 왕에게 설득하여 말했다.

"감무는 보통 인물이 아닙니다. 그가 진나라에 머물 때는 대대로 크게 쓰였고, 효의 요새에서 귀곡(鬼谷)에 이르기까지 지세가 험준한지 아니면 평탄한지를 정확히 알고 있습니다. 그가 만일 제나라에게 한나라, 위나라와 맹약을 맺어 도리어 진나라를 치도록 한다면 진나라에 이롭지 않을 것입니다."

"그럼 어떻게 하면 좋겠소?"

"왕께서 많은 예물을 보내고 봉록을 후하게 주어 감무를 맞아들이는 것이 더 좋습니다. 그가 돌아오면 귀곡에 머물게 하고 죽을 때까지 그곳에서 나오지 못하게 하십시오."

"좋소."

〔진나라 소왕은〕 곧바로 감무에게 상경 벼슬을 주고 재상의 인을 보내어 제나라로부터 맞아 오려고 했으나 감무는 가지

않았다. 소대가 제나라 민왕에게 말했다.

"감무는 어진 사람입니다. 지금 진나라가 그에게 상경 벼슬을 주고 재상의 인을 가지고 와서 맞아들이려 하고 있습니다. 그러나 감무는 왕께서 내려 주신 큰 은덕을 고맙게 여기며, 기꺼이 왕의 신하가 되고자 사양하고 진나라로 가지 않고 있습니다. 지금 왕께서는 무엇으로 그를 예우하시겠습니까?"

제나라 왕이 말했다.

"좋소."

그러고는 즉시 감무에게 상경 벼슬을 주고 제나라에 머물게 했다. 진나라에서는 이 일로 해서 감무의 집안을 회복시켜 주고 〔그를 데려오려고〕 제나라와 경쟁하였다.

너무 현명해도 재상이 못 된다

제나라는 감무를 초나라에 사신으로 보냈다. 초나라 회왕은 새로 진나라와 혼인 관계를 맺고 친하게 지내고 있었다. 진나라는 감무가 초나라에 있다는 말을 듣자, 사람을 시켜 초나라 왕에게 말했다.

"감무를 진나라로 보내 주십시오."

초나라 왕이 범연(范蜎)에게 물었다.

"과인이 재상을 진나라에 추천하려는데 누가 좋겠소?"

범연이 대답했다.

"신은 그런 인물을 추천할 만한 식견이 없습니다."

초나라 왕이 말했다.

"과인이 감무를 재상으로 추천하려는데 어떻겠소?"

범연이 대답했다.

"그건 안 됩니다. 〔감무의 스승인〕 사거는 하채의 문지기로 크게는 임금을 섬기지 못하고 작게는 가정도 돌보지 못했습니다. 그는 그럭저럭 되는대로 사는 미천한 신분이면서 청렴하지 않은 것으로 세상에 알려졌습니다. 감무는 그런 인물을 묵묵히 따르고 스승으로 섬겼습니다. 그러므로 현명한 혜왕, 명철한 무왕, 변론에 뛰어난 장의까지도 잘 섬기고 여러 관직을 맡으면서도 죄를 지은 적이 없습니다. 감무는 참으로 현명한 인물입니다.

그렇지만 감무를 진나라 재상으로 추천해서는 안 됩니다. 진나라에 현명한 재상이 있으면 초나라에 이로울 것이 없습니다. 왕께서는 얼마 전에 소활(召滑)을 월나라에서 임용하게 한 적이 있습니다. 소활은 왕의 은혜를 생각하여 〔월나라 사람〕 장의(章義)에게 내란을 일으키게 함으로써 월나라가 어지러워졌습니다. 이 때문에 초나라는 남쪽으로 여문(厲門)을 막고 월나라의 강동(江東)을 우리 군으로 끌어들였습니다. 왕께서 이러한 공적을 쌓을 수 있었던 것은 월나라가 어지러운 반면 초나라는 잘 다스려졌기 때문입니다. 지금 왕께서는 이런 계책을 월나라에 쓰실 줄은 알면서 진나라에 쓴다는 사실은 잊고 계십니다. 신은 왕께서 하시는 일이 크게 잘못되었다고 생각합니다. 그러니 왕께서 만일 진나라에 재상을 추천하려고 한다면 상수가 가장 적임자입니다. 생각해 보면 상수는 진나라 왕과 가까운 사이로 어릴 때는 서로 옷을 나누어 입고, 자라서는 수레를 함께 타고 나랏일을 의논했습니다. 왕은 반드시 상수를 진나라 재상이 되게 하십시오. 그렇게 하는 것이 초나라에 이로울 것입니다."

이리하여 초나라 왕은 진나라에 사자를 보내 상수를 재상으로 삼게 했다. 진나라가 마침내 상수를 재상으로 삼자 감무는 끝내 다시 진나라로 들어가지 못하고 위(魏)나라에서 죽었다.

감무에게는 감라(甘羅)라는 손자가 있었다.

지혜는 나이와 관계없다

감라는 감무의 손자이다. 감무가 죽은 뒤, 감라는 열두 살에 진나라 재상이던 문신후(文信侯) 여불위(呂不韋)를 섬겼다.

진시황(秦始皇)[4]은 〔연(燕)나라를 회유하려고〕 강성군(剛成君)

4) 진나라 장양왕(莊襄王)의 아들로 기원전 230년부터 기원전 221년까지 여섯 나라를 병합하고 북쪽으로는 흉노를 내쫓으며, 남쪽으로는 민(閩)과 월(越)을 겸병하여 중국 역사상 처음으로 통일 국가를 세웠다. 그는 군현제를 실시하여 온 나라를 서른 개 군으로 나누고, 각 군 아래에는 현을 두었다. 그리고 법률, 도량형, 화폐, 문자 등을 하나로 만들었다. 그는 자신의 공이 삼황을 덮고 덕은 오제보다 높다고 주장하며 스스로 시황제라고 일컬었다. 그러나 그는 분서갱유를 단행하고, 형벌을 가혹하게 시행하며, 부역을

채택(蔡澤)을 연나라에 사신으로 보냈다. 3년 뒤 연나라 왕 희(喜)가 태자 단(丹)을 진나라에 볼모로 보냈다. 진나라는 장당(張唐)을 연나라에 보내 재상 자리에 앉히고 연나라와 함께 조나라를 쳐서 하간 땅을 넓히려고 했다. 장당이 문신후에게 말했다.

"저는 일찍이 진나라 소왕을 위하여 조나라를 쳤는데, 조나라가 저를 원망하여 '장당을 잡아 오는 자에게는 사방 100리 땅을 주겠다.' 말하고 있습니다. 지금 연나라로 가려면 반드시 조나라를 지나야 되므로 저는 도저히 갈 수 없습니다."

문신후는 불쾌하지만 강요할 수는 없었다. 그때 감라가 말했다.

"어르신께서는 무슨 일 때문에 안색이 좋지 않으십니까?"

문신후가 말했다.

"내가 강성군 채택에게 연나라를 섬기게 한 지 3년 만에 연나라 태자 단을 진나라에 볼모로 보내왔다. 그래서 내가 직접 장경(張卿)장당에게 연나라로 가서 재상이 되라고 하였지만 가지 않으려고 한다."

감라가 말했다.

"제가 그를 가도록 만들겠습니다."

문신후가 큰소리로 꾸짖었다.

"물러가라. 내가 직접 부탁해도 듣지 않는데, 네까짓 것이

너무 무겁게 하여 백성을 고달프게 했다. 그가 죽은 뒤 이세황제 호해가 제위를 이었으나 오래지 않아 봉기가 일어나 멸망했다.

어떻게 가게 할 수 있단 말이냐?"

감라가 말했다.

"항탁(項橐)은 일곱 살에 공자의 스승이 되었습니다. 지금 저는 그보다 많은 열두 살입니다. 어르신께서는 저를 한번 시험해 보십시오. 어찌 그리 야단만 치십니까?"

이에 감라가 장경을 만나 말했다.

"당신과 무안군(武安君)백기 중 누구의 공이 더 큽니까?"

장경이 말했다.

"무안군은 남쪽으로 강한 초나라를 꺾고, 북쪽으로 연나라와 조나라를 위협하며 싸우면 이기고 공격하면 얻기를 거듭했소. 성을 쳐부수고 읍을 무너뜨린 것이 이루 헤아릴 수 없이 많소. 내 공적은 그와 비교도 안 되오."

감라가 말했다.

"응후(應侯)범저가 진나라에서 나랏일을 마음대로 처리한 것과 문신후가 정권을 마음대로 휘두르는 것 중 어느 쪽이 더 큽니까?"

장경이 말했다.

"응후의 전횡이 문신후를 따를 수는 없소."

"당신은 응후의 전횡이 문신후가 정권을 마음대로 휘두르는 데 미치지 못함을 분명히 아십니까?"

장경이 말했다.

"알고 있소."

감라가 말했다.

"응후가 조나라를 치려고 할 때, 무안군은 그것을 비난했다가 관직에서 쫓겨나 함양에서 7리 떨어진 두우(杜郵)에서 피살되었습니다. 지금 문신후가 몸소 당신에게 연나라 재상이 되기를 부탁했는데도 당신은 연나라로 가지 않으려 합니다. 저는 당신이 어디서 죽게 될지 짐작도 못하겠습니다."

장당이 말했다.

"젊은이 말대로 가겠소."

장당은 길 떠날 채비를 하였다.

떠나는 날이 정해지자 감라가 문신후에게 말했다.

"저에게 우선 수레 다섯 대를 빌려주십시오. 장당을 위하여 미리 조나라에 일러 두겠습니다."

그러자 문신후는 궁궐로 들어가 시황제에게 말했다.

"예전 감무의 손자 감라는 나이가 어리나 이름난 집안의 자손으로서 제후들은 그 이름을 들어서 다 알고 있습니다. 이번에 장당이 병을 핑계로 연나라에 가려 하지 않는 것을 감라가 설득해서 가도록 만들었습니다. 지금 감라가 먼저 가서 장당이 연나라로 떠난다는 것을 조나라에 알리려고 합니다. 그를 보내도록 허락해 주십시오."

시황제는 감라를 불러서 보고 조나라에 사자로 보냈다. 조나라 양왕은 교외까지 나아와 감라를 맞이했다. 감라가 조나라 왕에게 말했다.

"왕께서는 연나라 태자 단이 진나라에 들어와 인질이 되었다는 사실을 들으셨습니까?"

"들었소."

"장당이 연나라 재상으로 간다는 말을 들으셨습니까?"

"들었소."

"연나라 태자 단이 진나라에 인질로 들어온 것은 연나라가 진나라를 속이지 않는다는 뜻이고, 장당이 연나라 재상으로 간다는 것은 진나라가 연나라를 속이지 않는다는 뜻입니다. 연나라와 진나라가 서로 속이지 않으면 조나라를 칠 테니 조나라에는 위험한 일입니다. 연나라와 진나라가 서로 속이지 않는 이유는 다름이 아니라 조나라를 쳐서 하간의 땅을 넓히기 위함입니다. 왕께서는 이 기회에 신을 통해서 진나라에 성 다섯 개를 넘겨주어 하간 땅을 넓히게 하십시오. 그러면 연나라 태자를 돌려보내 〔연나라와 진나라 국교를 끊은 다음〕 진나라가 강한 조나라와 함께 약한 연나라를 치도록 하겠습니다."

조나라 왕은 그 자리에서 성 다섯 개를 진나라에게 나누어 주고 하간 땅을 넓히게 하였다. 진나라는 연나라 태자를 돌려보냈다. 조나라는 연나라를 쳐서 상곡(上谷)의 성 서른 개를 빼앗아 열한 개를 진나라에 주었다.

감라가 진나라로 돌아와 보고하니, 이에 감라를 상경(上卿)으로 삼고 예전에 감무가 가지고 있던 전답과 저택을 감라에게 내려 주었다.

태사공은 말한다.

"저리자는 〔진나라 혜왕의〕 골육지친이니 중용되었던 것은 진실로 〔세상의〕 이치이다. 그러나 진나라 사람들이 그의 지혜를 칭찬하였으므로 〔나는〕 그 사적을 많이 실었다. 감무는 하채의 미천한 집안 출신으로 몸을 일으켜 그 이름을 제후들 사이에 떨치고 강한 제나라와 초나라에서 중용되었다. 감라는 나이가 어리지만 한 가지 기묘한 계책을 생각해 내어 후세에 이름이 일컬어지게 되었다. 이들은 행실이 성실한 군자는 아니지만 전국 시대의 책사(策士)였다. 바야흐로 진나라가 강성해졌을 때 천하는 더욱 권모와 술수로 치달으려 했던 것이다."

12

◎

양후 열전
穰侯列傳

전국 시대 중기 이후는 진(秦)나라가 동쪽으로 더욱 세력을 넓히면서 제후들을 잠식해 나가던 때이다. 진나라 무왕(武王)이 죽고 소왕(昭王)이 어린 나이에 왕위에 오르자 선 태후가 섭정하고, 선 태후의 동생 양후가 실권을 휘둘렀다. 양후 위염(魏冉)은 처음에 장군으로 임명되었다가 뒤에 큰 공을 세워 양 땅에 봉해졌기 때문에 양후로 부르게 되었다. 이 편의 제목도 이로부터 따온 것이다. 양후는 재상이 되어 백기를 장수로 삼아 한(韓), 위(魏), 제, 초를 차례로 쳐서 진나라의 세력을 더욱 키웠다. 그는 세 번이나 진나라 재상이 되어 소왕이 서제(西帝)가 되도록 한 인물이다. 그러나 양후의 공과 권력이 커져 가면서 범저의 비방을 받고 소왕과 사이가 멀어지더니 결국 울분이 쌓인 채 살다가 죽었다. 그래서 사마천은 논찬 부분에서 인생무상을 언급한다.

양후에 관해서는 「범저 채택 열전」에도 보인다. 이 편은 비교적 간략하게 구성되었으므로 「백기 왕전 열전」과 함께 읽으면 이해하는 데 도움이 된다. 수고(須賈)가 양후를 설득하는 말과 소대가 쓴 간절한 편지 부분이 특히 감동을 자아낸다.

외척의 정치 참여

양후(穰侯) 위염(魏冉)은 진나라 소왕의 어머니 선 태후의 동생이다. 그 조상은 초나라 사람으로 성은 미(羋)씨이다.

진나라 무왕이 죽었으나 아들이 없으므로 그 동생이 왕위를 이어 소왕이 되었다. 소왕의 어머니는 예전에 미팔자(羋八子)로 불렸으나 소왕이 왕위에 오르자 선 태후로 올려 불렀다. 선 태후는 무왕의 어머니가 아니다. 무왕의 어머니는 혜문후(惠文后)로 무왕보다 먼저 죽었다.

선 태후에게는 동생이 두 명 있었다. 그중 큰 동생은 아버지가 다른 양후인데, 성은 위이고 이름은 염이다. 둘째 동생은 아버지가 같은 미융(羋戎)으로 화양군(華陽君)이다. 또 소왕과 어머니가 같은 동생으로는 고릉군(高陵君)과 경양군(涇陽君)이 있다. 이들 가운데 위염이 가장 현명하여 혜왕과 무왕 때부터 중요한 관직에 임명되어 나랏일에 관여했다. 무왕이 죽자 여러 동생이 임금 자리를 놓고 다투었으나 위염의 힘으로 소왕이 즉위할 수 있었다. 소왕이 즉위하자 위염을 장군으로 삼아 수도 함양을 지키도록 하였다. 〔위염은〕 계군(季君)의 난[1]을 평정하고 무왕의 후(后)를 위(魏)나라로 내쫓았으며, 소왕의 여러 형제 중 선하지 못한 자를 모조리 없애 그 위세를 온 진나라에 떨쳤다. 소왕이 어리므로 선 태후가 몸소 조정에 나가 국정을 돌보고 위염에게 정치를 맡겼다.

천명은 정해져 있지 않다

소왕 7년에 저리자가 죽자 경양군을 제나라에 볼모로 보냈다. 조나라 사람 누완(樓緩)이 와서 진나라 재상이 되었다. 조나라는 〔누완이 진나라 재상이 된 것이 자기 나라에〕 이롭지 않다고 여겨서 구액(仇液)을 진나라로 보내 위염을 진나라 재상으로 앉히도록 요청하려고 했다. 구액이 떠나려 할 즈음, 그의

1) 계군은 공자 장(壯)을 말한다. 소왕 2년에 여러 공자와 반란을 꾀하고 스스로 계군이라고 불렀으나 위염에 의해서 죽게 되었다.

식객 송공(宋公)이 구액에게 다음과 같이 말했다.

"〔만일〕 진나라에서 당신 말을 듣지 않는다면 누완은 반드시 당신을 원망할 것입니다. 〔그러니〕 당신은 먼저 누완에게 '〔저는〕 공을 위하여 진나라 왕에게 서둘러 부탁하지는 않겠습니다.'라고 말해 두시는 게 낫습니다. 위염을 재상으로 삼아 달라는 조나라의 요청이 그다지 급하지 않다는 것을 진나라 왕이 알면 도리어 당신 말을 듣지 않을 것입니다. 당신이 말을 하여 그대로 되지 않으면 누완에게는 덕을 베푼 것이 되고, 그대로 되면 위염은 당신에게 고마워할 것입니다."

구액이 그 말대로 하니 진나라는 정말 누완을 파면하고 위염을 진나라 재상으로 삼았다.

〔그 뒤 위염이 자신의 재상 임명을 반대했던〕 여례(呂禮)를 죽이려 하자, 여례가 제나라로 달아났다.

소왕 14년에 위염이 백기를 추천하여 상수 대신 장군으로 삼아 한(韓)나라와 위(魏)나라를 치게 했다. 〔백기는 한나라와 위나라의 군사를〕 이궐(伊闕)에서 깨뜨려 적군 24만 명의 목을 베고, 위나라 장군 공손희(公孫喜)를 사로잡았다. 그 이듬해에 또 초나라의 완(宛)과 섭(葉)을 빼앗았다. 위염이 병을 핑계로 재상직을 그만두니 객경 수촉(壽燭)을 재상으로 삼았다. 그다음 해에 수촉이 해임되고 위염이 다시 재상이 되었다. 이에 진나라는 위염을 양(穰)에 봉하고 다시 도(陶)에 봉하여 양후라고 불렀다.

〔위염이〕 양후로 봉해진 지 4년 뒤에 진나라 장수가 되어 위나라를 치자 위나라는 황하 동쪽 땅 사방 400리를 바쳤다.

또 위나라 황하 이북을 쳐서 크고 작은 성 60여 개를 빼앗았다. 소왕 19년에 진나라는 서제(西帝)라 일컫고 제나라는 동제(東帝)라고 일컬었다. 이로부터 한 달 남짓 지나서 여례가 돌아왔다. 제나라와 진나라는 각각 제(帝)라는 호칭을 버리고 다시 왕이라고 했다. 위염은 다시 진나라 재상이 된 지 6년 만에 그 자리에서 물러났다. 그로부터 2년 뒤에 다시 진나라 재상이 되었고, 4년째 되던 해에는 백기에게 초나라 수도 영을 쳐서 함락시키도록 하여 남군(南郡)을 새로 두고 백기를 봉하여 무안군이라 했다. 백기는 양후가 추천한 인물로서 두 사람은 사이가 좋았다. 이즈음에 양후는 왕실보다 더 부유했다.

소왕 32년에 양후는 상국(相國)이 되었다. 군대를 이끌고 위나라를 쳐서 위나라 장수 망묘(芒卯)를 〔싸움에서 져〕 달아나게 하고, 북택(北宅)까지 들어가 대량을 에워쌌다. 위나라 대부 수고(須賈)가 양후를 설득하여 말했다.

"저는 위나라 높은 관리들이 위나라 왕에게 이런 말을 했다고 들었습니다. '옛날 양위나라 혜왕은 조나라를 쳐 삼량(三梁)남량(南梁)에서 이기고 한단을 빼앗았지만 조나라는 〔끝내〕 위나라에게 땅을 떼어 주지 않았고, 한단은 결국 조나라가 되차지하였습니다. 제나라 사람들이 위(衛)나라를 쳐서 옛 도읍을 뺏고 대부 자량(子良)을 죽였지만, 위나라 사람들이 땅을 떼어 주지 않아서 그 땅은 다시 위나라로 돌아왔습니다. 조나라와 위나라가 나라를 온전하게 보존하고 군사들은 강인하며 그 땅을 다른 제후에게 빼앗기지 않는 것은 어려움을 참고 다른 나라에 땅을 내놓는 것을 심각한 문제로 여겼기 때문입니다. 그러나 송나라와 중산(中山)은 침략을 받고는 자주 다른 나라에 땅을 떼어 주었기 때문에 나라도 함께 멸망했습니다. 제가 생각하기에 조나라와 위나라를 본받고 송나라와 중산을 경계로 삼아야 합니다. 진나라는 탐욕스럽고 포악한 나라이니 가까이하지 마십시오. 진나라는 우리 위(魏)나라를 잠식하고, 또 〔위나라에 속해 있던〕 옛 진(晉)나라 땅을 모두 빼앗았습니다. 그들은 〔우리 장군〕 포자(暴子)포연(暴鳶)를 이기고 여덟 현을 떼어 갔는데, 그것이 진나라 땅이 되기도 전에 또다시 군대를 출동시켰습니다. 진나라에게 어찌 만족이라는 것이 있겠습니까? 지금 또 망묘를 무찔러 달아나게 하고 북택까지 쳐들어왔지만, 이것은 구태여 위나라를 침략한다기보다 왕을 위협하여 보다 많은 땅을 떼어 가려는 속셈입니다. 왕께서는 무슨 일이 있어도 들어주면 안 됩니다. 지금 왕이 초나라와 조나라를 저버리고 진나라와 친교를 맺으면, 초나라와 조나라는 화가 나서 왕을 배신하고 앞다투어 진나라를 섬기려 할 것이고 진나라는 반드시 초나라와 조나라를 받아들일 것입니다. 진나라가 초나라와 조나라의 군사를 합쳐서 다시 위나라를 친다면 위나라는 망하지 않으려고 해도 망하지 않을 수 없습니다. 부디 왕께서는 절대로 진나라와 화친을 맺지 마십시오. 왕께서 굳이 화친을 맺으려고 한다면 땅을 조금 떼어 주는 대신 진나라로부터 인질을 받도록 하십시오. 그렇게 하지 않으면 반드시 속을 것입니다.' 이것이 제가 위나라에서 들은 이야기입니다. 장군께서는 이 점을 고려하여 일을 처리하십시오.

『주서(周書)』에 '천명은 변하지 않는 것이 아니다.'라고 했으니, 이것은 요행은 자주 있는 일이 아니라는 말입니다. 포자와 싸워 이겨 현 여덟 개를 얻은 것은 병사가 정예로워서도 아니요 계략이 교묘해서도 아니고 하늘이 큰 행운을 내려 주었기 때문입니다. 지금 또 망묘를 싸움에서 져 달아나게 하고 북택으로 침입하여 대량을 치고 있습니다만, 이것도 하늘이 내려 준 행운이 늘 자기 곁에 있다는 믿음 때문입니다. 그러나 지혜로운 사람들은 그렇게 생각하지 않습니다.

제가 듣건대 위나라는 100개 현에서 뽑은 정예 병사를 모두 동원해서 대량을 지킨다고 합니다. 제 생각에 그들의 병력은 30만은 족히 될 것입니다. 정예 병사 30만 명으로 대량의 일곱 길 높이의 성을 지키고 있으니 은나라 탕왕이나 주나라 무왕이 다시 살아난다 해도 쉽사리 함락시키지는 못할 것입니다. 무릇 초나라와 조나라의 병력이 뒤에서 위협하고 있는데도 이를 가볍게 여기고 일곱 길이나 되는 성벽을 기어 올라가 30만 대군과 싸워서 반드시 함락시키려고 하는 것은 하늘과 땅이 생긴 이래로 여태껏 한 번도 없었던 일입니다. 만일 쳐서 함락시키지 못할 경우에는 틀림없이 진나라 병사는 지칠 대로 지치고 도읍(陶邑)은 망할 것입니다. 그러면 당신이 지금까지 쌓은 공로는 물거품이 되고 말 것입니다.

지금 위나라는 망설이고 있으므로 땅을 조금 얻고 사태를 수습할 수 있습니다. 원컨대 초나라와 조나라 병사가 위나라에 이르기 전에 빨리 땅을 조금 얻고 위나라와의 관계를 수습하십시오. 위나라는 지금 결정하지 못하고 망설이고 있으므로 땅을 조금 떼어 주는 것이 이롭다고 생각하면 반드시 그렇게 할 것입니다. 그렇게 되면 당신이 원하는 땅을 얻을 수 있습니다. 초나라와 조나라는 위나라가 자기들보다 먼저 진나라와 화친한 것을 두고 화를 내며 다투어 진나라를 섬길 것입니다. 이로써 합종 약속은 깨질 것입니다. 당신은 그렇게 하고 나서 하고 싶은 일을 골라 하십시오. 당신이 땅을 얻기 위해 반드시 병력을 출동시킬 필요가 어디 있습니까? 옛 진(晉)나라 땅을 손에 넣고 싶으면 진(秦)나라 군사가 공격하지 않아도 위나라는 반드시 강(絳)과 안읍(安邑)을 내주고, 도(陶)로 통하는 〔남북의〕 두 길을 열 것입니다. 이렇게 하여 예전의 송나라 땅을 거의 차지하면 위(衛)나라는 반드시 선보(單父)를 내줄 것입니다. 진나라는 군사를 하나도 잃지 않고 천하를 제어할 수 있으니 무엇을 구한들 얻지 못하며, 무슨 일을 한들 이루지 못하겠습니까? 부디 이 점을 깊이 헤아려 대량을 에워싸는 위험한 일은 하지 마십시오."

"좋소."

양후는 이렇게 말하고 대량의 포위를 풀었다.

잃는 게 없는 싸움을 하라

그 이듬해에 위나라는 진나라를 등지고 제나라와 합종을 맺었다. 진나라는 양후에게 위나라를 치게 하여 4만 명의 목을 베고 위나라 장군 포연을 도망치도록 했으며, 위나라의 세

현을 손에 넣었다. 양후는 봉지를 더하게 되었다.

이듬해에 양후는 백기, 객경 호양(胡陽)과 함께 다시 조나라, 한나라, 위(魏)나라를 치고 망묘를 화양(華陽)성 밑에서 쳐부숴 10만 명의 목을 베고 위(魏)나라의 권(卷), 채양(蔡陽), 장사(長社), 조나라의 관진(觀津)을 빼앗았다. 그 뒤 조나라에 관진을 돌려주는 대신 조나라에 군사를 지원하여 제나라를 치게 했다. 제나라 양왕(襄王)은 두려운 나머지 소대를 시켜 몰래 양후에게 다음과 같은 편지를 보내게 했다.

저는 길 가는 사람들이 "진나라는 앞으로 조나라에 군사 4만 명을 보내 제나라를 치려고 한다."라고 말하는 것을 들었습니다. 저는 아무도 몰래 우리 제나라 왕에게 "진나라 왕은 현명하여 계책에 뛰어나고 양후는 지혜로워 일 처리에 능숙하므로, 결코 조나라에 병사 4만 명을 주어 제나라를 치게 하지 않을 것입니다."라고 단언했습니다. 왜냐하면 대체로 삼진이 힘을 합쳐 한편이 되는 것은 진나라에게는 심각한 위협이 되기 때문입니다. 삼진은 진나라를 백 번 배반하고 백 번 속였으면서도 〔그들 스스로는〕 신의가 없다고 생각하지 않고 정의롭지 못하다고도 생각하지 않습니다. 그런데 지금 진나라가 제나라를 쳐서 조나라를 살찌운다면 조나라는 진나라에게 큰 적이 되니 결코 이로움이 없습니다. 이것이 첫 번째 이유입니다.

진나라의 참모는 반드시 이렇게 말할 것입니다. "〔삼진과 초나라가 제나라를 쳐서〕 제나라를 깨뜨린다 해도 삼진과 초나라도 지칠 것입니다. 그러고 나면 삼진과 초나라를 이길 수 있을 것입니다.” 그러나 제나라는 황폐한 나라입니다. 천하의 여러 나라가 힘을 합쳐 제나라를 친다는 것은 1000균(鈞)이나 나가는 쇠뇌로 곪아 터지려는 종기를 터뜨리는 것과 같아서 제나라를 쉽게 깨뜨리겠지만 삼진과 초나라를 지치게 만들 수는 없습니다. 이것이 두 번째 이유입니다.

진나라가 병사를 적게 보내면 삼진과 초나라가 믿지 않을 테고, 병사를 많이 보내면 삼진과 초나라는 진나라에게 압도되어 결국 진나라가 제나라를 치는 격이 됩니다. 제나라는 겁이 나서 진나라를 좇지 않고 삼진과 초나라를 좇을 것입니다. 이것이 세 번째 이유입니다.

진나라가 제나라 땅을 떼어 삼진과 초나라에게 주면 삼진과 초나라는 이곳에 병사를 두어 지킬 것입니다. 그렇게 되면 진나라는 도리어 적을 만들어 놓는 셈이 됩니다. 이것이 네 번째 이유입니다.

진나라가 삼진과 초나라를 도와 제나라를 치는 것은 삼진과 초나라가 진나라를 이용하여 제나라 땅을 빼앗고, 제나라를 이용하여 진나라 땅을 빼앗는 결과가 됩니다. 이는 삼진과 초나라가 얼마나 지혜로우며 진나라와 제나라가 얼마나 어리석은 것입니까? 이것이 다섯 번째 이유입니다.

그러므로 진나라는 안읍을 얻어 잘 다스리면 반드시 아무런 근심이 없을 것입니다. 만일 진나라가 안읍을 차지한다면 한나라는 반드시 상당(上黨)을 지키지 못할 것입니다. 천하의 위장에 해당하는 상당을 얻는 것과 군대를 출동시켜 놓고 돌아오지 못할까 봐 걱정하는 것 중 어느 쪽이 유리합니까? 그래서 저는 "진나라 왕은 현명하여 계책에 뛰어나고 양후는 지혜로워 일 처리에 능숙하므로, 결코 조나라에 병사 4만 명을 주어 제나라를 치게 하지 않을 것입니다."라고 말했습니다.

이 편지를 읽은 양후는 나아가지 않고 병사를 이끌고 돌아왔다.

결국 내쫓기는 신세

소왕 36년에 상국(相國) 양후는 객경 조(竈)와 상의하여 제나라를 쳐서 강읍(剛邑), 수읍(壽邑)을 빼앗아 자기의 도읍(陶邑)을 넓히려고 했다. 이때 위(魏)나라 사람 범저(范雎)가 스스로를 장록(張祿) 선생이라 하면서 양후가 제나라를 공격하는데, 삼진을 넘어서 제나라를 치는 것을 비난하고는, 이 기회를 틈타 자기의 주장을 진나라 소왕에게 말했다. 이에 소왕은 곧바로 범저를 등용했다. 범저는 선 태후가 제멋대로 정권을 휘두르는 일, 양후가 제후들 사이에서 권세를 떨치는 일, 경양군과 고릉군의 무리가 지나치게 사치스러워 왕실보다도 부유한 일 등을 말했다. 이에 소왕도 깨달은 바가 있어 상국 양후를 파면하고 경양군 등 그 일족을 모두 함곡관 너머 자기들의 봉읍으로 가서 살도록 했다. 양후가 함곡관을 나갈 때 짐수레가 1000대도 넘었다.

양후는 도읍에서 죽어 그곳에 장사 지냈다. 그 뒤 진나라에서는 도읍을 거두고 군을 두었다.

태사공은 말한다.

"양후는 소왕의 친외삼촌이다. 진나라가 동쪽으로 땅을 넓히고 제후의 세력을 약화시키면서 한때 천하에서 제(帝)라 일컫고,[2] 천하의 제후들에게 서쪽을 향해 머리를 숙이게 한 것은 양후의 공적이다. 그러나 그는 부유하고 존귀함이 최고에 이르렀을 때, 한 남자범저를 지칭가 유세를 펼치자 신분이 꺾이고 권세를 빼앗겨 근심과 번민 속에서 살다가 죽었다. 〔왕족의 한 사람이 이렇거늘〕 하물며 〔진나라에서 벼슬아치가 된〕 객경이야 어떠하겠는가?"

---

2) 기원전 288년에 진나라 소왕과 제나라 민왕이 다투어 '제(帝)'라 일컬었는데 진나라는 서제(西帝), 제나라는 동제(東帝)라 했다. 그러나 곧 제나라가 '제'라는 호칭을 버렸고 진나라도 취소했다.

13

◎

백기 왕전 열전
白起王翦列傳

백기는 전국 시대 진나라의 유명한 장수로 공손기(公孫起)라고도 하며, 소왕 때 벼슬이 대량조까지 이르렀다. 그는 전쟁에서 여러 차례 이겨 한(韓), 조, 위(魏), 초 등의 영토를 빼앗았다. 진나라 소왕 29년에는 초나라 수도 영을 쳐서 무안군으로 봉해졌으나 나중에 상국 범저의 시기를 받아 죽게 된다.

왕전은 진시황 때 장수이다. 그는 아들 왕분(王賁)과 함께 진시황이 천하를 통일하는 데 한몫했다. 사마천은 백기와 왕전이 모두 용병에 뛰어났으므로 이들의 사적을 이 한 편에 묶어 놓음으로써 진나라가 천하를 통일하는 과정을 분명하게 보여 주고 있다.

사마천은 이 편 끝에 『초사(楚辭)』「복거(卜居)」의 "자[尺]에도 짧은 데가 있고, 치[寸]에도 긴 데가 있다."라는 말을 인용하면서 새로운 뜻으로 풀이한다. 백기와 왕전은 보통 사람을 뛰어넘는 재능을 갖추어 천하를 무찔렀지만 진나라를 위해 천하를 지킬 수는 없었고, 심지어 자기 몸조차 온전하게 지키지 못했다는 말이다. 백기는 패배하여 항복하는 조나라 군대를 땅속에 묻어 죽인 일로 자신도 비명횡사를 피하지 못했고, 왕전은 진시황에게 어진 행실을 하도록 간언하지 않아서 그 손자가 재앙을 받았다는 것이다. 더불어 백기의 공로가 커질수록 그에 따른 진나라 소왕의 시기도 더욱 심해지는 과정이 묘사되는 등 진나라 통치자들의 잔혹한 모습과 군주와 대신들 간의 긴장 관계도 드러나 있다.

장평을 함락한 후 조나라 사람들을 산 채로 묻어 죽이는 백기.

마음을 잘 바꾸는 자는 난을 일으킨다

백기(白起)는 미(郿) 땅 사람으로 병사를 다루는 데 뛰어나 진나라 소왕을 섬겼다. 소왕 13년에 백기는 좌서장(左庶長)[1]이 되어 군대를 이끌고 한나라 신성(新城)을 공격했다. 이해에 양후가 진나라 재상이 되어 임비(任鄙)를 한중군(漢中郡) 태수로 기용했다. 그 이듬해에 백기는 좌경(左更)에 올라 한(韓)나라와 위(魏)나라를 이궐(伊闕)에서 공격하여 24만 명의 목

---

1) 진한(秦漢) 시대 작위 이름이다. 그 무렵 작위에는 스무 단계가 있었는데 좌서장은 그중 열 번째에 해당한다. 열한 번째가 좌경이고, 열여섯 번째가 대량조이다.

을 베고, 적의 장수 공손희(公孫喜)를 사로잡았으며 다섯 성을 함락시켰다. 백기는 국위(國尉)[2]로 승진하여 하수를 건너 한(韓)나라 안읍에서 동쪽으로 건하(乾河)에 이르는 땅을 함락시켰다. 이듬해에 백기는 대량조(大良造)에 올랐고, 위(魏)나라를 쳐서 크고 작은 성 예순한 개를 차지했다. 그다음 해에 백기는 객경 사마조(司馬錯)와 함께 원성(垣城)을 쳐 손에 넣었다. 그로부터 5년 뒤에 백기는 조나라를 쳐서 광랑성(光狼城)을 점령했다. 7년 뒤에 백기는 초나라를 쳐서 언(鄢)과 등(鄧)의 다섯 성을 차지했다.[3] 그 이듬해에도 초나라를 쳐서 영을 점령하고 이릉(夷陵)을 불살랐으며, 마침내 동쪽으로 경릉(竟陵)에 이르렀다. 초나라 왕은 영을 버리고 동쪽에 위치한 진(陳)으로 수도를 옮겼다. 그러자 진나라는 영을 남군(南郡)으로 삼았다. 백기는 승진하여 무안군(武安君)이 되었다. 무안군은 초나라를 점령하고 무군(巫郡), 검중군(黔中郡)을 평정했다.

소왕 34년에 백기는 위(魏)나라를 쳐서 화양(華陽)을 함락시키고, 〔적장〕 망묘(芒卯)를 달아나게 하였으며, 삼진의 장군들을 사로잡고 적병 13만 명의 목을 베었다. 조나라 장군 가언(賈偃)과 싸워 그의 군사 2만 명을 하수에 빠뜨려 죽였다. 소왕 43년에 백기는 한(韓)나라 형성(陘城)을 쳐 다섯 성을 점령하고 5만 명의 목을 베었다. 〔소왕〕 44년에 백기는 남양(南陽)

---

2) 진나라의 가장 높은 군사 전문가이다. 진시황은 여섯 나라를 통일한 뒤 이것을 태위(太尉)로 고쳤다.

3) 「진 본기」와 「육국 연표」에 의하면 백기가 초나라의 언과 등을 칠 때는 진나라 소왕 28년, 즉 기원전 279년이므로 이 부분은 잘못이다.

을 쳐서 태항산의 길을 끊었다.

〔소왕〕 45년, 한나라 야왕(野王)이라는 곳을 치니, 야왕이 진나라에 항복하므로 상당으로 가는 길이 끊겼다. 상당 태수 풍정(馮亭)은 백성과 이렇게 모의했다.

"〔한나라 수도〕 신정(新鄭)으로 가는 길이 이미 끊겼으니, 한나라는 이곳의 우리 백성을 보호할 수 없을 것이다. 진나라 군대가 쳐들어오고 있는데도 한나라는 상대조차 못하니 상당을 바쳐 조나라에 귀속되는 편이 낫다. 조나라가 만일 우리를 받아들이면 진나라는 화가 나서 반드시 조나라를 칠 것이다. 조나라가 진나라의 공격을 받으면 반드시 한나라와 가까워질 테고, 한나라와 조나라가 하나로 뭉치면 진나라에 대항할 수 있다."

풍정은 조나라에 사람을 보내 이 뜻을 알렸다. 조나라 효성왕(孝成王)은 평양군(平陽君)조표(趙豹)과 평원군(平原君)조승(趙勝)을 불러 이 일을 의논하였다. 평양군이 말했다.

"받아들이지 않는 편이 좋습니다. 받아들이면 이득보다 재앙이 클 것입니다."

그러나 평원군은 말했다.

"아무 조건 없이 군 하나를 얻는 일이니 받는 편이 좋습니다."

조나라 왕은 평원군의 말을 받아들여 풍정을 화양군(華陽君)에 봉했다.

〔소왕〕 46년에 진나라는 한나라의 구지(緱氏)와 인(藺)을 쳐서 점령했다. 〔소왕〕 47년에 진나라는 좌서장 왕흘(王齕)에게

한나라를 치도록 하여 상당을 점령했다. 그러자 상당의 백성이 조나라로 달아났다. 조나라는 장평(長平)에 진을 치고 상당의 백성을 보호했다. 그해 4월에 〔진나라는〕 왕흘에게 조나라를 치도록 했다. 조나라는 염파(廉頗)를 장군으로 삼았다. 조나라 군대의 사졸이 진나라의 정찰병에게 싸움을 걸었는데, 오히려 진나라의 정찰병이 조나라 비장(裨將) 가(茄)를 죽였다. 6월에 진나라 군대가 조나라 군대를 꺾고 보루 두 개를 빼앗았으며, 도위(都尉) 네 명을 포로로 잡았다. 7월에 조나라 군대는 보루를 쌓아 지켰으나 진나라 군대가 다시 그 보루를 공격하여 도위 두 명을 사로잡고 그 진지를 깨뜨렸으며 서쪽 보루를 빼앗았다. 염파 장군은 보루를 더욱 튼튼하게 쌓고 진나라 군대에 대비했다. 진나라 군대가 여러 차례 싸움을 걸었지만 조나라 군대는 보루에서 나가 싸우지 않았다. 그러자 조나라 왕은 〔염파에게 나가 싸우지 않는다며〕 수차례 꾸짖었다. 한편 진나라 재상 응후는 조나라에 사람을 보내 많은 돈을 뿌려 가며 다음과 같이 이간질하는 말을 퍼뜨리게 했다.

"진나라가 두려워하는 것은 마복군(馬服君)조나라의 명장인 조사(趙奢)의 아들 조괄(趙括)이 장군이 되는 것뿐이다. 염파는 상대하기 쉽다. 그는 앞으로 진나라에 항복할 것이다."

조나라 왕은 이미 염파의 군대에 죽은 자나 달아나는 자가 많고 싸움에서 여러 번 졌는데도 보루를 튼튼히 할 뿐 대담하게 싸우지 않음을 불만스럽게 여기고 있었다. 그러던 중 진나라 첩자들이 퍼뜨린 말을 듣자 염파 대신 조괄을 장군으로 임명하여 진나라를 치게 했다. 진나라는 마복군의 아들이 장군이 되었다는 소식을 듣고 은밀히 무안군 백기를 상장군(上將軍)으로 삼고, 왕흘을 위비장(尉裨將)으로 삼고는 군중에 명령을 내렸다.

"감히 무안군이 장군이 되었다는 말을 입 밖에 내는 자가 있으면 목을 베겠다."

조괄은 보루에 이르자마자 군사를 내어 진나라 군대를 치게 했다. 그러자 진나라 군대는 싸움에서 지는 척하며 달아났다. 진나라 군대는 두 갈래로 복병을 두었다가 조나라 군대를 에워싸 습격할 계획이었다. 조나라 군대는 승세를 타고 뒤를 쫓아 진나라 보루까지 다가갔지만 보루를 워낙 튼튼하게 지키고 있어 들어갈 수가 없었다. 이때 진나라 복병 2만 5000명이 조나라 군대의 뒤를 끊고 5000기병이 조나라 군대와 보루 사이를 끊었다. 그래서 조나라 군대는 둘로 나뉘고 식량 보급로도 끊어지고 말았다. 진나라 군대는 가볍게 무장한 날랜 병사를 내어 조나라 군대를 쳤다. 조나라 군대는 상황이 불리해지자 보루를 쌓고 굳게 지키며 도와줄 군대가 오기만을 기다렸다. 진나라 왕은 조나라 군대의 식량 보급로가 끊어졌다는 소식을 듣고 직접 하내로 들어가서 백성에게 각각 작위 한 계급씩을 내리고, 열다섯 살 이상인 사람을 뽑아서 모두 장평으로 보내 조나라의 구원병과 식량이 들어오지 못하게 막도록 했다.

9월이 되자 조나라 군대는 식량을 보급받지 못한 지 46일이나 되었으므로 내부에서 서로 죽여 살을 먹는 지경에 이르렀다. 조나라 군대는 탈출하려고 네 부대를 만들어 진나라 보루를 네댓 번 공격했지만 포위망을 벗어날 수 없었다. 장군 조괄은 직접 정예군을 이끌고 맨 앞에 나가 싸웠으나 진나라 군사가 쏜 화살에 맞아 죽었다. 마침내 조괄의 군사가 패배하니 병졸 40만 명이 무안군에게 항복했다. 이때 무안군은 말했다.

"전에 진나라가 상당을 점령한 일이 있는데, 상당 백성은 진나라로 귀속되기를 싫어하여 조나라로 돌아갔다. 조나라 병사들은 마음을 잘 바꾸기 때문에 모두 죽여 버리지 않으면 뒤에 반란을 일으킬지도 모른다."

백기는 사람들을 속여 모조리 산 채로 땅속에 묻어 죽이고, 남은 어린아이 240명만을 조나라로 돌려보냈다. 머리가 베이거나 포로로 사로잡힌 자가 이때를 전후로 하여 45만 명이나 되었다. 조나라 사람들은 두려워 벌벌 떨었다.

하늘에 죄를 지으면 죽음만이 있을 뿐이다

〔소왕〕 48년 10월에 진나라는 다시 상당군을 평정했다. 진나라는 군대를 둘로 나누어 왕흘이 피뢰(皮牢)를 쳐서 점령하고, 사마경(司馬梗)이 태원(太原)을 평정했다. 한나라와 조나라는 두려운 나머지 소대에게 많은 예물을 가지고 가서 진나라 재상 응후의 마음을 달래게 했다.

"무안군께서 마복군의 아들을 잡았습니까?"

"그렇소."

"곧바로 한단을 포위할 것입니까?"

"그렇소."

"조나라가 멸망하면 진나라 왕은 천하의 제왕이 되고, 무안군은 삼공(三公)천자를 보좌하는 태사(太師)와 태부(太傅)와 태보(太保)의 자리에 오르겠지요. 무안군께서 진나라를 위하여 빼앗은 성만 해도 70여 개나 됩니다. 남쪽으로는 언과 영과 한중을 평정하고, 북쪽으로는 조괄의 군사를 잡아 죽였습니다. 주공(周公) 단(旦), 소공(召公) 석(奭), 태공망(太公望)여상(呂尙)의 공적도 이만은 못합니다. 이제 조나라가 망하고 진나라 왕이 제왕이 되면 무안군은 틀림없이 삼공의 자리에 오를 것입니다. 승상께서는 무안군의 밑에 있어도 참을 수 있습니까? 비록 그 밑에 있지 않으려 해도 어쩔 수 없는 일입니다. 진나라는 한때 한나라를 쳐서 형구(邢丘)를 에워싸고 상당을 괴롭혔지만 상당 백성은 모두 조나라로 귀속했습니다. 천하 백성이 진나라 백성이 되기를 달가워하지 않은 지가 이미 오래되었습니다. 이제 진나라가 조나라를 멸망시키면 그 북쪽 땅은 연나라로 들어가고, 동쪽 땅은 제나라로 들어가며, 남쪽 땅은 한나라와 위(魏)나라로 들어갈 것입니다. 그러나 승상이 얻게 되는 백성은 얼마 되지 않습니다. 차라리 한나라와 조나라에서 땅을 받고 화친을 맺어 무안군의 공로로 돌리지 않는 편이 낫다고 봅니다."

이에 응후가 진나라 왕에게 말했다

"진나라 군대는 지쳐 있습니다. 한나라와 조나라에서 땅을 받고 화친을 맺어 잠시 병사들을 쉬게 하십시오."

진나라 왕은 이 말을 받아들여 한나라의 원옹(垣雍)과 조나라의 성 여섯 개를 받는 조건으로 화친을 맺고 정월에 병사들을 모두 물렸다. 무안군은 이 일로 응후와 사이가 벌어졌다.

그해 9월에 진나라는 다시 병사를 내어 오대부(五大夫) 왕릉(王陵)에게 조나라의 한단을 치게 했다. 이때 무안군은 병이 들어 전쟁에 나갈 수 없었다.

〔소왕〕 49년 정월에 왕릉이 한단을 쳤지만 그다지 유리한 상황이 아니었다. 진나라는 더 많은 병사를 보내 왕릉을 도왔으나 오히려 장수 다섯을 잃었다. 무안군의 병이 나아 진나라 왕은 왕릉 대신 무안군을 장군으로 삼으려 했다. 그러자 무안군은 이렇게 말했다.

"한단은 쉽게 빼앗을 수 없습니다. 게다가 다른 제후국의 구원병이 곧 도우러 올 것입니다. 저 제후들은 진나라를 원망한 지 오래되었습니다. 진나라가 장평의 적군을 무찌르기는 했지만 진나라 군사도 절반 넘게 죽어 나라가 비어 있습니다. 그런데 멀리 산과 물을 건너 남의 나라 수도를 치려고 하니, 조나라 군대가 안에서 호응하고 제후들이 밖에서 친다면 진나라 군대는 반드시 무너질 것입니다. 〔한단을 쳐서는〕 안 됩니다."

〔무안군은〕 진나라 왕이 직접 명령해도 가지 않았다. 왕은 응후를 보내 이 일을 부탁하도록 했지만 무안군은 끝내 사양하고 가려 하지 않았다. 그는 병을 핑계로 집에 들어앉았다.

진나라 왕은 어쩔 수 없이 왕릉 대신 왕흘을 장군으로 삼아 8월과 9월에 한단을 에워쌌지만 함락시키지는 못했다. 그런데 초나라가 춘신군(春申君)과 위(魏)나라의 공자 신릉군(信陵君)에게 수십만 병력을 이끌고 진나라 군대를 치도록 했다. 진나라 군대는 많은 전사자와 도망자를 냈다. 그러자 무안군이 말했다.

"진나라 왕이 내 계책을 듣지 않은 결과 지금 어떻게 되었는가?"

진나라 왕은 이 말을 듣고 화가 나서 무안군을 억지로라도 출전시키려고 하였지만 무안군은 병이 위독하다며 듣지 않았다. 진나라 왕이 다시 응후를 시켜 간청하게 했으나 소용없었다. 이에 〔진나라 왕은 화가 치밀어〕 무안군을 관직에서 내치고 일개 병졸로 만들어 벽지인 음밀(陰密)로 옮겨 살게 했다. 그러나 무안군은 병이 들어 옮겨 가지 못했다. 석 달이 지나자 제후들의 군대가 일제히 공격하기 시작하여, 진나라 군대는 다급해져 여러 차례 물러나야 했다. 〔위급한 상황을 알리는〕 사자가 날마다 〔수도 함양에〕 잇달았다. 그러자 진나라 왕은 사람을 시켜 백기를 함양에 더 이상 머물지 못하게 했다. 무안군이 길을 나서 함양의 서문에서 10리 거리에 있는 두우(杜郵)에 이르렀을 무렵, 진나라 소왕은 응후와 다른 신하들과 상의한 끝에 다음과 같이 말했다.

"백기는 사는 곳을 옮겨 가면서 속으로는 복종하지 않고 뼈 있는 말을 했소."

진나라 왕은 곧 사자를 보내 무안군에게 칼을 내려 스스로 목숨을 끊도록 했다. 무안군은 칼을 받아 들고 자신의 목을 찌르려다가 이렇게 말했다.

"내가 하늘에 무슨 죄를 지었기에 이 지경에 이르렀는가?"

잠시 동안 그렇게 있다가 말을 이었다.

"나는 죽어 마땅하다. 장평 싸움에서 항복한 조나라 병사 수십만 명을 속여서 모두 산 채로 땅속에 묻었으니 이것만으로도 죽어 마땅하다."

그러고는 끝내 스스로 목숨을 끊으니 진나라 소왕 50년 11월의 일이다. 그는 죽었지만 죄를 지은 것은 아니므로 진나라 사람들은 그를 가엾게 여겨 마을이 모두 제사를 지내 주었다.

3대에 걸쳐 장군이 된 자는 싸움에서 진다

왕전(王翦)은 빈양(頻陽) 동향(東鄕) 사람이다. 젊어서부터 병법을 좋아하여 진나라 시황제를 섬겼다. 시황제 11년에 왕전은 장군이 되어 조나라 연여(閼與)를 공격하여 무찌르고 성 아홉 개를 함락시켰다. 〔시황제〕 18년에 왕전은 장군이 되어 1년 남짓 조나라를 공략하여 깨뜨리고 조나라 왕을 항복시키고, 조나라 땅을 모두 평정하여 진나라의 군으로 만들었다. 이듬해에 연나라에서 형가(荊軻)[4]를 보내 진나라 왕을 찔러 죽

---

4) 형가는 연나라 태자 단(丹)의 명령을 받고 진시황을 죽이기 위해 진나라로 갔다. 형가는 태자와 헤어지면서 "바람 소리 소슬하고, 역수는 차갑구나! 장사가 한번 떠나면, 다시는 돌아오지 못하리."라는 노래를 불러 배웅 나온 사람이 모두 눈을 부릅떴고 머리카락은 관을 찌를 듯 치솟았다고 한

이려고 했다. 진나라 왕은 왕전에게 연나라를 치게 했다. 연나라 왕 희(喜)는 요동으로 달아나고, 왕전은 연나라 수도 계(薊)를 평정하고 돌아왔다. 진나라는 왕전의 아들 왕분(王賁)에게 형(荊)초나라를 치게 하여 깨뜨리고, 다시 군사를 돌려 위(魏)나라를 치게 하여 결국 위나라 왕의 항복을 받고 위나라 땅을 평정했다

진시황은 삼진을 멸하고, 연나라 왕을 달아나게 했으며, 형나라 군대를 자주 무찔렀다. 진나라 장군 이신(李信)은 나이가 젊고 용맹스러워 한때 군사 수천 명을 이끌고 연나라 태자 단을 뒤쫓아 가 연수(衍水)에서 단의 군사를 무찌르고 단을 사로잡은 적이 있었다. 시황제는 이신을 어질고 용감한 인물이라고 생각하여 이렇게 물었다.

"내가 형나라를 쳐서 빼앗으려고 하는데 장군 생각으로는 군사가 몇 명 정도 있으면 되겠소?"

이신이 대답했다.

"20만 명이면 충분합니다."

시황제가 왕전에게 묻자, 왕전은 이렇게 대답했다.

"60만 명은 되어야 합니다."

시황제가 말했다.

"왕 장군은 늙었구려. 무엇을 그리 겁내시오! 이 장군은 정말 기세가 용맹하다더니 그 말이 옳소."

다. 그러나 형가는 비수로 진시황을 찌르지도 못하고 죽었다. 보다 자세한 내용은 「자객 열전」에 나온다.

드디어 이신과 몽염(蒙恬)에게 군사 20만 명을 이끌고 남쪽으로 형나라를 치게 했다. 왕전은 자기 의견이 받아들여지지 않자 병을 핑계 삼아 빈양에 숨어 살았다. 이신은 평여(平輿)를 치고, 몽염은 침(寢)을 쳐 형나라 군사를 크게 무찔렀다. 이신은 또 언과 영을 쳐서 깨뜨리고 군대를 이끌고 서쪽으로 가서 성보에서 몽염과 만나려 했다. 그러나 형나라 군대가 사흘 밤낮을 쉬지 않고 뒤쫓아 와 이신의 군대를 크게 깨뜨리고 진영 두 곳에 침입하여 도위 일곱 명을 죽였다. 결국 진나라 군대는 〔싸움에서 져〕 달아나고 말았다.

시황제는 이 소식을 듣고 매우 화를 내며 몸소 말을 달려 빈양으로 가 왕전을 만나 사과하며 말했다.

"내가 장군의 계책을 쓰지 않아 결국 이신이 진나라 군대의 명예를 떨어뜨렸소. 들리는 말로는 지금 형나라 병사가 날마다 서쪽으로 쳐들어온다고 하니, 장군이 병들었다고는 하나 어찌 차마 나를 저버릴 수 있겠소?"

왕전이 사양하면서 말했다.

"노신(老臣)은 병들고 지쳐 정신마저 어둡습니다. 왕께서는 다른 어진 장군을 택하십시오."

시황제는 말했다.

"그만두시오. 장군은 다시는 그런 말을 하지 마시오."

왕전이 말했다.

"왕께서 어쩔 수 없이 신을 꼭 쓰셔야겠다면 군사 60만 명이 아니면 안 됩니다."

시황제가 대답했다.

"장군의 계책을 따르겠소."

결국 왕전은 병사 60만 명을 이끄는 장수가 되었다. 시황제는 몸소 파수(灞水) 가까지 나와 왕전을 전송했다. 왕전은 가는 도중에 훌륭한 논밭과 택지와 정원과 연못을 내려 달라고 거듭 요청했다. 그러자 시황제가 말했다.

"장군은 빨리 떠나시오. 어찌 가난 따위를 걱정하시오?"

왕전이 말했다.

"왕의 장군이 되어 공이 있어도 끝내 후(侯)로 봉해지지 못했습니다. 그래서 왕의 관심이 신에게 쏠려 있을 때를 빌려 신도 정원과 연못을 부탁드려 자손들의 재산을 만들어 두려는 것뿐입니다."

시황제는 크게 웃고 말았다.

그러나 왕전은 함곡관에 이른 뒤에도 다섯 번이나 사람을 보내 좋은 논밭을 청했다. 그러자 어떤 사람이 말했다.

"장군의 요청은 너무 지나칩니다."

왕전이 말했다.

"그렇지 않소. 진나라 왕은 포악하고 다른 사람을 믿지 않소. 그런데 지금 진나라 군사를 모두 나에게 맡겼소. 내가 자손을 위한 재산을 만들려고 많은 논밭과 정원과 연못을 요청함으로써 다른 뜻이 없음을 보여 스스로를 안전하게 하지 않는다면 진나라 왕은 가만히 앉아서 나를 의심할 것이오."

왕전은 이신을 대신하여 형나라를 공격했다. 형나라는 왕전이 병사를 늘려 쳐들어온다는 소식을 듣고 곧바로 나라 안의 병사를 총동원하여 진나라 군대에 대항했다. 왕전은 도착하자 보루를 굳게 하고서 지키기만 할 뿐 싸우려 하지 않았다. 형나라 군대가 자주 나와 싸움을 걸어도 끝내 나가지 않았다. 왕전은 매일 병사를 쉬게 하고 목욕을 시키고 잘 먹여 정성껏 보살피며, 자신도 사졸들과 함께 음식을 먹었다. 시일이 오래 지나자 왕전은 사람을 보내 진중을 둘러보게 하고 이렇게 물었다.

"무엇을 하고 놀던가?"

대답은 이러했다.

"돌 던지기와 멀리뛰기 시합을 합니다."

왕전이 말했다

"사졸은 이제 쓸 만하구나."

형나라 군대는 자주 싸움을 걸어도 진나라 군대가 나오지 않자 군사를 이끌고 동쪽으로 물러났다. 왕전은 바로 온 군사를 일으켜 뒤쫓고 장사들을 시켜 형나라 군대를 크게 깨뜨렸다. 기수(蘄水) 남쪽에 이르러 형나라 장군 항연(項燕)을 죽이자, 형나라 군대는 마침내 싸움에서 져 달아났다. 진나라 군대는 승기를 잡고 형나라 땅의 성과 읍을 공략하여 평정했다. 1년 남짓해서 형나라 왕 부추(負芻)를 사로잡고 끝내 형나라 땅을 평정하여 군현으로 만들었다. 또한 이곳을 발판으로 해서 남쪽으로 백월(百越)의 군주를 정복했다. 왕전의 아들 왕분은 이신과 더불어 연나라와 제나라 땅을 평정했다.

진시황 26년에 천하를 모두 평정했는데 왕씨와 몽씨의 공로가 컸으며, 이들의 명성은 후세까지 드날렸다.

진 이세황제 때 왕전과 그 아들 왕분은 이미 다 죽고 몽씨도 죽었다. 진승(陳勝)이 진나라에 반기를 들자, 진나라는 왕전의 손자 왕이(王離)에게 조나라를 치도록 했다. 왕이는 조나라왕과 장이(張耳)를 거록성(鉅鹿城)에서 포위했다. 어떤 사람이 말했다.

"왕이는 진나라의 뛰어난 장수이다. 지금 강한 진나라 군대로 새로 일어난 조나라를 치면 반드시 성공할 것이다."

그의 객(客)이 말했다.

"그렇지 않소. 무릇 3대에 걸쳐 장군이 된 자는 반드시 싸움에서 지게 되오. 반드시 싸움에서 지는 것은 무엇 때문이겠소? 그 할아버지나 아버지가 사람을 죽이고 쳐부순 것이 많아서 그 후손이 상서롭지 못한 기운을 받았기 때문이오. 이제 왕이는 이미 3대째 장군이 되었소."

그 뒤 얼마 안 가서 항우(項羽)[5]가 조나라를 도와 진나라 군대를 쳐 왕이를 사로잡았다. 왕이의 군대는 결국 제후에게 항복했다.

---

5) 항우의 이름은 적(籍)이고, 우는 그의 자이다. 그는 초나라 귀족 출신으로 진나라 말기에 농민을 주축으로 하는 군대의 우두머리가 되었다. 그는 진 이세 원년에 진승(陳勝)과 오광(吳廣)이 병사를 일으키자, 숙부 항량(項梁)을 따라 지금의 소주(蘇州) 지방에서 병사를 일으켰다. 항량이 싸우다 죽자, 진나라 장수 장한(章邯)은 조나라를 에워쌌다. 초나라에서는 송의(宋義)를 상장군(上將軍)으로 임명하고, 항우를 부장으로 삼아 병사를 이끌고 조나라를 돕도록 했다. 송의가 안양(安陽)에 이르러 앞으로 나아가지 못하자 그는 송의를 죽이고 장수(漳水)를 건너 조나라를 구하고, 거록 싸움에서 진나라의 주력부대를 전멸시켰다. 진나라는 멸망하고, 그는 스스로 서초(西楚) 패왕으로 일어섰다. 그 후 천하의 패권을 두고 유방과 오랫동안 싸웠는데 결국 패하여 자살했다.

태사공은 말한다.

"속담에 '자(尺)에도 짧은 데가 있고, 치(寸)에도 긴 데가 있다.'[6]라는 말이 있다. 백기는 적의 전력을 헤아려 날쌔게 대응하고 끊임없이 기이한 계책을 생각해 천하에 명성을 떨쳤지만, 응후와의 사이에서 생긴 근심은 없애지 못했다. 왕전은 진나라 장군이 되어 여섯 나라를 평정했다. 당시 왕전은 노련한 장수가 되어 시황제조차도 그를 스승으로 받들었다. 그러나 진나라를 보필해서 덕을 세워 천하의 근본인의를 베푸는 것을 튼튼하게 하지 못하고, 그럭저럭 시황제에게 아첨하여 편하게 있을 곳을 구하다가 늙어서 죽음에 이르렀다. 손자 왕이 때에 이르러 항우에게 사로잡힌 것도 마땅하지 않은가! 그들에게는 각기 단점이 있었기 때문이다."

---

6) 자는 약 30센티미터, 치는 약 3센티미터 길이에 해당한다. 이 말은 굴원(屈原)의 『초사』「복거」에 나오는데, 그가 참소를 당하여 점을 쳐 보니 이런 말이 나왔다. 이 말은 무슨 일을 처리할 때 장단점이 있음을 뜻하며, 백기와 왕전의 능력에 서로 장단점이 있음을 비유한 것이다.

14

◎

맹자 순경 열전
孟子荀卿列傳

이 편은 제목과는 달리 잡가들에 관한 열전이라 해도 과언이 아니다. 사마천은 음양가와 황로(黃老) 사상의 학문이 사실상 근본이며 기강이라고 생각했기 때문에, 유가의 위대한 두 스승 맹자와 순자의 사적에 관해서는 짧게 다루고 음양오행가와 황로 사상에 대해서는 상세하게 다루었기 때문이다. 진나라가 멸망하고 한나라가 들어서 한 무제가 존유(尊儒)의 기치를 내건 지 100여 년이 지났으나 조정에서도 맹자를 언급조차 하지 않은 점을 사마천이 염두에 둔 듯하다. 그런 면에서 황로 사상의 면모가 엿보인다.

맹자는 공자 학설의 단순한 계승자라기보다는 유가 사상에 특정한 의미를 부여함으로써 유가 사상을 더욱 드러내고 발전시킨 인물로 평가된다. 순자는 전국 시대 말기 사람으로 맹자를 이어 유가 사상을 더욱 체계화한 대표 인물이지만 맹자의 사상과는 다른 각도에서 이해해야 한다. 순자가 내세운 학설은 기본적으로 '예'가 계층 간의 불화와 갈등을 조정할 수 있다는 믿음에서 출발한다.

묵자는 유학을 배웠지만 유가 학설이 귀족들의 예(禮), 상(喪), 악(樂), 장(葬)을 옹호하여 백성을 상하게 한다고 보고 유가의 반대파에 서게 되었다. 묵자가 유가를 집중 공격한 것은 그가 유가의 한 이단적 지파를 대표함을 시사하지만, 그가 논리학에 가지는 관심은 명가(名家)를 생겨나게 하는 원인 가운데 하나가 되었다.

이 편에서 맹자와 순경의 이야기는 소략하고 이 밖에 추기(騶忌)와 추연(騶

衍)과 추석(騶奭), 제나라 직하(稷下) 학자인 순우곤(淳于髡), 신도(愼到), 전변(田駢), 접자(接子), 환연(環淵), 그리고 공손룡(公孫龍), 이괴(李悝), 시자(尸子), 장로(長盧), 우자(吁子) 등의 사적도 다루고 있다.

사욕은 혼란의 시작이다

태사공은 말한다.

"나는 『맹자』라는 책을 읽다가 양(梁)위(魏)나라 혜왕이 맹자에게 '어떻게 하면 우리 나라를 이롭게 할 수 있습니까?'라고 묻는 구절에 이르러 일찍이 책 읽기를 멈추고 '아! 이익이란 진실로 혼란의 시작이로구나.'라고 탄식하지 않은 적이 없었다. 공자가 이익에 대해서 거의 말하지 않은 것은 언제나 그 혼란의 근본 원인을 막기 위함이었다. 그래서 공자는 '이익에 따라 행동하면 원한을 사는 일이 많다.'라고 했던 것이다. 천자부터 일반 백성에 이르기까지 이익을 좋아하는 데서 생긴

폐해가 어찌 다르겠는가!"

시대 흐름에 들어맞지 않는 주장은 쓰이지 못한다

맹가(孟軻)는 추(騶)나라 사람이다. 그는 자사(子思)의 제자에게서 학문을 배웠다. 〔맹가는〕 학문의 이치를 깨우친 뒤 제나라 선왕(宣王)을 섬기려고 했지만, 선왕이 자신의 주장을 실행하지 않으므로 양나라로 갔다. 양나라 혜왕도 〔맹가의 주장을〕 입으로만 찬성하고 실제로는 받아들이지 않았는데, 그의 주장이 현실과 너무 동떨어져서 실제 상황에 들어맞지 않는다고 생각했기 때문이다.

이 무렵 진나라는 상군(商君)상앙을 등용하여 나라를 부유하게 하고 병력을 강화했으며, 초나라와 위(魏)나라는 오기(吳起)를 등용하여 싸움에서 이겨 적국을 약화시켰다. 제나라 위왕(威王)과 선왕(宣王)이 손자손빈와 전기(田忌) 같은 인물을 기용해서 세력을 넓혔으므로 제후들은 동쪽으로 제나라에 조공을 바쳤다. 천하는 바야흐로 합종과 연횡에 힘을 기울이고 남을 침략하고 정벌하는 것만을 현명하다고 여기는 때였다.

그런데 맹가는 요임금과 순임금과 〔하, 은, 주〕 삼대 성왕들의 덕치만을 부르짖으므로 가는 곳마다 받아들여지지 않았다. 〔맹가는〕 물러나 〔제자〕 만장(萬章)의 무리와 『시』, 『서』를 순서대로 정리하고 공자의 사상을 서술하여 『맹자』 일곱 편을 썼다. 그의 뒤를 이어 추자(騶子)의 무리가 나타났다.

추씨 성을 가진 세 학자

제나라에는 추자가 셋 있었다. 시대가 앞선 이는 추기(騶忌)이다. 그는 거문고를 타는 것으로 위왕을 만나 벼슬을 구했으며, 곧바로 나라의 정치에 참여하여 성후(成侯)에 봉해지고 재상의 인수를 받았다. 그는 맹자보다 앞 시대 사람이다.

그다음은 추연(騶衍)이라는 학자로서 맹자보다 후대 사람이다. 추연은 시간이 흐를수록 제후들이 사치스럽고 음란해져 덕을 숭상할 수 없으므로 〔『시』〕「대아(大雅)」 편에서 말한 것처럼 자신에게 엄격하게 요구하여 일반 백성에게 펼칠 수 없음을 보았다. 그래서 음양(陰陽)의 소멸과 성장, 변화하는 이치와 기이한 변화를 깊이 관찰하여 「종시(終始)」와 「대성(大聖)」 편 등 10여만 자를 지었다.

그의 학설은 넓고 커서 〔유가의〕 이치에 맞지 않으니, 먼저 반드시 〔주변의〕 작은 사물을 살핀 뒤에 이것을 추론하고 확대시켜 무한한 곳까지 이르렀다. 〔시대를 살필 때도〕 먼저 현재부터 시작하여 〔태고의〕 황제(黃帝)까지 거슬러 올라가 학자들이 공통적으로 서술한 바를 펼치고, 대체로 세상의 흥함과 쇠함을 논하고 그 길흉의 조짐과 제도를 기재하고 나서 미루어 멀리 이르게 하였는데, 이로부터 하늘과 땅이 만들어지기 전의 멀고 혼돈스러워 그 근원을 알 수 없는 시대까지 이른다.

〔지리적인 면을 살필 때에는〕 먼저 중원의 이름난 산과 큰 강, 깊은 계곡의 새와 짐승, 물과 뭍에서 번식하는 것들, 각종 물건 중에서 진기한 것을 열거하고, 이로부터 유추하여 사람들이 볼 수 없는 나라 밖의 사물까지 논했다. 또한 하늘과 땅이 갈라져서 세상이 만들어진 이래 오덕(五德)목(木), 화(火), 토(土), 금(金), 수(水)[1]이 차례대로 움직여 각 시대에 알맞은 국가의 정치가 각각 이루어지며, 길하고 흉한 조짐이 이에 부합되고 상응하는 것을 설명하였다.

그는 말했다.

"유자(儒者)들이 말하는 중국이란 천하의 81분의 1을 차지할 뿐이다. 그들은 중원을 적현신주(赤縣神州)라고 이름하였다. 적현신주 안에는 저절로 구주(九州)가 있었다. 우임금이 정리한 구주가 바로 그것이지만, 본래의 〔추연이 말한 아홉 개의〕 주로 셀 만한 것이 못 된다. 중국 말고도 적현신주와 같은 것

---

1) 오행(五行)을 말한다. 오덕의 순환 순서에는 두 가지 설이 있는데 화, 수, 토, 목, 금의 순서로 왕조가 교체된다는 오행상승(五行相勝)과 목, 화, 토, 금, 수의 순서로 바뀐다는 오행상생(五行相生)이 그것이다. 고대 중국인들은 이 세상에 존재하는 모든 물질을 다섯 가지 요소의 구조체로 파악하였을 뿐만 아니라 인간의 정신적, 현실적, 이상적인 관념까지도 다섯 가지 구조로 귀납시키려고 했다. 추연은 '오덕종시설(五德終始說)'을 주장했는데, 이것은 오행상승 학설을 사용하여 각 왕조의 흥망성쇠를 설명한 것으로 모든 왕조는 오행 가운데 한 개의 덕(德)을 대표한다는 것이다. 예를 들면 토덕(土德)을 숭상한 황제(黃帝)는 목덕(木德)을 숭상한 하(夏)에 멸망했고, 금덕(金德)을 숭상한 은(殷)은 화덕(火德)을 숭상한 주(周)에게 멸망했다는 것이다.

이 아홉 개가 있는데, 이것이 구주이다. 거기에는 비해(裨海)라는 작은 바다가 있어서 구주 하나하나를 에워싸고 있다. 백성과 짐승들이 서로 통할 수 없는 하나의 독립된 구역을 이룬 것이 한 주이다. 이러한 주가 아홉 개 있고, 끝없이 넓은 바다가 그 밖을 에워싸고 있다. 이것이 하늘과 땅이 서로 만나는 끝이다."

추연의 학설은 다 이런 내용들이다. 그러나 그 결론을 요약하면 반드시 인의와 절약과 검소, 군주와 신하, 위와 아래, 육친(六親) 사이의 일로 귀착되는데 그 시작은 너무 크고 넘친다. 〔신분 높은〕 왕공대인(王公大人)들은 추연의 학설을 처음 들을 때는 몹시 놀라 감화되는 듯하나 그 뒤로 실행할 수는 없었다.

이리하여 추연은 제나라에서 중용되었다. 〔그가〕 양나라로 가자, 혜왕은 교외까지 나와 맞이하여 주인과 손님의 관계로 예우했다. 추연이 조나라로 갔을 때, 평원군은 옆에서 걸어가다가 〔그가 앉을〕 자리를 〔직접〕 털어 주기도 했다. 연나라로 갔을 때는 소왕이 비를 들고 길을 쓸면서 앞에서 길잡이가 되고, 제자들 자리에 끼여 앉아 가르침을 받을 수 있도록 해 달라고 부탁했다. 또한 소왕은 갈석궁(碣石宮)을 지어 몸소 찾아가 가르침을 받았다. 추연은 이곳에서 「주운(主運)」 편을 지었다.

그가 제후들 사이에서 유세하며 존중을 받음이 이 정도였다. 어찌 중니공자가 진(陳)이나 채(蔡)에서 굶주려 얼굴빛이 창백해졌던 일이나 맹가가 제나라와 양나라에서 곤욕을 치른 것 같은 일이 있었겠는가? 그런 까닭에 주나라 무왕이 인의(仁義)를 내세워 〔포악한〕 은나라 주왕을 치고 왕위에 올랐지만 백이는 굶어 죽으면서도 주나라 곡식을 먹지 않았고, 위(衛)나라 영공(靈公)이 진을 치는 법을 물었을 때 공자가 대꾸하지 않았으며, 양나라 혜왕이 조나라를 칠 계획을 짤 때 맹가는 〔지난날 주나라〕 태왕(太王)고공단보이 〔만족(蠻族)의 침략을 받고 인명 피해를 줄이기 위하여〕 빈(邠)을 버리고 떠난 일을 칭찬한 것이다. 이러한 일들이 어찌 사회 기풍에 영합하여 구차스럽게 상대방의 비위를 맞추려는 생각이 있어서였겠는가? 네모난 각목을 둥근 구멍에 아무리 넣으려고 한들 들어갈 리가 있겠는가?

누군가 이런 말을 했다.

"이윤(伊尹)은 솥을 짊어지고 〔요리사가 되어〕 은나라 탕왕(湯王)에게 힘을 다해 제왕의 일을 이루게 하였고, 백리해(百里奚)도 수레 밑에서 소를 치다가 목공에게 등용되어 목공을 천하의 우두머리로 만들었다. 이 두 사람은 처음에는 상대방의 비위를 맞춘 뒤에 바른길로 가게 했다. 추연의 말은 일반적인 법칙을 벗어났지만, 그도 소를 친 백리해나 솥을 짊어진 이윤과 같은 의도를 가지고 있지 않았을까?"

추연과 제나라의 직하(稷下)[2] 선생들인 순우곤(淳于髡), 신도(愼到), 환연(環淵), 접자(接子), 전변(田駢), 추석(騶奭) 같은

2) 직하는 제나라의 성문이라는 뜻이다. 제나라 선왕이 이곳에 학문의 전당(學宮)을 세워 천하의 선비들을 불러 모았는데, 이들을 직하 선생 또는 직하 학사(稷下學士)라고 불렀으며 중국 고대 사상 논쟁의 출발점이 된다.

무리들은 저마다 글을 써서 어지러운 나라를 다스리는 문제를 말함으로써 당시 군주에게 등용되기를 원했다. 이것을 어떻게 이루 다 말할 수 있겠는가?

양나라 혜왕이 순우곤을 만나
한마디도 듣지 못한 까닭

순우곤은 제나라 사람으로 견문이 넓고 기억력이 뛰어나며 어느 한 학설에 국한하여 배우지 않았다. 그는 군주에게 충고하고 설득하는 면에서는 안영의 사람됨을 흠모하면서도 군주의 뜻에 따르고 그 얼굴빛을 살피기에 급급했다. 어떤 식객이 순우곤을 양나라 혜왕과 만나게 해 준 일이 있었다. 혜왕은 주위의 측근들을 물리치고 혼자 앉아서 두 번이나 순우곤을 만나 보았으나 〔순우곤은〕 끝내 아무 말도 하지 않았다. 혜왕은 이를 괴상하게 여겨 그를 소개한 식객을 꾸짖었다.

"그대는 순우 선생이 관중이나 안영도 따를 수 없는 인물이라고 칭찬했소. 그런데 과인은 그를 만나 말 한마디 얻어 듣지 못했소. 과인이 그와 말할 만한 가치가 없다는 말이오? 무슨 까닭이오?"

식객이 순우곤에게 이 말을 하자 순우곤은 이렇게 대답했다.

"그렇소. 내가 전에 왕을 만났을 때 왕은 말을 쫓아가는 데 정신이 팔려 있었고, 그다음에 만났을 때는 왕이 음악에 정신이 쏠려 있었소. 그래서 나는 말없이 있었소."

식객이 이 말을 왕에게 보고하니 왕은 크게 놀라면서 말했다.

"아! 순우 선생은 정녕 성인이오. 전에 순우 선생이 나를 찾아왔을 때 어떤 사람이 좋은 말을 바쳤는데, 내가 그것을 타 보기 전에 마침 선생께서 오셨소. 선생이 두 번째 왔을 때는 어떤 사람이 노래를 잘하는 사람을 바쳤는데, 사람을 물리치기는 했지만 그쪽으로 정신이 쏠려 있었소. 그것은 사실이오."

그 뒤 순우곤이 혜왕을 만나 한 번 입을 열자 사흘 밤낮을 이어서 말했는데도 혜왕은 피곤한 줄을 몰랐다. 혜왕은 그에게 공경이나 재상 자리를 주어 예우하려고 했지만, 순우곤은 사양하고 물러갔다. 그래서 혜왕은 편안한 의자가 있는 사두마차와 비단 다섯 필, 벽옥, 황금 100일을 주었다. 그는 평생 동안 벼슬하지 않았다.

신도는 조나라 사람이며, 전변과 접자는 제나라 사람이고, 환연은 초나라 사람이다. 이들 모두가 황제(黃帝)와 노자의 도덕에 관한 학술을 배워 나름대로의 견해에 따라 체계화했다. 이렇게 해서 신도는 글 열두 편을 썼고, 환연은 상편과 하편을 지었으며, 전변과 접자도 논한 바가 있다.

추석은 제나라 추자 일파로서 그도 추연의 학설을 많이 받아들여 글을 썼다.

따라서 제나라 왕은 그들의 학설에 흡족하여 순우곤 이하 모든 학자에게 열대부(列大夫)라는 작위를 주고, 번화한 길가에 높은 문이 달린 커다란 집을 지어 주어 살게 하면서 존경하고 총애했다. 제나라 왕은 천하의 제후들과 빈객들에게 제나라에서 천하의 현명한 선비들을 불러왔다고 말했다.

순경과 그의 제자 이사

순경(荀卿)은 조나라 사람인데 쉰 살이 되어서야 비로소 제나라에 건너와 학문을 닦았다. 추연의 학설은 광대하며 변론에 뛰어났고, 추석의 문장은 매우 완벽하지만 실행하기 어려웠으며, 순우곤과는 오랫동안 같이 지내면 때때로 좋은 말을 들을 수 있었다. 그래서 제나라 사람들은 이 세 사람을 칭송해서 "하늘을 말하는 추연, 용을 아로새기는 추석, 곡과(轂科)를 지지는 순우곤!"[3]이라고 노래했다.

전변의 무리는 모두 세상을 떠났으므로 제나라 양왕 때에는 순경이 가장 나이 많은 스승이었다. 제나라에서는 열대부 자리가 모자라면 그때마다 채워 넣었는데 순경은 세 차례나 좨주(祭酒)[4]가 되었다. 제나라 사람 중에서 어떤 이가 순경을 참소하자 그는 초나라로 떠났다. 초나라의 춘신군은 그를 난릉(蘭陵)의 현령으로 임명했다. 춘신군이 죽자 순경도 관직에

3) 곡과는 수레의 기름을 담는 그릇으로 이것을 지지면 기름이 끊임없이 나온다. 순우곤의 지혜는 곡과를 지지면 나오는 기름처럼 끝이 없다는 뜻이다.
4) 제나라 왕은 직하 선생들을 존경하여 열대부라는 작위를 주었는데 그들의 우두머리를 '좨주'라고 했다.

서 쫓겨났지만 이 일로 집안 대대로 난릉에서 살았다.

이사(李斯)는 일찍이 순경의 제자였는데 훗날 진(秦)나라 재상이 되었다. 순경의 시대에는 세상의 정치가 혼탁했으며 멸망하는 나라와 난폭한 군주가 잇달아 나오고, 성인의 기본적인 도리를 닦아 몸으로 실천하려 하지도 않았다. 그는 무속에 빠져 길흉화복의 징조를 믿고 못난 유학자들이 하찮은 일에 얽매이며 장주(莊周) 같은 이들이 우스갯소리 주장으로 풍속을 어지럽히는 것을 미워했다. 그래서 순경은 유가, 묵가, 도가의 학설이 펼쳐진 결과 이룬 것과 실패한 것을 살펴 차례로 정리해서 수만 자의 책을 남기고 죽었다. 이런 인연으로 그는 난릉에 묻혔다.

조나라에서는 공손룡(公孫龍)이라는 자가 나타나 견백동이(堅白同異)의 변(辯)을 주장하였으며,[5] 또 〔법가인〕 극자(劇子)

---

5) 공손룡은 장자와 같은 시대 사람으로, 당시 사상가들과 마찬가지로 봉건 제후들에게 조언을 하고 제자들에게 논리학적 훈련을 시키는 일을 하였는데 어떠한 삶을 살았는지는 상세한 기록을 볼 수 없다. 다만 그가 조나라 평원군(平原君)의 문객으로서 '무장 폐지(偃兵)'론을 주장하였으며, 현재 전해 오는 그의 저작으로는 『공손룡자(公孫龍子)』 한 권이 있다는 것만을 알 수 있다. 공손룡의 대표적인 학설은 견백론(堅白論)과 백마비마설(白馬非馬說)이다. 견백론이란 견(堅)과 백(白)이 분리될 수 있다는 것으로 『공손룡자』「견백」 편에 나온다. "'견(堅), 백(白), 석(石)은 셋이라고 할 수 있을까?' '할 수 없다.' '둘이라고 할 수 있을까?' '할 수 있다.' '왜 그런가?' '굳은 것을 얻지 못하고 흰색만을 얻고서 흰색과 돌을 함께 들어서 말하면 둘이 된다. 흰색을 얻지 못하고 굳은 것만을 얻고서 굳은 것과 돌을 함께 들어서 말하면 곧 둘이 될 것이다. …… 보아서 굳은 것은 얻을 수 없으나 흰 것은 얻을 수 있으니 굳은 것이 없는 셈이다. 어루만져서 그 흰 것은 얻을 수 없으나 그 굳은 것은 얻을 수 있으니 그 굳음은 얻고 흰 것은 없는 것이다.'" 그리고 백

의 견해가 있었다. 위(魏)나라에는 이괴(李悝)[6]가 있었는데 땅의 힘을 다 이용하도록 가르쳤다. 초나라에는 시자(尸子)[7]와 장로(長盧)[8]의 책이 있었고, 아(阿)에는 우자(吁子)[9]라는 이의 책도 있었다.

맹자에서 우자에 이르기까지 세상에는 그런 사람들의 책이 많이 있어 그들의 전기에 대해서는 논하지 않았다.

그리고 묵적(墨翟)은 송나라의 대부로 전쟁에 대비하고 성을 지키는 기술에 뛰어났고, 비용을 절약해야 한다고 주장했다. 어떤 이는 그가 공자와 같은 시대 사람이라고도 하고 나중 사람이라고도 한다.

마비마설이란 "말이란 것은 형체를 명명하려는 것이며, 백(白)이란 것은 색채를 명명하는 것이다. 색채를 명명하는 것은 형체를 명명하는 것이 아니다. 그러므로 백마는 말이 아니다."라는 것이다. 즉 '희다'라는 형용어로 인해 '흰 말'은 더 이상 '말'이라는 일반 개념과는 일치하지 않는다는 것이다. 이처럼 공손룡은 구체적인 개념들이란 서로 범주가 다르기 때문에 하나로 통합될 수 없다는 논리를 내세웠다.

6) 전국 시대 위(魏)나라 초기 정치가이다. 그는 기원전 406년에 위나라 문후의 재상이 되어 변법과 개혁을 주도했다. 농민들의 토지를 분배했으며, 곡물을 수매하여 농업 생산을 발전시켰다. 정치적인 측면에서는 노동을 한 자만이 먹을 수 있고, 공로가 있는 자만이 봉록을 받으며, 어진 사람만이 상을 받고, 형벌을 시행함에는 타당성이 있어야 한다는 입장을 견지하고 시행하여 세습 귀족의 특권을 폐지시켰다.

7) 진(晉)나라 사람으로 시교(尸僑)로서 일찍이 상앙의 변법을 도왔다가 상앙이 죽자 촉으로 달아났다.

8) 초나라 사람으로 글 아홉 편이 있으나 이미 일실되어 전하지 않는다.

9) 이름은 영(嬰)이며 제나라 사람으로 글 열아홉 편이 있다고 하나 전하지 않는다.

15

◎

맹상군 열전
孟嘗君列傳

제나라 맹상군 전문(田文), 조나라 평원군(平原君) 조승(趙勝), 위나라 신릉군(信陵君) 무기(無忌), 초나라 춘신군(春信君) 황헐(黃歇)은 선비를 양성하기로 이름이 널리 알려졌는데, 각기 식객 3000여 명을 거느려 흔히 '전국 사공자(戰國四公子)'라고 부른다. 사마천은 사공자 각자의 전을 만들어 전국 시대에 각국에서 다양한 개성을 지닌 인재를 초빙하던 모습과 정치적 싸움이 벌어진 면모를 날카로운 시각에서 평가하고 있다.

맹상군은 제나라 종실 대신인 전영(田嬰)의 서자로 빈객과 선비들을 좋아했다. 그는 명성과 이익만을 좇았을 뿐이므로 인물 됨됨이는 볼 것이 없다. 맹상군이 풍환(馮驩)을 비롯해 개 짖는 소리와 닭 울음소리를 흉내 내던 무리를 빈객으로 불러들였을 때, 그들이 맹상군을 절체절명의 위기에서 구하리라고 생각한 사람은 아무도 없었다. 이런 점에서 맹상군의 인물 평가 능력을 엿볼 수 있다. 사마천이 맹상군을 냉소적으로 보는 면이 없지 않으나 맹상군이 선비를 우대하는 모습에 대해서만은 꽤 우호적이다. 이는 사마천이 하층 인물의 능력과 재능에 대해서도 좋은 인식을 하고 있다는 것을 보여 준다. 이 편의 문장에도 『전국책』의 맛이 많이 배어 있다.

그러나 『사기』에 기술된 전국 시대의 사건은 연대 착오도 적지 않은데 제나라와 위나라가 특히 심하며, 맹상군에 관한 내용도 예외가 아니다.

식객의 도움으로 함곡관을 빠져나오는 맹상군.

사람의 운명은 어디로부터 받는가?

맹상군(孟嘗君)은 이름이 문(文)이고 성은 전(田)이다.

문의 아버지는 정곽군(靖郭君) 전영(田嬰)이다. 전영은 제나라 위왕(威王)의 첩에게서 태어난 아들로, 제나라 선왕(宣王)의 배다른 동생이다. 전영은 위왕 때부터 관직에 나아가 나랏일에 관여하였으며, 성후(成侯) 추기(鄒忌), 전기(田忌)와 더불어 장수가 되어 한나라를 구하고 위(魏)나라를 친 적이 있었다. 성후 추기는 전기와 임금의 총애를 다투는 사이인데 성후가 전기를 매도하였다. 전기는 두려워서 제나라의 변방 고을을 습격했지만 이기지 못하자 도망쳤다. 때마침 위왕이 죽고 선왕이 왕위에 올랐다. 선왕은 성후가 전기를 모함한 것을 알고 다시 불러들여 장군으로 삼았다.

선왕 2년에 전기는 손빈, 전영과 함께 위(魏)나라를 마릉(馬陵)에서 쳐부수고 위나라 태자 신(申)을 사로잡았으며 위나라 장군 방연을 죽였다.

선왕 7년에 전영은 사자로서 한(韓)나라와 위(魏)나라에 가서 한나라와 위나라를 제나라에 복종하게 했다. 전영은 한나라 소후(昭侯), 위나라 혜왕이 동아(東阿) 남쪽에서 제나라 선왕과 만나 맹약을 맺고 돌아가도록 했다. 그 이듬해에 다시 양(梁)나라 혜왕과 제나라 견(甄)에서 만났다. 이해에 양나라 혜왕이 죽었다.

선왕 9년에 전영은 제나라 재상이 되었다. 제나라 선왕이 위나라 양왕과 서주(徐州)에서 만나 서로 왕으로 부르기로 했다.[1] 초나라 위왕(威王)은 이 소식을 듣고 전영에게 화를 냈다. 그 이듬해에 초나라는 서주에서 제나라 군대를 물리치고 사자를 보내 전영을 내쫓으려고 했다. 전영은 장추(張丑)를 시켜 초나라 위왕을 설득하여 〔전영을 내쫓으려던 생각을 거두게 만들었으니〕 위왕이 마침내 그만두었다. 전영이 제나라 재상 자리에 있은 지 11년이 되었을 때 선왕이 죽고 민왕(湣王)이 즉위했다. 민왕은 즉위한 지 3년 만에 전영을 설(薛)에 봉했다.

---

1) 주나라 제도에 의하면 천자만이 왕(王)으로 일컬을 수 있고 제후국의 군주는 봉해진 작위에 따라 공(公), 후(侯), 백(伯) 등으로 일컬었다. 여기서 제나라와 위나라는 서로 신분을 뛰어넘는 행위를 하는 데 의견을 같이했다는 말이다.

본래 전영에게는 아들이 40여 명 있었다. 그중 천한 첩이 낳은 문(文)이라는 아들이 있었는데, 그는 5월 5일에 태어났다.[2] 전영은 문의 어머니에게 아이를 키우지 말라고 했지만 문의 어머니는 몰래 거두어 길렀다. 문이 장성하자 그 어머니는 문의 형제들을 통해 전영에게 그의 아들인 문을 만나게 했다. 그러자 전영이 문의 어머니에게 성내어 말했다.

"내 너에게 이 아이를 버리라고 했는데 감히 키운 것은 무엇 때문이냐?"

문이 머리를 조아리며 〔어머니〕 대신 말했다.

"아버님께서 5월에 태어난 아들을 키우지 못하게 한 까닭이 무엇입니까?"

전영이 대답했다.

"5월에 태어난 아들은 키가 지게문 높이만큼 자라면 부모에게 해롭다고 하기 때문이다."

문이 〔또〕 물었다.

"사람이 태어날 때 그 운명을 하늘로부터 받습니까? 〔아니면〕 지게문으로부터 받습니까?"

전영이 대답하지 않자 문이 다시 말했다.

"사람의 운명을 하늘에서 받는다면 아버님께서는 무엇을 걱정하십니까? 그렇지 않고 운명을 지게문에서 받는다면 지게문을 계속 높이면 그만입니다. 어느 누가 그 지게문 높이를

---

2) 5월 5일에 태어난 아이가 남자면 그 아버지를 해롭게 하고, 여자면 그 어머니를 해롭게 한다는 속설이 있었다.

따라 계속 클 수 있겠습니까?"

전영이 말했다.

"너는 그만하여라."

그 뒤 얼마 지나서 문은 한가한 틈을 타 아버지 전영에게 물었다.

"아들의 아들을 뭐라고 합니까?"

전영이 대답했다.

"손자라고 한다."

문이 물었다.

"손자의 손자는 무엇이라고 합니까?"

전영이 대답했다.

"현손이라고 한다."

또 문이 물었다.

"현손의 현손은 무엇이라고 합니까?"

전영이 대답했다.

"알 수 없다."

문이 말했다.

"아버님께서는 나랏일을 맡고 제나라 재상이 되어 지금까지 〔위왕, 선왕, 민왕〕 세 왕을 섬겼습니다. 그동안 제나라 땅은 넓어지지 않았는데 아버님께서는 사사로이 천만금이나 되는 부를 쌓았으며, 그러고도 문하에는 어진 사람 한 명 볼 수 없습니다. 제가 듣건대 장수의 가문에는 반드시 장수가 있고, 재상의 가문에는 반드시 재상이 있다고 합니다. 지금 아버님의 후궁들은 아름다운 비단옷을 질질 끌고 다니지만 선비들은 짧은 베옷 하나 걸치지 못하고 있습니다. 아버님의 하인들과 첩들은 쌀밥과 고기를 실컷 먹고도 남아돌지만 선비들은 쌀겨나 술지게미조차 마다하지 않고 있습니다. 지금 아버님께서는 쌓아 둔 것이 남아돌지만 더욱 많이 쌓아 두고 모르는 어떤 이에게 남겨 주려고 하여 나라의 힘이 날로 쇠약해지는 것은 잊고 계십니다. 저는 이 점이 이상합니다."

이 말을 듣고 전영은 문을 높이 사 집안일을 돌보게 하고 빈객 접대하는 일을 맡겼다. 그러자 빈객이 날로 불어나고 〔문의〕 이름이 제후들에게 알려졌다. 제후들이 모두 사자를 시켜 설공(薛公) 전영에게 문을 후계자로 삼도록 청하자 전영이 이를 허락했다. 전영이 죽자 시호를 정곽군이라 했다. 문이 과연 아버지의 대를 이어 설 땅의 영주가 되니, 이 사람이 맹상군이다.

맹상군이 설 땅에 있으면서 제후들의 빈객을 불러 모으자, 죄를 짓고 도망친 자까지 모두 맹상군에게 모여들었다. 맹상군이 집의 재산을 기울여서 그들을 정성껏 대우하자 천하의 인물이 거의 다 모여들어 식객이 수천 명이나 되었다. 〔맹상군은〕 신분이 귀하고 천함을 가리지 않고 한결같이 자신과 똑같이 대우해 주었다. 맹상군은 손님과 앉아 이야기할 때 늘 병풍 뒤에 시사(侍史)기록하는 사람를 두어 손님의 친척이 있는 곳을 묻고 그 내용을 적어 두도록 했다. 손님이 나가면 맹상군은 바로 심부름꾼을 보내 그의 친척을 찾아가 예를 갖추고 선물을 주곤 했다.

맹상군이 손님과 이야기를 나누며 밤참을 대접한 적이 있었다. 그런데 누군가 불빛을 가린 탓에 방 안이 어두웠다. 손님은 자신의 음식이 맹상군의 것과 다른 것을 감추려고 일부러 어둡게 한 줄 알고 기분이 상해서 식사를 하지 않고 돌아가려 했다. 맹상군이 일어서서 몸소 자신의 밥그릇을 들어 손님의 것과 비교해 보이자 손님은 부끄러워 스스로 목숨을 끊었다. 선비들이 이 일 때문에 맹상군에게 많이 모여들었다. 맹상군이 손님을 가리지 않고 누구에게나 잘 대우하므로 사람들은 저마다 맹상군이 자기하고만 친하다고 생각하였다.

닭 울음소리와 개 짖는 소리로 위기를 벗어나다

진나라 소왕이 맹상군이 현명하다는 소문을 듣고 먼저 자기 아우인 경양군을 제나라에 볼모로 보내어 맹상군을 만나고자 했다. 맹상군이 초대를 받아들여 진나라로 가려고 하는데, 빈객 중에서 그가 진나라로 가기를 바라는 사람은 아무도 없었다. 그들이 가지 말라고 간청했지만 맹상군은 듣지 않았다. 소대가 말했다.

"오늘 아침 저는 밖에서 이곳으로 오는 길에 나무 인형과 흙 인형이 서로 주고받는 말을 들었습니다. 나무 인형이 '하늘에서 비가 내리면 너는 허물어질 거야.'라고 말하자 흙 인형이 '나는 원래 흙에서 태어났으니 허물어지면 흙으로 돌아가면 그뿐이지만 하늘에서 비가 내리면 너는 어디까지 떠내려가야 할지 몰라.'라고 대답했습니다. 지금 진나라는 호랑이나 이리처럼 사나운 나라입니다. 그런데 당신이 굳이 가려고 하시니 돌아오지 못하는 일이라도 생기면 당신은 흙 인형의 비웃음을 받지 않겠습니까?"

맹상군은 〔진나라로 가려던 생각을〕 곧 그만두었다.

제나라 민왕 25년에 왕은 결국 맹상군을 다시 진나라로 들어가도록 했다. 진나라 소왕은 맹상군을 곧바로 진나라 재상으로 삼으려고 했다. 그러자 어떤 사람이 진나라 소왕에게 이렇게 말했다.

"맹상군은 훌륭한 인물로서 제나라의 일족입니다. 지금 그를 진나라 재상으로 삼으면 반드시 제나라의 이익을 먼저 생각하고 진나라의 이익을 뒤로 미룰 것입니다. 그러면 진나라는 위태로워집니다."

진나라 소왕은 맹상군을 재상으로 삼으려던 생각을 그만두고, 그를 가두고 계략을 짜내 죽이려고 했다. 이에 맹상군은 사람을 시켜 소왕이 아끼는 첩에게 가서 풀어 주기를 청하도록 했다. 소왕의 첩은 이렇게 말했다.

"저는 맹상군이 가지고 있는 여우 겨드랑이의 흰 털로 만든 가죽옷(狐白裘)을 갖고 싶습니다."

이때 맹상군은 여우 겨드랑이의 흰 털로 만든 가죽옷을 한 벌 가지고 있었는데, 그 값은 천금이나 되고 천하에 둘도 없는 것이었다. 그러나 이것은 진나라에 와서 소왕에게 이미 바쳤고 또 다른 옷은 없었다. 맹상군은 고민에 싸여 빈객들에게 널리 그 대책을 물었지만 시원하게 대답하는 이가 없었다. 그런데 맨 아랫자리에 앉아 있는 사람 중에 개 흉내를 내어 좀도둑질을 하던 자가 있었는데, 그가 이렇게 말했다.

"제가 여우 가죽옷을 구해 올 수 있습니다."

밤이 이슥해지자 그는 개 흉내를 내어 진나라 궁궐의 창고 속으로 들어가 전날 소왕에게 바쳤던 여우 가죽옷을 훔쳐 돌아왔다. 맹상군이 이것을 진나라 소왕의 첩에게 바치니, 소왕의 첩이 맹상군을 위해 소왕에게 말하자 소왕은 맹상군을 풀어 주었다.

맹상군은 풀려나자 바로 말을 몰아 달아났다. 국경 통행증을 위조하고 이름과 성을 바꾸어 국경을 빠져나오려고 했다. 한밤중이 되어서야 함곡관에 다다랐다. 진나라 소왕은 뒤늦게 맹상군을 풀어 준 것을 후회하고 그를 찾았으나 이미 달아난 뒤이므로 사람을 시켜 말을 달려 그를 뒤쫓게 했다.

한편 맹상군은 함곡관까지 왔지만 국경의 법으로는 첫닭이 울어야만 객들을 내보내게 되어 있었다. 맹상군은 뒤쫓아 오는 자들이 닥칠까 봐 어쩔 줄을 몰랐다. 빈객 가운데 맨 끝자리에 앉은 자가 닭 울음소리를 흉내 내자 〔근처의〕 닭들이 다 울었다. 그래서 통행증을 보이고 함곡관을 빠져나왔다. 시간이 조금 지나서 정말로 맹상군을 뒤쫓던 진나라 사람들이 국경에 이르렀으나 맹상군이 이미 빠져 나간 뒤이므로 되돌아갈 수밖에 없었다.

처음 맹상군이 좀도둑과 닭 울음소리를 잘 내는 사람을 빈객으로 삼았을 때, 다른 빈객들은 모두 같은 자리에 앉는 것을 부끄러워했다. 그런데 맹상군이 진나라에서 곤경에 처했을 때 결국 이 두 사람이 그를 구하였다. 그 뒤 빈객들은 너 나 할 것 없이 맹상군을 따르게 되었다.

맹상군이 조나라를 지나자 조나라 평원군은 맹상군을 빈객으로 대접했다. 조나라 사람들은 맹상군의 사람됨이 어질다는 소문을 듣고 있던 터라 몰려나와서 그를 보았는데, 모두 웃음을 터뜨리며 이렇게 말했다.

"지금까지 설공맹상군은 키가 훤칠하리라고 생각했는데 이제 보니 왜소한 사내로구나."

맹상군이 이 말을 듣고 노여워하자 〔그와 함께 길을 가던〕 빈객들이 〔수레에서〕 뛰어내려 칼을 빼서 수백 명을 베어 죽이고, 마침내 현 하나를 없애 버린 뒤에 떠났다.

모든 일에는 보답이 따른다

제나라 민왕은 자신이 맹상군을 진나라로 보내 곤경에 빠뜨렸기 때문에 마음이 편치 않았다. 그래서 맹상군이 돌아오자 제나라 재상으로 삼고 모든 정치를 그에게 맡겼다.

맹상군은 진나라에 원한을 품었다. 그는 마침 제나라가 한나라와 위나라를 위해 초나라를 치게 된 것을 기회로 한나라, 위나라와 함께 진나라를 치기로 하고 서주(西周)에서 군사와 식량을 빌리려 했다. 소대가 서주를 위해 맹상군에게 다음과 같이 말했다.

"당신은 제나라의 힘을 이용하여 한나라와 위나라를 돕기 위해 초나라를 공격한 지 벌써 9년째나 됩니다. 그동안 완(宛)과 섭(葉) 북쪽 지역을 빼앗아 한나라와 위나라의 국력을 튼튼하게 만들었습니다. 그런데 지금 또 진나라를 쳐서 한나라와 위나라를 더욱더 이롭게 하려고 하십니다. 한나라와 위나라가 남쪽으로는 초나라에 대한 근심이 없어지고 서쪽으로는 진나라에 대한 근심이 없어지면 오히려 제나라가 위험에 처하게 될 것입니다. 한나라와 위나라는 틀림없이 제나라를 하찮게 보고 진나라를 두려워하게 될 것입니다. 제가 보기에 이렇게 되는 것은 당신에게 위험한 일입니다. 주나라나 진나라와 관계를 긴밀히 하고, 서주를 치지도 말고 또 군대나 식량을 빌리지도 마십시오. 당신이 함곡관까지 가더라도 진나라를 공격하지 말고, 저희 주나라를 시켜서 당신 마음을 진나라 소왕에게 다음과 같이 전하십시오. '설공 맹상군은 결코 진나라를 무너뜨려 한나라와 위나라를 강하게 만들지 않을 것입니다. 그가 진나라를 치려고 하는 것은 당신이 초나라 회왕을 설득해서 초나라 동쪽 땅을 제나라에 떼어 주게 하고, 또한 진나라가 초나라 회왕을 풀어 주어 제나라와 진나라가 화목하게 지내기를 원하기 때문입니다.' 이렇게 해서 당신이 저희 주나라로 하여금 진나라에 은혜를 베풀게 하면, 진나라는 초나라 동쪽 땅을 떼어 주게 한 대가로 자기 나라의 군대를 손상시키지 않고도 제나라의 공격을 면할 수 있으니 틀림없이 그렇게 하기를 바랄 것입니다. 한편 초나라 왕도 진나라의 억류에서 풀려나면 반드시 제나라에 고마워할 것입니다. 제나라가 초나라 동쪽 땅을 손에 넣으면 더욱더 막강해지고 당신 영지인 설 땅은 대대로 안전할 것입니다. 진나라가 그다지 약화되지 않은 채 한, 위, 조 세 나라의 서쪽에 있으면 이 세 나라는 틀림없이 제나라를 중시할 것입니다."

설공이 말했다.

"좋소."

그는 한나라와 위나라에게 진나라로 예물을 보내 축하하도록 하고, 한과 위와 조 세 나라가 진나라를 치는 일이 없도록 하였으며, 군사와 식량을 서주에서 빌리지 않기로 했다. 이 무렵 초나라 회왕은 진나라로 들어갔다가 붙들려 있었기 때문에 제나라에서는 회왕을 꼭 풀려나게 하려고 했다. 진나라에서는 초나라 회왕을 풀어 주지 않을 수 없었다.

맹상군의 결백을 위해 목숨을 바친 사람

맹상군이 제나라 재상일 때, 그의 사인(舍人) 위자(魏子)가 맹상군을 위해 봉읍의 조세를 거두었다. 위자는 한 해 동안 봉읍을 세 차례나 오고 갔지만 그해의 조세 수입을 한 번도 가져오지 않았다. 맹상군이 그 까닭을 묻자 위자는 이렇게 대답했다.

"어진 사람이 있어서 아무도 모르게 그에게 빌려주었습니다. 이 때문에 수입을 가져오지 못했습니다."

맹상군은 화가 나서 위자를 그 자리에서 물러나게 했다.

그로부터 몇 년 뒤, 어떤 사람이 제나라 민왕에게 맹상군을 이렇게 헐뜯었다.

"맹상군이 반란을 일으키려고 합니다."

마침 전갑(田甲)이 민왕을 위협하자, 민왕은 속으로 맹상군을 의심하게 되고 맹상군은 곧 도망쳤다. 그러나 전에 위자에게 조세를 빌린 어진 사람이 이 소문을 듣고 민왕에게 글을 올렸다. 맹상군은 반란을 꾀하지 않았고, 〔자신이〕 이 한 몸을 바쳐 맹세하였다.

그러고는 궁궐 문 앞에서 스스로 목을 찔러 죽음으로써 맹상군이 결백함을 밝히려 했다. 민왕이 깜짝 놀라 맹상군의 행적을 조사해 보니 정말로 맹상군은 반란을 꾀하지 않았음이 드러났다. 민왕이 다시 맹상군을 불렀지만 맹상군은 병을 핑계로 벼슬에서 물러나 설 땅에서 조용히 살고자 하였다. 민왕은 이를 허락했다.

그 뒤 진나라에서 망명해 온 장군 여례(呂禮)가 제나라 재상이 되어 소대를 곤경에 빠뜨리려고 했다. 소대는 맹상군에게 이렇게 말했다.

"〔주나라 공자〕 주최(周最)는 제나라에서 아주 두터운 신임을 받고 있습니다. 제나라 왕이 그를 쫓아내고 친불(親弗)의 말을 들어 여례를 재상으로 삼은 것은 진나라의 환심을 사기 위함입니다. 제나라와 진나라가 마음을 합치면 친불과 여례는 중용될 것입니다. 그들이 중용되면 제나라와 진나라는 반드시 당신을 하찮게 여길 것입니다. 당신은 서둘러 〔제나라 군사를〕 북쪽으로 이끌고 가서 조나라를 도와 진나라와 위나라가 화친하게 함으로써 주최를 불러들여 정성스레 대하고, 제나라의 신임을 되돌리도록 하여 천하 제후들이 제나라를 등지는 사태를 미리 막는 것이 좋습니다. 제나라가 진나라와 친교를 맺지 않으면 천하의 제후들은 제나라로 모여들고 친불은 틀림없이 달아날 것입니다. 이렇게 되면 제나라 왕은 당신 없이 누구와 함께 나랏일을 해 나가겠습니까?"

이리하여 맹상군이 그 계책을 따르자 여례는 맹상군을 미워하게 되었다. 맹상군은 두려움을 느끼고 진나라 재상 양후 위염에게 다음과 같은 편지를 보냈다.

저는 진나라가 여례의 힘을 빌려 제나라의 환심을 사려 한다고 들었습니다. 제나라는 천하에서 강한 나라입니다. 〔여례가 제나라의 환심을 산다면〕 당신은 반드시 진나라에서 하찮은 존재로 여겨질 것입니다. 제나라와 진나라가 손을 잡고 삼진(三晉)에 맞선다면 여례는 제나라와 진나라의 재상을 겸하게 될 것이 틀림없습니다. 이는 당신이 제나라를 통해서 여례를 높은 자리에 쓰이게 만드는 것입니다. 만일 제나라가 진나라와 친교하여 천하의 공격을 피할 수 있다면 제나라는 당신을 기필코 원수로 여길 것입니다. 그러니 당신은 진나라 왕에게 제나라를 치도록 권하는 편이 낫습니다. 제나라가 지면 저는 진나라가 제나라에서 얻은 땅에 당신을 봉하도록 요청하겠습니다. 또 제나라가 지면 진(秦)나라는 진(晉)나라가 강해질까 봐 두려워 반드시 당신을 중용하여 진(晉)나라와 관계를 맺으려고 할 것입니다. 한편

진(晉)나라도 제나라와 싸워 지치면 진(秦)나라를 겁내어 진(晉)나라는 반드시 당신을 중용해서 진(秦)나라와 화친하려 할 것입니다. 이렇게 되면 당신은 제나라를 깨뜨려서 공을 세우고 진(晉)나라를 이용해서 중용되는 것입니다. 이것은 당신이 제나라를 깨뜨려 봉읍을 얻고 진(秦)나라와 진(晉)나라가 모두 당신을 중히 여기게 하는 계책입니다. 만일 제나라가 망하지 않고 여례가 다시 기용된다면 당신은 틀림없이 몹시 난처해질 것입니다.

이에 양후가 진나라 소왕에게 말하여 제나라를 치자 여례는 달아나 버렸다.

그 뒤 제나라 민왕이 송나라를 멸망시키고 더욱더 교만해져서 맹상군을 없애려고 하자 맹상군은 두려워서 곧 위(魏)나라로 갔다. 위나라 소왕은 그를 재상으로 삼았다. 그는 서쪽의 진나라, 조나라와 동맹을 맺고 연나라 군대와 함께 제나라를 쳐서 깨뜨렸다. 제나라 민왕은 달아나 거(莒)에 머물러 있다가 그곳에서 죽고, 제나라 양왕(襄王)이 즉위했다. 맹상군은 제후들 사이에서 중립을 지키며 어디에도 속하지 않았다. 제나라 양왕은 막 자리에 서게 되자 맹상군을 두려워하여 여러 제후와 화친하고 설공 맹상군과도 화해했다.

전문이 죽으니 시호를 맹상군이라 했다. 여러 아들이 자리를 다투고 있는 동안 제나라와 위나라가 함께 설 땅을 멸망시켰다. 맹상군은 후사가 없어져서 대가 끊겼다.

군주가 이익에 눈멀면 백성은 떠난다

일찍이 풍환(馮驩)은 맹상군이 빈객을 좋아한다는 말을 듣고 짚신을 신고 찾아왔다. 맹상군이 말했다.

"선생, 먼 길을 오느라 고생하셨소. 나에게 무엇을 가르쳐 주시겠소?"

풍환이 대답했다.

"당신이 선비를 좋아한다기에 가난한 이 몸을 당신에게 맡기고자 왔습니다."

맹상군은 풍환을 전사(傳舍)신분이 낮은 손님들을 위해 마련한 숙소에 머물게 한 지 열흘 뒤에 전사 책임자에게 물었다.

"저 손님은 무엇을 하고 있는가?"

〔전사 책임자가〕 대답했다.

"풍환 선생은 매우 가난하여 칼 한 자루를 가지고 있을 뿐입니다. 그 칼도 자루를 방울고랭이풀로 꼰 노끈을 감은 보잘것없는 것입니다. 그 칼을 손으로 두드리면서 '긴 칼아, 돌아가자. 식사에 생선 반찬이 없구나.'라고 노래를 부르고 있습니다."

맹상군은 그를 행사(幸舍)중간 계층의 빈객이 드는 숙소로 옮겨 주었다. 그곳에서는 식사에 생선이 나왔다. 닷새가 지나서 또 숙소 책임자에게 물으니 이렇게 대답했다.

"저 손님은 또 칼을 두드리며 '긴 칼아, 돌아가자. 나가려 해도 수레가 없구나.'라고 노래를 불렀습니다."

맹상군이 그를 대사(代舍)상등의 빈객이 드는 숙소로 옮겨 주었다. 그곳에서는 드나들 때 수레를 탈 수 있었다. 닷새가 지난 뒤 맹상군이 다시 숙소 책임자에게 물으니 이렇게 대답했다.

"선생은 여전히 칼을 두드리면서 '긴 칼아, 돌아가자. 집이 없구나.'라고 노래를 불렀습니다."

맹상군은 이 말을 듣고 언짢았다. 1년이 지나도록 풍환은 아무런 말도 하지 않았다.

맹상군은 그 무렵 제나라 재상으로 1만 호의 설읍을 봉지로 받았으나, 그 식객이 3000명이나 되어 봉읍의 조세 수입만으로는 식객들을 보살피기에 넉넉지 못했다. 그래서 사람을 시켜 설 땅 사람들에게 돈놀이를 했다. 그런데 1년이 지나도 수입이 없고, 돈을 빌려 간 자 대부분이 그 이자조차 내지 못했다. 맹상군은 머지않아 식객을 대접할 돈이 떨어질 형편이었다. 맹상군은 걱정 끝에 주위 사람들에게 물었다.

"누가 설 땅에 빌려준 돈을 거둬들일 수 있겠소?"

숙소 책임자가 이렇게 말했다.

"대사에 머물고 있는 빈객 풍공은 용모도 훌륭하고 말도 잘합니다. 나이는 많지만 별다른 재능은 없으니 그를 보내 빚을 거둬들이도록 하면 좋을 듯싶습니다."

맹상군은 풍환을 불러 이 일을 부탁했다.

"빈객들은 내 어리석음을 모르고 다행히 나에게 몸을 맡긴 분이 3000명이나 됩니다. 봉읍의 조세 수입만으로는 도저히 빈객을 대접할 수 없어서 설 땅 사람들에게 이자를 얻으려고 돈을 빌려주었습니다. 그런데 설 땅에서는 해마다 조세가 들어오지 않고 백성 대부분이 이자조차도 내지 못하고 있습니다. 이제 빈객들에게 식사마저 접대하지 못하게 될까 걱정입니다. 선생께서 돈을 받아 주십시오."

풍환이 대답했다.

"알겠습니다."

그는 떠난다는 인사를 하고 설 땅에 이르러 맹상군에게 돈을 빌린 자들을 불러 모아 이자를 10만 전(錢)이나 거두었다. 이 돈으로 많은 술을 빚고 살찐 소를 사들여서 돈을 빌려 간 자들을 불렀다. 이자를 낼 수 있는 자도 모두 오게 하고 이자를 낼 수 없는 자도 다 오게 했다. 모두 돈을 빌린 차용 증서를 가져오게 하여 이쪽 것과 맞추어 보고 함께 모일 날을 정했다.

약속한 날이 되자 소를 잡고 술자리를 열었다. 술자리가 한창 무르익자 가지고 온 차용 증서를 전처럼 맞추어 보고 나서 이자를 낼 수 있는 자에게는 원금과 이자를 갚을 날을 정하고, 가난해서 이자를 낼 수 없는 자에게는 그 증서를 받아서 불살라 버리고 이렇게 말했다.

"맹상군께서 〔여러분에게〕 돈을 빌려준 까닭은 돈이 없는 백성도 본업에 힘쓰게 하기 위함이었습니다. 또 이자를 요구한 까닭은 빈객들을 접대할 돈이 없기 때문입니다. 지금 부유한 사람에게는 갚을 날을 정해 드리고, 가난한 사람에게는 차용 증서를 불태워 버리도록 했습니다. 여러분은 마음껏 마시고 드십시오. 이런 군주가 있는데 어찌 그 뜻을 저버릴 수 있겠습니까?"

그 자리에 앉아 있던 사람은 모두 일어나 두 번 절했다.

맹상군은 풍환이 차용 증서를 불살라 버렸다는 말을 듣고 화가 치밀어 사자를 보내 풍환을 불러들였다. 풍환이 들어오자 맹상군은 이렇게 말했다.

"나는 식객이 3000명이나 되기 때문에 설 땅 사람들에게 돈을 빌려준 것이오. 나는 봉읍이 작아 세금 수입이 적은데 백성 대부분은 때가 되어도 그 이자를 내지 않고 있소. 그래서 식객의 식사에 소홀할까 봐 선생에게 그것을 책임지고 거둬들이도록 부탁했소. 그런데 선생은 돈을 받아서 곧바로 많은 소와 술을 마련하고 차용 증서를 불살라 버렸다고 들었소. 어찌 된 일이오?"

풍환이 대답했다.

"그렇게 했습니다. 술과 소를 많이 마련하지 않고는 돈 빌린 사람을 다 모이게 할 수 없고, 돈이 있는 자와 없는 자를 알 수 없었습니다. 여유 있는 자에게는 갚을 날짜를 정하게 하였습니다. 〔그러나〕 가난한 자는 차용증서를 10년 동안 가지고 있어도 이자만 더욱 쌓여 갈 뿐이라 성급하게 독촉하면 바로 달아날 테니 영원히 받을 수 없게 됩니다. 만일 성급하게 재촉하여 돌려받지 못한다면 위로는 군주가 이익에 눈멀어 백성을 사랑하지 않는 꼴이 되고, 아래로는 백성이 빚을 갚지 않으려 군주를 떠난다는 말을 듣게 될 것입니다. 이렇게 하는 것은 백성을 격려하고 군주의 이름을 드러내는 일이 아닙니다. 쓸모없는 차용 증서를 불살라 받을 수 없는 빚을 없애 설 땅의 백성이 군주를 가까이하고 군주의 이름을 칭송하게 하려고 한 일입니다. 당신께서는 무엇을 의심하십니까?"

맹상군은 손을 부여잡고 고마워했다.

가난하고 지위가 낮으면 벗이 적어진다

제나라 왕은 진나라와 초나라의 비방에 현혹되어 맹상군의 명성이 군주보다 높아서 제나라 정권을 제 마음대로 휘두른다고 여기고 마침내 맹상군을 〔벼슬에서〕 물러나게 했다. 여러 빈객은 맹상군이 벼슬에서 물러나는 것을 보자 모두 떠나갔다. 풍환이 말했다.

"저에게 진나라로 타고 들어갈 만한 수레 한 대만 빌려주십시오. 〔그렇게 해 주시면〕 반드시 당신을 제나라에서 중용되게 하여 봉읍을 더욱더 넓혀 드리겠습니다. 어떻습니까?"

맹상군은 즉시 수레와 예물을 갖추어 그를 진나라로 떠나보냈다. 풍환은 서쪽으로 가서 진나라 왕을 이렇게 설득했다.

"천하에 유세하는 선비로서 수레를 몰고 말을 달려 서쪽 진나라로 들어오는 사람치고 진나라를 강하게 하고 제나라를 약하게 만들려고 하지 않는 이가 없습니다. 또 수레를 몰고 말을 달려 동쪽 제나라로 들어가는 사람치고 제나라를 강하게 하고 진나라를 약하게 만들려고 하지 않는 이가 없습니다. 이 두 나라는 암수를 겨루는 나라이므로 형세가 양립하여 둘 다 수컷이 될 수는 없습니다. 수컷이 되는 나라가 천하를 얻게 될 것입니다."

진나라 왕은 무릎을 꿇어앉아 풍환에게 물었다.

"어떻게 하면 진나라가 암컷이 되지 않겠소?"

풍환이 물었다.

"왕께서는 제나라가 맹상군을 벼슬에서 내친 일을 아십니까?"

진나라 왕이 대답했다.

"소문은 들었소."

그러자 풍환은 다음과 같이 말했다.

"제나라를 천하에서 비중 있는 나라로 만든 이가 맹상군인데 지금 제나라 왕은 다른 사람이 헐뜯는 말을 듣고 그를 내쳤습니다. 맹상군은 마음속으로 원망하며 반드시 제나라를 배반할 것입니다. 그가 제나라를 등지고 진나라로 들어오기만 한다면 제나라의 속사정을 진나라에게 다 털어놓을 테니 제나라 땅을 얻을 수 있습니다. 그러면 어찌 수컷이 되는 정도뿐이겠습니까? 대왕께서는 서둘러 사자를 시켜 예물을 실어 보내 아무도 모르게 맹상군을 맞아들이십시오. 때를 놓치지 마십시오. 만일 제나라가 잘못을 깨닫고 다시 맹상군을 기용하면 암수는 진나라와 제나라 중 어느 쪽이 될지 예측할 수 없습니다."

진나라 왕은 매우 기뻐하면서 수레 열 대, 황금 100일을 보내서 맹상군을 맞이하게 했다.

〔한편〕 풍환은 〔진나라 왕과〕 헤어져 사자보다 한 발 앞서서 제나라에 이르러 제나라 왕을 설득하여 말했다.

"천하에 유세하는 선비로서 수레를 몰고 말을 달려 동쪽 제나라로 들어오는 사람치고 제나라를 강하게 하고 진나라를 약하게 하려고 하지 않는 이가 없습니다. 수레를 몰고 말을 달려 서쪽 진나라로 들어가는 사람치고 진나라를 강하게 하고 제나라를 약하게 하려고 하지 않는 이가 없습니다. 진나라와 제나라는 암수를 겨루는 나라로 진나라가 강해지면 제나라는 약해지게 마련입니다. 이러한 형세로는 두 나라가 모두 수컷이 될 수는 없습니다. 신이 가만히 들어 보니 진나라는 사자를 보내 수레 열 대에 황금 100일을 싣고 맹상군을 맞이하려 한다고 합니다. 맹상군이 서쪽으로 안 가면 그만이지만 서쪽 진나라로 들어가 재상이 되면 천하가 그에게 쏠려 진나라는 수컷이 되고 제나라는 암컷이 되고 말 것입니다. 암컷이 되면 〔수도〕 임치와 즉묵까지 위험해집니다. 대왕께서는 어째서 진나라 사자가 오기 전에 먼저 맹상군을 재상으로 복직시키고 봉읍을 넓혀 주어 사과하지 않습니까? 〔그렇게 하면〕 맹상군은 반드시 기뻐하며 받아들일 것입니다. 진나라가 제아무리 강한 나라일지라도 어찌 남의 나라 재상을 맞아 가겠다고 청하겠습니까? 〔이것이〕 진나라의 음모를 꺾어 그들이 강력한 힘을 지닌 우두머리가 되려는 책략을 끊어 버리는 길입니다."

제나라 왕이 말했다.

"알겠소."

그러고는 곧바로 사자를 국경으로 보내 진나라 사자의 동정을 살피게 했더니, 때마침 진나라 사자의 수레가 국경으로 들어오고 있었다. 〔제나라〕 사자는 급히 돌아와 이 사실을 왕에게 알렸다. 〔제나라〕 왕은 맹상군을 불러 다시 재상 자리에 앉히고 옛 봉읍의 땅을 주고도 1000호를 늘려 주었다. 진나라 사자는 맹상군이 다시 제나라 재상이 되었다는 소식을 듣고 수레를 돌려 돌아갔다.

〔지난날〕 제나라 왕이 〔다른 나라의〕 비방으로 맹상군을 벼슬에서 쫓아내자 모든 빈객이 맹상군을 떠났다. 나중에 〔제나라 왕이〕 맹상군을 불러 다시 재상 자리에 앉히자 풍환이 〔빈객들을〕 맞아들이려고 했다. 〔빈객들이〕 이르기 전에 맹상군은 크게 한숨을 토하며 탄식했다.

"나는 언제나 빈객을 좋아하여 그들을 대접하는 데 실수가 없도록 힘썼소. 식객이 3000여 명이나 있었음은 선생도 아는 바요. 그러나 식객들은 하루아침에 내가 재상 자리에서 물러나는 것을 보자 나를 버리고 떠나가 나를 돌봐 주는 사람이 없었소. 이제 선생의 힘으로 다시 재상 자리에 복귀할 수 있었지만 다른 식객들은 또 무슨 낯으로 나를 볼 수 있겠소. 만약 다시 나를 만나려고 하는 이가 있으면 반드시 그 얼굴에 침을 뱉어 크게 욕을 보이겠소."

풍환은 〔이 말을 듣자〕 말고삐를 매어 놓고 〔수레에서〕 내려와 절을 했다. 맹상군도 수레에서 내려와 마주 절하고 말했다.

"선생께서는 식객들 대신 사과하는 것이오?"

풍환이 대답했다.

"식객들 대신 사과하는 것이 아닙니다. 당신 말이 잘못되었기 때문입니다. 만물에는 반드시 그렇게 되는 결과가 있고, 일에는 당연히 바뀌지 않는 도리가 있습니다. 선생은 이런 원리를 아십니까?"

맹상군이 대답했다.

"어리석어 선생이 말하는 바를 잘 모르겠소."

〔풍환이〕 말했다.

"살아 있는 것이 반드시 죽게 되는 것은 만물의 필연적인 결과입니다. 부유하고 귀하면 사람들이 많이 모여들고, 가난하고 지위가 낮으면 벗이 적어지는 것은 일의 당연한 이치입니다. 당신은 혹시 아침 일찍 시장으로 가는 사람들을 본 적이 없습니까? 새벽에는 어깨를 맞대면서 앞다투어 문으로 들어가지만 날이 저물고 나서 시장을 지나는 사람들은 팔을 휘저으면서 〔시장은〕 돌아보지도 않습니다. 그들이 아침을 좋아하고 날이 저무는 것을 싫어해서가 아닙니다. 날이 저물면 마음속으로 생각했던 물건이 시장 안에 없기 때문입니다. 이제 당신이 지위를 잃자 빈객이 모두 떠나가 버렸다고 해서 선비들을 원망하여 일부러 빈객들이 오는 길을 끊을 필요는 없습니다. 당신은 예전과 마찬가지로 빈객들을 대우하십시오."

맹상군은 두 번 절하고 말했다.

"삼가 말씀대로 하겠소. 선생의 말씀을 들은 이상 그 가르침을 받들어 따르겠소."

태사공은 말한다.

"나는 일찍이 설 땅에 들른 적이 있는데, 그곳 풍속은 마을에 난폭하고 사나운 젊은이가 아주 많아 〔맹자의 고향인〕 추나라나 〔공자의 고향인〕 노나라의 풍속과는 사뭇 달랐다. 그 까닭을 물으니 '맹상군이 천하의 협객들과 간사한 자들을 불러 들여 설 땅으로 들어온 자가 6만여 가(家)나 되기 때문이오.' 라고 했다. 세상에 전해지기를 맹상군은 빈객을 좋아하여 스스로 즐겼다고 했는데, 그 명성이 헛된 것만은 아니구나!"

16

◎

평원군 우경 열전
平原君虞卿列傳

이 편은 평원군과 우경 두 사람의 열전을 합쳐 놓은 것이다. 평원군 조승은 전국 시대의 사공자 중에서 비교적 평범한 인물이다. 사마천은 평원군이 다른 사람의 간언을 받아들이고 나라에 충성을 다하여 이웃 나라에 명망을 떨친 점에서 "평원군은 혼탁한 세상에서 새가 하늘 높이 날듯이 재능과 지혜가 있는 훌륭한 공자"라며 칭찬을 아끼지 않았다. 그렇지만 처음부터 지혜로운 사람은 아니었음을 묘사한 부분도 많다. 절름발이를 비웃은 애첩을 처음에는 두둔하다가 1년이 지나 빈객들이 점점 떠나간 뒤에야 그녀를 죽여 빈객들이 다시 모여들게 한 일이라든지, 모수(毛遂)를 무능한 인물로 평가했다가 그의 도움을 받아 문제를 해결한 것 등이 그러한 예이다.

여기서 눈여겨볼 곳은 모수라는 인물이 나오는 대목이다. 그가 평원군에게 자신을 천거하고 사신으로 나가 초나라 왕을 꾸짖는 용기나 국제 정세에 대한 식견과 말재주는 오히려 이 열전이 모수를 위해 평원군을 덧붙인 것 같다는 생각마저 들게 한다.

우경은 시대의 흐름을 타고 진나라를 섬기다 조나라를 섬기다 하는 지조 없는 일부 빈객과는 달리 끝까지 합종을 지키며 진나라에 대항하고 조나라에 충성을 다하였다. 사마천은 구차한 삶을 감추고 발분하여 글을 지었기 때문에 우경을 기록한 부분에서 동병상련의 마음을 나타내고 있다. 따라서 이 편은 지나치리만큼 찬미하는 내용으로 일관하고 있다.

애첩 때문에 선비가 떠난다

평원군(平原君) 조승(趙勝)은 조나라의 여러 공자 가운데 한 사람이다. 공자들 중에서 조승이 가장 어질고 빈객을 좋아하여 그 밑으로 모여든 빈객이 대략 수천 명에 달했다. 평원군은 조나라 혜문왕(惠文王)과 효성왕(孝成王)의 재상으로 있었는데, 세 차례 재상 자리를 떠났다가 세 차례 다시 재상 자리에 올랐다. 그는 동무성(東武城)에 봉해졌다.

평원군의 집 누각에서는 민가가 내려다보였다. 민가에는 절름발이가 살고 있었는데 절뚝거리며 물을 길으러 다녔다. 평원군의 애첩이 누각 위에 앉아 있다가 〔그 광경을〕 내려다보고 큰 소리로 웃었다. 그다음 날 절름발이가 평원군의 집 문 앞에 와서 말했다.

"저는 당신이 선비를 좋아한다고 들었습니다. 선비들이 1000리를 멀다 않고 찾아오는 것은 당신이 선비를 소중히 여기고 애첩을 하찮게 여긴다고 생각하기 때문입니다. 저는 불행히 다리를 절뚝거리고 등이 굽는 병이 있는데 당신 애첩이 저를 내려다보고 비웃었습니다. 원컨대 저를 비웃은 자의 목을 베어 주십시오."

평원군이 웃으며 대답했다.

"알았소."

절름발이가 돌아가자 평원군은 웃으면서 말했다.

"이 작자 좀 보게. 한 번 웃었다는 이유로 내 애첩을 죽이라고 하니 너무하지 않은가?"

평원군은 끝내 애첩을 죽이지 않았다. 그 뒤 1년 남짓한 사이에 빈객과 문하, 사인(舍人)들이 조금씩 떠나가더니 떠난 자가 절반이 넘었다. 평원군은 이를 이상히 여겨 말했다.

"나는 여러분을 예우하는 데 크게 실수한 적이 없거늘 떠나가는 자가 어째서 많은 것이오?"

문하의 한 사람이 앞으로 나와 대답했다.

"당신이 절름발이를 비웃은 자를 죽이지 않았기 때문입니다. 선비들은 당신이 여색을 좋아하고 선비를 하찮게 여기는 인물로 생각하여 떠나는 것입니다."

이에 평원군은 곧 절름발이를 비웃은 애첩의 목을 베고, 직접 문 앞까지 가서 절름발이에게 그 목을 내 주면서 사과했다. 그 뒤 문하에 다시 조금씩 〔선비들이〕 오기 시작했다.

이 무렵 제나라에는 맹상군, 위(魏)나라에는 신릉군(信陵君), 초나라에는 춘신군(春申君)이 있어서 서로 다투어 선비를 정성껏 예우하였다.

주머니 속의 송곳

진나라가 〔조나라의 수도〕 한단을 포위하자, 조나라는 평원군을 보내 초나라에 도움을 청하고 합종하도록 하였다. 평원군은 식객과 문하 중에서 용기와 힘이 있고 문학적 소양과 무예를 두루 갖춘 사람 스무 명과 함께 가기로 약속했다. 평원군이 말했다.

"평화롭게 담판을 지어 승리를 얻을 수 있다면 좋은 일입니다. 〔그러나〕 평화롭게 담판을 지어 승리를 얻을 수 없다면 초나라 궁전 밑에서 〔희생의〕 피를 마셔서라도 반드시 합종을 맺고 돌아오겠습니다. 〔같이 갈〕 선비들은 다른 데서 구하지 않고 제 식객과 문하에서 뽑아도 충분합니다."

〔평원군은〕 열아홉 명을 뽑고 나머지 한 명은 뽑을 만한 사람이 없어서 스무 명을 채우지 못했다. 문하에 모수(毛遂)라는 이가 있었는데, 앞으로 나서서 스스로 자신을 추천하며 평원군에게 말했다.

"당신은 초나라와 합종 맹약을 맺기 위하여 식객과 문하

스무 명과 함께 가기로 약속하고, 사람을 밖에서 찾지는 않는다고 들었습니다. 지금 한 사람이 모자라니 저를 그 일행에 끼워 주십시오."

평원군이 말했다.

"선생은 내 문하에 있은 지 몇 해나 되었소?"

모수가 말했다.

"이미 3년 됐습니다."

평원군이 말했다.

"대체로 현명한 선비가 세상에 있는 것은 비유하자면 주머니 속에 있는 송곳 같아서 그 끝이 금세 드러나 보이는 법이오. 지금 선생은 내 문하에 3년이나 있었지만 내 주위 사람들은 선생을 칭찬한 적이 한 번도 없으며, 나도 선생에 대해 들은 적이 없소. 이것은 선생에게 이렇다 할 재능이 없다는 뜻이오. 선생은 같이 갈 수 없으니 남아 있으시오."

모수가 말했다.

"저는 오늘에야 당신의 주머니 속에 넣어 달라고 부탁드리는 것입니다. 만일 저를 좀더 일찍 주머니 속에 있게 하였더라면 그 끝만 드러나 보이는 게 아니라 송곳 자루까지 밖으로 나왔을 것입니다."

평원군은 결국 모수와 함께 가기로 했다. 열아홉 명은 모수를 업신여겨 서로 눈짓하며 비웃었으나·〔그러한 마음을〕 밖으로 드러내지는 않았다.

모수는 초나라에 가는 동안 열아홉 명과 논쟁을 벌였는데 그들이 모두 탄복했다. 평원군이 초나라와 합종하기 위하여 그 이로운 점과 해로운 점을 이야기하는데, 해가 뜰 무렵부터 시작하여 중천에 이르도록 결정을 짓지 못했다. 열아홉 명이 모수에게 말했다.

"선생이 당(堂) 위로 올라가시오."

모수는 칼자루를 잡고 계단을 올라 평원군에게 말했다.

"합종의 이로운 점과 해로운 점은 두 마디면 결정됩니다. 지금 해 뜰 무렵부터 이야기를 시작하여 한낮이 되도록 결정을 내리지 못하는 까닭이 무엇입니까?"

초나라 왕이 평원군에게 말했다.

"저 손님은 누구입니까?"

평원군이 대답했다.

"저 사람은 제 사인입니다."

초나라 왕은 큰소리로 꾸짖으며 말했다.

"어찌하여 내려가지 않는가! 나는 그대 주인과 이야기하는 중인데 그대는 무엇을 하고 있는가!"

모수는 칼자루를 잡고 앞으로 다가가서 말했다.

"왕께서 저를 꾸짖는 것은 초나라 병사가 많다고 생각하기 때문입니다. 〔그러나〕 지금 열 걸음 안에서는 왕께서 초나라 병사가 많은 것을 믿을 수 없습니다. 왕의 목숨은 제 손에 달려 있습니다. 제 주인이 앞에 있는데 〔저를〕 꾸짖는 것은 무슨 까닭입니까? 또 은나라 탕왕은 땅 70리를 가지고 천하의 왕이 되었고, 주나라 문왕은 땅 100리를 가지고 제후를 신하로 삼았다고 들었습니다. 이것이 어찌 병사가 많았기 때문이겠습니까? 정녕 세력에 의지하여 그 위엄을 떨쳤기 때문입니다. 지금 초나라 땅은 사방 5000리이고 창을 가진 병사가 100만이나 됩니다. 이것은 천하의 우두머리가 될 수 있는 바탕입니다. 천하에 초나라의 강대함에 맞설 만한 나라는 없습니다. 그런데 〔진나라 장군〕 백기처럼 형편없는 자가 병사 수만 명을 이끌고 군대를 일으켜 초나라와 한 번 싸워 언과 영을 빼앗고, 두 번 싸워서 이릉(夷陵)초나라 선왕의 능묘을 불사르고, 세 번 싸워서 왕의 조상을 욕보였습니다. 이것은 〔초나라에게〕 100대가 지나도 잊을 수 없는 원통한 일이며, 조나라에도 수치스러운 일입니다. 그런데 왕께서는 이것을 부끄러워할 줄 모르고 계십니다. 합종은 초나라를 위한 일이지 조나라를 위한 일이 아닙니다. 제 주인이 앞에 있는데 〔저를〕 꾸짖는 것은 무엇 때문입니까?"

초나라 왕이 말했다.

"옳은 말이오. 참으로 선생의 말씀이 맞소. 삼가 사직을 받들어 합종하겠소."

모수가 물었다.

"합종이 결정된 것입니까?"

초나라 왕이 대답했다.

"결정됐소."

그러자 모수는 초나라 왕의 좌우 신하들에게 말했다.

"닭과 개와 말의 피를 가져오시오."[1]

---

1) 고대 사람들은 피를 입술에 묻히거나 마셔서 맹세를 했는데 제왕들은 소와 말의 피를 쓰고, 제후들은 돼지와 개의 피를 쓰며, 대부 이하는 닭의 피를 썼다. 여기서는 맹약을 맺는 자들의 신분에 걸맞은 가축의 피를 논하지

모수는 구리 쟁반을 받쳐 들고 무릎을 꿇은 채 초나라 왕에게 올리면서 말했다.

"왕께서 먼저 피를 마셔 합종을 약속하셔야 합니다. 다음 차례는 제 주인이고, 그다음 차례는 접니다."

이렇게 하여 어전 위에서 합종 약속을 맺었다. 그러자 모수는 왼손으로는 구리 쟁반의 피를 들고 오른손으로는 열아홉 명을 불러 이렇게 말했다.

"그대들은 당 아래에서 서로 이 피를 마시시오. 그대들은 범속하고 무능하며 남의 힘으로 일을 이루는 자들에 불과합니다."

평원군은 합종을 결정짓고 조나라로 돌아와 말했다.

"나는 다시는 감히 선비를 고르지 않겠다. 내가 지금까지 선비를 고른 수는 많다면 1000명이 되겠고 적어도 100여 명은 될 것이다. 나는 스스로 천하의 선비를 잃은 적이 없다고 생각해 왔다. 그런데 이번 모 선생의 경우에는 실수하였다. 모 선생은 한 번 초나라에 가서 조나라를 구정(九鼎)이나 대려(大呂)[2]보다도 무겁게 만들었다. 모 선생의 세 치 혀는 군사 100만 명보다도 강했다. 나는 다시는 감히 선비를 고르지 않겠다."

않고 서둘러 맹약할 것을 뜻하는 내용으로 보면 된다.

2) 구정은 우임금이 만든 것으로 삼대(三代) 때 나라의 보물로 전해졌고, 대려는 주나라 왕실 종묘에 있던 큰 종을 말한다. 구정과 대려는 모두 고대에 나라의 권력을 상징하던 가장 귀중한 물건으로, 여기서는 모수가 비중이 큰 인물임을 비유한 것이다.

그러고는 마침내 모수를 상객(上客)으로 삼았다.

나라가 망하면 포로가 될 수밖에 없다

평원군이 얼마 뒤에 조나라로 돌아오자 초나라는 춘신군에게 병사를 이끌고 가서 조나라를 도와주도록 했다. 위나라의 신릉군도 〔위나라 장수〕 진비(晉鄙)의 군대를 속여 빼앗아 조나라를 도우러 갔다. 그러나 구원군이 다 이르기 전에 진나라가 재빨리 한단을 에워싸 한단은 항복을 눈앞에 둔 위급한 상황이었다. 평원군의 걱정은 이만저만이 아니었다. 한단의 전사(傳舍)고대 나그네들이 머물던 관청 소유의 여관를 관리하는 자의 아들 이동(李同)[3]이 평원군에게 말했다.

"당신은 조나라가 망할까 봐 걱정하고 있지 않습니까?"

---

3) 본명은 이담(李談)이다. 사마천은 아버지 사마담(司馬談)의 이름과 같은 것을 피휘하여 이동이라고 하였다. 피휘란 임금이나 존경하는 어른의 이름을 직접 부르지 않는 것으로 그들의 이름 대신 글자를 바꿔 쓰는 개자(改字) 또는 획수를 줄여 쓰는 결필(缺筆), 글자를 빼고 그 자리를 비워 두는 공자(空字) 등의 방법으로 이루어졌다. 한(漢)나라 고조(高祖)의 이름이 방(邦)이므로 국(國)으로 고쳐 부르고, 한나라 문제(文帝)의 이름이 항(恒)이므로 상(常)으로 고쳐 불러 항산(恒山)을 상산(常山)이라 한 것이 그 예이다. 또 피휘하기 위해 성을 바꾼 경우도 있는데, 송 대의 문언박(文彦博)은 송나라 태조의 조부가 조경(趙敬)이므로 본래 성인 경(敬)을 문(文)으로 고쳤다.

평원군이 대답했다.

“조나라가 망하면 나는 포로가 될 텐데 어찌 걱정이 안 되겠소?”

이동이 말했다.

“한단의 백성은 〔땔감이 없어서〕 죽은 사람의 뼈를 때고, 〔먹을 것이 없어서〕 서로 자식을 바꾸어 먹고 있으니 위급하다고 할 수 있습니다. 그런데 당신의 후궁은 100여 명을 헤아리고, 노비들까지 무늬 있는 비단옷을 입으며 쌀밥과 고기가 남아돕니다. 백성은 갈베옷조차 제대로 입지 못하고 쌀겨나 술지게미조차 배불리 먹지 못합니다. 백성은 가난한 데다가 무기까지 바닥나서 나무를 깎아 창과 화살을 만듭니다. 그런데 당신의 기물과 종, 경(磬) 같은 악기는 그대로입니다. 진나라가 조나라를 무너뜨린다면 당신이 어떻게 이런 것들을 가질 수 있겠습니까? 조나라가 안전할 수만 있다면 어찌 당신이 이런 것이 없음을 걱정할 필요가 있겠습니까? 지금 당신이 부인과 아랫사람들을 사졸 사이에 편성해 일을 나누어 하게 하고 집안에 가진 것을 다 풀어 사졸들을 먹이면, 위태롭고 고통스러운 시기에 맞닥뜨린 사졸들은 쉽게 고마움을 느낄 것입니다.”

평원군은 이동의 말에 따라 죽음을 각오한 용맹스러운 병사 3000명을 얻었다. 이동이 드디어 3000명과 함께 진나라 군대를 향해 내달리니 진나라 군대는 30리를 물러났다. 때마침 초나라와 위나라의 구원병이 도착하여 진나라 군대는 물러가고 한단은 다시 보존되었다. 이동은 싸우다 죽었으므로 그 아버지를 이후(李侯)로 봉했다.

우경(虞卿)은 신릉군이 구원병을 이끌고 와 한단을 지킬 수 있었던 것은 평원군의 공이라며 평원군에게 식읍을 더 봉해 달라고 청하려고 했다. 공손룡은 이 소문을 듣고 밤중에 수레를 몰고 와서 평원군을 만나 말했다.

"제가 듣기로 우경은 신릉군이 한단을 보존할 수 있도록 한 공을 가지고 당신을 위해 식읍을 청하려고 한다는데 그런 일이 있습니까?"

평원군이 말했다.

"그렇소."

공손룡이 말했다.

"그것은 대단히 옳지 않은 일입니다. 왕이 당신을 조나라 재상으로 삼은 것은 당신만 한 지혜와 재능을 가진 이가 조나라에 없어서가 아닙니다. 동무성을 떼어 내어 그곳에 당신을 봉한 것도 당신만 공이 있고 다른 사람들은 공이 없기 때문이 아닙니다. 당신이 조나라 왕의 친척이기 때문입니다. 당신이 재상의 인수를 받으면서 능력이 없다며 사양하지 않고, 땅을 봉해 받고도 공이 없다며 사양하지 않은 것도 당신 스스로 친척이라고 생각했기 때문입니다. 그런데 지금 신릉군의 힘을 빌려 한단을 보존했다 하여 봉읍을 청하는 것은 전에는 친척으로서 성을 받고 이번에는 조나라 사람으로서 공로를 헤아리는 것입니다. 그러므로 이것은 심히 옳지 않습니다. 그리고 우경은 양다리를 걸치고 있는데, 일이 이루어지면 우권(右券)[4)]

4) 우권은 채권자가 가지고 있던 오른쪽 절반을 가리킨다. 고대에는 계약할

을 쥐고서 보상을 요구할 테고, 일을 이루지 못하면 봉읍을 받도록 청했다는 헛된 이름으로 당신에게 생색낼 것입니다. 당신은 〔우경의 말을〕 절대로 듣지 마십시오.”

평원군은 결국 우경의 말을 듣지 않았다.

평원군은 조나라 효성왕 15년에 죽었다. 자손이 대를 이었으나 뒤에 결국 조나라와 함께 멸망했다.

평원군은 공손룡을 극진히 대우했다. 공손룡은 견백지변(堅白之辯)에 뛰어났다. 그러나 추연이 조나라를 지나다가 지극한 도가 어떤 것인가를 말하고 난 다음부터 〔평원군은〕 공손룡을 멀리했다.

강한 자는 공격을 잘하고 약한 자는 지키지 못한다

우경(虞卿)[5]은 유세하는 선비이다. 그는 짚신을 신고 어깨까지 걸치는 챙이 긴 삿갓을 쓰고 와서 조나라 효성왕에게 유세했다. 〔효성왕은 그를〕 처음 만나 보고 황금 100일과 흰 옥 한 쌍을 내리고, 두 번째 만나서는 조나라 상경으로 삼았다. 그래서 우경이라 불렀다.

때 계약서를 둘로 나누어 왼쪽은 채무자가 갖고 있었으며, 채권자는 오른쪽을 가지고 채무자에게 돈을 요구했다.

5) 우(虞)는 성이다. 그 이름을 알 수 없기 때문에 그가 지낸 관직 명칭을 붙여 우경이라고 부르게 되었다.

진나라와 조나라는 장평(長平)에서 힘을 겨루었는데, 조나라는 싸움에 이기지 못하고 도위(都尉) 한 명을 잃고 말았다. 조나라 왕은 장군 누창(樓昌)과 우경을 불러서 말했다.

"〔우리〕 군대는 싸워 이기지 못하고 도위마저 잃었소. 과인이 가벼운 차림의 〔날랜〕 군대를 데리고 진나라 진영으로 쳐들어가려고 하는데 어떻게 생각하시오?"

누창이 대답했다.

"이롭지 않습니다. 비중 있는 사신을 보내 화친하는 것만 못합니다."

우경이 말했다.

"누창이 화친하자는 것은 그렇게 하지 않으면 우리 군대가 반드시 지리라고 생각하기 때문입니다. 그러나 화친하느냐 안 하느냐 하는 것은 진나라에 달려 있습니다. 왕께서는 진나라를 볼 때 조나라 군대를 깨뜨리려 한다고 보십니까? 그렇지 않다고 보십니까?"

왕이 말했다.

"진나라는 힘을 다해 반드시 조나라 군대를 깨뜨리려 할 것이오."

〔그러자〕 우경이 말했다.

"왕께서는 신의 의견을 들으시고 사신을 통해 초나라와 위나라에 귀중한 보물을 보내 우리 편으로 끌어들이십시오. 초나라와 위나라는 왕의 귀중한 보물을 얻기 위해서 반드시 우리 사신을 받아들일 것입니다. 조나라 사자가 초나라와 위나라로 들어가면 진나라는 반드시 천하의 제후들이 합종하려는 줄로 의심하고 틀림없이 두려워할 것입니다. 이렇게 되면 〔진나라와〕 화친할 수 있을 것입니다."

그러나 조나라 왕은 우경의 말을 받아들이지 않았다. 그는 평양군과 상의하여 화친하기로 하고, 정주(鄭朱)를 진나라에 〔사자로〕 들여보냈다. 조나라 왕은 우경을 불러 말했다.

"과인은 평양군에게 진나라와 화친하도록 하였고, 진나라는 이미 정주를 받아들였소. 그대는 이 일을 어떻게 생각하시오."

우경이 대답했다.

"왕께서는 화친할 수 없고 우리 군대는 반드시 깨질 것입니다. 〔지금〕 전쟁의 승리를 축하하는 천하 제후들의 사절이 진나라에 가 있습니다. 정주는 신분이 높은 분이므로 진나라로 들어가면 진나라 왕은 응후와 상의하여 〔그가 온 것을〕 반드시 천하에 알려 존중함을 표할 것입니다. 〔이렇게 되면〕 초나라와 위나라는 조나라가 화친한다고 생각하여 틀림없이 왕을 돕지 않을 것입니다. 천하가 왕을 돕지 않을 줄을 진나라가 알면 화친은 이뤄질 수 없습니다."

응후는 정말로 정주를 정중히 대우하여 전쟁의 승리를 축하하러 온 천하의 사절들에게 보여 주기만 할 뿐 끝내 화친을 허락하지 않았다. 〔조나라 군대는〕 장평에서 크게 패하고, 마침내 한단까지 포위당하여 천하의 웃음거리가 되었다.

진나라가 한단의 포위를 풀자, 조나라 왕은 〔진나라에〕 입조(入朝)하며 조석(趙郝)을 시켜 진나라에 현 여섯 개를 떼어 주고 화친을 맺도록 하려고 했다. 우경이 조나라 왕에게 말했다.

"〔이번에〕 진나라가 왕을 공격했다가 싸움에 지쳐서 돌아갔다고 생각하십니까? 아니면 오히려 진격할 힘이 남아 있지만 왕을 아껴 공격을 멈추었다고 생각하십니까?"

왕이 대답했다.

"진나라는 우리 나라를 치는 데 온 힘을 기울였소. 〔그들은〕 틀림없이 지쳐서 돌아갔을 것이오."

우경이 말했다.

"진나라는 그들의 힘으로 얻을 수 없는 것을 공격하다가 지쳐서 돌아갔습니다. 그런데 지금 왕께서는 그들의 힘으로 얻을 수 없었던 현 여섯 개를 진나라로 보내려 하십니다. 이것은 진나라를 돕고 자신을 공격하는 일입니다. 내년에 진나라가 다시 왕을 공격해 온다면 왕께서는 구원받을 방법이 없을 것입니다."

왕이 우경의 말을 조석에게 전하자, 조석이 말했다.

"우경이 진나라의 힘이 어디까지 미칠 수 있는지 어찌 알겠습니까? 진정 진나라가 계속 진격할 힘이 없음이 확실하다면 탄환만큼 작은 땅도 줄 수 없습니다. 그러나 만일 내년에 다시 진나라가 왕을 친다면 왕께서는 나라 안의 땅을 떼어 주고 화친하지 않을 수 있겠습니까?"

〔조나라〕 왕이 말했다.

"그럼 그대 의견을 받아들여 현 여섯 개를 떼어 준다면, 그대는 기필코 내년에 진나라가 다시 우리 나라로 쳐들어오지 않게 할 수 있소?"

조석이 대답했다.

"그것은 신이 감히 책임질 수 없습니다. 옛날 삼진은 진나라와 사귀어 서로 가까웠습니다. 그러나 지금 진나라가 한나라, 위나라와는 친하게 지내면서 왕을 친 까닭은 왕께서 진나라를 섬기는 것이 반드시 한나라나 위나라만 못하기 때문입니다. 지금 신이 왕을 위하여 동맹국을 등져서 받게 된 공격을 풀고 관문을 열고 예물을 통하게 하여 한나라나 위나라와 똑같게 하였는데, 내년에 왕만이 진나라에게 공격을 받게 된다면 그것은 왕께서 진나라를 섬기는 것이 한나라나 위나라만 못하기 때문입니다. 이것은 신이 책임질 수 있는 일이 아닙니다."

왕이 이 말을 우경에게 전하자 우경은 이렇게 대답했다.

"조석의 말은 '화친하지 않으면 내년에 진나라가 다시 왕을 칠 테고, 그렇게 되면 왕은 다시 나라 안의 땅을 떼어 주고 화친하지 않을 수 없다.'라는 것입니다. 지금 화친한다 해도 조석은 진나라가 또다시 쳐들어오지 않으리라 반드시 장담할 수 없다고 보았습니다. 그렇다면 지금 진나라에 현 여섯 개를 떼어 준다 해도 무슨 이익이 있습니까? 내년에 진나라가 다시 쳐들어오면 또 진나라의 힘으로 얻을 수 없는 땅을 떼어 주고 화친하게 될 것입니다. 이것은 스스로 멸망하는 길입니다. 〔그러므로〕 화친하지 않는 편이 낫습니다. 진나라가 제아무리 공격을 잘한다 해도 여섯 현을 빼앗아 갈 수는 없을 테고, 조나라가 잘 지킬 수 없을지라도 끝내 현 여섯 개를 다 잃지는 않을 것입니다. 진나라는 싸움에 지쳐서 돌아갔으니 병사들은 반드시 피곤할 것입니다. 〔그러므로〕 현 여섯 개로 천하 제후들의 마음을 모아 지쳐 있는 진나라를 치면, 천하 제후에게 현

여섯 개를 주고 진나라에서 그 대가를 받게 되니 우리 나라는 오히려 유리합니다. 가만히 앉아 땅을 떼어 주어서 자신을 약하게 하고 진나라를 강하게 만드는 것과 비교하면 어느 편이 더 낫습니까?

지금 조석은 '진나라가 한나라, 위나라와 친하게 지내며 조나라를 공격하는 것은 반드시 왕께서 진나라를 섬기는 것이 한나라와 위나라만 못하기 때문이다.'라고 하였는데, 이는 왕에게 해마다 현 여섯 개를 떼어 주어 진나라를 섬기게 만들 것입니다. 그러면 앉아서 조나라 성을 다 잃게 됩니다. 내년에 진나라가 또 땅을 떼어 달라고 요구하면 왕께서는 주시겠습니까? 주시지 않는다면 지금까지 땅을 떼어 준 효과는 없어지고 진나라가 쳐들어오는 화만 부르게 될 것입니다. 만일 땅을 준다고 해도 결국에는 줄 땅이 없어질 것입니다.

옛말에 '강한 자는 공격을 잘하고 약한 자는 제대로 지키지 못한다.'라고 했습니다. 지금 앉아서 진나라의 요구를 들어주면 진나라 군사는 애쓰지 않고 땅을 얻게 될 것입니다. 이는 진나라를 강하게 하고 조나라를 약하게 만듭니다. 더욱더 강해지는 진나라가 더욱더 약해지는 조나라 땅을 떼어 받는 일이니 진나라의 요구는 그치지 않을 것입니다. 또 왕의 땅은 끝이 있지만 진나라의 요구는 이 때문에 끝이 없을 것입니다. 한정된 땅을 가지고 끝없는 요구에 응하면 그 기세로는 조나라의 멸망뿐입니다."

조나라 왕이 어쩌면 좋을지 계책을 정하지 못하고 있는데 누완(樓緩)이 진나라에서 돌아왔다. 조나라 왕은 누완과 이 일을 상의했다.

"진나라에 땅을 주는 게 낫소? 주지 않는 게 낫소?"

누완이 사양하여 말했다.

"이것은 신이 알 수 있는 일이 아닙니다."

왕이 말했다.

"그래도 그대 생각을 말해 보시오."

누완은 다음과 같이 대답했다.

"왕께서도 저 공보문백(公甫文伯)의 어머니 이야기를 들으셨습니까? 공보문백이 노나라에서 벼슬을 하다가 병들어 죽자, 그 죽음을 슬퍼하여 규방에서 스스로 목숨을 끊은 여자가 둘 있었습니다. 문백의 어머니는 그 소식을 듣고도 소리 내어 울지 않았습니다. 문백의 유모가 '아들이 죽었는데 소리 내어 울지 않는 사람이 어디 있습니까?'라고 하니, 어머니는 '공자는 어진 사람인데 노나라에서 쫓겨났을 때 내 아들은 쫓아가지 않았소. 그런데 지금 아들이 죽으니 그를 위하여 스스로 목숨을 끊은 여자가 둘이나 있소. 이와 같이 된 것은 그는 반드시 덕 있는 사람에게는 정을 주지 않고 부인들에게는 다정했기 때문이오. [그래서 소리 내어 울지 않는다오.]'라고 했습니다. 이 말이 어머니의 입에서 나오면 어진 어머니라고 하겠지만 아내의 입에서 나오면 반드시 질투심이 많은 여자라는 말을 듣게 될 것입니다. 그러므로 그 말은 같지만 말하는 사람에 따라 듣는 사람의 마음도 바뀝니다. 지금 신은 진나라에서 돌아온 지 얼마 안 되었으니 '주지 마십시오.'라고 말씀드린다면 그것은 좋은 계책이 아니고 '주십시오.'라고 말씀드린다면 왕께서는 신이 진나라를 위한다고 여길 것입니다. 이것이 두려워서 감히 대답하지 못한 것입니다. 〔그렇지만〕 신이 대왕을 위하여 계책을 말씀드린다면 주는 편이 낫습니다."

왕이 말했다.

"알았소."

우경은 이 말을 듣고 궁궐로 들어가 왕을 만나 말했다.

"누완의 말은 겉만 번드르르할 뿐입니다. 왕께서는 부디 진나라에 땅을 주지 마십시오."

누완이 이 말을 듣고 가서 왕을 만났다. 왕이 또 우경이 한 말을 누완에게 전하자, 누완이 대답했다.

"그렇지 않습니다. 우경은 하나만 알고 둘은 모릅니다. 대체로 진나라와 조나라가 적이 되어 싸우면 천하 제후가 모두 기뻐하는데 왜 그럴까요? 말하자면 '나 또한 강한 자에 기대어 약한 자를 누르겠다.'입니다. 지금 조나라 군대가 진나라 군대에게 시달리고 있으므로 승리를 축하하는 천하의 사절들은 틀림없이 다 진나라에 가 있을 것입니다. 그러므로 빨리 땅을 떼어 주고 화친을 맺어 제후들을 당황하게 만들고 진나라의 마음을 달래는 편이 낫습니다. 그러지 않으면 천하 제후들은 진나라의 노여움을 이용하여 조나라가 지친 틈을 타 참외를 쪼개듯 조나라를 나눠 먹으려 들 것입니다. 조나라는 바로 망할 텐데 어찌 진나라를 도모하겠습니까? 그래서 '우경은 하나만 알고 둘은 모른다'라고 한 것입니다. 원컨대 왕께서는 이것으로 결정하시고 더 이상 의논하지 마십시오."

우경은 이 말을 듣고 가서 왕을 만나 말했다.

"실로 위험한 일입니다. 누완이 진(秦)나라를 위해서 세운 계책은 천하 제후들에게 더욱더 〔조나라를〕 의심하게 할 뿐인데, 어찌 진나라의 마음을 달랠 수 있겠습니까? 어찌 그러한 일이 천하에 조나라가 약함을 보이는 것이라고 하지 않겠습니까? 신이 진나라에 땅을 주지 말라고 한 것은 그저 주지 말라는 것이 아닙니다. 진나라가 여섯 현을 요구하니 왕께서는 차라리 여섯 현을 제나라에 뇌물로 주십시오. 제나라는 진나라에 깊은 원한을 가지고 있습니다. 제나라가 왕의 여섯 현을 얻는다면 〔조나라와〕 힘을 합쳐 서쪽으로 진나라를 칠 것입니다. 제나라는 사자의 말이 끝나기도 전에 왕의 제안을 따를 것입니다. 이렇게 되면 왕은 여섯 현을 제나라에 주고 그 대가를 진나라에서 받을 수 있습니다. 그러면 제나라와 조나라는 진나라에 대한 깊은 원한을 갚고, 조나라의 일 처리 능력이 뛰어남을 천하에 보일 수 있습니다. 왕께서 이러한 방침을 선언하면 〔제나라와 조나라의〕 군사가 〔진나라의〕 국경을 넘보기 전에 진나라의 많은 뇌물이 조나라에 이르고, 도리어 진나라에서 왕께 화친을 요청해 올 것입니다. 진나라가 화친을 요청해 오면 한나라와 위나라는 이 소식을 듣고 반드시 왕을 중히 여길 것입니다. 왕을 중히 여기면 틀림없이 귀중한 보물을 가지고 앞을 다투어 왕께 찾아올 것입니다. 그렇게 되면 왕께서는 한 번에 〔제, 한, 위〕 세 나라와 화친을 맺게 되니 진나라와 자리를 바꾸게 됩니다."

조나라 왕이 말했다.

"좋소."

조나라 왕은 우경을 동쪽으로 보내 제나라 왕을 만나 함께 진나라를 칠 일을 꾀하게 했다. 우경이 제나라에서 돌아오기도 전에 진나라 사자가 이미 조나라에 왔다. 누완은 이 소식을 듣고 도망치고 말았다. 조나라는 우경에게 성 한 개를 주어 봉했다.

그 뒤 얼마 안 되어 위나라가 〔조나라에게〕 합종을 청하였다. 조나라 효성왕(孝成王)은 우경을 불러 이 일을 상의하려고 했다. 〔우경은〕 궁궐로 가는 길에 평원군에게 들렀다. 평원군이 말했다.

"부디 그대는 위나라와 합종하는 것이 좋다고 왕께 말씀드려 주시오."

우경은 궁궐로 들어가 왕을 만났다. 왕이 말했다.

"위나라가 합종을 청해 왔소."

〔우경이〕 대답했다.

"위나라는 잘못하고 있습니다."

왕이 말했다.

"과인은 아직 허락하지 않았소."

〔우경이〕 대답했다.

"왕께서도 잘못하고 계십니다."

왕이 말했다.

"위나라가 합종을 요청했다 하니 그대는 위나라가 잘못이라 하고, 과인이 아직 이를 허락하지 않았다는데 또 과인이 잘못이라고 하니 그럼 결국 합종하면 안 된다는 말이오?"

〔우경이〕 대답했다.

"신이 듣기로 작은 나라와 큰 나라가 함께 일을 하면 이로운 것이 있을 때에는 큰 나라가 그 복을 받고, 일이 잘못되면 작은 나라가 그 화를 입게 된다고 합니다. 지금 위나라는 작은 나라인데 스스로 화를 부르고 있고, 왕은 큰 나라인데 복을 사양하고 있습니다. 그래서 신은 왕께서도 잘못하고 위나라도 잘못하고 있다고 말한 것입니다. 가만히 생각해 보면 합종하는 편이 낫습니다."

왕이 말했다.

"알겠소."

왕은 곧 위나라와 합종했다.

그 뒤 우경은 〔위나라 재상〕 위제(魏齊)[6]와의 관계 때문에 만호후(萬戶侯) 지위와 경상(卿相)의 인수를 내던지고 위제와 함께 사람의 눈을 피하여 조나라를 떠나 대량으로 가서 고달프게 살았다. 위제가 죽은 뒤에 〔우경은〕 이루지 못한 뜻을 책으로 엮었다. 이 책은 위로는 『춘추(春秋)』에서 따오고 아래로는 근세를 살핀 것으로 「절의(節義)」, 「칭호(稱號)」, 「췌마(揣摩)」, 「정모(政謀)」 등 모두 여덟 편이다. 여기에서 그는 나라가 얻는 것과 잃는 것을 비판했다. 세상에서 이것을 전하여 『우

6) 위나라 재상이다. 위제는 범저가 제나라로부터 많은 선물을 받게 된 일을 가지고 나라의 비밀을 넘겨주었으리라 여겨 가혹하게 매질하였다. 뒷날 범저는 구사일생으로 진나라로 달아나 재상이 되어 위제의 목을 요구한다. 이때 위제는 조나라 재상으로 있던 우경에게 도움을 요청하였고, 우경은 그를 위해 갖은 애를 쓰다 능력의 한계를 느끼고 위제와 함께 몰래 도망친다. 그러나 결국 위제는 스스로 목숨을 끊고 우경은 어렵게 살아간다.

씨춘추(虞氏春秋)』라고 한다.

태사공은 말한다.

"평원군은 새가 하늘 높이 날듯이 혼탁한 세상에서 벗어난 훌륭한 공자였으나 〔나라를 다스리는〕 큰 이치를 알지는 못했다. 속담에 '이익에 사로잡히면 지혜가 흐려진다.'라고 하였다. 평원군은 풍정(馮亭)의 그릇된 말[7]에 빠져 조나라 장평의 40여 만 병사를 산 채로 매장되게 하고 한단을 거의 멸망시킬 뻔했다. 우경이 사태를 헤아리고 상황을 추측하여 조나라를 위해 꾀한 계책들은 얼마나 주도면밀했던가! 그러나 위제의 불행을 차마 볼 수 없어 결국 대량에서 고통을 받았다. 평범한 사람도 그것이 옳지 않음을 아는데 하물며 어진 우경이 몰랐으랴! 그러나 우경에게 고통과 근심이 없었다면 또한 책을 지어 후세에 자신을 드러낼 수 없었을 것이다."

---

7) 기원전 262년 풍정이 상당을 조나라에 귀속시키려 하다가 장평 싸움이 일어난 것을 빗댄 말이다. 자세한 내용은 「조 세가(趙世家)」에 나온다.

17

◎

위 공자 열전
魏公子列傳

신릉군 무기(無忌)는 전국 시대 사공자 중 가장 어질고 능력 있는 사람으로서 걸출한 인물을 많이 배출했는데, 이는 그가 선비를 대하는 남다른 태도에서 비롯되었다. 그는 사(士)로 일컬어지는 지식인들의 능력을 알아보는 혜안을 갖고 있었다. 이 열전에 함께 나오는 후영(侯嬴), 주해(朱亥), 모공(毛公), 설공(薛公)도 평범한 인물이 아니다. 신릉군의 일생에서 가장 두드러진 공적은 조나라를 도와 진나라를 무찌른 일인데, 이는 빈객들의 도움이 있기에 가능했다. 그는 빈객들로부터 충성과 존경을 얻는 방법을 터득한 사람이었다.

이 편은 내용 대부분이 『전국책』 등 관련 서적에 보이지 않고 선진 시기의 다른 책에도 나타나지 않아 사마천이 그 무렵 장로(長老)들의 말을 참조하여 쓴 흔적이 역력하다.

이 편에는 "선비는 자신을 알아주는 사람을 위해 죽는다."라는 유명한 말이 등장하는데, 이 명제를 내세워 후영을 중심축으로 삼아 사마천의 인재관을 서술해 나간다. 선비를 예우하는 위 공자의 자세와 의기투합된 인물들의 활약상이 재미있는 일화와 함께 생동감 있게 그려지고 있다.

사마천은 신릉군이 예의 바르고 어질며 나랏일을 중시한 것을 이상적으로 평가하여 높이 존경했다. 어떤 사람들은 그의 작위에 근거하여 「위 공자 열전」을 '신릉군 열전'으로 부르기도 한다.

진비의 병부를 훔쳐 조나라를 구하다.

어진 사람을 얻으려면 정성을 다하라

위나라 공자 무기(無忌)는 위나라 소왕(昭王)의 막내아들로 위나라 안희왕(安釐王)의 배다른 동생이다. 소왕이 죽고 안희왕이 즉위하면서 공자를 신릉군(信陵君)에 봉했다. 이 무렵 범저가 위나라에서 망명해 진나라 재상이 되었는데, 〔위나라 재상〕 위제에 대한 원한으로 진나라 군대를 내어 대량을 에워싸게 하고 화양(華陽)에 진을 치고 있는 위나라 군대를 무찔러 〔위나라 장군〕 망묘(芒卯)를 달아나게 하였다. 위나라 왕과 공자는 이런 사태를 걱정했다.

공자는 사람됨이 어질고 선비들에게 예의로 대우했다. 선비가 어질든 그렇지 않든 구별하지 않고 누구에게나 겸손하게 예를 갖추어 사귀고, 자기가 부귀하다고 해서 교만하게 구는 일이 없었다. 〔그의 어짊에〕 선비들이 사방 수천 리에서 앞을 다투어 몰려와 공자에게 몸을 의지하여 식객이 3000명이나 되었다. 그 무렵 제후들은 공자가 어질고 식객이 많음을 알고 선불리 위나라를 공격하려 하지 않은 지 10여 년이나 되었다.[1]

〔어느 날〕 공자가 위나라 왕과 박(博)[2] 놀이를 하고 있는데, 북쪽 변방에서 봉화가 올랐다는 보고가 들어왔다.

"조나라 군대가 쳐들어오는데 이제 막 국경을 넘어서려 하고 있습니다."

위나라 왕이 박 놀이를 멈추고 대신들을 불러 모아 상의하려고 하자, 공자가 왕을 말리며 말했다.

"조나라 왕은 사냥을 할 뿐 침략하려는 것이 아닙니다."

그러고는 다시 그대로 박 놀이를 했다. 왕은 걱정이 되어 박 놀이에는 마음이 없었다. 조금 뒤에 또 북쪽 지방에서 말을 전해 왔다.

"조나라 왕은 사냥을 할 뿐 침략한 것이 아닙니다."

---

1) 이 기간은 안희왕 12년부터 30년까지 18년이다. 그런데 안희왕은 즉위했을 때 병사들을 모으는 데 힘을 기울였지 감히 진나라에 대항할 생각은 하지 못했으니, 이는 과찬하는 말일 뿐이다.

2) 중국에 전해 내려온 놀이로서 노름의 하나다. 윷놀이와 비슷하게 다섯 개의 나뭇가지를 던져 떨어진 모양에 따라 효(梟), 노(盧), 치(雉), 독(犢), 새(塞)의 등급을 매기고 국(局) 위의 말을 움직여 승부를 정했다.

위나라 왕은 매우 놀라 물었다.

"공자는 어떻게 그것을 알았소?"

공자가 대답했다.

"신의 객(客) 중에 조나라 왕의 은밀한 일까지 정탐할 수 있는 이가 있습니다. 그는 조나라 왕이 하는 일마다 하나하나 신에게 알려 줍니다. 그래서 신은 이번 일도 알 수 있었습니다."

그 뒤로 위나라 왕은 공자가 어질고 능력 있음을 꺼려 그에게 나랏일을 맡기려 하지 않았다.

숨어 사는 선비 후영과 주해

위나라에 숨어 사는 한 선비가 있었는데 그 이름은 후영(侯嬴)이다. 그는 나이 일흔에 집이 가난해서 대량성의 이문(夷門)동문(東門)을 지키는 감독관으로 있었다. 공자는 그의 이야기를 듣고 찾아와 주기를 청하여 후한 선물을 보내려 했다. 그러나 후영은 받지 않고 말했다.

"저는 몸을 닦고 행실을 깨끗이 하면서 수십 년을 지내 왔습니다. 지금 새삼스레 성문을 지키는 일이 고달프고 가난하다 해서 공자의 재물을 받을 수는 없습니다."

공자는 이에 곧 술자리를 열어 빈객들을 많이 모이게 했다. 연회장의 자리가 정해지자, 공자는 수레와 기마를 거느리고 왼쪽 자리를 비운 채[3] 몸소 이문으로 후영을 맞이하러 갔다.

후영은 다 해진 옷과 모자를 걸치고 곧바로 공자의 윗자리에 올라타고는 조금도 사양하지 않았다. 후영은 이렇게 해서 공자의 태도를 살펴볼 속셈이었다. 그러나 공자는 말고삐를 잡은 채 더욱더 공손하게 대했다. 후영은 또 공자에게 이렇게 말했다.

"제게는 시장의 푸줏간에 친구가 하나 있습니다. 수고스럽지만 수레를 돌려 그곳에 들러 주었으면 합니다."

공자는 수레를 몰아 시장으로 들어갔다. 후영은 수레에서 내려 그의 친구 주해(朱亥)를 만나 일부러 오랫동안 서서 이야기를 나누며 곁눈질로 가만히 공자를 살폈다. 그러나 공자의 낯빛은 더욱더 부드럽기만 했다. 이때 공자의 집에는 장군, 재상, 왕족, 빈객이 다 모여 공자가 돌아와 술잔을 들기만 기다리고 있었다. 시장 사람은 모두 공자가 말고삐를 잡고 있는 것을 보았다. 〔공자의〕 기마를 따르던 자는 모두 마음속으로 후영을 욕했다. 후영은 공자의 낯빛이 끝내 변하지 않음을 보고 친구와 헤어져 수레에 올랐다. 집에 이르자 공자는 후영을 윗자리로 이끌어 앉히고 빈객들에게 두루 소개했다. 빈객은 모두 놀랐다. 술자리가 한창 무르익어 갈 무렵 공자는 일어나 후영 앞으로 나아가 장수를 기원하는 술잔을 올렸다. 그러자 후영이 공자에게 말했다.

"오늘 저도 공자를 위하여 일을 할 만큼 했습니다. 저는 한낱 이문의 문지기에 지나지 않습니다. 그런데도 공자께서는

---

3) 본래 왼쪽은 결코 좋지 않다고 생각하는 것이 중국 고대의 오래된 풍속이었으나 유독 수레를 탈 때만은 예외였다. 신릉군이 후영에게 존경을 나타낸 것이다.

몸소 수레와 기마를 끌고 오셔서 많은 사람이 모인 자리로 맞아 주셨습니다. 마땅히 지나지 않아도 될 곳임에도 오늘 공자께서는 주해에게 들러 주셨습니다.

그래서 저는 공자의 이름을 높여 드리기 위하여 일부러 오랫동안 공자의 수레와 기마를 시장 가운데 세워 두고 친구에게 들러 공자의 태도를 살펴보았는데 공자께서는 더욱더 공손했습니다. 시장 사람은 모두 저를 소인이라 하고, 공자를 선비에게 몸을 낮출 줄 아는 장자(長者)덕망이 뛰어난 어른라고 했을 것입니다."

이리하여 술자리가 끝나고 후영은 마침내 공자의 상객이 되었다. 후영이 공자에게 말했다.

"제가 들러 만났던 백정 주해는 어진 사람입니다만 세상에는 그것을 아는 사람이 없습니다. 그래서 푸줏간 사이에 숨어 살고 있습니다."

공자가 수차례 찾아가서 〔빈객이 되어 달라〕 청했지만 주해는 일부러 답례조차 하지 않았다. 공자는 이를 이상하게 여겼다.

굶주린 호랑이에게 고기를 던져 주지 말라

위나라 안희왕 20년에 진나라 소왕[4]은 조나라 군대를 장평

---

4) 소양왕(昭襄王)을 가리킨다. 그는 위염, 범저, 사마조, 백기 등과 더불어

에서 깨뜨리고, 다시 군사를 몰아 〔조나라 수도〕 한단을 둘러쌌다. 공자의 누이는 조나라 혜문왕의 아우인 평원군의 아내였다. 〔평원군은〕 위나라 왕과 공자에게 여러 차례 편지를 보내 도움을 요청했다. 위나라 왕은 장군 진비(晉鄙)를 시켜 군사 10만 명을 이끌고 가서 조나라를 돕게 했다. 그러자 진나라 왕이 위나라 왕에게 사자를 보내 다음과 같이 통보했다.

"나는 조나라를 쳐서 머지않아 항복을 받을 것이다. 제후 중에서 감히 〔조나라를〕 돕는 이가 있으면 조나라를 무너뜨린 뒤 반드시 군사를 옮겨 먼저 그를 치겠다."

위나라 왕은 이 말에 겁을 먹고 사자를 시켜 진비의 진격을 멈추게 한 뒤 군대를 머무르게 하며 업(鄴)에 보루를 쌓게 했다. 명분상으로는 조나라를 구원한다고 하면서, 실제로는 진나라와 조나라의 형세를 관망하자는 것이었다. 이에 평원군은 위나라에 계속 사자를 보내 위나라 공자를 이렇게 꾸짖었다.

"내가 스스로 〔공자와〕 인척 관계를 맺은 이유는 공자가 의를 중하게 여겨 다른 사람이 위급한 상황에 처한 것을 보면 망설이지 않고 구해 줄 수 있으리라고 생각했기 때문입니다. 지금 한단은 함락 직전에 놓여 있는데 위나라의 구원병은 오지 않고 있습니다. 이렇게 하고도 어찌 공자가 다른 사람의 어려움을 보고 구해 줄 수 있는 인물이라고 하겠습니까? 또 공자께서는 나를 업신여겨 진나라에 항복하도록 내버려 두고 있는데, 공자의 누이가 가엾지도 않습니까?"

합종책을 저지하여 진나라의 천하 통일에 절대적으로 이바지했다.

공자는 이를 근심하여 여러 번 위나라 왕에게 청원하기도 하고 빈객과 변사를 시켜 온갖 수단을 써서 설득했지만 위나라 왕은 진나라를 두려워하여 끝내 공자의 부탁을 들어주지 않았다. 공자는 도저히 왕의 허락을 얻을 수 없다고 보고, 조나라를 망하게 하고 자기 혼자만 살아남을 수는 없다는 결심을 했다. 그래서 빈객들에게 청하여 수레와 기마 100여 승(乘)을 마련하고 빈객들을 이끌고 진나라 군대와 부딪쳐 조나라와 같이 죽기로 했다.

공자는 가는 길에 이문에 들러 후영을 만나 진나라 군대와 싸워 죽고자 하는 까닭을 자세하게 설명했다. 그러고는 헤어져 가려고 하는데 후영이 말했다.

"공자께서는 부디 힘껏 해보십시오. 이 늙은이는 따라갈 수 없습니다."

공자는 몇 리를 가는 동안 마음이 불쾌했다.

"내가 후영을 부족함 없이 대우한 것은 천하가 다 아는 일이다. 그런데 후영은 지금 내가 죽으러 길을 떠나는데도 헤어지는 인사 한마디 하지 않았다. 내가 무슨 실수라도 했는가?"

〔공자는〕 다시 수레를 돌려 후영을 찾아가 물었다. 그러자 후영은 웃으며 말했다.

"저는 본래 공자께서 되돌아오실 줄 알고 있었습니다."

그러고는 다시 말을 이어 나갔다.

"공자께서는 선비를 아껴 명성이 천하에 알려졌습니다. 지금 어려운 일을 당하여 이렇다 할 계책도 없이 진나라 군대를 향해 뛰어들려고 하니, 이는 비유하자면 굶주린 호랑이에게 고기를 던져 주는 것과 같은데 무슨 효과가 있겠습니까? 그렇다면 어찌 평소에 빈객을 기를 필요가 있겠습니까? 공자께서는 저를 후히 대해 주셨지만 공자께서 죽을 길을 떠나는데도 아무런 말씀도 드리지 않았습니다. 그래서 공자께서 원망하여 되돌아오실 줄 알았습니다."

공자가 두 번 절하고 방법을 물었다. 후영은 주위 사람들을 물리치고 낮은 소리로 말했다.

"제가 들으니 진비의 병부(兵符)[5] 한쪽은 언제나 왕의 침실 안에 있는데 여희(如姬)는 왕에게 가장 사랑을 받아 왕의 침실에 자유롭게 드나들 수 있다고 합니다. 여희의 힘이라면 병부를 훔쳐 낼 수 있습니다. 또 제가 들으니 여희의 아버지가 다른 사람에게 피살되었을 때 여희는 3년 동안 재물을 써 가며 원수를 찾게 했고, 왕 이하 여러 사람도 여희 아버지의 원수를 갚으려고 했지만 그 원수를 찾지 못했습니다. 그런데 여희가 공자께 울면서 부탁하니, 공자께서 빈객들에게 부탁하여 그 원수의 목을 베어 여희에게 바치셨지요. 그러니 여희는 공자의 은혜를 갚는 일이라면 죽음도 마다하지 않을 것입니다. 이제껏 그럴 기회가 없었을 뿐입니다. 공자께서 진정 한 번 입을 열어 부탁하면 여희는 반드시 받아들일 것입니다. 그렇게 해서 호부(虎符)를 손에 넣고 진비의 군사를 빼앗아 북쪽으로 가서 조나라를 구하고 서쪽으로 가서 진나라를 물리치면, 이

5) 이 무렵 왕이 신하에게 병권을 넘길 때 주었던 부절(符節)로서 주로 호랑이 모양을 구리로 만들어서 호부(虎符)라고도 하며, 반으로 쪼개어 조정과 신하가 절반씩 보관하였다.

것은 오패(五覇)와 견줄 만한 공로입니다."

공자가 후영의 계책대로 여희에게 부탁하자 여희는 정말 진비의 병부를 훔쳐 내 공자에게 건네주었다.

공자가 떠나려고 하자 후영이 말했다.

"장수가 싸움터로 나갔을 때는 군주의 명령도 듣지 않는 경우가 있습니다. 그렇게 해서 나라의 이익을 도모하는 것이지요. 공자께서 병부를 맞추어 보이더라도 진비가 군사를 넘겨주지 않고 다시 왕에게 명령을 요청한다면 사태는 반드시 위급해질 것입니다. 그러니 제 친구 백정 주해를 데려가십시오. 그는 힘이 센 장사입니다. 진비가 이쪽 요구를 들어주면 다행스러운 일이지만 들어주지 않으면 주해를 시켜 쳐 죽이십시오."

이 말을 듣고 공자가 울먹거리자 후영이 물었다.

"공자께서는 죽는 게 두렵습니까? 어째서 울먹이십니까?"

공자가 대답했다.

"진비는 용맹스러운 노장이니 내가 가도 명령을 듣지 않을 테고, 그러면 그를 반드시 죽여야 하기 때문에 우는 것이지 어찌 죽음 따위를 두려워하겠소?"

공자는 주해에게 같이 가자고 부탁했다. 주해가 웃으며 말했다.

"저는 시장에서 칼을 휘둘러 짐승을 잡는 백정입니다. 그럼에도 불구하고 공자께서 몸소 자주 찾아 주셨습니다. 일일이 답례하지 않은 까닭은 하찮은 예의 같은 것은 아무 쓸모가 없다고 생각했기 때문입니다. 그런데 이제 공자께서 위급한 처지에 있으니 지금이야말로 제가 목숨을 바칠 때입니다."

드디어 주해는 공자와 함께 가기로 했다. 공자가 후영에게 들러 인사하자 후영이 말했다.

"저도 마땅히 따라가야 하지만 늙어서 갈 수 없습니다. 그렇더라도 공자의 일정을 헤아려, 공자께서 진비의 군대에 이르는 날에 북쪽을 향하여 스스로 목숨을 끊는 것으로 대신하겠습니다."

공자는 드디어 떠났다.

공자는 업 땅에 이르자 위나라 왕의 명령이라고 속여 진비를 대신하려고 했다. 〔그러나〕 진비는 병부를 맞추어 보고도 의심하며 손을 들어 공자를 노려보면서 말했다.

"지금 나는 대군 10만 명을 거느리고 국경에 주둔하여 나라의 중대한 임무를 맡고 있습니다. 그런데 겨우 수레 한 대로 와서 나를 대신하겠다니 어찌 된 일입니까?"

〔진비는〕 공자의 말을 들으려 하지 않았다. 이에 주해가 소매 속에 숨겼던 40근짜리 철퇴를 꺼내 진비를 쳐 죽였다.

공자는 드디어 진비의 군사를 이끌고 군사들을 각각 부서에 배치시킨 뒤, 군중에 다음과 같이 명령을 내렸다.

"아버지와 아들이 함께 군대 안에 있으면 아버지가 돌아가고, 형과 동생이 함께 군대 안에 있으면 형이 돌아가라. 외아들로서 형제가 없는 자는 돌아가 부모를 모시도록 하라."

이렇게 하여 선발한 병사 8만 명을 진격시켜 진나라 군대를 치자 진나라 군대는 〔한단의 포위를〕 풀고 물러났다. 〔공자는〕 마침내 한단을 구하여 조나라를 지켜 냈다. 조나라 왕과 평원군은 몸소 국경까지 나와 공자를 맞이했다. 평원군은 자신이 직접 화살통을 메고 공자를 위하여 앞에서 길을 안내했다. 조나라 왕은 두 번 절하고 말했다.

"예로부터 어진 사람은 많았지만 공자만 한 분은 없었습니다."

이때 평원군은 감히 공자와 겨루려 하지 않았다.

〔한편〕 공자가 후영과 헤어져 진비의 군대에 이르렀을 무렵에 후영은 정말로 북쪽을 향하여 스스로 목숨을 끊었다.

잊으면 안 되는 일과 잊어야 할 일

위나라 왕은 공자가 병부를 훔쳐 왕명이라 속이고 진비를 죽인 것에 화를 냈다. 공자도 자기가 저지른 죄를 알기 때문에 진나라 군대를 물리쳐서 조나라를 존속시킨 뒤에는 부하 장수들에게 군사를 이끌고 위나라로 돌아가도록 명령하고 자신은 빈객들과 조나라에 머물렀다.

조나라 효성왕은 공자가 진비의 군사를 속여 빼앗아 조나라를 존속시켜 준 일을 고맙게 여겨 평원군과 상의하여 성 다섯 개를 공자의 봉읍으로 주려고 했다. 공자는 이 이야기를 듣고 교만한 마음이 생겨 공을 자랑하는 안색을 보였다. 그러자 빈객 중 한 사람이 공자에게 말했다.

"세상일에는 잊으면 안 되는 것이 있고, 또 잊어야만 하는 것이 있습니다. 남이 공자에게 베푼 은덕은 잊으면 안 됩니다.

그러나 공자께서 다른 사람에게 베푼 은덕은 잊으시기 바랍니다. 또 위나라 왕의 명령이라 속여 진비의 군사를 빼앗아 조나라를 구한 것은 조나라 입장에서는 공을 세운 것이지만 위나라 입장에서 보면 〔틀림없이〕 충신이 될 수 없습니다. 그런데 공자께서는 스스로 교만해져 공로가 있다고 하시니, 이는 공자로서 취할 태도가 아닙니다."

이 말을 듣는 순간 공자는 자책하며 부끄러워 몸 둘 바를 몰라 했다. 조나라 왕은 몸소 길을 청소하고 직접 나와 공자를 맞이하여 주인의 예로 공자를 서쪽 층계로 오르게 하였다. 그러나 공자는 가로 비켜서 걸으며 사양하고 동쪽 층계로 올라갔다. 그리고 스스로 말하기를 죄를 지어 위나라를 저버렸고 조나라에는 공을 세우지 못했다고 했다. 조나라 왕은 날이 저물 때까지 공자와 함께 술을 마셨지만 차마 성 다섯 개를 바치겠다는 말을 꺼내지 못했다. 공자가 너무나도 겸손한 태도를 보였기 때문이다. 그러나 공자는 결국 조나라에 머무르게 되었다. 조나라 왕은 호(鄗)를 공자의 탕목읍으로 주었고, 위나라도 신릉(信陵)을 공자의 봉읍으로 주었다. 공자는 조나라에 머물렀다.

노름꾼과 술 파는 자라도 어질면 찾아가라

공자는 조나라에 처사(處士) 두 명이 있는데 모공(毛公)이라

는 사람은 노름꾼 사이에 숨어 살고, 설공(薛公)이라는 사람은 술집에 숨어 산다고 들었다. 공자가 두 사람을 만나려고 해도 그들은 스스로 몸을 숨기고 공자를 만나려 하지 않았다. 공자는 그들이 있는 곳을 수소문하여 남몰래 가서 이 두 사람과 사귀게 되자 매우 기뻐했다. 평원군이 이 소식을 듣고 그 아내에게 말했다.

"처음에 나는 당신 아우 공자가 천하에 둘도 없는 인물이라고 들었소. 그런데 지금 들리는 말로는 노름꾼이나 술 파는 자와 사귀고 있다니 공자는 망령된 사람일 뿐이오."

부인이 이 말을 공자에게 하니, 공자는 부인에게 인사하고 떠나려 하면서 말했다.

"처음에 나는 평원군이 어질다고 들었기 때문에 위나라 왕을 저버리면서까지 조나라를 구해서 평원군의 마음에 들도록 했습니다. 그런데 평원군은 사람을 사귀는 데 그저 호걸인 척하는 몸짓만 있을 뿐 참다운 선비를 구하는 게 아닙니다. 제가 대량에 있을 적부터 줄곧 이 두 사람이 어질다고 들은 터라 조나라에 온 이래로 그들을 만나지 못할까 봐 두려웠습니다. 내가 좇아 사귀려고 해도 그들이 나를 좋아하지 않을까 봐 두려웠습니다. 그런데 평원군은 그들과 사귀는 것을 부끄럽게 여기니, 그는 사귈 만한 인물이 못 됩니다."

그러고는 짐을 꾸려 떠나려고 했다. 부인이 이런 말을 평원군에게 상세히 하자 평원군은 관을 벗어 용서를 빌며 공자를 붙들었다. 한편 평원군의 문하 사람들은 이 말을 듣고 절반 넘게 평원군을 떠나 공자에게로 왔으며, 천하의 선비들도 공자에게로 왔다. 공자는 평원군 빈객들의 마음을 기울게 했다.

공자는 조나라에 머문 지 10년이 되었지만 〔위나라로〕 돌아가지 않았다. 진나라는 공자가 조나라에 있음을 알고 밤낮으로 군사를 일으켜 동쪽으로 위나라를 쳤다. 위나라 왕은 이를 걱정하여 사자를 보내 공자에게 돌아오도록 요청했다. 공자는 위나라 왕이 지난 일로 화를 낼까 봐 두려워서 문하의 빈객들에게 단단히 경계시키며 다음과 같이 지시했다.

"감히 위나라 왕의 사자를 나에게 데려오는 자가 있으면 죽여 버리겠다."

빈객들도 모두 위나라를 저버리고 조나라로 온 사람들이기 때문에 감히 공자에게 돌아가도록 권하는 이는 한 사람도 없었다. 모공과 설공 두 사람이 가서 공자를 만나 말했다.

"공자가 조나라에서 소중히 여겨지고 천하 제후들에게 이름을 떨치게 된 것은 위나라라는 배경이 있었기 때문입니다. 지금 진나라가 위나라를 쳐서 위나라가 위급해졌는데도 공자께서는 괘념치 않고 있습니다. 만약 진나라가 대량을 깨뜨리고 선왕의 종묘라도 파헤친다면 공자께서는 앞으로 무슨 낯으로 천하에 나서시렵니까?"

이 말이 채 끝나기도 전에 공자는 낯빛이 바뀌더니 급히 수레를 준비시키고 돌아가 위나라를 구하려고 했다.

비방 한마디가 인재를 죽음으로 몰아넣는다

위나라 왕은 공자를 보고 반가워 울면서 상장군(上將軍)의 인수를 주어 드디어 공자를 장군으로 삼았다. 위나라 안희왕 30년에 공자는 제후들에게 사자를 보내 자신이 위나라 장군이 되었음을 두루 알렸다. 제후들은 공자가 〔위나라〕 장군이 되었다는 소식을 듣고 각각 군사를 보내 위나라를 구하게 했다. 공자는 다섯 나라위, 초, 연, 한, 조의 군사를 이끌고 진나라 군사를 황하의 남서쪽에서 깨뜨려 〔진나라 장수〕 몽오(蒙驁)를 달아나게 했다. 이 승세를 타고 진나라 군대를 뒤쫓아 함곡관에 이르러 진나라 병사를 압박하니 진나라 병사들은 감히 함곡관에서 나오지 못했다. 이때 공자는 천하에 위세를 떨쳤다. 제후의 빈객들이 공자에게 병법을 올리자 공자가 그것에 모두 이름을 붙였는데, 세상에서는 이것을 『위공자병법(魏公子兵法)』이라 불렀다.

진나라 왕은 이러한 상황을 근심하여 위나라에 많은 재물을 풀어 〔위공자와 원수를 진〕 진비의 옛 빈객을 찾아내, 위나라 왕에게 공자를 헐뜯도록 했다.

"공자는 〔위나라에서〕 달아나 나라 밖에서 10년 동안 있었으나 지금은 위나라 장군이 되어 제후의 장군들까지 모두 그의 통솔을 받고 있습니다. 제후들은 위나라 공자가 있는 것만 알 뿐 위나라 왕이 있음은 알지 못합니다. 공자도 이를 이용해 남면(南面)하여 왕이 되려 하고 있습니다. 제후들도 공자의 위세가 두려워 모두 공자를 왕위에 추대하려고 합니다."

진나라는 〔또한〕 자주 첩자를 시켜 〔공자에게〕 거짓으로 이렇게 축하하도록 했다.

"공자가 위나라 왕으로 즉위했습니까? 아직 안 했습니까?"

위나라 왕은 날마다 공자를 헐뜯는 말을 듣다 보니 믿지 않을 수 없게 되었다. 〔위나라 왕은〕 결국 공자 대신 다른 사람을 장군으로 임명했다. 공자는 자기가 모함 때문에 쫓겨난 것을 알고 병을 핑계로 조정에 나가지 않았다. 그러고는 빈객들과 밤낮으로 술자리를 벌여 좋은 술을 마시고 많은 여자를 가까이했다. 이렇게 밤낮으로 즐기고 마시기를 4년이나 계속하더니 결국 술병으로 죽고 말았다. 그해에 위나라 안희왕도 죽었다.

진나라는 공자가 죽었다는 소식을 듣자 장군 몽오를 보내 위나라를 쳐서 성 스무 개를 함락하고 처음으로 동군(東郡)을 설치했다. 그 뒤 진나라는 점점 위나라를 잠식하여 18년 뒤에는 위나라 왕을 사로잡고 대량을 쳐부쉈다.

〔한(漢)나라〕 고조(高祖) 유방(劉邦)는 아직 미천하고 젊을 때 공자가 현명하다는 말을 자주 들었다. 〔그는〕 천자 자리에 오른 뒤 대량을 지날 때마다 언제나 공자에게 제사를 지내 주었다. 고조 12년에는 경포(黥布)[6]를 치고 돌아오는 길에 공자를 위하여 묘지기의 집 다섯 채를 짓고 대대로 해마다 사계절에

6) 본명은 영포(英布)인데 어려서 경형(黥刑)을 받았으므로 바뀐 이름으로 불린다. 유방을 도왔다가 다시 배반한 인물로서 자세한 것은 「경포 열전」에 나온다.

공자에게 제사를 지내게 했다.

태사공은 말한다.

"나는 대량의 옛터를 지나다가 이문이라는 곳을 물어서 찾아보니 이문이란 성의 동쪽 문이었다. 천하의 여러 공자들맹상군, 평원군, 춘신군, 신릉군도 선비들을 좋아했다. 그러나 신릉군만이 깊은 산과 계곡에 숨어 사는 사람들을 만나고, 신분이 낮고 천한 사람들과 사귀는 것을 부끄럽게 여기지 않은 것은 일리가 있다. 〔그의〕 명성이 제후들 사이에서 으뜸이었던 것도 헛소문만은 아니었다. 고조도 대량을 지날 때마다 백성이 〔신릉군을〕 제사하게 하고, 〔그 제사를〕 끊기지 않게 했다."

18

◎

춘신군 열전
春申君列傳

진(秦)나라는 끊임없이 인재를 모으면서 능력 있는 자에게는 벼슬을 주고 어질지 못한 자는 내침으로써 서쪽 변방의 지리적 한계를 극복하고, 나라를 부유하게 하고 병력을 강하게 만들었다. 위염, 범저, 채택 등이 떠나간 것을 보면 겉으로는 진나라 왕이 은혜로운 마음이 적고 지나간 은덕을 생각지 않는 듯하지만, 사실상 진나라가 천하를 제패할 수 있었던 것은 유능한 인재들을 계속 받아들였기 때문이다.

이 편의 주인공인 춘신군 황헐은 사공자 중 한 사람으로 변설에 뛰어난 재능을 보였다. 황헐은 국력이 쇠약해져 가던 경양왕 때에 진나라 소왕에게 글을 올려 곤경에 빠진 초나라를 공격하지 않고 도와주도록 하였다. 뒤에는 진나라에 볼모로 갔다가 자신의 생명을 담보로 하여 태자를 귀국시킴으로써 초나라의 대통을 잇게 하였는데, 이 태자가 바로 초나라 고열왕이다.

황헐은 20여 년 동안 재상 자리에 있으면서 합종책을 추진하여 진나라에 맞서는가 하면 노나라를 멸망시켜 초나라를 다시 한번 일으키는 데 이바지했다. 그렇지만 말년에는 권세와 부귀를 지키려다 이원의 간사한 음모에 걸려 비참하게 살해된다.

이 열전은 『전국책』에서 문장을 따온 것이 많으며, 「양후 열전」과 나란히 놓고 읽으면 묘미가 더해진다.

한편으로 춘신군 아래 있던 빈객들의 성격적 문제점도 노출되고 있으며 춘신군과 이선의 누이동생과의 이야기는 지나치게 소설적으로 설정되어 있어 이 편의 사료적 가치에 의문을 제기하는 연구자들도 있다.

호랑이 두 마리가 싸우다 지치면 개도 못 이긴다

춘신군(春申君)은 초나라 사람으로 이름은 헐(歇)이고 성은 황(黃)이다. 여러 나라를 두루 다니며 배워서 보고 들은 것이 넓었으며 초나라 경양왕(頃襄王)을 섬겼다. 경양왕은 그가 변론에 뛰어남을 알고 진나라에 사자로 보냈다.

진나라 소왕은 백기에게 한나라와 위나라를 치도록 하여 그들을 화양(華陽)에서 깨뜨리고 위나라 장군 망묘를 사로잡으니 한나라와 위나라는 항복하고 진나라를 섬겼다. 진나라 소왕은 백기에게 명하여 한나라, 위나라와 함께 초나라를 치려고 하였다. 〔그 군사가〕 아직 떠나기 전에 초나라 사자 황헐이 때마침 진나라에 와서 이 계획을 들었다. 그 무렵 진나라는 그에 앞서 백기에게 초나라를 치게 하여 무군(巫郡)과 검중군(黔中郡)을 빼앗고 언과 영을 함락했으며, 동쪽으로 경릉(竟陵)까지 쳐들어갔으므로 초나라 경양왕은 동쪽으로 옮겨 가서 진현(陳縣)에 도읍을 정했다.

황헐은 〔일찍이〕 초나라 회왕이 꾀임에 빠져 진나라로 들어갔다가 속아서 그곳에서 죽는 것을 보았다. 경양왕은 그 아들이므로 진나라는 그를 업신여기고 있었다. 그래서 황헐은 진나라가 한번 병사를 일으키면 초나라가 망하게 될 것 같아 두려워서 진나라 소왕에게 글을 올려 말했다.

천하에 진나라와 초나라보다 더 강한 나라는 없습니다. 지금 들리는 말로는 대왕께서 초나라를 치려고 한다는데 이것은 호랑이 두 마리가 서로 싸우는 것과 같습니다. 호랑이 두 마리가 서로 싸우면 힘이 약한 개가 그 지친 것을 틈타 이익을 차지할 것입니다. 그러므로 초나라와 친하게 지내는 편이 더 낫습니다. 신이 그 까닭을 설명해 드리겠습니다. 신은 "사물은 한쪽 끝까지 가면 다시 처음으로 되돌아간다. 겨울과 여름은 서로 바뀌게 마련이다. 쌓인 것이 극에 이르면 위태롭다. 바둑돌을 쌓아 올리면 무너지게 마련이다."라고 들었습니다. 지금 진나라 땅은 천하에 두루 퍼져 〔서쪽과 북쪽의〕 두 변방 지역을 차지하고 있습니다. 사람이 태어난 이래로 〔진나라처럼〕 전차 만 대를 갖춘 땅을 가진 나라는 일찍이 없었습니다. 선제(先帝)인 혜문왕(惠文王), 무왕(武王),[1] 〔그리고 대왕에 이르기까지〕 3대에 걸쳐 〔진나라는〕 땅을 제나라와 이어서 제후들끼리 합종하는 허리를 끊으려는 생각을 잊은 적이 없습니다. 지금 왕께서는 성교(盛橋)를 한나라로 보내 벼슬하게 하였고, 그가 한나라 땅을 가지고 진나라로 들어오게 하였습니다. 이것은 왕께서 병사를 쓰거나 위엄을 떨치는 일 없이 100리 땅을 손에 넣은 것입니다. 왕께서는 유능하다고 할 만합니다. 왕께서는 다시 병사를 일으켜 위나라를 쳐서 대량의 성문을 막고 하내를 공략하고 연읍(燕邑), 산조(酸棗), 허읍(虛邑), 도읍(桃邑)을 얻어 형읍(邢邑)으로 들어가자 위나라 군사는 구름처럼 흩어져 감히 구할 생각조차 못했습니다. 왕의 공적 또한 많습니다. 〔그리고〕 왕은 병사를 쉬게 하여 서민으로 지내게 하고 2년 뒤에 다시 군사를 일으켜 포읍(蒲邑), 연읍(衍邑), 수원(首垣)을 병합하고 인(仁)과 평구(平丘)에 이르렀으며, 황읍(黃邑)과 제양(濟陽)을 포위함으로써 위나라를 복종시켰습니다. 왕은 다시 복수(濮水)와 마산(磨山)의 북쪽을 떼어 제나라와 진나라 사이의 허리 부분을 빼앗고, 초나라와 조나라 사이의 등뼈 부분을 끊어 버렸습니다. 천하 제후들은 다섯 번 합종하고 여섯 차례나 모였으면서도 감히 구하지 못했습니다. 왕의 위엄은 역시 극에 이르렀습니다.

왕께서 만약 〔지금까지 쌓아 올린〕 공을 유지하고 위엄을 지키면서 공격하여 빼앗으려는 야심을 버리고 인의의 마음을 살

---

1) 원문에는 '장왕(莊王)'으로 되어 있는데, 이는 '무왕'을 잘못 적은 것이다. 진나라 소왕의 앞 시기에 장왕은 없었다. 그리고 '장왕' 다음에 '왕(王)' 자가 빠졌는데, 이는 소왕을 가리킨다. 따라서 3대는 혜문왕, 무왕, 소왕을 말한다.

찌워 뒤탈을 없앤다면 삼왕(三王)[2]에 〔왕을 더하여〕 사왕(四王)이 되기에 어렵지 않으며, 오패에 〔왕을 더하여〕 육패가 되기에 어렵지 않을 것입니다. 〔그러나〕 왕께서 만약 백성이 많음을 믿고 강한 병력에 기대며 위나라를 깨뜨린 위세를 타고 무력으로 천하의 제후들을 신하로 삼으려 한다면 뒤탈이 있을까 두렵습니다. 『시』에 "시작이 없는 것은 없으나 끝이 좋기란 드문 일이다."라고 했고, 『역』에서는 "여우가 물을 건너가려면 그 꼬리를 적시게 마련이다."라고 했습니다. 이 말은 시작은 쉽지만 끝맺음은 어렵다는 것을 뜻합니다. 어떻게 그 이치를 알 수 있겠습니까?

옛날 지씨(智氏) 지백(智伯)는 조나라를 치는 이익만 보고, 유차(楡次)에서의 화는 〔미리〕 알지 못했습니다. 오나라는 제나라를 치는 것의 좋은 점만 보았지 간수(干隧)에서의 패배는 〔미리〕 알지 못했습니다. 지씨와 오나라는 큰 공적을 얻지 않은 것은 아니지만 눈앞의 이익에 급급하여 뒤에 올 재난을 가볍게 여겼습니다. 오나라 왕은 월나라를 믿고 〔월나라 군사를〕 이끌어 제나라를 쳤습니다. 그렇게 하여 제나라 군대를 애릉(艾陵)에서 이기기는 했지만 돌아와 삼저(三渚)에서 월나라 왕에게 사로잡혔습니다. 지씨는 한나라와 위나라를 믿고 〔한나라와 위나라의 군사를〕 이끌어 조나라를 쳤습니다. 그리고 진양성(晉陽城)을 쳐서 승리가 며칠 남지 않았을 때, 한나라와 위나라가 반기를 들어

2) 하, 은, 주를 창업한 주역인 우임금, 탕임금, 문왕과 무왕을 말한다. 문왕과 무왕은 아버지와 자식 사이이므로 한 임금으로 본다.

지백요(智伯瑤)를 착대(鑿臺) 밑에서 죽였습니다. 지금 왕께서는 초나라가 망하지 않는 것만을 시기할 뿐 초나라를 망하게 하는 것이 한나라와 위나라를 강하게 만든다는 것을 잊고 계십니다. 신은 왕을 위하여 걱정하므로 찬성할 수 없습니다.

『시』에 "위대한 장수는 집을 멀리 떠나가서 정벌하지 않는다."라고 했습니다. 이것으로 보면 초나라는 〔진나라의〕 구원병이고, 한나라와 위나라는 〔진나라의〕 적입니다. 『시』에 "날뛰는 교활한 토끼도 사냥개를 만나면 잡힌다. 다른 사람이 무언가 마음에 두고 있으면 내 마음으로 그걸 헤아릴 수 있다."라고 했습니다. 지금 왕께서 〔한나라와 위나라를〕 치는 도중에 한나라와 위나라가 왕께 잘한다고 믿는 것은 바로 오나라가 월나라를 믿었던 것과 같습니다. 신은 "적은 용서하면 안 되고 때는 놓치면 안 된다."라고 들었습니다. 한나라와 위나라가 말을 공손히 하여 〔진나라의〕 근심을 덜어 줄 듯이 하는 것은 사실 진나라를 속이려는 게 아닌가 걱정됩니다. 무엇 때문이겠습니까? 왕께서는 대대로 한나라와 위나라에 덕을 베푼 일이 없고 오히려 대대로 원한을 사 왔기 때문입니다. 대체로 한나라와 위나라의 아버지와 아들과 형과 동생이 진나라와의 잇달은 싸움에서 죽은 지가 거의 10대(代)에 이르렀습니다. 그들의 나라는 황폐되고 사직은 무너졌으며 종묘는 허물어졌습니다. 배를 가르고 창자를 끊어지게 하고 목을 부러뜨리고 턱을 깨뜨려 머리와 몸이 나누어져 해골은 초원이나 연못 근처에서 나뒹굴며 두개골은 엎어져서 국경에서 서로 바라보고 있습니다. 아버지와 아들, 늙은이와 어린이가 목과 손이 묶인 채 진나라의 포로가 된 사람들이 길 위에 널부러져 있습니다. 귀신은 홀로 슬퍼하고 제사를 지내 줄 핏줄조차 없습니다. 백성은 삶을 꾸릴 수 없고 일가친척들은 뿔뿔이 흩어져 떠돌다가 노예나 첩이 된 자가 천하에 가득합니다. 그러므로 한나라와 위나라가 멸망하지 않는 것은 진나라 사직의 걱정거리인데, 지금 왕께서는 한나라와 위나라에게 원군을 주어 함께 초나라를 치려고 하시니 또한 잘못이 아니겠습니까?

또 왕께서 초나라를 친다면 어떻게 출병하시겠습니까? 왕께서는 원수인 한나라와 위나라에게 길을 빌리려고 하십니까? 〔그러면〕 왕께서는 군대가 나가는 날부터 그 군대가 돌아오지 못할까 근심하게 될 것입니다. 이것은 왕께서 병사를 주어 원수인 한나라와 위나라를 돕는 일이기 때문입니다. 왕이 만약 원수인 한나라와 위나라에게 길을 빌리지 않는다면 반드시 수수(隨水)의 오른쪽 땅을 쳐야 되는데, 그곳은 넓은 강물과 산림과 계곡으로 이루어져 곡식을 생산할 수 없습니다. 왕께서 이 땅을 차지하더라도 땅을 얻었다고는 말할 수 없습니다. 그러면 왕은 초나라를 쳤다는 이름만 있고 땅을 얻는 실속은 없게 됩니다.

또 왕께서 초나라를 치는 날에는 〔제, 한, 위, 조〕 네 나라가 반드시 한꺼번에 병사를 일으켜 왕에게 대응할 것입니다. 진, 초의 병사가 어울려 오랜 시간 싸우게 되면 위나라가 군대를 보내 유(留), 방여(方與), 질(銍), 호릉(湖陵), 탕(碭), 소(蕭), 상(相)을 쳐 송나라의 옛 땅을 모두 차지할 것입니다. 〔또〕 제나라는 남쪽으로 향하여 초나라를 칠 테니 사수(泗水) 일대의 땅도 〔제나라에게〕 빼앗길 것입니다. 이곳은 모두 평원으로 사방이 탁 트인 기름진 땅인데 〔위나라와 제나라만이 싸워서〕 이익을 독점하게 되는 꼴입니다. 〔다시 말해〕 왕께서 초나라를 치는 것은 한나라와 위나라를 중원 지역에서 살찌게 하고, 제나라를 강하게 하는 결과를 만듭니다. 한나라와 위나라가 강해지면 진나라에 충분히 대항할 수 있으며, 제나라는 남쪽으로 사수를 국경으로 삼고 동쪽으로는 바다를 등지고 북쪽으로는 하수에 의지하면 뒤탈이 없어질 겁니다. 〔그러면〕 천하의 나라 중에서 제나라와 위나라보다 강한 나라는 없게 됩니다. 〔그리하여〕 제나라와 위나라가 땅을 얻어 이익을 누리면서 거짓으로 〔진나라의〕 하급 관리가 되어 섬기면, 1년 뒤에는 〔스스로〕 제(帝)는 못 된다 하더라도 왕께서 제가 되는 것을 제지할 만한 능력을 갖추고도 남을 것입니다.

대체로 왕께서 넓은 땅과 많은 백성과 강한 병력으로 한 번에 큰 일을 꾸며 초나라와 원수를 맺고, 한나라와 위나라가 제(帝)의 지위를 제나라에 바치도록 하는 것이니, 이는 왕의 잘못된 계책입니다.

신이 왕을 위하여 생각하건대 초나라와 잘 지내는 것이 가장 좋습니다. 진나라와 초나라가 하나로 합쳐 한나라를 핍박하면 한나라는 반드시 어찌할 수 없이 복종할 것입니다. 왕께서 험준한 동산(東山)에 기대고 굽이진 하수의 이로움으로 나라를 튼튼하게 하면 한나라는 반드시 〔대왕의〕 관내후(關內侯)가 될 것입니다. 이와 같이 하면 왕께서 병사 10만 명을 한나라 수도 정(鄭)에 주둔시키게 되어 위나라는 간담이 서늘해질 것입니다.

〔위나라의〕 허(許)와 언릉(鄢陵)에서는 성문을 닫아걸고 막을 테고, 상채(上蔡)와 소릉(召陵)은 서로 왕래할 수 없을 것입니다. 이렇게 되면 위나라도 왕의 관내후 중 하나로 남을 것입니다. 왕께서 일단 초나라와 친하게 지내기만 하면 전차 만 대를 가진 두 군주를 관내의 제후로 만들게 되고, 영토를 제나라와 마주하게 되어 제나라 서쪽 땅은 손을 움직이지 않고도 차지할 수 있습니다. 왕의 땅은 두 바다동해에서 서해까지 걸치게 되어 천하의 허리를 끊을 것입니다. 그러면 연나라와 조나라는 제나라와 초나라에게 〔도움을 받을 수〕 없고, 제나라와 초나라는 연나라와 조나라에게 〔도움을 받을 수〕 없습니다. 그런 뒤에 연나라와 조나라를 겁주고, 곧바로 제나라와 초나라를 뒤흔들면 이들 네 나라는 힘들여 치지 않고도 복종시킬 수 있습니다.

소왕이 대답했다.

"좋소."

소왕은 백기가 출발하려던 것을 멈추게 하고, 한나라와 위나라의 출병을 거절했다. 그리고 초나라에 사신을 보내 예물을 주고 동맹국이 되기로 약속했다.

군주를 위해 목숨을 바쳐 재상이 되다

황헐은 이 약속을 받고 초나라로 돌아왔다.

초나라는 황헐에게 태자 완(完)과 함께 진나라에 볼모로 들어가도록 했다. 진나라가 두 사람을 붙잡아 둔 지 몇 해가 지나 초나라 경양왕이 병들었다. 〔그러나〕 태자는 초나라로 돌아올 수 없었다. 초나라 태자는 진나라 재상 응후범저와 사이가 좋았다. 황헐은 응후를 설득하여 말했다.

"상국께서는 초나라 태자와 정말 친합니까?"

응후가 대답했다.

"그렇소."

황헐이 말했다.

"지금 초나라 왕은 병에서 회복하기 어려울 듯합니다. 진나라는 초나라 태자를 돌려보내는 편이 좋겠습니다. 태자가 〔돌아가〕 왕위에 오르면 반드시 진나라를 정중하게 섬기며 상국의 은혜에 끝없이 고마워할 것입니다. 이것이 동맹국과 친하게 지내고 만승의 나라에 은덕을 베푸는 일입니다. 만약 돌려보내지 않으면 〔태자는〕 함양에서 지위도 벼슬도 없는 사람에 지나지 않게 됩니다. 초나라가 태자를 바꿔 세우면 반드시 진나라를 섬기지 않을 것입니다. 무릇 동맹국을 잃고 만승의 나라와 화친을 끊는 것은 〔좋은〕 계책이 아닙니다. 원컨대 상국께서는 이 점을 깊이 헤아리시기 바랍니다."

응후가 이 말을 진나라 왕에게 들려주니 진나라 왕이 말했다.

"초나라 태자의 스승을 보내서 초나라 왕의 병세를 묻게 하고, 그가 돌아온 뒤에 다시 생각해 봅시다."

황헐은 초나라 태자를 위하여 계책을 세워 말했다.

"진나라가 태자를 붙들어 두는 것은 그렇게 함으로써 어떤 이익을 얻기 위해서입니다. 〔그러나〕 지금 태자에게는 진나라에 이익을 줄 만한 힘이 없으니 저는 그 점이 매우 걱정됩니다. 그리고 나라 안에는 양문군(陽文君)의 두 아들이 있습니다. 만일 태자가 초나라에 없을 때 왕이 세상을 떠나면 반드시 양문군의 아들이 뒤를 이을 사람으로 세워질 테니, 태자께서는 종묘의 제사를 받들 수 없을 것입니다. 〔그러므로〕 사자와 함께 진나라를 빠져나가는 도리밖에 없습니다. 저는 남아서 목숨을 걸고 뒷일을 마무리하겠습니다."

초나라 태자는 옷을 갈아입고 초나라 사자의 마부로 꾸민 뒤 함곡관을 빠져나갔다. 황헐은 태자의 숙소를 지키며 자주 〔태자가〕 병이 났다는 핑계로 빈객들의 방문을 사절했다. 태자가 이미 멀리 가서 진나라가 뒤쫓을 수 없게 되었을 즈음에 황헐은 곧장 스스로 진나라 소왕에게 말했다.

"초나라 태자는 벌써 귀국길에 올라 〔함곡관을〕 벗어나서 멀리 갔습니다. 신의 죄는 죽어 마땅하니 원컨대 죽음을 내려 주십시오."

소왕은 매우 화가 나서 그가 자결하도록 놓아두려고 했지만 응후가 말했다.

"황헐은 신하로서 제 몸을 던져 군주를 위해 죽으려 했습니다. 태자가 왕위에 오르면 반드시 황헐을 등용할 것입니다. 그러니 죄를 묻지 말고 그대로 돌려보내 초나라와 화친하는 것이 〔가장〕 좋습니다."

〔그래서〕 진나라는 황헐을 돌려보냈다.

황헐이 초나라에 온 지 석 달 만에 초나라 경양왕이 죽고 태자 완이 왕위에 올랐다. 그가 바로 고열왕(考烈王)이다.

고열왕 원년에 왕은 황헐을 재상에 임명하고 춘신군(春申君)에 봉하여 회수 북쪽 땅 열두 현을 주었다. 그로부터 15년이 지나 황헐이 초나라 왕에게 말했다.

"회수 북쪽 땅은 〔초나라〕 변방 지역으로 제나라와 이웃해 있어서 그 사안이 급박하므로 그곳을 군(郡)으로 만들어 관리하면 편리합니다."

그러고는 자기 봉읍인 회수 북쪽 땅 열두 현을 모두 〔왕에게〕 바치고 〔그 대신〕 강동에 봉읍을 요청했다. 고열왕은 이를 허락했다. 춘신군은 옛날 오나라의 성지에 성을 쌓고 자신의 봉읍으로 삼았다.

진나라와 초나라가 싸울 수밖에 없는 이유

춘신군이 재상이 되어 초나라에 있을 때 제나라에는 맹상군이 있었고, 조나라에는 평원군이 있었으며, 위나라에는 신릉군이 있었다. 〔이들은〕 선비들을 겸허하게 맞이하고 빈객을 불러 모으는 일에 서로 힘껏 다투었다. 〔이들은 선비들의 힘을 빌려〕 나라를 돕고 권력을 유지하려고 했다.

춘신군이 초나라 재상이 된 지 4년 만에 진나라는 조나라의 장평에 있던 군사 40여 만 명을 깨뜨리고, 5년째에는 한단을 포위했다. 한단에서 그 위급함을 초나라에 알려 오자 초나라는 춘신군에게 병사를 이끌고 가서 그들을 구하게 했다. 그러나 진나라 군대가 이미 물러갔으므로 춘신군은 돌아왔다. 춘신군이 초나라 재상이 된 지 8년째 되던 해에 그는 초나라를 위해 북쪽으로 노나라를 쳐서 멸망시키고 순경(荀卿)을 난릉(蘭陵)의 현령으로 삼았다. 이 무렵 초나라는 다시 강대해졌다.

조나라 평원군이 춘신군에게 사신을 보냈다. 춘신군은 그를 상사(上舍)상급의 객사에 머물게 했다. 조나라 사신은 초나라에 자랑하려고 대모(玳瑁)바다거북의 일종로 만든 비녀를 꽂고 주옥으로 꾸민 칼집을 가지고 춘신군의 빈객들에게 만나기를 요청했다. 춘신군의 빈객은 3000명이 넘었는데, 그중에서 상등의 빈객은 모두 주옥으로 꾸민 신을 신고 조나라 사신을 만났다. 그래서 조나라 사신은 매우 부끄러워했다.

춘신군이 재상이 된 지 14년째 되던 해에 진나라 장양왕(莊襄王)이 왕위에 올라 여불위(呂不韋)를 재상으로 삼아 문신후(文信侯)에 봉하고 동주(東周)를 차지했다.

춘신군이 재상이 된 지 22년째 되던 해에 제후들은 진나라의 공격이 끊이지 않음을 걱정하여 서로 합종을 약속하고 서쪽으로 진나라를 쳤다. 초나라 왕이 합종의 맹주가 되고 춘신군이 합종의 일을 처리했다. 〔그러나 그들은〕 함곡관에 이르러 진나라 군대의 공격을 받고 그만 싸움에서 패해 달아났다. 초나라 고열왕이 이 일로 인해 춘신군을 꾸짖으니, 이로써 춘신군과 〔고열왕의 사이가〕 점점 벌어졌다.

빈객 중에 관진(觀津) 출신의 주영(朱英)이라는 이가 있었는데, 춘신군에게 이렇게 말했다.

"사람들은 모두 초나라는 원래 강했는데 당신이 정무를 맡으면서 약해졌다고 합니다만 저는 그렇게 생각하지 않습니다. 선왕께서 살아 계실 때 진나라와 20년 동안이나 친선 관계를 유지하였고, 〔진나라가〕 초나라를 치지 않은 것은 무엇 때문입니까? 진나라가 맹애(黽隘)의 요새를 넘어서 초나라를 치는 일이 불편하고, 동주와 서주에게 길을 빌려야 하며, 한나라와 위(魏)나라를 뒤에 두고 초나라를 치는 것은 불가능했기 때문입니다. 〔그러나〕 지금은 그렇지 않습니다. 위나라는 가까운 시간에 멸망하려 하니 허(許)와 언릉을 아까워할 겨를도 없이 그 땅을 갈라 진나라에 줄 것입니다. 그러면 진나라 군대와 〔초나라의 도읍〕 진(陳)과는 160리 떨어져 있게 됩니다. 제가 보기에 진나라와 초나라는 날마다 싸울 것입니다."

이에 초나라는 진을 버리고 〔수도를〕 수춘(壽春)으로 옮겼다. 그리고 진나라는 위(衛)나라를 야왕(野王)으로 옮기고 동군(東郡)을 두었다. 춘신군은 이로 말미암아 〔봉국인〕 오(吳)로 가서 머물러 살며 재상 일을 대행했다.

정확한 결단만이 몸을 보존할 수 있다

초나라 고열왕에게는 아들이 없으므로 춘신군이 이 일을

걱정하여 아들을 낳을 만한 부녀자들을 여러 명 구해 왕에게 바쳤지만 끝내 아들이 생기지 않았다.

조나라 사람 이원(李園)이 자기 누이동생을 초나라 왕에게 바치려고 했지만 초나라 왕이 아들을 낳을 수 없다는 말을 듣고 시간이 오래 지나면 왕의 총애를 잃지 않을까 염려하였다. 〔그래서〕 이원은 먼저 춘신군을 섬기기로 하고 그의 사인이 되었다. 얼마 뒤에 휴가를 얻어서 고향으로 갔다가 일부러 정해진 날짜를 어기고 뒤늦게 돌아와 춘신군을 만났다. 춘신군이 늦어진 까닭을 묻자 〔이원이〕 대답했다.

"제나라 왕이 사신을 보내 제 누이동생을 데려가려고 했습니다. 그 사신과 술자리를 같이하다가 정해진 날짜를 어기게 됐습니다."

춘신군이 물었다.

"폐백은 받았소?"

〔이원이〕 대답했다.

"받지 않았습니다."

춘신군이 말했다.

"만나 볼 수 있겠소?"

〔이원이〕 말했다.

"좋습니다."

그리하여 이원은 그 누이동생을 춘신군에게 바쳤다. 그녀는 춘신군의 총애를 받았다. 이원은 동생이 임신한 것을 알고 그녀와 일을 꾸몄던 것이다. 이원의 누이동생이 한가한 틈을 타서 춘신군에게 설득하여 말했다.

"초나라 왕께서 당신을 소중히 여기고 아끼는 것이 친형제보다 더합니다. 이제 당신은 20년이 넘게 초나라 재상으로 계셨고 왕께는 아들이 없습니다. 만일 뒤에 왕이 돌아가시고 왕의 형제가 왕위에 오르면 초나라는 임금이 바뀌고, 새 군주는 예전부터 친밀했던 사람들과 친척들을 소중히 여길 것이니, 당신이 어찌 오래도록 총애를 받을 수 있겠습니까? 그뿐만 아니라 당신은 높은 지위에 있으면서 정권을 잡은 지 오래니 왕의 형제들에게 예의에 벗어난 행동도 많이 했으리라 생각됩니다. 그 형제가 왕위에 오르면 재앙이 당신 몸에 미치게 될 텐데 어떻게 재상의 인수와 강동의 봉읍을 지닐 수 있겠습니까? 지금 소첩만 임신한 것을 알 뿐 다른 사람들은 아무도 모릅니다. 소첩이 당신의 총애를 받은 지는 그리 오래되지 않았습니다. 참으로 당신의 존귀한 지위를 이용하여 저를 초왕에게 바친다면 왕께서는 반드시 소첩을 총애하실 것입니다. 그리고 하늘이 도와 소첩이 사내아이를 낳는다면 당신 아들이 왕이 될 것입니다. 〔그러면〕 초나라가 전부 당신 것이 됩니다. 당신이 뜻하지 않은 재앙을 당하는 것과 어느 편이 더 좋습니까?"

춘신군도 그 말을 옳다고 생각하여 이원의 누이동생을 내보내 따로 거처를 정하여 머물게 한 뒤 초나라 왕에게 그녀를 말해 두었다. 초나라 왕은 그녀를 궁궐로 불러들여 아껴 주어, 드디어 이원의 누이동생이 사내아이를 낳게 되자 그 아들을 태자로 삼고, 이원의 누이동생을 왕후로 삼았다. 초나라 왕이 이원을 귀하게 여겼고, 이원은 정사를 처리하게 되었다.

이원은 이미 자기 누이동생이 궁궐로 들어가 왕후가 되고 그 아들이 태자가 되자, 춘신군의 입에서 비밀이 새어 나오거나 그 일로 점점 오만해질까 염려하여 남몰래 죽음을 각오한 용감한 병사들을 길러서 춘신군을 죽여 그의 입을 막아 버리려 했다. 그러나 그 나라 사람 중 많은 이가 이 일을 알고 있었다.

복과 불행은 뜻하지 않게 찾아온다

춘신군이 재상이 된 지 25년째 되던 해에 초나라 고열왕이 병에 걸렸다. 주영이 춘신군에게 말했다.

"세상에는 생각지도 않던 복이 찾아올 수도 있고, 또 생각지도 않은 재앙이 올 수도 있습니다. 지금 당신은 생각지도 못한 〔행복과 재앙이 찾아오는〕 세상에 살고 있고, 기대를 걸 수 없는 군주를 섬기고 계십니다. 어찌 재앙을 막아 낼 수 있는 뜻밖의 인사를 구해 두지 않으십니까?"

춘신군이 물었다.

"무엇을 생각지도 않은 복이라고 하오?"

〔주영이〕 대답했다.

"당신께서 초나라 재상이 된 지 20여 년이 됩니다. 이름은 재상이지만 실제로는 초나라 왕입니다. 지금 초나라 왕이 병에 걸려 머지않아 돌아가시려 합니다. 그러면 당신은 어린 군주를 도와 나랏일을 하게 될 텐데, 〔이는〕 이윤(伊尹)이나 주공(周公)처럼 하는 것입니다. 그러다가 왕이 자라면 정권을 돌려

주거나, 아니면 왕 노릇을 하여 고(孤)제후의 자칭라고 일컬으며 초나라를 차지하지 않겠습니까? 이것이 생각지도 못했던 행복입니다."

춘신군이 물었다.

"생각지도 못한 재앙은 무엇이오?"

〔주영이〕 대답했다.

"이원은 〔당신이 있으면〕 자신이 권력을 잡을 수 없기 때문에 당신을 원수로 생각하고 〔지금은〕 군대를 동원하지 않지만 오래전부터 죽음을 각오한 병사들을 기르고 있습니다. 초나라 왕이 죽으면 이원은 반드시 궁궐로 들어가 권력을 잡고 당신을 죽여서 입을 막을 것입니다. 이것이 생각지도 않은 재앙입니다."

춘신군이 물었다.

"뜻밖의 인사란 누구요?"

〔주영이〕 대답했다.

"당신께서는 저를 낭중(郎中)에 임명하십시오. 초나라 왕이 죽으면 이원은 틀림없이 먼저 〔궁궐로〕 들어갈 것입니다. 제가 당신을 위하여 이원을 죽이겠습니다. 이것이 이른바 재앙을 막아 낼 수 있는 뜻밖의 인사입니다."

춘신군이 말했다.

"그대는 그만두시오. 이원은 나약한 사람이며, 나는 또 그를 잘 대하고 있으니 어떻게 그런 일이 일어날 수 있겠소?"

주영은 자기 주장이 받아들여지지 않을 것을 알고 자기에게 재앙이 미칠까 두려워 즉시 달아났다.

이로부터 열이레 뒤에 초나라 고열왕이 죽자, 이원은 정말 먼저 〔궁궐로〕 들어와 극문(棘門) 안에 죽음을 각오한 병사들을 숨겨 놓았다. 춘신군이 극문에 들어서자 죽음을 각오한 이원의 병사들이 춘신군을 찌르고 그 머리를 베어 극문 밖으로 내던졌다. 곧이어 관리를 보내 춘신군의 집안사람을 모조리 죽였다.

처음에 춘신군의 총애를 받아 임신한 뒤 초나라 왕에게 바쳐진 이원의 누이동생이 낳은 아들이 왕위에 올랐으니 이 사람이 초나라 유왕(幽王)이다.[3)]

이해는 진시황이 제위에 오른 지 9년째 되는 해였다. 노애(嫪毐)여불위의 사인가 진나라에서 난을 일으켰다가 들켜 삼족이 몰살되었고, 여불위가 〔벼슬에서〕 폐출되었다.

태사공은 말한다.

"내가 초나라에 가서 춘신군의 옛 성과 궁실을 보니 웅장하구나! 처음에 춘신군이 진나라 소왕을 설득하고 몸을 던져 초나라 태자를 돌아오게 한 것은 얼마나 밝은 지혜였던가! 〔그런데〕 마지막에 이원에게 당한 일은 늙어서 사리 판단이 어두워진 탓이리라. 세인의 말에 '마땅히 결단해야 할 것을 결단하지 못하면 도리어 혼란을 겪게 된다.'라고 하였다. 〔이는〕 춘신군이 주영의 말을 받아들이지 않은 것을 두고 한 말일까?"

---

3) 이원이 여동생을 초나라 왕에게 바친 것은 여불위가 애첩을 진나라 왕에게 바친 것과 비슷하다. 진나라 왕에게 바쳐진 애첩이 낳은 아이가 진시황이라는 이야기가 뒤의 「여불위 열전」에 나온다.

세계문학전집 407

사기 열전 1

1판 1쇄 펴냄 2022년 6월 10일
1판 3쇄 펴냄 2024년 9월 26일

지은이 사마천
옮긴이 김원중
발행인 박근섭, 박상준
펴낸곳 (주)민음사

출판등록 1966. 5. 19. (제 16-490호)
서울특별시 강남구 도산대로1길 62(신사동) 강남출판문화센터 5층 (우편번호 06027)
대표전화 02-515-2000 팩시밀리 02-515-2007
www.minumsa.com

ISBN 978-89-374-6407-2 04800
ISBN 978-89-374-6000-5 (세트)

민음사 세계문학전집

세계문학전집 목록

1·2 **변신 이야기** 오비디우스 · 이윤기 옮김 서울대 권장도서 100선
3 **햄릿** 셰익스피어 · 최종철 옮김 서울대 권장도서 100선 | 미국대학위원회 선정 SAT 추천도서
4 **변신 · 시골의사** 카프카 · 전영애 옮김 서울대 권장도서 100선
5 **동물농장** 오웰 · 도정일 옮김 미국대학위원회 선정 SAT 추천도서 | 《타임》 선정 현대 100대 영문소설
6 **허클베리 핀의 모험** 트웨인 · 김욱동 옮김 《뉴스위크》 선정 100대 명저
7 **암흑의 핵심** 콘래드 · 이상옥 옮김 미국대학위원회 선정 SAT 추천도서 | 《뉴스위크》 선정 10대 명저
8 **토니오 크뢰거 · 트리스탄 · 베네치아에서의 죽음** 토마스 만 · 안삼환 외 옮김 노벨 문학상 수상 작가
9 **문학이란 무엇인가** 사르트르 · 정명환 옮김
10 **한국단편문학선 1** 김동인 외 · 이남호 엮음 국립중앙도서관 선정 청소년 권장도서
11·12 **인간의 굴레에서** 서머싯 몸 · 송무 옮김
13 **이반 데니소비치, 수용소의 하루** 솔제니친 · 이영의 옮김 노벨 문학상 수상 작가
14 **너새니얼 호손 단편선** 호손 · 천승걸 옮김
15 **나의 미카엘** 오즈 · 최창모 옮김
16·17 **중국신화전설** 위앤커 · 전인초, 김선자 옮김
18 **고리오 영감** 발자크 · 박영근 옮김
19 **파리대왕** 골딩 · 유종호 옮김 노벨 문학상 수상 작가 | 《타임》 선정 현대 100대 영문소설
20 **한국단편문학선 2** 김동리 외 · 이남호 엮음
21·22 **파우스트** 괴테 · 정서웅 옮김 서울대 권장도서 100선 | 미국대학위원회 선정 SAT 추천도서
23·24 **빌헬름 마이스터의 수업시대** 괴테 · 안삼환 옮김
25 **젊은 베르테르의 슬픔** 괴테 · 박찬기 옮김 논술 및 수능에 출제된 책(1998~2005)
26 **이피게니에 · 스텔라** 괴테 · 박찬기 외 옮김
27 **다섯째 아이** 레싱 · 정덕애 옮김 노벨 문학상 수상 작가
28 **삶의 한가운데** 린저 · 박찬일 옮김
29 **농담** 쿤데라 · 방미경 옮김
30 **야성의 부름** 런던 · 권택영 옮김
31 **아메리칸** 제임스 · 최경도 옮김
32·33 **양철북** 그라스 · 장희창 옮김 노벨 문학상 수상 작가 | 서울대 권장도서 100선
34·35 **백년의 고독** 마르케스 · 조구호 옮김 노벨 문학상 수상 작가 | 서울대 권장도서 100선
36 **마담 보바리** 플로베르 · 김화영 옮김 서울대 권장도서 100선
37 **거미여인의 키스** 푸익 · 송병선 옮김
38 **달과 6펜스** 서머싯 몸 · 송무 옮김
39 **폴란드의 풍차** 지오노 · 박인철 옮김
40·41 **독일어 시간** 렌츠 · 정서웅 옮김
42 **말테의 수기** 릴케 · 문현미 옮김
43 **고도를 기다리며** 베케트 · 오증자 옮김 노벨 문학상 수상 작가 | 서울대 권장도서 100선
44 **데미안** 헤세 · 전영애 옮김 노벨 문학상 수상 작가
45 **젊은 예술가의 초상** 조이스 · 이상옥 옮김 서울대 권장도서 100선
46 **카탈로니아 찬가** 오웰 · 정영목 옮김
47 **호밀밭의 파수꾼** 샐린저 · 정영목 옮김 《타임》 선정 현대 100대 영문소설 | 미국대학위원회 선정 SAT 추천도서 | 《뉴스위크》 선정 100대 명저 | BBC 선정 꼭 읽어야 할 책
48·49 **파르마의 수도원** 스탕달 · 원윤수, 임미경 옮김
50 **수레바퀴 아래서** 헤세 · 김이섭 옮김 노벨 문학상 수상 작가 | 국립중앙도서관 선정 청소년 권장도서

51·52 **내 이름은 빨강** 파묵 · 이난아 옮김 노벨 문학상 수상 작가
53 **오셀로** 셰익스피어 · 최종철 옮김 서울대 권장도서 100선
54 **조서** 르 클레지오 · 김윤진 옮김 노벨 문학상 수상 작가
55 **모래의 여자** 아베 코보 · 김난주 옮김
56·57 **부덴브로크 가의 사람들** 토마스 만 · 홍성광 옮김 노벨 문학상 수상 작가
58 **싯다르타** 헤세 · 박병덕 옮김 노벨 문학상 수상 작가
59·60 **아들과 연인** 로렌스 · 정상준 옮김 《뉴스위크》 선정 100대 명저
61 **설국** 가와바타 야스나리 · 유숙자 옮김 노벨 문학상 수상 작가 | 서울대 권장도서 100선
62 **벨킨 이야기 · 스페이드 여왕** 푸슈킨 · 최선 옮김
63·64 **넙치** 그라스 · 김재혁 옮김 노벨 문학상 수상 작가
65 **소망 없는 불행** 한트케 · 윤용호 옮김 노벨 문학상 수상 작가
66 **나르치스와 골드문트** 헤세 · 임홍배 옮김 노벨 문학상 수상 작가
67 **황야의 이리** 헤세 · 김누리 옮김 노벨 문학상 수상 작가
68 **페테르부르크 이야기** 고골 · 조주관 옮김
69 **밤으로의 긴 여로** 오닐 · 민승남 옮김 노벨 문학상 수상 작가 | 미국대학위원회 선정 SAT 추천도서
70 **체호프 단편선** 체호프 · 박현섭 옮김
71 **버스 정류장** 가오싱젠 · 오수경 옮김 노벨 문학상 수상 작가
72 **구운몽** 김만중 · 송성욱 옮김 서울대 권장도서 100선 | 국립중앙도서관 선정 청소년 권장도서
73 **대머리 여가수** 이오네스코 · 오세곤 옮김
74 **이솝 우화집** 이솝 · 유종호 옮김 논술 및 수능에 출제된 책(1998~2005)
75 **위대한 개츠비** 피츠제럴드 · 김욱동 옮김 《타임》 선정 현대 100대 영문소설
76 **푸른 꽃** 노발리스 · 김재혁 옮김
77 **1984** 오웰 · 정회성 옮김 《타임》 선정 현대 100대 영문소설 | 《뉴스위크》 선정 100대 명저
78·79 **영혼의 집** 아옌데 · 권미선 옮김
80 **첫사랑** 투르게네프 · 이항재 옮김
81 **내가 죽어 누워 있을 때** 포크너 · 김명주 옮김 노벨 문학상 수상 작가
82 **런던 스케치** 레싱 · 서숙 옮김 노벨 문학상 수상 작가
83 **팡세** 파스칼 · 이환 옮김
84 **질투** 로브그리예 · 박이문, 박희원 옮김
85·86 **채털리 부인의 연인** 로렌스 · 이인규 옮김
87 **그 후** 나쓰메 소세키 · 윤상인 옮김
88 **오만과 편견** 오스틴 · 윤지관, 전승희 옮김 미국대학위원회 선정 SAT 추천도서
89·90 **부활** 톨스토이 · 연진희 옮김 논술 및 수능에 출제된 책(1998~2005)
91 **방드르디, 태평양의 끝** 투르니에 · 김화영 옮김
92 **미겔 스트리트** 나이폴 · 이상옥 옮김 노벨 문학상 수상 작가
93 **페드로 파라모** 룰포 · 정창 옮김
94 **차라투스트라는 이렇게 말했다** 니체 · 장희창 옮김 국립중앙도서관 선정 청소년 권장도서
95·96 **적과 흑** 스탕달 · 이동렬 옮김 국립중앙도서관 선정 청소년 권장도서
97·98 **콜레라 시대의 사랑** 마르케스 · 송병선 옮김 노벨 문학상 수상 작가 | BBC 선정 꼭 읽어야 할 책
99 **맥베스** 셰익스피어 · 최종철 옮김 서울대 권장도서 100선 | 미국대학위원회 선정 SAT 추천도서
100 **춘향전** 작자 미상 · 송성욱 풀어 옮김 서울대 권장도서 100선
101 **페르디두르케** 곰브로비치 · 윤진 옮김
102 **포르노그라피아** 곰브로비치 · 임미경 옮김
103 **인간 실격** 다자이 오사무 · 김춘미 옮김
104 **네루다의 우편배달부** 스카르메타 · 우석균 옮김

105·106 이탈리아 기행 괴테·박찬기 외 옮김
107 나무 위의 남작 칼비노·이현경 옮김
108 달콤 쌉싸름한 초콜릿 에스키벨·권미선 옮김
109·110 제인 에어 C. 브론테·유종호 옮김 BBC 선정 꼭 읽어야 할 책
111 크눌프 헤세·이노은 옮김 노벨 문학상 수상 작가
112 시계태엽 오렌지 버지스·박시영 옮김 《타임》 선정 현대 100대 영문소설 | 《뉴스위크》 선정 100대 명저
113·114 파리의 노트르담 위고·정기수 옮김 미국대학위원회 선정 SAT 추천도서
115 새로운 인생 단테·박우수 옮김
116·117 로드 짐 콘래드·이상옥 옮김 《뉴스위크》 선정 100대 명저
118 폭풍의 언덕 E. 브론테·김종길 옮김 미국대학위원회 선정 SAT 추천도서
119 텔크테에서의 만남 그라스·안삼환 옮김 노벨 문학상 수상 작가
120 검찰관 고골·조주관 옮김
121 안개 우나무노·조민현 옮김
122 나사의 회전 제임스·최경도 옮김 미국대학위원회 선정 SAT 추천도서
123 피츠제럴드 단편선 1 피츠제럴드·김욱동 옮김
124 목화밭의 고독 속에서 콜테스·임수현 옮김
125 돼지꿈 황석영
126 라셀라스 존슨·이인규 옮김
127 리어 왕 셰익스피어·최종철 옮김 서울대 권장도서 100선 | 《뉴스위크》 선정 100대 명저
128·129 쿠오 바디스 시엔키에비츠·최성은 옮김 노벨 문학상 수상 작가
130 자기만의 방·3기니 울프·이미애 옮김
131 시르트의 바닷가 그라크·송진석 옮김
132 이성과 감성 오스틴·윤지관 옮김
133 바덴바덴에서의 여름 치프킨·이장욱 옮김
134 새로운 인생 파묵·이난아 옮김 노벨 문학상 수상 작가
135·136 무지개 로렌스·김정매 옮김
137 인생의 베일 서머싯 몸·황소연 옮김
138 보이지 않는 도시들 칼비노·이현경 옮김
139·140·141 연초 도매상 바스·이운경 옮김 《타임》 선정 현대 100대 영문소설
142·143 플로스 강의 물방앗간 엘리엇·한애경, 이봉지 옮김 미국대학위원회 선정 SAT 추천도서
144 연인 뒤라스·김인환 옮김
145·146 이름 없는 주드 하디·정종화 옮김
147 제49호 품목의 경매 핀천·김성곤 옮김 《타임》 선정 현대 100대 영문소설
148 성역 포크너·이진준 옮김 노벨 문학상 수상 작가 | 퓰리처상 수상 작가
149 무진기행 김승옥
150·151·152 신곡(지옥편·연옥편·천국편) 단테·박상진 옮김 《뉴스위크》 선정 100대 명저
153 구덩이 플라토노프·정보라 옮김
154·155·156 카라마조프가의 형제들 도스토옙스키·김연경 옮김
157 지상의 양식 지드·김화영 옮김 노벨 문학상 수상 작가
158 밤의 군대들 메일러·권택영 옮김 퓰리처상 수상 작가
159 주홍 글자 호손·김욱동 옮김 서울대 권장도서 100선 | 미국대학위원회 선정 SAT 추천도서
160 깊은 강 엔도 슈사쿠·유숙자 옮김
161 욕망이라는 이름의 전차 윌리엄스·김소임 옮김
162 마사 퀘스트 레싱·나영균 옮김 노벨 문학상 수상 작가
163·164 운명의 딸 아옌데·권미선 옮김

165 **모렐의 발명** 비오이 카사레스 · 송병선 옮김

166 **삼국유사** 일연 · 김원중 옮김 서울대 권장도서 100선

167 **풀잎은 노래한다** 레싱 · 이태동 옮김 노벨 문학상 수상 작가

168 **파리의 우울** 보들레르 · 윤영애 옮김

169 **포스트맨은 벨을 두 번 울린다** 케인 · 이만식 옮김

170 **썩은 잎** 마르케스 · 송병선 옮김 노벨 문학상 수상 작가

171 **모든 것이 산산이 부서지다** 아체베 · 조규형 옮김 《타임》 선정 현대 100대 영문소설

172 **한여름 밤의 꿈** 셰익스피어 · 최종철 옮김 미국대학위원회 선정 SAT 추천도서

173 **로미오와 줄리엣** 셰익스피어 · 최종철 옮김 미국대학위원회 선정 SAT 추천도서

174·175 **분노의 포도** 스타인벡 · 김승욱 옮김 노벨 문학상 수상 작가 | 《타임》 선정 현대 100대 영문소설

176·177 **괴테와의 대화** 에커만 · 장희창 옮김

178 **그물을 헤치고** 머독 · 유종호 옮김 《타임》 선정 현대 100대 영문소설

179 **브람스를 좋아하세요...** 사강 · 김남주 옮김

180 **카타리나 블룸의 잃어버린 명예** 하인리히 뵐 · 김연수 옮김 노벨 문학상 수상 작가

181·182 **에덴의 동쪽** 스타인벡 · 정회성 옮김 노벨 문학상 수상 작가

183 **순수의 시대** 워튼 · 송은주 옮김 《뉴스위크》 선정 100대 명저 | 퓰리처상 수상작

184 **도둑 일기** 주네 · 박형섭 옮김

185 **나자** 브르통 · 오생근 옮김

186·187 **캐치-22** 헬러 · 안정효 옮김 《타임》 선정 현대 100대 영문소설

188 **숄로호프 단편선** 숄로호프 · 이항재 옮김 노벨 문학상 수상 작가

189 **말** 사르트르 · 정명환 옮김

190·191 **보이지 않는 인간** 엘리슨 · 조영환 옮김 《타임》 선정 현대 100대 영문소설

192 **왑샷 가문 연대기** 치버 · 김승욱 옮김 퓰리처상 수상 작가

193 **왑샷 가문 몰락기** 치버 · 김승욱 옮김 퓰리처상 수상 작가

194 **필립과 다른 사람들** 노터봄 · 지명숙 옮김

195·196 **하드리아누스 황제의 회상록** 유르스나르 · 곽광수 옮김

197·198 **소피의 선택** 스타이런 · 한정아 옮김 퓰리처상 수상 작가

199 **피츠제럴드 단편선 2** 피츠제럴드 · 한은경 옮김

200 **홍길동전** 허균 · 김탁환 옮김

201 **요술 부지깽이** 쿠버 · 양윤희 옮김

202 **북호텔** 다비 · 원윤수 옮김

203 **톰 소여의 모험** 트웨인 · 김욱동 옮김

204 **금오신화** 김시습 · 이지하 옮김

205·206 **테스** 하디 · 정종화 옮김 미국대학위원회 선정 SAT 추천도서 | BBC 선정 꼭 읽어야 할 책

207 **브루스터플레이스의 여자들** 네일러 · 이소영 옮김

208 **더 이상 평안은 없다** 아체베 · 이소영 옮김

209 **그레인지 코플랜드의 세 번째 인생** 워커 · 김시현 옮김 퓰리처상 수상 작가

210 **어느 시골 신부의 일기** 베르나노스 · 정영란 옮김

211 **타라스 불바** 고골 · 조주관 옮김

212·213 **위대한 유산** 디킨스 · 이인규 옮김 서울대 권장도서 100선 | BBC 선정 꼭 읽어야 할 책

214 **면도날** 서머싯 몸 · 안진환 옮김

215·216 **성채** 크로닌 · 이은정 옮김

217 **오이디푸스 왕** 소포클레스 · 강대진 옮김 서울대 권장도서 100선

218 **세일즈맨의 죽음** 밀러 · 강유나 옮김

219·220·221 **안나 카레니나** 톨스토이 · 연진희 옮김 서울대 권장도서 100선

222 **오스카 와일드 작품선** 와일드 · 정영목 옮김
223 **벨아미** 모파상 · 송덕호 옮김
224 **파스쿠알 두아르테 가족** 호세 셀라 · 정동섭 옮김 노벨 문학상 수상 작가
225 **시칠리아에서의 대화** 비토리니 · 김운찬 옮김
226·227 **길 위에서** 케루악 · 이만식 옮김 《타임》 선정 현대 100대 영문소설 | 《뉴스위크》 선정 100대 명저
228 **우리 시대의 영웅** 레르몬토프 · 오정미 옮김
229 **아우라** 푸엔테스 · 송상기 옮김
230 **클링조어의 마지막 여름** 헤세 · 황승환 옮김 노벨 문학상 수상 작가
231 **리스본의 겨울** 무뇨스 몰리나 · 나송주 옮김
232 **뻐꾸기 둥지 위로 날아간 새** 키지 · 정회성 옮김 《타임》 선정 현대 100대 영문소설
233 **페널티킥 앞에 선 골키퍼의 불안** 한트케 · 윤용호 옮김 노벨 문학상 수상 작가
234 **참을 수 없는 존재의 가벼움** 쿤데라 · 이재룡 옮김
235·236 **바다여, 바다여** 머독 · 최옥영 옮김
237 **한 줌의 먼지** 에벌린 워 · 안진환 옮김 《타임》 선정 현대 100대 영문소설
238 **뜨거운 양철 지붕 위의 고양이 · 유리 동물원** 윌리엄스 · 김소임 옮김 퓰리처상 수상작
239 **지하로부터의 수기** 도스토옙스키 · 김연경 옮김
240 **키메라** 바스 · 이운경 옮김
241 **반쪼가리 자작** 칼비노 · 이현경 옮김
242 **벌집** 호세 셀라 · 남진희 옮김 노벨 문학상 수상 작가
243 **불멸** 쿤데라 · 김병욱 옮김
244·245 **파우스트 박사** 토마스 만 · 임홍배, 박병덕 옮김 노벨 문학상 수상 작가
246 **사랑할 때와 죽을 때** 레마르크 · 장희창 옮김
247 **누가 버지니아 울프를 두려워하랴?** 올비 · 강유나 옮김
248 **인형의 집** 입센 · 안미란 옮김
249 **위폐범들** 지드 · 원윤수 옮김 노벨 문학상 수상 작가
250 **무정** 이광수 · 정영훈 책임 편집 서울대 권장도서 100선
251·252 **의지와 운명** 푸엔테스 · 김현철 옮김
253 **폭력적인 삶** 파솔리니 · 이승수 옮김
254 **거장과 마르가리타** 불가코프 · 정보라 옮김
255·256 **경이로운 도시** 멘도사 · 김현철 옮김
257 **야콥을 둘러싼 추측들** 욘존 · 손대영 옮김
258 **왕자와 거지** 트웨인 · 김욱동 옮김
259 **존재하지 않는 기사** 칼비노 · 이현경 옮김
260·261 **눈먼 암살자** 애트우드 · 차은정 옮김 《타임》 선정 현대 100대 영문소설
262 **베니스의 상인** 셰익스피어 · 최종철 옮김
263 **말리나** 바흐만 · 남정애 옮김
264 **사볼타 사건의 진실** 멘도사 · 권미선 옮김
265 **뒤렌마트 희곡선** 뒤렌마트 · 김혜숙 옮김
266 **이방인** 카뮈 · 김화영 옮김 노벨 문학상 수상 작가 | 미국대학위원회 선정 SAT 추천도서
267 **페스트** 카뮈 · 김화영 옮김 노벨 문학상 수상 작가 | 국립중앙도서관 선정 청소년 권장도서
268 **검은 튤립** 뒤마 · 송진석 옮김
269·270 **베를린 알렉산더 광장** 되블린 · 김재혁 옮김
271 **하얀 성** 파묵 · 이난아 옮김 노벨 문학상 수상 작가
272 **푸슈킨 선집** 푸슈킨 · 최선 옮김
273·274 **유리알 유희** 헤세 · 이영임 옮김 노벨 문학상 수상 작가

275 **픽션들** 보르헤스 · 송병선 옮김 서울대 권장도서 100선
276 **신의 화살** 아체베 · 이소영 옮김
277 **빌헬름 텔 · 간계와 사랑** 실러 · 홍성광 옮김
278 **노인과 바다** 헤밍웨이 · 김욱동 옮김 노벨 문학상 수상 작가 | 퓰리처상 수상작
279 **무기여 잘 있어라** 헤밍웨이 · 김욱동 옮김 미국대학위원회 선정 SAT 추천도서
280 **태양은 다시 떠오른다** 헤밍웨이 · 김욱동 옮김 《타임》 선정 현대 100대 영문 소설
281 **알레프** 보르헤스 · 송병선 옮김
282 **일곱 박공의 집** 호손 · 정소영 옮김
283 **에마** 오스틴 · 윤지관, 김영희 옮김
284·285 **죄와 벌** 도스토옙스키 · 김연경 옮김 미국대학위원회 선정 SAT 추천도서
286 **시련** 밀러 · 최영 옮김
287 **모두가 나의 아들** 밀러 · 최영 옮김
288·289 **누구를 위하여 종은 울리나** 헤밍웨이 · 김욱동 옮김 노벨 문학상 수상 작가
290 **구르브 연락 없다** 멘도사 · 정창 옮김
291·292·293 **데카메론** 보카치오 · 박상진 옮김
294 **나누어진 하늘** 볼프 · 전영애 옮김
295·296 **제브데트 씨와 아들들** 파묵 · 이난아 옮김 노벨 문학상 수상 작가
297·298 **여인의 초상** 제임스 · 최경도 옮김 미국대학위원회 선정 SAT 추천도서
299 **압살롬, 압살롬!** 포크너 · 이태동 옮김 노벨 문학상 수상 작가
300 **이상 소설 전집** 이상 · 권영민 책임 편집
301·302·303·304·305 **레 미제라블** 위고 · 정기수 옮김
306 **관객모독** 한트케 · 윤용호 옮김 노벨 문학상 수상 작가
307 **더블린 사람들** 조이스 · 이종일 옮김
308 **에드거 앨런 포 단편선** 앨런 포 · 전승희 옮김 미국대학위원회 선정 SAT 추천도서
309 **보이체크 · 당통의 죽음** 뷔히너 · 홍성광 옮김
310 **노르웨이의 숲** 무라카미 하루키 · 양억관 옮김
311 **운명론자 자크와 그의 주인** 디드로 · 김희영 옮김
312·313 **헤밍웨이 단편선** 헤밍웨이 · 김욱동 옮김 노벨 문학상 수상 작가
314 **피라미드** 골딩 · 안지현 옮김 노벨 문학상 수상 작가
315 **닫힌 방 · 악마와 선한 신** 사르트르 · 지영래 옮김
316 **등대로** 울프 · 이미애 옮김 《타임》 선정 현대 100대 영문소설 | 《뉴스위크》 선정 100대 명저
317·318 **한국 희곡선** 송영 외 · 양승국 엮음
319 **여자의 일생** 모파상 · 이동렬 옮김
320 **의식** 노터봄 · 김영중 옮김
321 **육체의 악마** 라디게 · 원윤수 옮김
322·323 **감정 교육** 플로베르 · 지영화 옮김
324 **불타는 평원** 룰포 · 정창 옮김
325 **위대한 몬느** 알랭푸르니에 · 박영근 옮김
326 **라쇼몬** 아쿠타가와 류노스케 · 서은혜 옮김
327 **반바지 당나귀** 보스코 · 정영란 옮김
328 **정복자들** 말로 · 최윤주 옮김
329·330 **우리 동네 아이들** 마흐푸즈 · 배혜경 옮김 노벨 문학상 수상 작가
331·332 **개선문** 레마르크 · 장희창 옮김
333 **사바나의 개미 언덕** 아체베 · 이소영 옮김
334 **게걸음으로** 그라스 · 장희창 옮김 노벨 문학상 수상 작가

335 **코스모스** 곰브로비치·최성은 옮김
336 **좁은 문·전원교향곡·배덕자** 지드·동성식 옮김 노벨 문학상 수상 작가
337·338 **암 병동** 솔제니친·이영의 옮김 노벨 문학상 수상 작가
339 **피의 꽃잎들** 응구기 와 시옹오·왕은철 옮김
340 **운명** 케르테스·유진일 옮김 노벨 문학상 수상 작가
341·342 **벌거벗은 자와 죽은 자** 메일러·이운경 옮김 퓰리처상 수상 작가
343 **시지프 신화** 카뮈·김화영 옮김 노벨 문학상 수상 작가
344 **뇌우** 차오위·오수경 옮김
345 **모옌 중단편선** 모옌·심규호, 유소영 옮김 노벨 문학상 수상 작가
346 **일야서** 한사오궁·심규호, 유소영 옮김
347 **상속자들** 골딩·안지현 옮김 노벨 문학상 수상 작가
348 **설득** 오스틴·전승희 옮김
349 **히로시마 내 사랑** 뒤라스·방미경 옮김
350 **오 헨리 단편선** 오 헨리·김희용 옮김
351·352 **올리버 트위스트** 디킨스·이인규 옮김
353·354·355·356 **전쟁과 평화** 톨스토이·연진희 옮김
357 **다시 찾은 브라이즈헤드** 에벌린 워·백지민 옮김
358 **아무도 대령에게 편지하지 않다** 마르케스·송병선 옮김
359 **사양** 다자이 오사무·유숙자 옮김
360 **좌절** 케르테스·한경민 옮김 노벨 문학상 수상 작가
361·362 **닥터 지바고** 파스테르나크·김연경 옮김 노벨 문학상 수상 작가
363 **노생거 사원** 오스틴·윤지관 옮김
364 **개구리** 모옌·심규호, 유소영 옮김 노벨 문학상 수상 작가
365 **마왕** 투르니에·이원복 옮김 공쿠르상 수상 작가
366 **맨스필드 파크** 오스틴·김영희 옮김
367 **이선 프롬** 이디스 워튼·김욱동 옮김 퓰리처상 수상 작가
368 **여름** 이디스 워튼·김욱동 옮김 퓰리처상 수상 작가
369·370·371 **나는 고백한다** 자우메 카브레·권가람 옮김
372·373·374 **태엽 감는 새 연대기** 무라카미 하루키·김난주 옮김
375·376 **대사들** 제임스·정소영 옮김
377 **족장의 가을** 마르케스·송병선 옮김 노벨 문학상 수상 작가
378 **핏빛 자오선** 매카시·김시현 옮김
379 **모두 다 예쁜 말들** 매카시·김시현 옮김
380 **국경을 넘어** 매카시·김시현 옮김
381 **평원의 도시들** 매카시·김시현 옮김
382 **만년** 다자이 오사무·유숙자 옮김
383 **반항하는 인간** 카뮈·김화영 옮김 노벨 문학상 수상 작가
384·385·386 **악령** 도스토옙스키·김연경 옮김
387 **태평양을 막는 제방** 뒤라스·윤진 옮김
388 **남아 있는 나날** 가즈오 이시구로·송은경 옮김
389 **앙리 브륄라르의 생애** 스탕달·원윤수 옮김
390 **찻집** 라오서·오수경 옮김
391 **태어나지 않은 아이를 위한 기도** 케르테스·이상동 옮김 노벨 문학상 수상 작가
392·393 **서머싯 몸 단편선** 서머싯 몸·황소연 옮김
394 **케이크와 맥주** 서머싯 몸·황소연 옮김

395 **월든** 소로 · 정회성 옮김
396 **모래 사나이** E. T. A. 호프만 · 신동화 옮김
397·398 **검은 책** 오르한 파묵 · 이난아 옮김 노벨 문학상 수상 작가
399 **방랑자들** 올가 토카르추크 · 최성은 옮김 노벨 문학상 수상 작가
400 **시여, 침을 뱉어라** 김수영 · 이영준 엮음
401·402 **환락의 집** 이디스 워튼 · 전승희 옮김
403 **달려라 메로스** 다자이 오사무 · 유숙자 옮김
404 **아버지와 자식** 투르게네프 · 연진희 옮김
405 **청부 살인자의 성모** 바예호 · 송병선 옮김
406 **세피아빛 초상** 아옌데 · 조영실 옮김
407·408·409·410 **사기 열전** 사마천 · 김원중 옮김 서울대 권장도서 100선
411 **이상 시 전집** 이상 · 권영민 책임 편집
412 **어둠 속의 사건** 발자크 · 이동렬 옮김
413 **태평천하** 채만식 · 권영민 책임 편집
414·415 **노스트로모** 콘래드 · 이미애 옮김
416·417 **제르미날** 졸라 · 강충권 옮김
418 **명인** 가와바타 야스나리 · 유숙자 옮김 노벨 문학상 수상 작가
419 **핀처 마틴** 골딩 · 백지민 옮김 노벨 문학상 수상 작가
420 **사라진 · 샤베르 대령** 발자크 · 선영아 옮김
421 **빅 서** 케루악 · 김재성 옮김
422 **코뿔소** 이오네스코 · 박형섭 옮김
423 **블랙박스** 오즈 · 윤성덕, 김영화 옮김
424·425 **고양이 눈** 애트우드 · 차은정 옮김
426·427 **도둑 신부** 애트우드 · 이은선 옮김
428 **슈니츨러 작품선** 슈니츨러 · 신동화 옮김
429·430 **세계의 끝과 하드보일드 원더랜드** 무라카미 하루키 · 김난주 옮김
431 **멜랑콜리아 I–II** 욘 포세 · 손화수 옮김 노벨 문학상 수상 작가
432 **도적들** 실러 · 홍성광 옮김
433 **예브게니 오네긴 · 대위의 딸** 푸시킨 · 최선 옮김
434·435 **초대받은 여자** 보부아르 · 강초롱 옮김
436·437 **미들마치** 엘리엇 · 이미애 옮김
438 **이반 일리치의 죽음** 톨스토이 · 김연경 옮김
439·440 **캔터베리 이야기** 초서 · 이동일, 이동춘 옮김
441·442 **아소무아르** 졸라 · 윤진 옮김
443 **가난한 사람들** 도스토옙스키 · 이항재 옮김
444·445 **마차오 사전** 한사오궁 · 심규호, 유소영 옮김
446 **집으로 날아가다** 랠프 앨리슨 · 왕은철 옮김
447 **집으로부터 멀리** 피터 케리 · 황가한 옮김
448 **바스커빌가의 사냥개** 코넌 도일 · 박산호 옮김
449 **사냥꾼의 수기** 투르게네프 · 연진희 옮김
450 **필경사 바틀비 · 선원 빌리 버드** 멜빌 · 이삼출 옮김

세계문학전집은 계속 간행됩니다.